Strasbourg doğumlu **Elif Şafak,** çocukluğunu ve gençliğini Ankara, Madrid, Amman, Köln, İstanbul, Boston, Michigan ve Arizona'da geçirdi. ODTÜ Uluslararası İlişkiler Bölümü'nü bitirdi, yüksek lisansını aynı üniversitede Kadın Çalışmaları Bölümü'nde, doktorasını ise siyaset bilimi alanında tamamladı. İlk romanı *Pinhan*'la 1998 Mevlana Büyük Ödülü'nü aldı. Bunu *Şehrin Aynaları* ve Türkiye Yazarlar Birliği Ödülü'nü kazandığı *Mahrem* izledi (2000). Ardından her ikisi de çok satan ve geniş bir okur kesimine ulaşan *Bit Palas* (2002) ve İngilizce kaleme aldığı *Araf* (2004) yayımlandı. *Med-Cezir*'de (2005) kadınlık, kimlik, kültürel bölünme, dil ve edebiyat konulu yazılarını topladı. 2006'da senenin en çok okunan kitabı olan *Baba ve Piç* yayımlandı. Ardından aylarca satış listelerinden inmeyen ilk otobiyografik kitabı *Siyah Süt*'ü yazdı. Son romanı *Aşk* Doğan Kitapçılık tarafından 2009 martında yayınlandı.

Eserleri yirmiden fazla dile çevrilen Elif Şafak'ın romanları dünyanın en önemli yayınevlerinden Farrar, Straus and Giroux, Viking ve Penguin tarafından yayımlanmaktadır.

DOĞAN KİTAP TARAFINDAN YAYIMLANAN
ELİF ŞAFAK KİTAPLARI

Pinhan
Bit Palas
Siyah Süt
Aşk

ŞEHRİN AYNALARI

Yazan: Elif Şafak

Doğan Kitap'ta 1. baskı / mart 2009
3. baskı / mayıs 2009 / ISBN 978-605-111-121-6
Sertifika No: 11940

Kapak tasarımı: Uğurcan Ataoğlu
Grafik tasarımı: Zeynep Oray
Kapaktaki elbise tasarımı: Hussein Chalayan, Wooden Skirt
Kapaktaki fotoğraf: Chris Moore / Catwalking
Baskı: Şefik Matbaası / Turgut Özal Cad.
No: 137 İkitelli - İSTANBUL
Tel. (212) 549 62 62

Doğan Egmont Yayıncılık ve Yapımcılık Tic. A.Ş.
19 Mayıs Cad. Golden Plaza No. 1 Kat 10, 34360 Şişli - İSTANBUL
Tel. (212) 246 52 07 / 542 Faks (212) 246 44 44
www.dogankitap.com.tr / editor@dogankitap.com.tr / satis@dogankitap.com.tr

Şehrin Aynaları

Elif Şafak

DOĞAN KİTAP

Ne zaman içim daralsa, niçin buraya geldiğimi hatırlatıyorum kendime. Bıkıp usanmadan tekrar ediyorum, kafamda hiçbir şüpheye yer kalmasın diye:

"Aynalar şehrine geldim çünkü benden evvel yazılmış bir hikâyenin içindeyim. Aynalar şehrindeyim çünkü kim olduğumun peşindeyim."

Geldiğimden beri neredeyse hiç dışarı çıkmadım evden. Sadece bir kere kayığa binip karşıya geçtim; bir de, birkaç kez sabahın tenha saatlerinde Hasköy'ü arşınladım, o kadar. Yukarı mahallenin yakınlarındaki o meşhur kuyuya taş attım bir defasında. Sonra, kuyuya yaslanıp, taşın çıkartacağı sesi bekledim uzun uzun. Fakat ses bir türlü gelmedi. Ne suya dalan, ne de toprağa çakılan taşın sesi... Sanki taş kuyunun dibine varamadan, daha yarı yoldayken, buhar olup göğe ağdı. Bu kuyu ürpertti beni. Sade kuyu mu? Bu şehir beni korkutuyor. Burası hiçbir yere, hiçbir şeye benzemiyor. İnsanları pürtelaş, sokakları pürvelvele. Her an tetikte bekliyorum; kopacak kıyametin nişânelerini arıyorum karşıma çıkan her sûrette. Kim bilir, belki de gariplik bende. Korkularla büyütüldüğüm, hep birilerinden, bir şeylerden korktuğum için belki de bu şehir böyle dehşetengiz görünüyor gözüme. Gene de bir türlü anlayamıyorum. Babam, kokularını yadırgadığım bu şehrin nesini sevdi, niçin bilhassa buraya geldi? Ve niçin buraya "aynalar şehri" dedi?

Haham Yakup ziyaretime geldi birkaç kez. O kadar yaşlı ki, sade saçları değil derisi bile ağarmış sanki. Ondan babamı anlatmasını isteyemiyorum bir türlü. Zaten o da bu konuyu açmaya pek hevesli görünmüyor. Tuhaf bir adam. Bazen halimi anlayıp bana hak veriyor sanki. Gözlerinde, bir hayli yabancısı olduğum ama beni pek de rahatsız etmeyen şefkat parıltıları buluyorum böyle zamanlarda. Bazen de hâlâ cemaate katılmadığım için ateş püskürüyor. Sesini kâh yükseltip kâh alçaltarak paylıyor beni. Haksız da sayılmaz hani. Şimdiye değin, onca badire atlatıp da bu şehre ayak basmayı başaran Yahudilerin yaptıkları ilk iş, bunca zamandır bir kendilerine ve belki de rüyalarına sakladıkları dinleriyle tanışmak olmuş. Bu insanlara, aldıkları her yeni isim, yepyeni bir geçmiş sunmuş. Bana gelince, ben bunu yapmak istediğimden emin değilim. Daha kim olduğumu bile bilmeden, kalkıp bir de din edinmek mânâsız geliyor. Bu, bir gölgeye kıyafet dikmek gibi bir şey. Hangi gölgenin kıyafete ihtiyacı olabilir ki?

Evin işlerini çekip çeviren, yemeklerimi pişiren bir kadın var. Yaşlı, Müslüman bir kadın. İsmi Zişan. Yaşına rağmen beni hayrete düşürecek kadar çalışkan. İş yaparken dudakları kıpır kıpır. Devamlı dua ediyor. Ara sıra meraklı gözlerle süzüyor beni, ama hiçbir şey sormuyor. Bazen, gizlice, okunmuş çörekotları koyuyor yastığımın altına. Nedense böyle zamanlarda hep deliksiz uyuyorum. Zişan Kadın'ın varlığından hoşnudum. Belki bu sadedil kadının dindarlığıdır bana böyle huzur veren. Onun batıl itikatlarında, içimi kaplayan boşluğa haddini hatırlatan, korkularımı yatıştıran bir şeyler var. Belki de, tıpkı benim gibi korkularla yaşayan birine rastladığım için memnunum. Zişan Kadın baktığı her yerde, duyduğu her çıtırtıda görülmeyeni, duyulmayanı tespit ediyor. En büyük korkusu ise evin karşısındaki evliya türbesi. Yağmurlu gecelerde evliyanın ayaklanıp sokaklarda dolaştığına, bazen de sırf muziplik olsun diye evlerin kapısını çaldığına inanıyor. Eğer böyle gecelerde birisi çıkıp da türbeyi gözetlemeye kalkarsa evliyanın bundan çok rahatsız olacağını, rahatsız olduğunda da pılı pırtıyı toplayıp bir başka diyara göç edeceğini, giderken de hayırdualarını beraberinde götüreceğini söylüyor. Ve eğer yağmurlu bir gecenin sabahında, daha gün ağarmadan kalkarsam; kalkıp da gözlerimde biriken çapakları yıkayıp tertemiz bir nazarla dışarı bakarsam; evliyanın, kadri bilinmemiş bir kolyenin boncukları gibi çamurlara saçılmış ayak izlerini görebileceğimi fısıldıyor kulağıma.

Zaman zaman, haramilerin pusu kurduğu bir yolda yüreğini çaldırmaktan korkan bir yolcunun tedirgin adımlarıyla evden ayrılıp, türbeyi ziyarete gidiyor. Giderken darı götürüyor yanında. O ve onun gibi pek çok Müslüman kadın türbenin etrafına darı döküp, dua ediyorlar. Zişan Kadın'la inatlaşmak gibi bir niyetim yok, ama ben yağmurlu gecelerde evliyanın türbesine bakmayı seviyorum. Böyle gecelerde evliyayı değil, oraya buraya saçılan ve her yağmur damlasıyla birlikte toprağa biraz daha gömülen darı tanelerini düşünüyorum.

Sabahları, üzerinde minicik mavi çiçekleri olan, kulpu yaldızlı bir fincanla kahve getiriyor bana. Buraya geldiğimden beri mütemadiyen kahve içiyorum. Çikolatanın yerini tuttuğunu söyleyemem ama galiba adamakıllı alıştım kahveye. İçmediğimde huzursuz oluyorum. Korkularım büyüyor. Zişan Kadın falıma bakmak istiyor ısrarla. Bilmediklerimi bilmesini istemediğimden, münasip bahanelerle geçiştiriyorum her defasında.

Geldiğimden beri yağmur yağıyor şehirde. Zişan Kadın, evliyanın her gece her gece dolaşmaktan bitap düşmesinden korkuyor. Bense, ne zaman güneşin sarısını özlesem, niçin buraya geldiğimi hatırlatıyorum kendime.

"Aynalar şehrine geldim çünkü benim hikâyemin önünü, benden evvel kaleme alınmış bir başka hikâye tıkıyor. Aynalar şehrindeyim çünkü bir kez şu bendi yıkabilsem sular çağlayacak, deli deli akacak; hissediyorum."

Her zaman bu kadar süslü cümleler kurmayı başaramıyorum oysa. Bazen hakikat bütün çirkinliği ve çirkefiyle karşıma dikildiğinde, âkıbetimi allayıp pullamak, süsleyip püslemek gelmiyor içimden. Böyle zamanlarda gözlerimi kapatıp, usulca arkama yaslanıyorum ve küfre özenen kelimelerin dişlerimin arasında bıraktığı o kekremsi tatla oyalanıyorum.

"Aynalar şehrindeyim çünkü ben bir korkağım ve ne olduğunu bilen her korkak gibi, bu sırrı kendime saklıyorum."

Sırlar

Zira, zerrelerin denizlerden ve denizlerin zerrelerden hâsıl olduğunu biliyor.

Yakup K. Karaosmanoğlu

Kadeh

Hayat denizi sakin olduğunda, daha da korkunçtur; çünkü sükûnetin ortasında fırtına saklıdır.

Luis de Leon, *Obras*, VII

Duvarları melek ve şeytan tasvirleriyle bezenmiş geniş yemek odasında, zaman istirahate çekilirdi sanki. Burası, kimselerin dalgalandırmaya cesaret edemediği sisli, yosunlu, ağlamaklı bir göle benzerdi. Kuşlar ve böcekler, yabankazları ve yılanbalıkları gün boyu bu gölün etrafında, içinde, üstünde dolaştıkları halde, ona dokunmadan yaşamayı öğrenmişlerdi. Zira göl, dokunmaktan da dokunulmaktan da hazzetmezdi. Ara sıra buğusunu temizleyip, baygın gözlerle kendini seyrettiği boy aynasında ezeli kıpırtısızlığı bozmaya aday tek bir gölge bile görmek istemezdi. Kabul etmeye yanaşmasa da, hikâyesi geçmişte, geçmişi yemininde gizliydi. Sularını toplayıp, en ufak bir hareketi anında boğmaya yemin ettiği günden beri bu hep böyleydi.

Alonso Perez de Herrera, her gün olduğu gibi bugün de, yemek öncesi duasını ederken, sofradaki nimetleri kâfi bulmayarak daha fazlasını elde edebilme hırsıyla tokluk içinde açlık, varlık içinde yokluk yaşayacağı günleri görmektense bir an evvel canını alması için Tanrı'ya yalvarmıştı. Her seferinde gözlerinin yaşarmasına, tepeden tırnağa ürpermesine sebep olan bu dokunaklı duayı tamamladığında, tam karşısına denk düşen resme dalmıştı. Sofrayı kuran hizmetkârlar, parmaklarının uçlarında yürümeye ve ortalıkta fazla görünmemeye gayret ediyorlardı. Koca evde çıt çıkmıyordu. Bu kıpırtısızlık oyununa ayak uydurma zahmeti göstermeyen tek şey çorbadan yükselen dumandı. Muzip ve lâkayt, serkeş ve hırçındı çorbanın dumanı. Oynak bir nağmeye eşlik edebilmek için kıvrılıp, önü sıra katmerlenerek çoğalan emsalsiz bir güzelliğe göz süzmekte; kendi âleminde, bir başına olmanın tadını çıkarmaktaydı. Alonso Perez de Herrera'ya gelince, o, hem iyice soğuduğundan emin oluncaya kadar çorbayı dudaklarına yaklaştırmadığından hem de resmin karşısında kendinden geçtiğinden, dumanın bu küstahlığını fark etmemişti.

Zaman istirahate çekilmiş;
göl, gene kim bilir neye öfkelenmişti.

Nice sonra Alonso Perez de Herrera, gölü dalgalandırmamak için mümkün olduğunca ağır hareket ederek, yemeğini yemeğe başladı. Ara sıra durup, düşünceli düşünceli kafasını sallıyor, sonra gene eskisi gibi ağır hareketlerle yemeye devam ediyordu. Sesi dinliyordu. Şu anda ondan başka hiç kimsenin işitmediği ses, tam karşısına denk düşen resimden geliyordu. Resmin çerçevesini süsleyen altın kabartmalar, uzaktan bakıldığında, incir yapraklarına benziyordu; korkunç bir ayıbı örtmek için iç içe geçmiş, kol kola girmiş incir yapraklarına. Duvarın genişçe bir kısmını kaplayacak kadar büyük olan bu resim Alonso Perez de Herrera'yı ölüm döşeğinde tasvir ediyordu. Resmi bundan dört sene evvel, boğazına kadar borçlandığı için hünerlerini karın tokluğuna sergileyen bir İtalyan ressama yaptırmıştı. Resmin tamamlandığı günden bu yana da, yemeklerini onun karşısında yemeyi, içkisini onun karşısında yudumlamayı ve en zor, en mühim kararlarını onun karşısında vermeyi âdet edinmişti.

Resim, yemek odasının dışında bir âlemi tasvir etmekten çok, onun devamı, hatta aksiydi sanki. Kan yoktu resimde; göz alacak tek bir renk yoktu. Resimdeki karanlık ile odaya hâkim olan karanlık birbirlerine sıkı sıkıya sarılmış, yekvücut olmuşlardı. Resmin tek aydınlık noktasında, limon sarısı yüzüyle Alonso Perez de Herrera geniş bir saman yatağa uzanmıştı. Yataktan sarkan sol kolunun parmakları sanki son anda, görünmeyen bir tüyü, yere düşmesine ramak kala, havada yakalamıştı. Odanın öteki ucunda, sımsıkı kapalı perdelerden sızmayı nasılsa başarabilmiş bir ışık huzmesinin aydınlattığı yerde, sapsarı yüzüyle Alonso Perez de Herrera, resimdeki halini hayata taşıyabilmekten hoşnut, karşısındaki kendini seyrediyordu.

Kendini seyrediyordu, berikinin resminde;
Hayatı resmediyordu, ölümün sûretinde.

Resmi duvarına astıktan sonra ilk iş olarak yemek odasındaki eşyaları değiştirmişti. Resimdeki renklerle bağdaşmayıp onun hâkimiyetini kabullenmeye yanaşmayan bütün eşyalar, yemek odasını birer birer terk etmişti. Bununla da kifayet etmeyen Alonso Perez de Herrera, yemek esnasında kullandığı tüm tabak çanakları bir ustaya yaptırmak sûretiyle, ölümün yüzleriyle tezyin ettirmişti. Hiç şüphesiz bunların arasında en çok sevdiği şey, evde bulunduğu zamanlarda elinden bırakmadığı içki kadehiydi. Kenarları yaldızlı kadehin üzerinde göz çukurları yeşile boyanmış bir iskelet duruyordu. Kadehin ayağından çıkan siyah çizgi, ilk bakışta kurumuş bir dalı andırsa da, aslında, deri değiştirmeyi beceremediği için birikmiş ölü derilerin ağırlığı altında ezilen bir yılandı. İşin aslı, yılandan çok, onu resmeden ustaydı beceriksiz olan. Fakat Alonso Perez de Herrera yılanın ilk bakışta yılana benzememesinde derin bir mânâ bulduğundan, kadehi yapan ustaya karşı kötü hisler beslemediği gibi, aksine, onu takdir ediyordu. Yılana benzemeyen yılanın kırmızı dili iskeletin sağ ayağına değiyordu; iskelet bunun farkında olmasa da. Zaten yılanın esas gayesi iskelete ulaşmaktan çok, kadehteki şaraptan hiç olmazsa bir yudumcuk alabilmekti. O bir yudumla sırtındaki bütün yüklerden kurtulmayı, gençleşip taptaze bir deriye kavuşmayı ümit ediyordu. Bu sebepten, olduğu yerde debelenip şekilden şekile giriyor; bir çıkar yol bulabilmek için bin takla atıyordu. Alonso Perez de Herrera ise bu kadehe kavuştuğu günden bu yana, içtiği her yudumdan emsalsiz bir keyif alıyordu. Şarabı dilinin üzerinde gezdirirken yılanı altediyor; onu kıvrandırmanın, inim inim inletmenin tadını çıkarıyordu. İçtiği her yudumda, iblisin kapkara kıllarla kaplı derisinde bir yara daha açmış oluyordu; yaralanan iblis de olsa, kan akıtmamaya dikkat ederek...

Oldum olası ölümden bahsetmeyi severdi. Bu dünyadaki vazifesinin, insanları ölümün dehşetiyle, kendi ölümleriyle tanıştırmak olduğuna inanırdı. Zavallı faniler bu tatsız tesadüften ne kadar kaçmaya çalışırlarsa çalışsınlar, çabalarının beyhûde olduğunu her fırsatta yüzlerine haykırırdı. Sonra, bir adım geri çekilip, o yüzleri kaplayan korku bulutlarını seyreder; sabırla yağmurun yağmasını beklerdi. Hiç nazlanmazdı yağmur; bir kez olsun gecikmezdi. Kara bulutlar göğü kaplar, kulakları sağır etmeye namzet bir gök gürültüsü ortalığı inletir ve bîçare faniler dizlerinin üzerine düşerek hıçkıra hıçkıra ağlamaya başlardı. O vakit gökyüzü yeryüzüyle, bulut toprakla, su tohumla buluşur; hırçın bir çamur deryasında hızla dibe doğru çekilirdi ölümlülerin vücutları. Çamurun içinden uzanan ellere, kopan feryatlara ve son anda dile getirilen pişmanlıklara bîgane kalırdı. Onlar için yapabilecekleri burada noktalanmıştı.

Tabağındaki et dilimlerini bitirdikten sonra arkasına yaslandı. Hizmetkârların da gayet iyi bildikleri gibi, eti çok pişmiş olmalıydı. Kan görmeye tahammül edemezdi; her ne yerse yesin, her ne yaparsa yapsın, kan akmamalıydı. Ölümün ve hayatın resminde göz alıcı tek bir renk bile olmamalıydı.

Biraz bekledikten sonra, artık iyice soğumuş olan çorbanın tadına baktı. Yaptığı işin ciddiyetini kanıtlamak istercesine gözlerini kısmış, kaşlarını çatmıştı. Birkaç kez dilini damağına yapıştırıp hızla geri çekti. Çorba lezzetliydi lezzetli olmasına da, içine yanlış bir şeyler katılmıştı. Zaten Alonso Perez de Herrera hiçbir zaman önüne konan çorbanın tadını beğenmez, sırf bu sebepten, sık sık kendine yeni bir aşçı arardı. Yeni gelen aşçı bir öncekini mumla aratınca bir müddet hiç sesini çıkarmaz, sonra ansızın bir gün, niçin kovulduğuna akıl sır erdiremeyen adamı kapının önüne koyardı. Alonso Perez de Herrera önüne konan birbirinden leziz çorbaları beğenmeyip aşçılarını değiştiredursun, yeryüzündeki en maharetli aşçının bile bu gidişatı durdurmasına imkân yoktu. Zira Herrera'nın beğenmediği tat, çorbaya konan malzemelerden herhangi birine değil, ondan yükselen o muzip dumana aitti. Duman havaya karışıp yok olurken, kısa ve oynak hayatından ufacık bir hatıra kalsın diye, ekşimsi bir tat bırakırdı geride. İşte o tat, dumanın hatırasına hürmeten sessiz sedasız vazifesini tamamlayıp, çorbanın içine nüfuz ederdi. Alonso Perez de Herrera bunu bilseydi çorba içmekten tamamen vazgeçerdi muhtemelen. Fakat o kabahati hep aşçılarda bulduğu ve dumandan asla şüphelenmediği için bugün de suratını buruşturup, kâseyi bir kenara itmiş; en kısa zamanda yeni bir aşçı edinmeyi aklına koymuştu.

Şarabından bir yudum alıp, gayriihtiyari, yılana benzemeyen yılanın kafasını okşadıktan sonra, tekrar resmini seyretmeye koyuldu. Bugün bir hayli yorulmuştu. Davetli olduğu bir toplulukta uzun ve ateşli bir konuşma yapmış, terden sırılsıklam olmuştu. Her vaazında hep aynı şey başına geliyor, sesin büyüsüne kapılıp gidiyordu. İşin aslı, o sadece ağzını açıp kapıyor; kelimeler bir başkasından, bir başka yerden sökün ediyordu. Eve geldiğinde o ses, kafesinden kurtulmuş bir kuş gibi telaşla uçup karşısındaki resmin içine giriyordu. Ses, bu sefer de oradan konuşmaya başlıyordu. Ses vücudunu terk ettiğinde, Alonso Perez de Herrera evvela bütün kanı çekilmiş gibi titreyip sararmaya başlıyor ve ardından, sessizliğe gömülüyordu. İşte bu sebepten, dışarıda, şöhreti bütün ülkeyi sarmış bir vaiz, bir dil üstadı; evinde ise bir ölü kadar suskun ve kıpırtısızdı. Bu matem sessizliği evin her tarafını sarıp sarmalıyordu. Hizmetkârlar da onun huylarını gayet iyi bildiklerinden, evde olduğu saatlerde çıt çıkarmamak için ellerinden geleni yapıyorlardı. Yemek odası, kimselerin dalgalandırmaya cesaret edemediği sisli, yosunlu, ağlamaklı bir göle benziyordu.

Kadehini doldurdu. Hizmetkârların, değil şarabını tazelemelerine, pek sevdiği kadehine yaklaşmalarına bile asla müsaade etmezdi. Onların sarsaklıkları ve sakarlıkları yüzünden gölün dalgalanmasından; şarabın nefasetini, yılanınsa ölü derilerinden birini kaybetmesinden endişe ederdi. Boynunu arkaya atıp kan kırmızı şarabı dilinde, damağında, dişlerinde gezdirdi. Hiç şüphe yok ki, kenarları yaldızlı kadehten şarap içebilmek emsalsiz bir keyifti. O esnada resmin içindeki ses tekrar işitildi.

"Bugün onlar için ne kadar çaba sarf ettik, değil mi? Fakat işe yaradı. Korktular. Gene korkuyu iliklerinde hissettiler."

Alonso Perez de Herrera başını salladı. Belli belirsiz bir gülümseme yerleşti dudaklarına. Ufacık bir çocuktu sesle tanıştığında. Avila'da basık bir evde, hayatından bıkmış bir fırıncının beşinci oğlu olarak gözlerini açmıştı bu dünyaya. Oğlanlardan ikisi fazla yaşamamış; geriye üç kardeş kalmışlardı. Tanrı, ölen iki oğlanın zayıf ve hastalıklı vücutlarını telafi etmek istercesine, yanaklarından kan damlayacak kadar gürbüz yaratmıştı öteki iki oğlanı. Fakat adaleti sağlarken Alonso'yu ihmal etmiş olmalıydı ki, bu küçük çocuk abilerine zerre kadar benzememişti. Eğer Alonso'nun benzediği herhangi bir şey varsa, o da Avila şehriydi. Dört bir yanı surlarla çevrilmiş, sert rüzgârlarla kuruyup kendi içine kapanmış olan bu şehir, küçük Alonso'nun hem vücuduna ve ruhuna nüfuz etmiş, hem de onun geleceğine kendi geçmişini nakşetmişti. Şehrin mizacı hodbin, hikâyesi hazin, hafızası derindi. Asırlar evvel, Araplara karşı yapılan surların inşası tam dokuz sene sürmüş, binlerce insana ter döktürmüştü. Nihayet, son taş da yerine konduğunda, sarı surlar dostla düşmanı ilelebet ayırmış; iki arada kalanların üzerlerine olanca ağırlığıyla çökmüştü. O günden beri, yolu Avila'ya düşen herhangi bir yabancının fark edeceği ilk şey, bu toprakların yürek hoplatacak aşkların, dededen toruna nakledilecek destanların yahut parmak ısırtacak kahramanlıkların diyarı olamayacağıydı. Şehirde yoksulluk had safhadaydı. Adım başı bir dilenci vardı sokaklarda; yaralarından irin akan, birbirlerinin nafakasını aşırmak için fırsat kollayan ve pis bir paçavra tomarı gibi atıldıkları köşebaşlarını mesken tutan dilenciler. Yüreklerinin derisi meşin gibi sertleşmiş, ebe teknesinden beri suya değmemiş, bitlerinden başka kimseden sadakat görmemiş hırsızlar cirit atardı evlerin derme çatma damlarında. Azizlerin hâlelerini kıskandıklarından olsa gerek, feleğin çemberini taşırlardı başlarının üzerinde. Ara sıra durup, senelerce zaferden zafere koştuktan sonra ağza bile alınmayacak kadar meşum bir hastalığa vücudunu teslim etmeyi kendine yediremeyen bir kumandanın öfkeli haykırışlarıyla, penah belledikleri şehri kutsadıkları da olurdu günbatımlarında.

Avila şehri, kendi içine bu kadar kapalı olduğundan belki de, öz evlatlarını telef etmişti tez zamanda. Şehirdeki Yahudiler ve Araplar, nasılsa boyvermiş yabani otlar gibi görülmüş, birer birer ayıklanmışlardı. Otlar yakıldıkça, bereketini kaybeden tarlalar çorak topraklara ve dumandan zehirlenen gökyüzü siyah, simsiyah bir kubbeye dönüşmüştü. Gene de hıncını alamayan şehir gözü dönmüş bir ejderha kesilmiş; ağzından çıkan alevlerle kavurup, midesine indirdiklerinin ince, beyaz kemiklerini surların dışına tükürmüştü.

Hırçındı babası. Nefret ettiği yoksulluğunun acısını müşterilerinden, en çok da oğullarından çıkartırdı. Oğullarından hiç olmazsa birini okutup, kendini bildi bileli kanını emen sefalet kenesinden kurtulmaktı tek gayesi. Bunun için hangi oğluna sırtını yaslamasının daha akıllıca olacağını bilemiyordu sadece. Bilemese de, rüyalarını süsleyen o parlak geleceğe en son yakıştırabileceği çocuğu Alonso idi elbette. Hemen hemen hiç konuşmazdı Alonso; konuşamazdı. Sesi, insandan çok kuş sesini andırırdı. Ne zaman konuşmaya kalksa, dişisine aşk nağmeleri düzen tarlakuşu gibi kesik kesik öter; tuzağa yakalanmış bir kırlangıç gibi soluksuz kalır ve avına saldırmadan evvel dehşetengiz çığlıklar atan bir atmaca gibi kulakları tırmalardı. Sesinden utanırdı. Etrafındakilerin alaylarına hedef olmamak için mecbur kalmadıkça ağzını açmazdı. Nice sonra, yedi yaşına bastığında, kilise korosuna alındı. Orada rahatladı; bunca zamandır hasretini çektiği huzura kavuştu. Zayıf, hastalıklı vücudu kilisenin loş ışığına saklanırken; tiz, kuş sesi dikkatleri çekmiyor, alay konusu olmuyordu. Hatta bazen, öteki çocuklara zor gelen bir ilahiyi başından sonuna kadar hatasız okuyup takdir topladığı bile oluyordu. Alonso'ya kalsa oradan hiç çıkmazdı. Ömür boyu bu sığınakta kalır; demir parmaklıkların, altın şamdanların, oymalı kapıların, Bakire Meryem'in gözyaşlarının, azizlerin hüzünlü bakışlarının, mumların titrek alevlerinin, iri tespihlerin, kutsal ekmeklerin ve kokularıyla başını döndüren tütsülerin arasında; sağır olmadığı halde işitmeyerek, dilsiz olmadığı halde konuşmayarak, kalpsiz olmadığı halde hissetmeyerek öylece yaşayıp giderdi. Nihayet bir yuva bulabilmişti kendine. Vahşi gözlerden uzak, alabildiğine sıcak bir kuş yuvasıydı kilise. İşte o dönemde tanışmıştı sesle.

Bir gün, koro dağıldıktan sonra, her zaman yaptığı gibi herkesin uzaklaştığından emin oluncaya kadar arkada kalıp biraz oyalanmıştı. Tek bir arkadaşı bile yoktu. Kilisenin dışında ağzını açmak gafletinde bulunduğunda alay konusu olacağını gayet iyi bildiğinden insanlardan köşe bucak kaçıyordu. Oymalı, koca kapıya doğru dalgın dalgın yürürken, arkasından birinin seslendiğini duydu.

"Alonso... Alonso, bekle biraz."

Çocuk korkuyla sıçradı. Etrafta kimsecikler yoktu. Bakire Meryem'in konuştuğunu zannedip, telaşla haç çıkarttı. Sonra parmaklarının ucuna basa basa oradan sıvışmaya çalışırken, sesi tekrar duydu.

"Benim Alonso. Bir ömür boyu seninleyim."

"Ki...ki...kimsin?"

"Sakın kekeleme Alonso. Bir daha asla kekeleme. Susma. Avazın çıktığı kadar bağır, takattan düşene kadar konuş. Korkma, çünkü bundan böyle senin ağzından ben konuşacağım. Sesinden utanmayacaksın Alonso. Sesinle var olacaksın."

Titremesi kesildi. Donup kalmıştı sanki. Adım atmak şöyle dursun, kıpırdıyamıyordu bile. Derken, ani bir emir almışçasına hareketlenip, şimşek hızıyla çıktı kiliseden. Dışarıya çıkıp sert rüzgârı yer yemez kendine geldi. Kendini koyverip, altına işedi. Yapayalnız ve çaresizdi.

Sesinden utanmadığı tek mekânı, biricik yuvasını kaybettiğini görmek onu kahretse de, kiliseye gitmemek için türlü bahaneler buldu. Her bahanede dayak yedi babasından. Ne var ki fırıncı, zekâsından her zaman şüphe ettiği bu küçük oğlanla uzun uzadıya uğraşamayacak kadar bezgin bir adamdı. Vazgeçti; salaklığına doymayan oğlunu kendi haline bıraktı. İşte o zaman, evde durmaya tahammül edemeyen Alonso, aklını başına devşirmesi gerektiğini kavradı. Hayat zaten kötü olduğuna göre, daha kötüsünden korkmak mânâsızdı. Olanca cesaretini topladı ve tekrar koroya katılmak üzere kiliseye döndü. Gene ilahiler söyledi incecik, kuş sesiyle; gene yalnız kaldı, bir başına. Boşuna korkmuştu. Ortada ses filan yoktu. O şey her neyse, belli ki uzaklaşmıştı. Belki de hiç var olmamıştı.

Ne var ki, çok geçmeden yanıldığını anladı. Ses, evde, kilisede, sokakta ve fırında; tabaklardan, kapılardan, duvarlardan ve ağaçlardan çıktı geldi. Mütemadiyen konuştu, konuştu. Giderek Alonso daha az korkmaya başladı ondan. Nihayet bir akşam o meçhul ses dedi ki:

"Babanın gözdesi sen olmalısın. Sen gitmelisin üniversiteye."

İşte o zaman çocuk sese ısındı. Anladı ki, ses hayattaki tek rehberi, biricik arkadaşıydı. Hem belki o da yalnız ve mutsuzdu. Belki de bu sebepten, bunca insanın arasında gidip bir başkasını değil de onu, Avila'lı fırıncının sessiz ve kimsesiz oğlunu bulmuştu. Zaman zaman başkalarının yanında da ortaya çıkıyor ama kendini onlara duyurmuyordu. Giderek Alonso Perez de Herrera bu imtiyazdan keyif almaya, öteki insanlara benzememenin o kadar da kötü bir şey olmadığını düşünmeye başladı. Nihayet bir gün, cesaretini toplayıp, nicedir sesin yapmasını istediği şeyi yapmak üzere babasının karşısına çıktı.

"Baba! Beni ne zaman göreceksin?"

Fırıncı şaşırmıştı. Kuş sesli, sarı benizli çocuğuna baktı. Çocuklarının içinde en az sevdiği, kendine en az benzettiği çocuğuna baktı. Onunla kaybedecek vakti olmadığından, omuzlarını silkeleyip çalışmaya devam etti. Fakat Alonso kendisinden umulmadık bir cesaretle atılıp babasını durdurdu. Başını kaldırıp bir dev gibi görünen iriyarı adama baktı. "Beni seç baba!" Bir ricada bulunmaktan çok emir verir gibiydi. Her zamanki gibi incecik olan sesi insanın onu ciddiye almasına mâni olsa da, yüzünü kaplayan kararlılık görülmeyecek gibi değildi. Fırıncı, oğlundaki bu ani değişikliğe bir mânâ veremedi. Kafasını kaşıdı, yavaş yavaş uzaklaşan çocuğun arkasından baktı ve onun ruh sağlığından endişe etmekten başka bir şey yapmadı.

Ertesi gün sesle kilisede buluştular. Koronun dağılmasından sonra Alonso gene geride kalıp oyalandı. İçerde kimsecikler kalmadığında, ses onu çarmıha gerilmiş İsa'nın önüne çağırdı. Dışarıda, akşam güneşi ılık ılık erirken, sonbahar rüzgârı Avila surlarını inim inim inletirken, tezgâhı kapatan dilenciler uyuşmuş bacaklarına kan yürüsün diye gerinirken; içeride, çocuğun bakışları, kilisenin dört bir yanını dolaştıktan sonra İsa'nın avuç içlerine takılı kaldı.

"Alonso! Vakit geldi. Sen ve ben kavuşmalıyız artık."

Neyin vaktinin geldiğini bilemeyen Alonso olduğu yerde tir tir titriyor, boncuk boncuk ter döküyordu. Canının yanmasından korkuyordu. Ara sıra ayaklarına bakıyordu dik dik. Ayakları her an kendi başlarına hareket edip, kaçabilecek gibi görünüyorlardı. Korkusu ne denli büyük olursa olsun, ayaklarının onu geçmişteki kötü günlere sürüklemesine mâni olmalıydı. Neyse ki, ses, bu tedirgin bekleyişin daha fazla uzamasına müsaade etmedi. Ses ona ağzını açıp avazı çıktığı kadar bağırmasını söyledi. Çocuk o kadar heyecanlanmıştı ki, değil bağırmak bir inilti bile çıkaramadı. Bakışları ayaklarında, yüreği ağzında, öylece kalakaldı. Bir müddet sonra ses isteğini tekrarladı. Alonso bu sefer var gücüyle ıkınarak bağırmaya çabaladı. Kulaklarına kadar kızarmış, terden sırılsıklam olmuştu. Ciğerlerinde nefes kalmayıncaya kadar zorladı, zorladı. Garip bir şeyler oluyordu vücudunda. Ayaklarının yerden kesildiğini, göğe doğru yükseldiğini, damarlarında akan kanın hızla çekildiğini zannetti bir ara. Ağzından çıkan ses hem bıkıp usanmadan düşüncelerini parçalıyor, hem de oraya buraya dağılan parçaları sabırla topluyordu. Bağırıyordu Alonso. Bağırabiliyordu. Sesi, incecik, kuş sesi, doğduğu günden beri kulakları tırmalayan, alay konusu olan sesi, kilisenin yaşlı, nemli duvarlarında, yaldızlı, cılız mumlarında yankılanıyordu.

Garip bir şeyler oluyordu. Damla damla eriyen mumların gölgeleri devleşirken, nemden çürümeye yüz tutan duvarlar bellerini doğrultuyordu. İncecik kuş sesi giderek kalınlaşırken, hayatında ilk defa kükreyebilmenin tadını çıkaran Alonso mutluluktan sarhoş oluyordu. Mucize dedikleri bu olmalıydı. Haftalardır peşinden ayrılmayan o tuhaf ses ona kol kanat germekle kalmamış, bir de içine girip kaderini değiştirmişti. Öyleyse bunu kutlamalı, sevincini herkese duyurmalıydı. Tekrar, tekrar bağırdı. Haykırdı. Bıraksalar, yani ses bıraksa, saatler, hatta günler geceler boyu bağırırdı. Çürük bir diş gibi günbegün oyuğunu genişleterek berbat bir tat, kesif bir koku yayan öfkeyi kökünden söküp atabilir; yalnızlığını, çaresizliğini, sesine katıp uzaklara yollayabilirdi. Ama o buna mâni oldu.

"Bu kadarı kâfi!"

Alonso şaşırdı. Sese itaat etmek istemiyordu. Kendini bildi bileli mutsuzluğunun ve yalnızlığının yegâne sebebi, utanç kaynağı, alay konusu olan sesinden kurtulmuşken, bu mucizenin tadını çıkartmak istiyordu. Bütün bunlar bir rüya olsa bile, uyanmaya niyeti yoktu. Ne var ki, tam da ağzını açıp tekrar bağırmaya hazırlandığında, sanki görünmeyen bir el, saçlarından yakaladığı gibi hızla, hoyratça geri çekti kafasını. Çocuk o kadar büyük bir acı duymuş, her şey o kadar ani olmuştu ki ağzının çarpıldığını sandı. Şaşkın, ürkmüş bir halde, ağzını, çenesini yokladı. O kızgındı.

"Bunu sakın tekrarlama küçüğüm. Sakın bir daha sözümden çıkma!"

Alonso bu hırçın ses tonunu gayet iyi tanıyordu. Babası gibi konuşmuştu ses; onun kadar öfkeli, onun kadar bıkkın ve onun kadar tehditkâr. Bu kadardı demek. Mutluluğu bu kadar kısa sürmüş, ardından gelen acı bu kadar keskin olmuştu. Ne var ki çok geçmeden, ses, şefkatle konuşmaya başladı. Biraz önceki aksiliğini unutturmak ister gibiydi.

"Sen ve ben küçük oyunlarla vakit yitiremeyiz. Biz bu daracık mekânlara sıkışamayız. Hedeflerimiz büyük Alonso. Beni yormamalısın." Kısa bir sessizlik oldu. Alonso ağlamamak için tırnaklarını etine batırıyor, dudaklarını ısırıyordu. "Unutma. Sen istediğinde değil, ben istediğimde... Sadece ben istediğim zaman, sesin sesim olur. Bunu sakın unutma!"

Unutmamıştı. Alonso Perez de Herrera o akşam yaptığı hatayı bir daha tekrarlamamış, sesin söylediklerini aklından çıkarmamıştı.

Zamanla her şey tıpkı sesin söylediği gibi olmuştu. Alonso, üniversiteye gitmek üzere Avila şehrini geride bıraktığı gün, fırıncı babasının ve gürbüz kardeşlerinin hayal bile edemeyecekleri bir seyir izleyen kaderini neşeyle selamlamıştı. Bir kez olsun dönüp de arkasına bakmamıştı. Hatırlanacak ne varsa hep hatırında tutacak, unutulacak ne varsa hızla unutacaktı. Şaşılacak kadar kısa bir zamanda ülkenin en ünlü vaizlerinden biri olup çıkacak; uzak şehirlerden, köylerden kalkıp onu dinlemeye gelen insanların hafızalarından ve rüyalarından kolay kolay çıkmayacaktı. Tek sıkıntısı iplerin sesin elinde olmasıydı. Sesin, ne zaman içine gireceği, ne zaman dışarı çıkıp onu o eski, cılız, kuş sesiyle baş başa bırakacağı tamamen kendi keyfine kalmıştı.

Alonso Perez de Herrera hiçbir vaazına önceden hazırlanmazdı. Vakit tamam olduğunda, beklenen an geldiğinde, kendini o davudî sesin ellerine bırakıverirdi. Nelerden bahsedeceğini kendi de bilmezdi bu sebepten ötürü. Tek yaptığı kendini tamamen koyvermekti. Ses kesildiğinde, ağlamaktan gözleri kızarmış, korkudan iki büklüm olmuş insanlara boş gözlerle bakar, sanki onları bu hale getiren şeyin ne olduğunu anlamaya çalışır ve her seferinde telaşla evine dönerdi. Vaazlardan sonra hiç kimseyle konuşmamaya dikkat ederdi. Bir şeyler söylemeye mecbur kaldığı zamanlarda müthiş bir sıkıntı duyardı çünkü şimdi ağzından çıkan ses, biraz evvel duydukları ses olmayacaktı.

Bugünkü vaazda ses, son zamanlarda peş peşe ortaya çıkan garip doğumlardan bahsetmişti. Evvela, Botorrita köyünde dünyaya gelen iki kafalı, iki kuyruklu, altı ayaklı bir danayı anlatmıştı. Cahil köylüler, dananın, işledikleri günahların delâleti olduğunu anlayamadıkları için, bu gidişle köyde daha pek çok garip doğum olacaktı. Sonra ses, Rioseco'da dünyaya gelen, her tarafı kıllarla kaplı canavar bebekten bahsetmişti. Doğar doğmaz yürümeye başlayan bu bebek, kulak yerine iki küçük, pembe boynuza sahipti. Ayakları, kazlarınki gibi perdeliydi ve ellerinin üzerinde yırtıcı kuşların pençelerini taşıyordu. Köylüler şeytanın yaratığı olduğu şüphe götürmeyen bu bebeği, hiç vakit geçirmeden cellada teslim etmişlerdi. Cellat onu parçalara ayırmış ve her bir parçayı ayrı ateşe atmıştı. Ne var ki, yakılan bütün ateşler anında sönmüş; üst üste yığılan odunlar, çıralar, otlar kâr etmemişti. Nihayet, yolu köyden geçen bir rahip, güneş tepedeyken kilise çanının gölgesinin düştüğü yerde derince bir çukur kazdırmayı akıl etmiş; çukurun dört köşesine dört tane haç yerleştirilmiş ve ancak orada ateşi yakıp iblis bebekten kurtulmak mümkün olabilmişti.

Ses, bu korkunç hadiseyi anlatıp ülkenin hemen her yerinde buna benzer daha pek çok doğum olacağını haber verdikten sonra, sık sık yaptığı gibi, Doğu'dan gelen felâketten bahsetmişti gene.

"Onlar dünyadaki en gaddar, en kana susamış orduya sahipler. Ayaklarının bastığı her yerde, kadın-çocuk demeden önlerine çıkan tüm Hıristiyanları kılıçtan geçiriyorlar. Bu zebaniler Viyana'da bozguna uğradıklarında Sultan Süleyman ne yaptı? Sırf içindeki intikam ateşini körükleyebilmek için dört yüz bin Hıristiyan'ı öldürmedi mi? Peki öyleyse, onun halefleri niçin ondan daha merhametli, daha insaflı olsunlar ki? Unutmayın ki, Doğu'dan gelen felâketle mücadele etmek, Deccal'le mücadele etmektir. Peki, sorarım sizlere! Hiç düşündünüz mü, Yüce Tanrı bu gaddar ordunun ilerlemesine, palazlanmasına niçin müsaade ediyor? Niçin onların üzerine taş yağdırıp saraylarını başlarına geçirmiyor? Evet, Tanrı Türklerin ilerlemesine müsaade ediyor çünkü Hıristiyan dünyası günahkâr. Evet, Hıristiyan dünyası bir günah batağında çırpınıyor. Hepimiz günahkârız; hepiniz günahkârsınız!"

Türklerden sonra Yahudilere gelmişti sıra. Alonso Perez de Herrera, aradan geçen bunca seneye rağmen, hâlâ bu konu açıldığında sol elinin serçeparmağının sızlamasına hayret ediyordu. Böyle zamanlarda, sesten o utanç verici hakikati öğrendiği gün telaşla içine gömdüğü huzursuz kıpırtının çocukları ve torunları, sessiz sedasız ilerleyip serçeparmağının ucunda barikatlar kuruyordu. Kimse kimseye saldırmadığından, çatışma çıkmıyordu. Zırhlarını kuşanmış kıpırtı neferleri neye benzediğini kestiremedikleri düşman kuvvetlerini bir müddet bekleyip hep bir ağızdan, sözleri anlaşılmayan şarkılar söyledikten sonra, gene öyle sessiz sedasız geri çekiliyordu. Kan akmıyordu. Neyse ki artık kan akmıyordu. Kanın ilk ve son defa aktığı o melûn günden bu yana, Alonso Perez de Herrera kırmızıya tahammül edemiyordu.

"Bundan böyle hayatın çok farklı olacak. Avila'lı fırıncının küçük oğlu Alonso değilsin artık. O sıska, pısırık oğlana veda et!"

Gökyüzü kurşunî bir renk almıştı o gün. Yağmur yağacaktı yakında. Alonso yüzünde keyifli bir gülümsemeyle sesi dinliyor; uyuşuk uyuşuk oturuyordu.

"Ne var ki, henüz bilmediğin bir sırrın var. Ve sen küçük dostum, bu sırrı ömür boyu taşıyacaksın."

Alonso Perez de Herrera o zamanlar sesi yeterince tanımıyordu. Onun en derin kırgınlıkları onarmaktaki maharetini, paylaşmadığı sevinçleri un ufak etmekte de kullanabildiğini bilmiyordu henüz.

"Şurada duran bıçağı görüyor musun Alonso? Al onu. Hadi oyalanma. Al dedim!"

Bıçak elinde, söylenenleri çok da ciddiye almadığını aşikâr eden bir ifadeyle bekliyor; ara sıra başını kaldırıp yağmur taşıyan bulutlara gülümsüyordu.

"Şimdi serçeparmağını kesmeni istiyorum senden. Sol elinin serçeparmağını."

Söyleneni yaptı. Bu tuhaf oyundan canı sıkılmıştı. Akan kanı yalayıp, gene eski rahatlığına gömülmek üzereydi ki, ses gürledi.

"Alonso! Kanına bak. Dikkatlice bak kanına. Hıristiyan kanı, bozulmamış, kirlenmemiş, saf Hıristiyan kanı kırmızıdır Alonso. Kıpkırmızıdır. Oysa Yahudi kanı siyaha çalar Alonso. Koyudur. Şimdi kendi kanına bak. Sence kanın yeterince kırmızı mı?"

Alonso dehşete düşmüştü. Korkudan iri iri açılmış gözlerle serçeparmağındaki kesiğe bakıyor; ince ince sızan kanın, pıhtılaşmak şöyle dursun, giderek hızlanacağını, yakında her tarafı kendi çığırtkan rengine boyayacağını hissediyordu. Boşlukta asılı kalan sağ elini, terden buz kesilmiş boynuna götürüp kesik kesik soluyor, boğulmamak için çırpınıyordu.

"Evet!" diye inledi kendine geldiğinde. "Elbette kırmızı benim kanım. Elbette... saf Hıristiyan kanı."

Ses bir kahkaha attı. Uzaklarda bir yerlerde şimşek çaktı. Gökkubbe aydınlandı. Yakında yağmur yağacaktı.

"Dikkatlice bak Alonso. Kırmızıyı bozan birkaç damla siyahı fark etmiyor musun? Görmüyor musun?"

Beti benzi atan Alonso'nun bir şey görecek hali yoktu.

"Sen dedeni hiç görmedin Alonso. Sana ondan hiç bahsetmediler. Niçin dersin? Senin deden ailenin kanını bozdu da ondan. Zengin bir Yahudi tüccarın kızını kendine eş seçti. Onu sevdi ve Avila surlarının içine aldı. Onun kanını ailenizin kanına kattı. İşte parmağından akan kanın içindeki o birkaç damla siyahlık bundandır

Alonso. Bu da senin küçük sırrın."

Alonso çığlık attı. Tiz kuş sesi, biraz evvel parmağını kesen bıçaktan daha çok acıttı canını. Acıdan iki büklüm olup dizlerinin üstüne düşerken, gözyaşları arasında, "Hayır! Yalan! Yalan söylüyorsun!" diye inledi.

"Sana hiç yalan söyledim mi Alonso? Damarlarında taşıdığın kapkara bir leke. İşte senden saklanan hakikat. Ve senin de bir ömür boyu saklaman gereken hakikat."

Saklamıştı da. Bu korkunç sırrı kimseyle paylaşmamış, kendine saklamıştı. Hızla yükselirken, sırrının açığa çıkmasından endişe duymamıştı. Merak edecek bir şey yoktu. Olsaydı, ses önceden haber verirdi muhakkak. Gene de her zaman tedbirli olmakta fayda vardı. Öyle de yapmıştı zaten. Yükseldikçe yükselmiş, giderek katılaşmış ve Yahudilerden nefret eder olmuştu.

"Conversos...* Onlar ikiyüzlüdür, sahtekârdır onlar. Dışarıdan, inançlı Hıristiyanlar gibi görünmelerine rağmen, aslında içten içe Yahudiliklerini muhafaza ederler. Temizlenmesi gereken bir cerahattir onlar. Damarlarında siyah, simsiyah kan akar. Ve bu pis kanı etrafa sıçratmak için fırsat kollarlar. Boşuna gayretleri! Zira kendi kanlarında boğulmaya mahkûmlar. Nereye kaçarlarsa kaçsınlar, Mısır'ı inleten belalardan, sapkınları çürüten vebalardan kurtulamayacaklar. Şehirlerde ve köylerde, meydanlarda ve tarlalarda lanetlenecekler. Erkekleri tohum veremeyecek, kadınları döl tutamayacak. Sodom ve Gomore'nin laneti peşlerini bırakmayacak!"

❂

Duvarları melek ve şeytan tasvirleriyle bezenmiş geniş yemek odasında, kenarları yaldızlı kadehinden şarap içip yılana benzemeyen yılanı kıvrandırmanın tadını çıkartırken, tam karşısına denk düşen resimden alamıyordu gözlerini. Ara sıra başını sallayıp, vazdan sonra resmin içine giren ve şimdi kendisinden başka kimsenin işitmediği sesin söylediklerine hak verdiğini gösteriyor; sonra

* Conversos: Din değiştirerek Hıristiyan olan Yahudiler.

tekrar, kuş tüyü yastık gibi yumuşacık kıpırtısızlığa gömülüyordu.

"Ne çok soru sordular bugün. Nasıl da yordular bizi."

Alonso Perez de Herrera başıyla onayladı. Oysa sadece bir tek soru sorulmuştu. Vaaz sona erdiğinde, topluluktaki kadınlardan biri bir anlık sessizlikten istifade ederek atılmış; hıçkırıklar arasında, "Niçin Tanrı masum insanların ölmesine müsaade ediyor?" diye sormuştu. Ses, daha da hırçınlaşmıştı bu soru üzerine.

"Ah, cahil çocuk! Küçücük aklınla sebep mi arıyorsun? Öyleyse dinle. Sebebi gayet sarih. Onlar işledikleri günahlardan ötürü ölmüyorlar; ilk günahtan ötürü ölüyorlar."

Kuyu

Kuyu derin,
kovanın aşağılardan çıkıp
gelmesi yıllara bakıyor ve
kova şu an hızla aşağılara iniyor,
senin eğilip arkasından
bakabileceğinden de çabuk.

Franz Kafka, *Bir Savaşın Tasviri*

Avludaki kuyuya bakardı penceresi. Bu küçük, serin, loş oda onun kalesiydi. Ve avludaki kuyuya bakan pencere, bu kalenin merkezi, kalbiydi. Isabel, bazı günler, saatlerce pencereden dışarı bakar; avluya yağan yağmuru, düşen güneş ışıklarını, dolan rüzgârı seyrederdi. Bazı günlerse, pencereye yaklaşmamaya özen gösterir, sanki köşe bucak kaçardı orada göreceklerinden. Bugünse alabildiğine kararsızdı. Arada bir pencereye yanaşıp avluya kaçamak bir bakış fırlatıyor, sonra hızla geri çekiliyordu. Ne dışarı bakmaya tahammül edebiliyordu, ne de küçük penceresinden tamamen uzak kalmaya. Huzursuzdu. Günlerdir huzursuz, gecelerdir uykusuzdu. İpiri, simsiyah gözlerinin altında, içindeki perişanlığı gözler önüne seren ve avazları çıktığı kadar imdat çığlıkları atan halkalar belirmişti. Kötü rüyalar görüyor ve gördüklerini hayra yoramıyordu. Utanç değildi duyduğu. Seneler evvel işlediği günah artık mahfazasından çıkmaya karar verse bile, bunun bedelini ödemeye hazırdı. Gayet iyi biliyordu ki, son nefesine kadar utanmadan, gocunmadan taşıyabilirdi o saklı hatırayı. Son zamanlarda, kendi kendini sınamak için pek çok kez gönlünü yoklamış, orada bulduğu duyguları bir bir ayıklamıştı. Hayır, utanç yoktu içinde. Fakat hüzün, derinden iz süren ve geçtiği yollarda nilfam ayak izleri bırakan bir hüzün peşinden ayrılmıyordu. Durup omuzlarından sarsmak istiyordu hüznü; neyin peşinde olduğunu duymak istiyordu. Sonra yatışıveriyordu öfkesi. Biliyordu çünkü. Gayet iyi biliyordu ki, hüzün denilen şey tıpkı siyah, dalgalı saçlarının arasına nasılsa yerleşivermiş beyaz bir saç teline benziyordu. Hüzün, kopardıkça çoğalıyor, çoğaldıkça arsızlaşıyordu.

Bu hali küçük Andres'in bile dikkatini çekmişti. Andres, her zamankinden daha az mızmızlanıyor, daha az gürültü çıkarıyor ve annesinden aldığı güzel gözlerini iri iri açarak neler olup bittiğini anlamaya çalışıyordu. Konuşmuyordu Andres; giderek daha da suskun, daha da içine kapanık bir çocuk oluyordu. Isabel, demir almış bir geminin ardından bakar gibi bakıyordu oğluna. Ne suya atlayıp peşinden kulaç atmak geliyordu içinden, ne de gözyaşlarına boğulup ardından mendil sallamak. Bazen birkaç beyaz saç teli koparıp atıyordu oğluyla arasına giren sulara. Ve hiç itiraz etmiyordu denizin köpüklerinin, dalgaların kıyıya vurduğu yerde, yani yaşamın parçalanıp ölümün dirildiği yerde, her bir beyaz saç telini iştahla yutmasına.

Belki de Isabel'deki tuhaflığı fark etmeyen tek kişi kocasıydı. Antonio Pereira tamamen kendi tasasına düşmüş gibiydi. Nicedir tek gayesi felsefe kürsüsünün başkanlığına getirilmekti. Evde çalışamamaktan şikâyetçiydi. En ufak bir ses bile somurtmasına, yerinden fırlayıp sinirli voltalar atmasına yetiyordu. Böyle zamanlarda hiçbir şey söylemiyor, bağırıp çağırmıyor, sinirini kusmuyordu. O, karısına ya da çocuğuna el kaldırabilecek bir adam değildi. Sadece ailesine karşı değil, herkese karşı her zaman ölçülü, her zaman dikkatliydi. Isabel Nuñez Alvarez kocasından hiçbir aşırı tepki beklememesi gerektiğini evliliklerinin ilk aylarında idrak etmişti. Eskiden, her şeyi göze alıp, sırf Antonio'nun ördüğü nezaket sınırlarını aşabilmek için onun damarına basmaya çalıştığı olmuştu ama zamanla bu huyundan vazgeçmişti. Belki onu olduğu gibi kabullenmişti; belki de önce kocasına, giderek tüm dünyaya karşı hissizleşmişti. Her ne olursa olsun, umurunda değildi artık. Zaten hüznünün, güneşe teslim olmuş buzdan bir sarkıt gibi damla damla eriyen evliliğiyle alakası olmadığını biliyordu. Sebebini bir türlü kavrayamadığı başka, bambaşka bir huzursuzluğun pençesindeydi günlerdir.

Beatriz Blasquez'in, son görüşmelerinde söyledikleri geldi aklına. "Tanrı'dan daha ne istiyorsun bilmem ki? Kocan her geçen gün yükselmekte. Güzel bir oğlun, harika bir yuvan var. Her türlü tasadan uzaksın. Rahat yaşıyorsun. Bu evde sükûnet var. Fakat sen... sen, tatmin olmayı bilmiyorsun Isabel!"

Isabel Nuñez Alvarez, arkadaşının söylediklerinden çok, yüz ifadesine takılmıştı. Beatriz'in yüzünde, toprak altında yaşayan ve ancak güneşin gözleri kamaştıracak kadar yakıcı ve parlak olduğu saatlerde dışarı çıkan kıskançlık böceğinin gölgesini yakalamıştı. Görünmesiyle kaybolması bir olmuştu gölgenin; topraktaki bir çatlaktan başını uzatıvermiş veya güneşin bir anlık gafletinden yararlanmış ya da bir göz aldatmacasından ibaret olduğunu kanıtlamak istermiş gibi...

Merdivenlerden gelen ayak sesleriyle irkildi. Az sonra, hizmetçi kız Ana odaya girip Elena Rodriguez'in geldiğini haber verdi. Bir müddet, Isabel ile Ana kararsız bakışlarla birbirlerini süzdüler. İkisi de bu kadından pek hoşlanmıyordu. Elena Rodriguez ne zaman bu eve adımını atsa, beraberinde soğuk bir rüzgâr getiriyordu. Üşüyorlardı o geldiğinde. Kadın evden ayrıldığında, onun soluğunu üfleyen rüzgârın bir an evvel çıkması için bütün pencereleri ardına kadar açıyorlardı. İşte bu soğuk ve ketum komşu kadının küçük Andres'e garip bir düşkünlüğü vardı. Sık sık Andres'le beraber dolaşmak, oynamak için Isabel'den izin isterdi. Isabel'se, son derece sevimsiz bulduğu bu kadını kapı dışarı etmek için dayanılmaz bir arzu duymasına rağmen, iki sebepten ötürü ona tahammül etmesi gerektiğini düşünüyordu. Birincisi, uzun zamandır komşusu olan bu kadının, küçük Andres'i iki sene evvel kaybettiği oğlunun yerine koyduğunun farkındaydı. Diego'su hazin bir şekilde hayata veda edince kadın perişan olmuştu. Eğer Andres onun acısını hafifletebiliyorsa buna mâni olmak yakışık almazdı. İkincisi, Andres'in evden çıktığı saatler, Isabel'in kendiyle baş başa kalabildiği ve o odaya girebildiği saatlerdi. Ve bilhassa bu aralar bunu yapmaya her zamankinden daha çok ihtiyaç duyuyordu. Başıyla hizmetçi kıza işaret etti. Ana bu durumdan hoşnut olmadığını saklama gereği duymadan, Elena Rodriguez'i içeri aldı.

İki kadın odada baş başa kaldıklarında nezaketen birbirlerinin hatırını sordular. Ardından derin bir sessizlik oldu. Bu sessizlikten epey rahatsız olan Elena Rodriguez, öksürük nöbetine tutulup dantelli mendilinin içine uzun uzun öksürdükten sonra sıkıntılı bir şekilde konuştu.

"Biliyorsunuz, bugün Corpus Cristi. Ben de, Andres'le beraber merasim alayını izleyebiliriz diye düşünmüştüm."

Isabel gergin bir gülümsemeyle, "Tabii" dedi. "Tabii. Neden olmasın."

"Ya siz? Siz yürüyüşü izlemeyecek misiniz?"

Isabel bu sorudaki kinayeyi anlamazlıktan geldi. "Maalesef" dedi, "çok isterdim ama başım çatlayacak gibi. Dinlenmeliyim."

Elena Rodriguez karşısındaki genç kadına anlayışla gülümsedi. Biraz evvel çiğ yeşile bürünen gözlerine şimdi sevecen parıltılar yerleşmişti. İki kadın, bir hayli garipsedikleri bu yakınlığı bozmamaya özen göstererek, hem mesafeli hem de her zamankinden sıcak bakışlarla süzüyorlardı birbirlerini. Tam o esnada Andres içeri girdi. Kadınlar bir müddet ne yapacaklarını bilememiş gibi öylece kalakaldılar. Sonunda bu kıpırtısızlığı bozan Andres oldu. Annesinin uzun eteklerine yaslanıp, güzel gözlerini Elena Rodriguez'e çevirdi. Bu haliyle sırtını yasladığı kadını da, yüzüne baktığı kadını da memnun etmişti. Sessizce giydirdiler onu. Sonra Isabel soluğunu tutup komşu kadının, oğlunun elinden tutarak kapıdan çıkışını seyretti. Andres'in minik elinin kadının uzun, kemikli parmaklarının arasında kayboluşunu seyretti. Ve bir kez daha, limanda öylece durup, uzaklaşan geminin ardından sessizce bakmakta olduğunu fark etti.

Elena Rodriguez tam kapıdan çıkmak üzereyken durakladı.

"Ah, az kalsın unutuyordum. Size kırt-kırt tatlısı pişirmiştim."

Elena Rodriguez, alçakgönüllüğünden memnun bir kral edasıyla, teşekkür beklemediğini gösteren bir el hareketi yaptıktan sonra yapışkan bir tebessümle çıktı gitti. Isabel'se, kırt-kırt tatlısı lafını duyunca irkilmişti. Bu tatlı, komşu kadının ölen oğlunun en çok sevdiği tatlıydı. Elena Rodriguez, bembeyaz bir halka elde edinceye kadar yoğurup şekillendirdiği hamurun orasına burasına, dışarıdan bakınca asla fark edilmeyen, ancak ağızda çiğnerken ortaya çıkan boncuklar yerleştirirdi. Küçük Diego bu tatlıyı yerken bir boncuğa rastladığında sevinçle onu ağzından çıkartır, ganimetini herkese gösterirdi. Boncukları, ileride sevgilisine armağan edeceği bir kolye yapabilmek için biriktirirdi. Ne yazık ki, ömrü buna yetmemiş, biriktirebildiği bir avuç boncuğu da o öldükten sonra annesi feryat figan pencereden fırlatmıştı. Elena Rodriguez oğlunun kırt-kırt diye isimlendirdiği ve onun ölümünden sonra bir daha ağzına koymamaya yemin ettiği bu tatlıyı son zamanlarda tekrar pişirmeye başlamıştı. Isabel önünü alamadığı bir ürpertiyle tatlıyı aradı, bulamadı. Kırt-kırt tatlısının evin bir yerlerinde olduğunu bilmek hiç hoşuna gitmemişti. Uzaktan görünmeyen ve ancak ağızda çiğnerken fark edilen o boncukları sevmiyordu. Bu tatlı, küçük çocukları mutlu edecek bir eğlence olmaktan çok, masum ve masum olduğu ölçüde de tehlikeli bir oyun, korkunç bir tuzaktı onun gözünde.

Isabel Nuñez Alvarez, komşu kadından hiç hoşlanmayan hizmetçi kızın tatlıyı getirip göstermesiyle endişelerinden sıyrıldı. Zira, Ana'nın kırt-kırt tatlısını hemen evden uzaklaştırıp, bu sinsi tuzağı bozacağından emindi. Nihayet rahatlamış, yalnız kalabilmişti. Evin içinde biraz dolandıktan sonra, Antonio'nun çalışma odasına girdi. Kitap bıraktığı yerdeydi. Beyaz bir saç teliyle işaretlediği sayfayı açıp, gülümsedi. Isabel Nuñez Alvarez, kitapların verebileceği o emsalsiz keyfi küçük yaşta keşfetmişti. Babası, tek kız çocuğunun okuma yazma öğrenmesi, öğrenip de kendi dünyasına dahil olması için elinden geleni yapmıştı. Isabel de babasının bu ısrarlı arzusuna kayıtsız kalmamış, kendisine verilen kitapları büyük bir iştahla okumuştu. Ne var ki, küçük kız çocuğu büyüyüp serpildikçe babasının pek de tasvip etmediği huylar edinmişti. Zira Isabel evin iki farklı odasında, iki farklı dünya keşfetmişti. Bir odada babasının ciddi, oturaklı kitapları diziliydi. Cicero'dan *De officiis,* Boethius'dan *De Consolatione philosophiae,* Seneca'dan *Meseller* ve Juan Padilla'dan *Retablo de la vida de Cristo.* Öbür odada ise Isabel'in annesinin kitapları sıralıydı. Ötekilerden tamamen farklı olan bu kitaplar, aşkın verdiği cesaret ve tutkunun getirdiği esaret hakkındaydı. Isabel işte bu kitaplarla keşfetmişti gözükara şövalyelerin, mağrur devlerin, asil ve bedbaht kadınların içli, karmaşık hayatlarını. Önceleri sadece meraktan, sonra giderek artan bir sevgiyle okumuştu onların maceralarını. Babası kızının böylesine basit ve kafa bulandırıcı kitaplara meyletmesini şiddetle yasakladığı halde, Isabel her iki kitaplığı da büyük bir açlıkla silip süpürmüş; yan yana geldiklerinde tam bir tezat teşkil eden harfleri, heceleri, kelimeleri ve cümleleri zihninde harmanlamaya çalışmıştı.

Güzeldi Isabel'in çocukluğunun geçtiği köy. İsmi Tordesillas idi. Köydeki her ev gece gündüz, yaz kış Duero Nehri'nin söylediği şarkıları dinlerdi. Kıpır kıpırdı nehir; ele avuca sığmayan yaramaz ve mutsuz bir çocuk gibiydi. Nehrin üzerindeki taş köprü, tanıdık olsun ya da olmasın herkesi buyur eden güleç bir ev sahibine benzerdi. Altında hızla akmakta olan suların gürültücü huzursuzluğuna inat, sükûnet ve saadet vaat eden bir gülümsemeyle karşılayıp, Santa Clara Manastırı'na taşırdı misafirlerini. Duero Nehri sık sık omuzlarını silkip gözlerini kaçırırdı. Huzurla bir alıp veremediği yoktu; sadece nasıl huzurlu olunabileceğini bilemiyordu o kadar. Hırçınlığını beceriksizliğine kılıf yapıp yüreğindeki o derin yarayı saklamak istiyordu. Ve ne zaman sırrını keşfedip yüzüne vurmaya kalkan biri çıksa, canhıraş bir feryatla onu boğuyordu. Her sene, nehri döven yağmurların dinip, suların alçaldığı vakitlerde, en az birkaç ceset kalıyordu geride. Bazen de nehir hızını alamayıp, varlığına tahammül edemediği taş köprüyü alttan alta oymaya, ısırıp parçalamaya çalışıyordu. Öfkesine öfkeyle karşılık görmediğinde, her ne yaparsa yapsın köprünün yüzündeki o yapışkan gülümsemenin bir türlü yok olmadığını fark ettiğinde, dizlerinin üzerine düşüp hıçkıra hıçkıra ağlıyordu. Duero Nehri mutsuz bir çocuk, huzursuz bir ruhtu. Ve küçük Isabel ile aynı hamurdan yoğrulmuştu.

✪

Beli ağrımıştı. Kalktı, odanın içinde biraz dolandı. Ara sıra kaçamak bakışlarla avluya bakıyordu. Kararsızdı. Fakat, kararsız olduğu kadar sabırsızdı da. Daha fazla bekleyemedi. Telaşlı hareketlerle, sanki geciktiği bir buluşmaya koşar gibi avluya indi. Önce, ağır ve tasasız bir günün en uyuşuk saatlerindeymişçesine çiçeklerle oyalandı; avluya hâkim olan o baygın kokuyu içine çekti. Bu çiçekler ona hep Yaşlı'yı hatırlatıyordu; şimdi çok uzaklarda olan Yaşlı'yı. Ve ne vakit Yaşlı'yı düşünse gözlerinin dolmasına mâni olamıyordu. Derin bir nefes alıp, kendini tuttu. Kuyu, sevecen kuyu, onu bekliyordu. Kuyunun bakracında sakladığı kutu, Duero Nehri'nin hırçın hatıralarından sıyrılmaya çalışan küçük bir kız çocuğunun en hafi sırlarını, anlatamadıklarını, yazma sevdasını taşıyordu.

Cennetten bir parçayı andıran avlu,
ve onun ortasındaki susuz kuyu,
ve onun bakracındaki yaldızlı kutu,
Isabel Nuñez Alvarez'in bölük pörçük ruhunu
bir arada tutuyordu.

İmtihan

> Onları seviyordum, hâlâ da çok seviyorum onları. Yalnız hiçbir zaman onların basit dünyalarına giremedim.
>
> Julio Cortazar,
> *Ayakizlerinde Adımlar*

Antonio Pereira, rektörün evine yaklaştığında son bir kez durup kendine baktı. Bugün her zamankinden şık ve bakımlıydı. Biraz sonra, o şaşaalı kapıdan içeri girip nicedir sabırsızlıkla beklediği sevinçli haberi alacağını düşündükçe içi içine sığmıyordu. Kendini bu kadar iyi hissetmeyeli o kadar uzun zaman olmuştu ki, mutlu olmaktan korkuyordu. Mutluluğun ardından gelebilecek bir elemin yaratacağı hüsrandan değil, mutluluğun kendisinden korkuyordu. Ömrü boyunca, kendi nabzından daha hızlı hareket eden her şeyden uzak durmaya çalışmışken, şimdi, mutluluğun telaşlı ve sabırsız adımlarına ayak uyduramayacağını gayet iyi biliyordu. Gene de gülümsemekten kendini alıkoyamıyordu. Sabahtan beri dudaklarına yerleşen o utangaç gülümseme, önce sıcak kucak bulmuş bir kedi yavrusu gibi keyifle guruldamış; derken, haddini aşıp şen şakrak bir kahkahaya dönüşmeye hazırlanmış ve bunu yapamadığında da, sesini kendi elleriyle boğan bir çığlık gibi olanca kudretini içine akıtmıştı. Gülümseme ne kadar ısrarcı olursa olsun, Antonio Pereira böylesi taşkınlıklara alışkın biri değildi. Bu sebepten, dudaklarındaki kıvrımlarla cebelleşiyor, yüzündeki ciddi ifadeyi muhafaza edebilmek için müthiş bir çaba sarf ediyordu. Fakat bütün gayretine rağmen, rektörün evine yaklaştıkça yüzündeki tezatın daha da büyümesine mâni olamıyordu.

Bundan tam üç sene evvel, Doğu'dan gelen gemilerden birinin

kaptanı, hoş bir ziyafet sofrasında ortaya iki küçük kutu çıkarmış ve kendisinden bunlardan birini seçmesini istemişti. Kutulardan birinde yüzünün yarısı gülen, yarısı somurtan bir maske vardı; halatlarla birbirlerine bağlı olduklarını unutup, iki ayrı ufka yelken açmaya çalışan iki şaşkın gemi, çürümeye terk edildikleri liman bellemişlerdi maskeyi. Öteki kutudan ise bir kadının saçına süslemek için yapılmış ince, uzun, zarif bir toka çıkmıştı. Maskeyle fazla ilgilenmeyip tokayı seçmişti. O zamanlar henüz, Isabel ile böylesine ayrı düştüklerini fark etmediği için bu beklenmedik hediyenin onu sevindireceğini sanmıştı. Oysa Isabel, gülümseyerek kabul ettiği tokayı bir gün bile saçına takmamıştı. Antonio Pereira şimdi kendi yüzünü, vaktiyle kenara ittiği o maskeye benzetmekteydi. Yüzü, tıpkı o tuhaf maske gibi, ilk saldırıyı karşıdan bekleyen iki düşman kuvvetin karşılaştığı bir harp meydanına dönüşüvermişti. Üstelik bu iki ordu, parlak bir gelecek için değil, çoktan unutulmuş bir geçmiş için dövüşmeye hazırlanmaktaydı. Oysa Antonio Pereira'ya göre geçmişin ardından gözyaşı dökmek de mânâsızdı, adına dövüşmek de. Ve geçmişi sıla belleyenler ömür boyu gurbette yaşamaya mahkûm olduklarına göre, ya hafızayı hatıralardan uzaklaştırmak lâzımdı ya da hatıraları ait oldukları zamandan. Aksi takdirde, acıtırdı geçmiş; boş yere yaralanırdı insan.

Isabel sadece verdiği hediyelere karşı değil, her şeye karşı ilgisini yitirmiş; kaptan çıktığı bir seferden bir daha dönmemiş; yarısı gülen yarısı somurtan maske kim bilir kimlerin eline geçmişti. Aniden, o ziyafet akşamı maskeyi değil de tokayı aldığı için derin bir pişmanlık duydu. Oysa bugün, kilden bir maskenin ardından hayıflanacağına, mutlu olmalıydı. Bu mükâfatı çoktan hak ettiğini bildiğine ve bunca emeğin muhakkak bir semeresi olması gerektiğine göre, artık mutlu olmaktan korkmamalıydı. Derin bir soluk aldı. Kendi kendini rahatlatmayı başarmıştı. Adımlarını hızlandırmadan önce kendinden ne kadar hoşnut olduğunu eleveren bir edayla kızıl-siyah sakallarını sıvazladı. Tam da o esnada karşıdan gelen iki genç kadının meraklı gözlerle onu süzüp, aralarında fısıldaştıklarını fark etmemişti. Kadınlar işveli adımlarla yanından geçip giderken, o hâlâ sakallarını sıvazlamaktaydı.

Şu son haftalarda zaman nasıl da hızlanmıştı. Önce Gonzalez'in vefat haberini işitmiş; ardından, boş kalan felsefe kürsüsüne adaylığını koymuştu. Rakibi Pedro Arbues, bilgisi kuvvetli ancak hitabeti zayıf bir adamdı. Konuşurken sıkılır, sıkıştırıldığında da boncuk boncuk ter dökmeye başlardı. Bu sebepten, Antonio Pereira rakibinin kim olduğunu öğrendiğinde hiç kaygılanmamıştı. Talih diye bir şey varsa eğer, belli ki ondan yanaydı.

Her iki aday da, bundan bir hafta evvel pazar günü sınava alınacaklarını öğrenip hazırlanmaya başlamışlardı. Gece, Antonio Pereira önce uyumakta zorluk çekmiş, fakat sınavda şansını azaltacak herhangi bir şey yapmaktan kaçındığı için deliksiz bir uyku çekmesi gerektiğine kendini ikna edebilmişti. İyi uyumuş, neşeyle yola koyulmuştu. Rektörün evinde toplanmışlardı. Pereira ve Arbues nelerden sınava gireceklerini burada öğrenmişlerdi. Adaylardan her biri Aristoteles'in "Mabadüt Tabia"sından bir bölüm seçip, bu konuda ders vermekle yükümlüydü. Yaşça daha küçük olduğu için ilk dersi vermesi kararlaştırılan Antonio Pereira, "Cevhere Dair"i seçip günün geri kalanını hazırlanmakla geçirmişti. Çalışırken evde gürültü istemediği için, Ana, küçük Andres'i bütün gün dışarlarda dolaştırmak zorunda kalmıştı. Akşam, yorgunluğu gözlerinden akan çocuk hiç ses çıkarmadan olduğu yerde kıvrılıp uyumuştu. İşte o zaman Antonio Pereira'nın içi burkulmuştu. Fakat bu zor günlerin Andres'e çok daha iyi bir gelecek sağlayacağına inandığından, gönül rahatlığıyla tekrar kitaplarına gömülmüştü. Bütün bu zaman zarfında Isabel iri, siyah gözlerinde bastıramadığı bir hüzünle onu seyretmiş ve ne iyi ne kötü, tek bir söz bile söylememişti.

Salı günü, eylülün on dokuzunda, hocalardan ve öğrencilerden müteşekkil bir topluluğa ders vermişti. Pedro Arbues başından sonuna kadar dersi dikkatle dinlemiş ve Pereira topluluğu selamlayıp yerine çekildiğinde ayağa kalkıp onu eleştirmişti. Ne var ki, Arbues'in eleştirileri dersin içeriğinden çok meselelerin anlatılış sırası hakkında olduğundan, Pereira bu ilk sınavı başarıyla atlattığını hissetmişti. Ertesi gün Arbues, Aristoteles'den "Vasıflar Üstüne"yi anlatmıştı. Açıkçası Pereira'nın beklemediği kadar iyi hazırlanmış ve zaman zaman teklemeleri sayılmazsa, konuyu oldukça iyi toparlamıştı. O zaman Antonio Pereira tehlikeyi göze alarak, meslektaşını eleştirmeyeceğini, zira onun, bu dersi lâyıkıyla verdiğine inandığını söylemişti. Kısa bir sessizlik olmuştu koca salonda. Sonra herkes dağılmıştı.

Bir gün dinlendikten sonra, Aristoteles'in "Tabiat"ını tartışmak üzere tekrar bir araya gelmişlerdi. Bu sefer Antonio Pereira "Namütenahi Hakkında"yı, Arbues ise "İmtidad"ı seçmişlerdi. Her iki ders de oldukça iyi anlatılmış ve konuşmacılar birbirlerini eleştirmekte bir hayli zorlanmışlardı. İşte şimdi nihai karar açıklanacak, kimin felsefe kürsüsünün başına getirileceği ortaya çıkacaktı.

Antonio Pereira rektörün evine vardığında herkesin salonda hazır olduğunu gördü. Gecikmesine rağmen o kadar sıcak karşılandı ki, bu zorlu sınavda galip gelenin kendisi olduğunu kuvvetle hissetti. O andan itibaren de, şimdiye değin birkaç kez ziyaret ettiği bu debdebeli ev, defalarca görüştüğü bu şık insanlar, hatta tatlarını bilmediği için ağzına sürmediği envai çeşit yiyecek dahi gözüne daha farklı görünmeye başladı. Artık hiç şüphesi kalmamıştı; zafer onundu. Gururluydu. Birden, iktidarın verdiği o emsalsiz hazzı âlîcenaplıkla taçlandırmak isteyen her muzaffer insan gibi, rakibini bulup ona yakınlık gösterme ihtiyacı duydu. Salonun bir köşesinde, tek başına oturmakta olan Pedro Arbues oldukça tedirgin görünüyordu. Sanki elinde tuttuğu şarap kadehini gelecekten haber veren kristal bir küre bellemiş, kaderini ondan öğrenmeye çalışıyordu. Duruşu o kadar tuhaf, bakışları o kadar uzak ve yüzündeki ifade öylesine kederliydi ki insanı huzursuz ediyordu. Sanki, dibine gözünü diktiği şarap kadehini değil, yerdeki paha biçilmez Acem halısının altında yatanları, hatta toprağın derinliklerinde birbirlerine dolanan ağaç köklerini, kıvranan solucanları, akacak mecra arayan suları, çürüyen et ve kemik yığınlarını seyrediyordu. Ve her neyse gördüğü, belli ki ruhunu yansıtıyordu. Antonio Pereira, belki de hiçbir zaman ciddi bir rakip olarak algılamadığı meslektaşını bu halde görünce ürkmüş, sersemlemişti. Gerçi yüzündeki muzaffer eda kaybolmamıştı ama ne yapması gerektiğini bir türlü kestiremediğinden orada öylece dikilmiş, birinin çıkıp da kendisini Arbues'in çemberinden çıkarmasını beklemeye koyulmuştu. Neyse ki, tam o esnada konuşmasına başlayan rektör imdadına yetişti.

Rektör her iki adayın da ne kadar iddialı olduklarına dair uzun ve sıkıcı bir konuşma yaptıktan sonra nihai kararı açıkladı. Antonio Pereira felsefe kürsüsünün, Pedro Arbues de mantık kürsüsünün başına getirilmişti. Karar açıklandıktan sonra rektör ne kadar isabetli bir seçim yapıldığını, her iki kürsü başkanının da üniversite için büyük hizmetlerde bulunacağına yürekten inandığını ifade etti. Ardından, her iki kürsü başkanının da sadece bilgi birikimleri yahut örnek şahsiyetleriyle değil, kanlarının temizliğiyle de üniversitedeki öğrencilere rehber olacaklarını söyledi. Rektörün dediğine göre artık ülkenin pek çok okulunda kan temizliğine bilhassa dikkat edilmekteydi. Hatta Salamanca'daki Colegio de San Bartolome, sadece hocaların ya da öğrencilerin değil, ahçının ve hizmetkârların da temiz kana sahip olmasını istemekteydi.

Pereira'nın gözleri, kristal küresindeki ılık, kırmızı şarabı çenesinden akıta akıta içen Arbues'e takıldı; günlerdir ağzına bir damla su koymamış perişan bir mahkûm gibi vahşi bir iştahla şaraba saldıran Arbues'e. Kaygıyla etrafı süzdü. Kendisinden başka hiç kimse Arbues'in bu tuhaf hallerini fark etmişe benzemiyordu. Rahatladı. Her ne olursa olsun şarap ılık, yemekler leziz, hayat güzeldi. Hiç kimsenin, hiçbir şeyin zaferine gölge düşürmesine müsaade edemezdi.

Rektörün evinden çıktığında, yüzünün yarısı gülen yarısı somurtan maskeyi de, Pedro Arbues'in gözlerindeki dehşeti de çoktan unutmuştu. Şimdi tek düşündüğü şey kürsü başkanlığını yürütürken, hekimlik mesleğini ihmal etmemekti. İki kuşak evvel Portekiz'den İspanya topraklarına geçen Pereira sülalesinde hekimlik babadan oğula devredilen kutsal bir emanet addedilirdi. Antonio Pereira ise kendi babasından devraldığı mirastan çok, oğluna bırakacağı mirasla ilgilenmekteydi. "Oğlum" diye fısıldadı, "oğlum da çok iyi bir hekim olacak." Ne var ki, bunları düşünürken Andres'in annesinden aldığı iri, siyah, hüzünlü gözleri geldi aklına. Bu küçük çocuğun neden her zaman bu kadar kederli, bu kadar kaygılı baktığını bir türlü anlayamıyordu.

Sanki... sanki bir felâket çocuğuydu Andres; çoktan yaşanmış ya da henüz yaşanmamış bir felâketin çocuğu.

Sinirli sinirli kızıl-siyah sakallarını çekiştirirken, kendi kendine neden en mutlu gününde bu tatsız fikirlerle boğuştuğunu soruyordu. Yüreğini daraltan bu fikirleri bir yana bırakıp, bir an evvel Fortuna Sokağı'na gitmeli, evdekilere müjdeyi vermeliydi. Çoktan hak ettiği mutluluğun tadını çıkarmalıydı. Isabel'in hiç gülmeyen yüzüne, Andres'in yaşından beklenmeyecek kadar kederli bakan gözlerine, Miguel'in ipe sapa gelmez hareketlerine rağmen, o, hayatın sadece bugünden ibaret olmadığını, hatırlanmadığı müddetçe geçmiş diye bir şey kalmadığını ve aslolanın gelecekten başkası olmadığını ailenin bütün fertlerine bıkıp usanmadan anlatmalıydı. Ve eğer, gene de anlamıyorlarsa, çoktan sönmüş bir ateşi canlandırmaya çalışmak yerine, henüz kurumamış bir dalı tutuşturmanın daha akıllıca olacağını kabul etmeliydi. Evet, oğlunu onların elinden çekip almalı, hiç olmazsa onun hayatını kurtarmalıydı.

Adımlarını hızlandırırken, kendi kendine mırıldanıyordu.

"Benim oğlum iyi bir hekim olacak. Tıpkı benim gibi, tıpkı babam ve büyükbabam gibi. Miguel'e benzemesine müsaade edemem!"

Aniden durdu. Pis bir su birikintisine takıldı gözleri. Pis bir su birikintisinde aksini aradı gözleri.

"Oğlum babasına benzeyecek."

İkizler

> Bir kimse çocukluğunda bu dili bir yol işitmeye görsün, yaşam boyu kulaklarından gitmez artık; tatlı, güçlü ve korkutucu.
>
> Herman Hesse, *Peter Camenzind*

Zor bir doğum olacağını hemen anlamıştı. Bebeği bu âleme buyur etmeden önce, sancılar içinde kıvranan genç kadının alnını okşadı. Ter içindeydi kadın. Alnından süzülen ter damlaları, durmaksızın akıttığı gözyaşlarına karışıp güzel yüzünde incecik patikalar çiziyordu. Bu ilk doğumuydu. Hem bebeği hem de kendisi için korkuyordu. Her kımıldanışında, her sancılanışında, ince, uzun bir tütsü gibi tüterek etrafına korkunun kokularını yayıyordu. Odadaki kadınlar onun için dua ederken, aynı yoldan geçen kendileri ve geçecek olan kızları için de dua etmeyi ihmal etmiyorlardı. Kadınlardan biri kaval çalıyordu. Kadınlardan biri kaval çalıyordu çünkü Yaşlı böyle isterdi.

Yaşlı böyle isterdi. Kaval sesinin kötü cinlerin kulaklarını tırmaladığına ve doğacak olan bebeğe şu dünyanın yaşanılası bir yer olduğunu fısıldadığına inanırdı. Yaşlı'ya göre bebeğin bu âleme kolayca gelebilmesi için annesinin korkularından sıyrılması şarttı. Aksi takdirde bebek, rahme sımsıkı tutunur, dışarı çıkmamak için olanca kuvvetiyle direnirdi. Hatta dışarıdan ölesiye korkan ve karanlığın aydınlıktan daha güvenli olabileceğini bilen bebeklerden bazıları, teslim olmaktansa, göbekbağlarını boyunlarına dolayarak oracıkta can vermeyi yeğlerdi. Bu sebepten ötürü, doğum yapan kadın, kanını, mayasını ve canından bir parçayı vermeliydi bebeğine; korkularını değil. Çocuk, korkulardan arınmış olarak doğmalı ve mümkünse eğer, korku nedir bilmeden yaşamalıydı. Bu mümkün olmasa bile, alışılmış karanlıktan bilinmeyen aydınlığa geçmenin korkusundansa, sonradan öğrenilen korkularla başa çıkmak daha kolaydı.

Yaşlı, gümüş bir tasa koyduğu mavi sıvıya işaretparmağını batırdı. Sonra, bu boyayla, sancılar içinde kıvranan genç kadının alnına üç harf yazdı. Üçüncü harfi tamamladığında eğilip alnından öptü kadını. Hâlâ bir tütsü gibi tütmekte ve alnına yazılan kelimeden bîhaber olan kadın gözlerini açıp Yaşlı'ya baktı. Belli belirsiz bir gülümseme yerleşti kurumuş dudaklarına. Yaşlı'nın camgöbeği gözlerinde kendini gördü. O camgöbeği aynada, gençliğinin verdiği yarı hodbin yarı hoppa tazeliği/ ışıl ışıl parlayan gözlerindeki yüz kızartıcı heveslerі/ rüzgârla savrulan uzun, siyah, dalgalı saçlarını/ kan kırmızı yanaklarını/ sevişirken alnında biriken ter damlacıklarını/ gecenin karanlığına geçirdiği tırnaklarında kuruyan kanları/ şişkin, bembeyaz memelerinde yollar çizen soluk mavi damarları/ ceviz kabuğu gibi sert ve pürtüklü meme uçlarından akan sütleri/ anneliğini cümle âleme duyurmak üzere çenesine yerleşen küçük dövmeyi/ dalından düşmüş bir elma gibi pörsüyerek içe gömülen karnını/ ayak bileğini kuşatıp her adımında neşeyle oynayan halhalın rengârenk boncuklarını/ kucağındaki kundakta mışıl mışıl uyuyan bebeğini/ bebeğine bir mucizeye bakar gibi bakan erkeğini gördü. Ve gördüğü şeyi çok sevdi. Sakinleşmişti. Kavalın yumuşacık sesi tütsünün dumanını dağıtırken, artık bebeği karşılama vakti gelmişti.

Yaşlı, kendisi için ayrılan tabureye oturdu. Odadaki kadınlardan biri, sımsıkı kapatılan perdelerden sızmayı başarabilen ışık huzmelerini gerisingeri püskürtmek için pencereleri tek tek dolaştı. Perdeler gerildi; güneş, dışarıda merakla bekleşen erkeklerin arasındaki yerini aldı. İçerisi o kadar karanlıktı ki, Yaşlı'dan başka hiç kimse önünü göremiyordu. Bu zifiri karanlık, annesinin içinden merakla dışarıyı gözetleyen bebeğin önü sıra bir asma köprü gibi uzanıyordu. Asma köprü, kavalın nağmelerine ayak uydurup, tıpkı bir beşik gibi ağır ağır sallanıyordu. Bu an o kadar emsalsiz, o kadar hayretengizdi ki, heyecandan akılları karışan pek çok kadın kırk kere tekrarlayacakları duayı bir türlü tamamlayamadıkları için silbaştan okumak zorunda kalıyorlardı. Onlar inatla ve sabırla kırka varmaya çalışırken, Yaşlı alçak sesle, tek bir dua okudu. Ardından, önce sağına, sonra soluna doğru üfleyip, senelerdir günah ve sevaplarını tek yapraklı deftere yazabilmek için omuzlarından hiç inmeyen meleklerini yardıma çağırdı. Bu arada, biri geceye, öteki gündüze öykünen iki cinini selamlamayı da unutmadı.

Birinin ismi Gece idi; ama o, kendisine Eceg diye seslenilmesinden hoşlanırdı. Ekseriya, bir çaputu belden aşağısına sımsıkı dolayarak aslını saklamaya çalışır; omzuna ipek bir şal atıp gözlerine sürme çekerek, kat kat etekler giyip saçlarını çiçeklerle süsleyerek, kadın kılığında dolaşırdı. Sutyeninin içini bazen otlarla, bazen meyvelerle, bazen de geceleri esen ılık rüzgârlarla doldurup şişirirdi. İki memesinin arasına kırmızı bir gül sıkıştırmayı da ihmal etmezdi. Tepeden tırnağa simsiyahtı. İri gözlerinin içinde yıldızlar yanıp söner; ay, şekilden şekile girer; gemiler yollarını kaybederdi. Kıskançlığı tutmadığı müddetçe, karıncayı bile incitmeyecek kadar selis, herkesin yardımına koşmaya çalışacak kadar munisti. Öteki cinin ismi Züdnüg idi; ama o, soyağacını tanımadığı için mümkün olduğunca bu ismi kullanmaz, kendini Gündüz diye tanıtırdı. Vücudunun üst tarafı mavi, alt tarafı beyazdı. Sık sık Eceg'in çaputlarını aşırıp, bunlarla memelerini sımsıkı sarardı. Kendine samandan sakal, kurutulmuş yabani otlardan bıyık, balmumundan da zeker hazırlardı. Bütün gün bir tepenin üzerinden Âdemoğullarının yaptıklarını seyreder; onlara benzeyebilmek, onlar gibi ata binip kılıç sallamak, ağız dolusu küfür edip sarhoş olmak için elinden geleni ardına koymazdı. Bazen sırf muziplik olsun diye, yoluna çıkan insanların sırtlarına okkalı bir şaplak indirir, ayakkabılarını ters giydirir ya da saçlarını çekip kaçardı. Kötü bir niyeti olmadığından kimsenin canını yakmazdı. Ne de olsa, o da tıpkı Eceg gibi bir tutsaktı. İkisi de bundan uzun seneler evvel, boşaltmaya geldikleri bir kilerde yakayı ele verip insan taifesinin hâkimiyetini kabullenmek durumunda kalmışlardı. Her ikisinin boynunda da tutsaklıklarının nişânesi olan bir çuvaldız saplıydı. İşin aslı, her cin, sadece kendi boynundaki çuvaldızı çıkartıp ötekinin serbest kalmasını sağlayabildiğinden, birinin tutsaklığı ötekine bağlıydı. Gerçi ikisi de aralarında anlaşıp aynı anda çuvaldızlarını çıkartabilirlerdi ama birbirlerine zerre kadar itimatları olmadığından böyle bir ihtimal söz konusu değildi. Velhasıl, ne Eceg ne de Gündüz boyunlarındaki çuvaldızları çıkartmaya yanaştıklarından, bu iki cin bir kilerde başlayan esaretlerine senelerdir son verememişlerdi.

İkisi de severdi doğumları. Yaşlı ne zaman bir bebeği dünyaya getirse, onlar da işlerini güçlerini bırakıp muhakkak orada hazır olurlardı. Böyle zamanlarda, birbirlerine dalaşmadan kuzu kuzu oturup küçük insan yavrusunun dışarı çıkmasını beklerlerdi. Vaktiyle, Yaşlı'nın hiddetinin neler yapabileceğini kestiremeyecek kadar toy oldukları günlerde, sekizinci çocuğunu dünyaya getirmeye çalışan bir kadınla uğraştıkları için başlarına neler geldiğini hiç unutmamışlardı. Kadın, köyün delisinin karısıydı. Köy ahalisinin yarısı onun kocasını delirttiğine, öteki yarısı da adamın ezelden beri deli olduğuna, zaten aklı başında hiç kimsenin bu kadınla evlenmeyeceğine inanırdı. Aslında kadıncağızın tek suçu fazlaca gürbüz olmasıydı. Eni, yan yana dizilmiş üç fıçıdan daha kalın; boyu, ağaçların en üst dallarındaki meyveleri bir sıçrayışta toplamasını sağlayacak kadar uzundu. Akıllara durgunluk verecek kadar iri olan memelerinin, ikide bir elbisesinden dışarı fırlamalarına aldırış etmediği, küfürden yana hiç sıkıntı çekmeyen sivri diline gem vurmadığı ve mahremiyet nedir bilmediği için, sık sık birilerinin utanıp kızarmasına sebep olurdu. Yüreğinde kötülük yoktu. Çok çabuk hiddetlenmesine rağmen şimdiye değin kimseyle dalaştığı görülmemişti; zaten köyde hiç kimse onu kızdırmayı göze alamazdı. Ötekilerin aksine, yalnızlıktan korkmaz, kimsenin gölgesine sığınmazdı. Durmadan çalışır, üç kişinin yapacağı işi tek başına yapardı. Tarladan dönerken, deli kocasını ve yedi çocuğunu sırtında taşır; eve vardığında, onları un çuvalları gibi üst üste yere atardı. Böyle muamele görmek, adamın da çocukların da pek hoşlarına giderdi. Adam da çocuklar da, bu insan azmanı kadını taparcasına severlerdi.

İşte bu kadın sekizinci çocuğunu dünyaya getirirken, muziplikleri tutan Eceg ve Gündüz, onun saçlarını, az ötede kaval çalan genç kızın saçlarına bağlamışlardı. Uzun müddet kimse bir şeyin farkına varmamış, ancak saatlerdir sancılar içinde kıvranan ve artık canına tak eden kadın, bebeği kendi elleriyle çıkarmak istercesine aniden doğrulup öne doğru eğildiğinde olanlar olmuştu. Kaval çalan genç kız, kemikleri sayılacak kadar ince ve iki gün güneş görmese sararıp solacak kadar narin yapıdaydı. Hal böyle olunca da, kızcağız, daha ne olduğunu anlayamadan, önce havalanmış, sonra da doğum yapan kadının yatağına yapışmıştı. Üstelik genç kızın yatağa çarpmasıyla, hem elinden bırakmadığı kavalın kırılması hem de saatlerdir annesine kan kusturan bebeğin fırlayıp Yaşlı'nın kucağına düşmesi bir olmuştu. Gerçi sonuçta bebek gayet sağlıklı doğmuş, anne olayı hafif bir sıyrıkla atlatmış, birkaç gün kendine gelemeyen genç kıza yeni bir kaval alınmıştı ama Yaşlı, cinlerini bağışlamamıştı. Eceg ve Gündüz, bu olayı takip eden günlerde, nasıl bir cezaya çarptırılacaklarını görmeye çalışmışlardı Yaşlı'nın sır vermeyen, camgöbeği gözlerinde. Başlarına ne geleceğini bilemedikleri için kuruntu keselerinin ağızlarını açmış; keseden çıkan tozları soluyarak hop oturup hop kalkmışlardı. Bu zaman zarfında Yaşlı onlarla tek kelime konuşmadığı için ne yapacaklarını şaşırmış; cezalardan ceza, azaplardan azap beğenerek ve tövbe üstüne tövbe ederek kıvranmışlardı. Derken bir gün, Yaşlı onları peşine takıp köyün yakınlarındaki ormanın yolunu tuttuğunda, hak ettikleri cezaya nihayet kavuşacaklarını anlayıp derin bir soluk almışlardı. Eceg ve Gündüz, her an her şeyin olabilmesi ihtimalini, o an kötü bir şeyin olmasından çok daha dehşetengiz bulmuşlardı.

Birkaç gündür, olabilecek en kötü, en ağır cezaları düşünüp durdukları için, Yaşlı'nın verdiği cezayı pek hafif bulmuşlardı. Hiç nazlanmadan, ormanın ortasındaki asırlık ağacın kovuğuna girip, kendilerine uzatılan aynaları ellerine almışlardı. Gerisi kolaydı. Her ne olursa olsun, başı sonu belli bir felâket, ne idüğü belirsiz bir bekleyişten çok daha kolay olmalıydı. Topu topu üç gün, üç gece dişlerini sıkıp bakanı değil de berikini gösteren aynalarda birbirlerinin sûretini görmeye katlanacaklardı. O daracık kovukta yüz yüze oturacakları için, aynadan gözlerini kaçırdıkları her an gene birbirlerini görmek zorunda kalacaklardı. Eceg ve Gündüz bu cezayı küçümsemekle ne kadar yanıldıklarını çok geçmeden anlamışlardı. Daha ilk günden ikisinin de beti benzi atmış, dünyaları kararmıştı. İster aynaya baksınlar, ister aynadan kaçsınlar, devamlı karşılarında dikilen sûret her ikisine de o kadar korkunç gelmişti ki, daha evvel akıl ettikleri o tüyler ürpertici cezaların bile bundan çok daha insaflıca olduğunu düşünmeye başlamışlardı. Zaman dolduğunda, Yaşlı onları kovuktan çıkarmıştı. Eceg ve Gündüz, hafızalarından bu kara lekeyi silebilmek için bir daha asla bu hadiseden bahsetmemişlerdi. Fakat yaşananları unutmamış olmalıydılar ki, bundan sonra hiçbir doğumda patırtı koparmamış, mesele çıkarmamışlardı.

Yaşlı'dan korkarlardı. Seneler evvel, o kilerde yakayı eleverdikleri günden bu yana Yaşlı'nın sözünden çıkamazlardı.

Çıt çıkarmadan, küçük insan yavrusunun dışarı çıkmasını bekliyorlardı. Cinlerden biri genç kadının sol ayağına, öteki de sağ ayağına oturmuştu. Ortalık zifiri karanlık olduğu için Yaşlı'dan başkasının onları görmesine imkân yoktu. Birden, her ikisi de aynı anda eğilip içerideki bebeği görmeye kalkışınca kafaları tokuştu. Öfkeyle yüzlerini buruşturup birbirlerine tehditkâr bakışlar savurdular. Yaşlı'ya gelince, o, cinlerin yaptıklarıyla alakadar değildi. Zira senelerdir bunca bebeği dünyaya getiren maharetli ellerine çok yorulacaklarını, bunun zor bir doğum olacağını anlatmakla meşguldü. Bebek, ters geliyordu.

Yaşlı derin bir soluk alıp odadaki herkesi susturdu. Hâlâ kırkı tamamlayamayan kadınlar elleriyle ağızlarını kapattılar; Eceg ve Gündüz birbirlerini görmemek için başlarını çevirdiler; kaval şarkısını yarıda kesti. Bebek ters gelmekte inat ettiğine göre, Yaşlı bu işe bizzat müdahale etmeye karar vermişti. Hiç vakit kaybetmeden, ellerini içeri sokup bebeği ters çevirdi. Her şey o kadar hızlı olmuştu ki, bebek neye uğradığını şaşırmış, direnmeye fırsat bile bulamamıştı. Yaşlı, küçük, kanlı gövdeyi çekip çıkardığında, heyecanlarını bastıramayan Eceg ve Gündüz aynı anda çığlık attılar. Odadaki kadınlar sesin bebekten geldiğini zannederken, kendi çığlığından evvel başka bir çığlık işiten bebeğin aklı karıştı. Gözucuyla cinlerini süzen Yaşlı, gülmemek için kendini zor tuttu.

Kırkı tamamlamaktan çoktan vazgeçen kadınlardan biri bebeği sarıp sarmalarken, Eceg ve Gündüz dokunamadıkları bu küçük yaratığı uzaktan süzerken, Yaşlı taburesinden kalkmaya, kaval çalan genç kız neşeli bir nağme tutturmaya hazırlanırken, anneden yükselen ses, herkesi olduğu yere çiviledi. Açık duran kapıdan uzanan kanlı bir baş daha vardı.

Yaşlı, ikinci bebeği ayaklarından tuttuğunda odadaki herkesin heyecandan soluğu kesilmişti. Bilhassa, bu beklenmedik durumdan istifade edip bebeğe dokunabileceklerini zanneden Eceg ve Gündüz heyecanlanmıştı. Fakat Yaşlı ikinci bebeği de odadaki kadınlardan birine teslim edip hızla onlardan uzaklaştırdı. Cinlerse ağlamaklı bir halde öylece kalakaldılar. Garip bir sessizlik çöktü odaya. İkinci bebek bu sessizlikten faydalanmaya karar vermiş olmalıydı ki, hemen çığlığı bastı. Az evvel cinlerin çığlığıyla aklı karıştığı için dünyayı selamlamayı unutan birinci bebek de telaşla ağlamaya başladı. Ne yazık ki bir hayli geç kalmıştı. Kardeşinden önce doğduğu halde, hayata ondan bir adım arkada başlamıştı.

Yaşlı, ılık suyla ellerini yıkadı. Sonra, gümüş bir kabın içindeki beyaz sıvıya işaretparmağını batırdı. Saatler evvel, genç kadının alnına yazdığı üç harfi tersten çizerek o kelimeyi ortadan kaldırdı. Harfler tamamen silindiğinde, eğilip kadını alnından öptü. Kadın bitkindi ama mutluluğu gözlerinden okunuyordu. Uykuya dalmadan evvel son bir gayret gösterek, Yaşlı'nın kemikli ellerini tuttu.

Dış kapının açılmasıyla birlikte, gün ışığında bir yarasa kadar kör olan Yaşlı, peşinde cinleri, kolunda küçük bir kız çocuğuyla evinin yolunu tuttu. Plasencia del Monte köyünün sakinleri saygıyla kenara çekilip onu selamladılar. Yaşlı, her seferinde, kendisine kimin selam verdiğini biliyor; bazen de durup hal hatır soruyordu. Hepsini yakından tanıyordu. Gündüzleri gözlerine inen perde, dünyaya getirdiği çocukların hızla büyüyüp serpildiğini, gizlice sünnet ettiği oğlanların büyüyüp sakal bırakacak yaşa geldiğini, okuma yazma öğrettiği genç kızların gözlerindeki hınzır ışıltıları, köyde yediden yetmişe herkesin hazırladığı muskaları taşıdığını ve hiç görmedikleri Kuran'dan okuduğu ayetlerin herbirinin hafızasında ve yüreğinde nasıl yer ettiğini görmesine mâni olamıyordu. Onları seviyordu. Gene de, yüreğinin bir parçası, Plasencia del Monte köyünden çok uzaklarda çarpıyordu. Onu düşünüyordu. Onu düşünüyor ve özlüyordu.

İlk karşılaşmalarında Isabel küçücük bir kızdı henüz. Küçük ve hasta. Ateşler içinde getirilmişti Yaşlı'nın kapısına. Yaşlı, kucağında sımsıkı tuttuğu küçük kızını iyileştirmesi için yalvaran, iri ve heybetli adamın bir converso olduğunu hemen anlamıştı; onun son çare olarak biricik kızını bu ücra köye getirdiğini de. Hasta çocuğu Yaşlı'nın yatağına yatırmışlardı. "Şimdi git" demişti Yaşlı, ağlamaktan gözleri kızarmış adama.

"Şimdi git. Otuz gün sonra, yüreğini geri almak için dönersin!"

Geceleri Isabel'in başında beklemiş; onun gencecik vücudunda, güzel yüzünde kol gezen ölümle uzun uzun konuşmuştu. Dertli ve yalnızdı ölüm. Sevilmemekten şikâyetçiydi. Isabel'le bir alıp veremediği yoktu; sadece yalnızlıktan kurtulmak istiyordu o kadar. Vurdumduymazlıktan gelse de, aslında, insanların onu böylesine çirkin, böylesine korkunç tasvir edip kendilerinden uzaklaştırmaya çalışmaları ağırına gidiyordu. Ne yazık ki, kendi varlığı başkalarının yokluğunu gerektiriyordu. Var olabilmek için yok etmeye mahkûmdu. Bu kısırdöngüden kurtulabilmek için belki de kendini ortadan kaldırması gerektiğini düşünüyor ama buna bir türlü cesaret edemiyordu. Her ne olursa olsun, hayatı seviyordu ölüm.

Günler, geceler sonra nihayet bir sabah, açık duran pencereden çıkıp gitmişti. O eski kederli halinden eser kalmamış gibiydi. Fakat Yaşlı, onun çok geçmeden gene sıkılacağını, sıkıntısından kurtulmak için gidip kendine başka bir arkadaş arayacağını bildiğinden, hüzünle bakmıştı ardından.

Ölümün pencereden çıktığı sabah, çocuk birden gözlerini açmış ve ona bakmıştı. Sonra her bir heceyi, her bir harfi tel tel ayırarak seslenmişti: "Y-a-ş-l-ı!"

"Sen benim ismimi nereden biliyorsun?"

Günlerdir ateşler içinde yatan küçük kız soruya soruyla cevap vermişti.

"Niçin Yaşlı diyorlar sana? Çocukken de yaşlı mıydın?"

Sokak

Kardeşim için bunun tersi geçerliydi.
... Onun için her şey bir hırçın
savaş nedeniydi.
Amin Maalouf, *Doğunun Limanları*

"Miguel... Miguel Pereira!"

Kıvırcık saçlı esmer adam arkasına bakıp, kendisine sesleneni görünce gülümsedi. Arkadaşı Rodrigo yuvarlana yuvarlana, nefes nefese ona doğru geliyordu. Eni boyuna eşit olan ender insanlardandı Rodrigo. Koca cüssesine bakmadan öyle hızlı koşmuştu ki, kendine gelmesi epey vakit aldı. Tombul yanakları kızarmış, alnında boncuk boncuk ter birikmişti. Miguel'se gülümseyerek bakıyordu arkadaşının telaşına. Nihayet Rodrigo, derin derin solumaktan fırsat bulup iki lafı bir araya getirebildi.

"Nereye gidiyorsun? Bugün sonuçlar açıklanacak."

"Biliyorum" dedi Miguel. "Gidip bakmama lüzum yok ki. Tek bir sınavı bile veremedim."

Arkadaşının, sanki ağır bir hakaret işitmiş gibi suratını buruşturduğunu gören Miguel Pereira, onu teselli etme ihtiyacı duydu.

"Hadi Rodrigo. Sen de biliyorsun ki benden hekim mekim olmaz. Meşhur Pereira ailesinin yüz karasıyım ben. Neyse ki Antonio var, öyle değil mi? Birilerinin bu kutsal aile mesleğini sürdürmesi gerekiyordu. Sevgili abim de kendini feda ediyor bu uğurda. Sülalecek ona müteşekkiriz."

Rodrigo Mendez Silva, arkadaşının söylediklerini başı önünde dinliyordu. Bütün sınavları iyi geçmişti ve şimdi, sanki bu başarısından dolayı utanıyordu. Miguel onun burukluğunu çoktan fark etmişti. Bu sıkıntılı sohbeti daha fazla uzatmamak için münasip bir bahane bulup, ertesi gün buluşma sözü vererek ondan kurtuldu. Avare avare sokaklarda dolaşmaya, geleni geçeni kesmeye, oraya buraya takılmaya devam etti. Sokaklarda olmayı severdi. İnsanların nasıl olup da evlerine kapandıklarını, o daracık loş mekânlarda bir ömür tükettiklerini aklı almıyordu. Kendi kendine homurdandı.

"Ne garip bir tesadüf! Bugün iki mühim sonuç birden açıklanıyor. Ben sınavlardan çakıyorum ve Antonio felsefe kürsüsünün başına geliyor. İki mutlu haber birden. Bunu derhal kutlamalı!"

Tavernadan çıktığında ayakta duracak hali yoktu. Ne zaman içmeye koyulsa, hep aynı şey başına geliyordu. İlk kadehleri mutlu mesut mideye indiriyor, etrafına neşe saçıyordu. Fakat çok geçmeden, önünü alamadığı bir hüzün nazlı nazlı salınarak arz-ı endam ediyor; omuzlarına çöreklenerek bütün akşam oradan kalkmıyordu. Ve hüzün çıkıp geldiğinde, Miguel onu düşünmekten kendini alamıyordu. İlk başlarda öylesine bir oyundu bu. Masum bir oyun. Belki de senelerin birikmiş öfkesi; küçük, küçücük bir intikam. Fakat iş çığırından çıkmış, hiç düşünemeyeceği bir hal almıştı o hiç farkında olmadan. Âşık olmuştu ve aşk hiç hesapta yoktu.

Senelerdir, ne zaman içmeye koyulsa, üçüncü kadehi ona adardı. Üçüncü kadeh onun kadehiydi; onun şerefine inerdi mideye. Daha ilk yudumda kırmızı şarabın buruk tadı onun dudaklarının tadını alır, hızla dibini bulan kadehin kokusu onun saçlarının kokusuna dönüşüverirdi. Ve üçüncü kadehten sonrası sadece onu düşünerek, onu özleyerek geçerdi.

Bugünse ona olan özlemi dayanılmaz bir hal almıştı. Aslında şimdi bir yolunu bulup onu görebilirdi. Görebilirdi ama, bu sarhoş ve zavallı haliyle mi? Gözlerinin içine dosdoğru bakıp gene başaramadığını söylemek için mi? O gözlerde vaktiyle yanıp sönen tutkulardan artık eser kalmadığını bir kez daha anlayıp acı çekmek için mi? Anlayamıyordu. Anlamaktan korkuyordu. Bir zamanlar tepeden tırnağa tutku, tepeden tırnağa aşk ve tepeden tırnağa ona ait olan bir kadının şimdi nasıl bu kadar uzak, bu kadar soğuk ve ulaşılmaz olabildiğini anlayamıyordu. Sevdiğinin aniden bir yabancıya dönüşmesini içine sindiremiyordu. İlerde, sadece bir adım ötede, sokaklarını karış

karış gezdiği; bütün gizli geçitlerini, sapa yollarını, çıkmaz sokaklarını avucunun içi gibi bildiği bir şehir duruyordu. Bir ömür boyu orada yaşamak, ona ait olmak istiyordu. Ne zaman o şehrin dışına itildiğini, hangi suçtan ötürü bir daha geri dönememekle cezalandırıldığını kavrayamıyordu. Bazen ümitsizliği dayanılmaz bir hal aldığında koçbaşlarıyla saldırıyordu şehrin kapısına. Kıramıyordu. Bazen de gururundan artakalanları ayaklar altına alıp dizlerinin üzerinde sürünerek yaklaşıyordu şehrin kapısına. Aralayamıyordu. Ne yaparsa yapsın, o kadını, sütbeyaz memelerinin arasına sıkıştırdığı altın anahtarı çıkartması için ikna edemiyordu.

İnsan bazen bir haritaya ihtiyaç duyar. Hiç gitmediği ya da hep gittiği bir yerin haritasına değil; bir daha asla gidemeyeceği bir yerin haritasına. Geçmişi bir rüya olmaktan çıkartıp oranın hep var olduğuna ve geleceği ümitsizlikten kurtarıp oranın hep öyle kalacağına inandıracak bir haritaya. İnsan bazen sevgilisinin haritasını çıkarmaya ihtiyaç duyar. Terk edilmenin acısını unutturup acısını çoğaltacak bir haritaya.

Elinde haritası yalpalaya yalpalaya yürüyordu Madrid sokaklarında. Fortuna Sokağı'na dönmekten çoktan vazgeçmişti. Şimdi, canı bir kadın istiyordu. Hayatta Antonio'dan daha iyi yapabildiği tek şeyi yapmak, gidip bir kadını baştan çıkarmak istiyordu. Antonio'yu düşünürken, küstah bir gülümseme yerleşti dudaklarına. Antonio ve kadınlar... Haritasını göğsüne bastırıp zoraki bir kahkaha attı. Zavallı Antonio! Güzel bir kadınla karşılaştığında, hele hele bir kadının ilgisini fark ettiğinde, elini ayağını nereye koyacağını şaşırır, birkaç kelimeyi zar zor bir araya getirir, en nihayetinde pes edip suskunluğa gömülürdü. Oysa o böyle durumlarda bütün hünerlerini sergiler ve karşısındakini kendine hayran bırakmış olurdu çok geçmeden. Kadınlar, onun en çok kıvırcık, gür, kuzgunî siyah saçlarına tav olurlardı.

Elini gayriihtiyari kafasına götürüp, dalgın dalgın saçlarını okşarken, Lucrecia geldi aklına. Lakabı "La Loca"* olan bu kadın, gezici bir kumpanyada baş aktristi. Fakat şöhretini oyunculuk kabi-

* Loca: Deli, kaçık kadın.

liyetinden çok, kırdığı cevizlere borçlu olduğu rahatlıkla söylenebilirdi. Lucrecia, gamsız, işvebaz, ateşîn bir kadındı. Güzel olduğu söylenemezdi ama gayet iyi bilirdi canının çektiği erkeğin aklını başından almanın ince, usturuplu yollarını. Ve daha ilk görüşte bu kıvırcık saçlı genç adama kancayı takmıştı. Yaz mevsiminin ilk günlerinde tanışıp kısa zamanda yakınlaşmışlardı. Sık sık birlikte olmuşlar; birbirlerinin ruhunu okuyup, rızaları dışında yüzlerine tutulan aynada kendilerini seyredalmışlardı. Sevmişti Miguel bu hoppa kadını. Onun yanında alabildiğine huzurlu ve rahattı. Ne yazık ki şimdi turnedeydi Lucrecia. Ülkenin pek çok şehrini dolaşacaklardı. Ve Miguel, Lucrecia'nın gittiği her yerde birilerini çatır çatır götürdüğünden adı gibi emindi. Gülümsedi. Lucrecia döndüğünde o kaçık kahkahalarını atarak, bir hayli kabarık aşk defterinden birkaç sayfa okurdu nasıl olsa.

Canı bir kadınla yatmak istiyordu bugün. Şimdiye değin bu işi hiç para karşılığı yapmamıştı. Gerçi bir ara bir kontesle kırıştırıp ondan pahalı hediyeler almakta bir sakınca görmemişti ama bu hikâye çok eskilerde kalmıştı. Çalabileceği kapıları aklından geçirirken, birden hınzır bir gülümseme yerleşti suratına. "Beatriz..." dedi her bir heceyi içine çekerek. "Tabii ya, ben salağım. Tabii ki Beatriz!" Kim bilir nasıl şaşıracaktı Miguel'i karşısında bulunca? Uzun zamandır bu kızıl saçlı âfetin kendisi için yanıp tutuştuğunun farkındaydı. Şimdi gidip o ateşi söndürmekte hiçbir sakınca görmüyordu. Gerçi Beatriz, Miguel'in uzun süre tahammül edebileceği bir kadın değildi ama ne gam. Miguel Pereira oldum olası böyleydi işte. Uzun hesapların adamı olmak onun ruhuna aykırıydı.

Hava kararmıştı. Bu vakte kadar bir iki yerde daha demlenmekte hiç sakınca görmediğinden, ayaklarının birbirine dolaşmasına mâni olamıyordu. Sallana sallana sokaklarda yürürken, "Agua va!"* diye bir ses işitti. Son anda bu sözdeki kerameti çözüp kenara çekildi. Eğer biraz daha gecikseydi, boşaltılan bir lâzımlığın hedefi olacaktı. Madrid sokaklarında sık sık olurdu böyle şeyler. Bu tatsız kazalardan en çok nasibini alanlar da serenad yapmak için balkonların altında dikilen acemi âşıklar olurdu. Sonunda, talihsiz âşıkların

* Agua va: Su geliyor.

şikâyetleri ayyuka çıkınca, yeni kurallar getirilmişti. Artık geceleri saat ondan önce lâzımlık boşaltmak kesinlikle yasaktı. Üstelik lâzımlıkların balkonlardan ya da pencerelerden değil, dış kapıdan dökülmesi gerekiyordu. Anlaşılan bu akşamki hadisenin faili, ya bu yeni kurallardan bîhaberdi ya da toplum nizamına kulak asmıyordu. Miguel homurdandı. Neyse ki ucuz atlatmıştı. Harita ıslanmamıştı. Yumruklarını sallayıp, hâlâ balkonda duran adama ağız dolusu küfretti. Adam da bu küfürlerin altında kalmayacağını bir güzel ispat ettikten sonra lâzımlığını kucaklayıp içeri girdi. Miguel Pereira hadisenin cereyan ettiği binayı dikkatle incelediğinde buranın küçük, köhne bir han olduğunu fark etti. Muhtemelen lâzımlığı pervasızca boşaltan adam da hancının ta kendisiydi. İleride tekrar hatırlamak üzere bu melûn mekânı hafızasına hızla kaydetti.

Beatriz genç adamı karşısında görünce şaşkınlıktan küçük dilini yutuyordu. Miguel'e gelince, o bu kızıl saçlı genç kadının üzerinde bıraktığı tesirden epey hoşnuttu. Her şey aynı tahmin ettiği gibi gelişiyordu. Beatriz hiç nazlanmadı. Miguel de onun vücudunun kusursuzluğunu hayranlıkla seyretti. Güzel bir kadındı Beatriz. Vücudunun ve yüzünün hatları kusursuzdu. Ne var ki bu hatları usul usul yoğurup şekillendirecek bir tılsımdan yoksundu. Bu yüzden de sadece güzeldi, o kadar. Seyri keyifli ama yokluğu hasret çektirmeyen bir güzellikti onunkisi.

Miguel Pereira sabaha karşı ayrıldı Beatriz Blasquez'in yanından. Canı sıkılmıştı. Hoplaya zıplaya Beatriz'in evinin yolunu tutarken, onun için ilk olabileceği aklının ucundan bile geçmemişti. Fark ettiğinde ise artık çok geçti. Bakireleri sevmezdi. Beatriz uyandığında onun yanında olmak istemediğinden, günün ilk ışıklarıyla birlikte parmaklarının ucuna basarak evden ayrılmıştı.

Ağzının içi leş gibiydi. Gece Beatriz'in elinden içtiği şaraplar şimdi midesini deliyordu. Bir müddet aylak aylak sokaklarda dolandı. İşe erken çıkmış bir dilenciyle karşılaştı. Miguel Pereira, her tipten, her fıtrattan insanla sohbet etmeyi severdi. Severdi farklı kelimeler duymayı, farklı yüzler görmeyi. Gidip hiç tereddüt etmeden dilencinin yanına çöküverdi. Ayaklarını uzattıktan sonra yeni arkadaşına selam vermek için ondan yana baktı. Bakar bakmaz da donakaldı. Dilencinin yüzünde korkunç yaralar vardı. Yaralardan bir tanesi tam burnunun ucunda çıkmıştı. Kat kat açılan pembe dokunun altından burun kemiği görülebiliyordu. Miguel bir anlık şaşkınlığı atlattıktan sonra, güzellikte yekta bir resmi seyreder gibi ona baktı uzun uzun. Dilenci derin ve delici bakışlarını üzerine diken bu genç adamı yadırgamakla birlikte, bu dünyada hiçbir şeye fazla kafa yormamayı huy edinmiş biriydi. Üzerinde durmadı. Miguel'se, yalnızca bir an için hekimlik arzusuna kapılmıştı. Şimdi, başarılı bir hekim olup bu adamın derdine derman olsa. Şu yaraları iyi etse... Hızla bu fikri savdı kafasından. Bir kere bu adamın iyileşmesi demek, artık dilencilik yapamayıp iyice aç kalması demekti. Hem, ne için iyi bir hekim olmayı isteyebilirdi ki? Kesesini doldurmak için mi ya da yükselip meşhur olmak için mi? Boğazına kadar içine gömüldüğü günah batağında rahat nefes alabilmek için mi? Yoksa Antonio'yu kıskandığı için mi? Hayır, hekimlik ona göre değildi. Dilenciyi rahat bırakmalıydı. Kendi kendisiyle kavga ede ede kalktı, oradan hızla uzaklaştı. Dilenci bir müddet gözlerini kısarak bu garip, genç adamın arkasından baktı. Sonra, sanki çok gülünç bir hadiseye tanık olmuş gibi, bembeyaz dişlerini açığa çıkararak uzun uzun güldü.

Oro Azul* Manastırı'nın yakınından geçerken, çorba dağıtımı için bekleşen insanlar gördü. Her gün bu saatlerde manastırın kapıları açılır, devasa bir çorba kazanını taşıyan iki rahip ağır adımlarla dışarı çıkardı. Arkalarında bir başka rahip elinde kocaman bir ekmek sepetiyle onları takip ederdi. Sefaletin haritasını gözü kapalı çizebilenler, cüzamın ellerinde günbegün eriyenler, sakat vücutlarını sürüyerek merhamet dilenen dilenciler, hiçbir işte dikiş tutturmayı beceremeyenler, servetlerini son kuruşuna kadar çarçur eden asilzadeler, veda ettikleri toprağın kokusunu peşleri sıra şehre getiren genç köylüler, payelerini harp meydanlarında ayaklar altına alan askerler, hafızalarını yitirdikleri için kim olduklarını bilemeyenler ve kanatları altına girebilecekleri zengin dulların özlemiyle yanıp tutuşan yoksul öğrenciler her sabah tekrarlanan bu merasimi takdirle seyreder;

* Oro Azul: Mavi Altın.

çorbanın soğumasını beklemeye lüzum görmeden önlerindeki kâselere yumulurlardı. Miguel Pereira, vakti zamanında buraya sık sık dadandığından, dağıtılan çorbanın tadını da, günün ilerleyen saatlerinde midelere çektirdiği azapları da gayet iyi biliyordu.

Karnını nerede doyurabileceğini düşünürken, bir gün evvel Rodrigo ile sözleştiklerini hatırladı. Şimdi Rodrigo ona mükellef bir kahvaltı hazırlamış olmalıydı. Adımlarını hızlandırmadan önce, bir an için durup, gelip geçenlere ayna vazifesi görmeyi kanıksamış pis bir su birikintisinde kendine baktı.

O sabah, o bulanık aynadan Miguel Pereira'yı süzen genç adam, kabına sığamayacak kadar huzursuz ve hırçındı. Aynı gün bardaktan boşanırcasına yağan yağmur, pis su birikintisini önüne katıp en yakın denize doğru sürüklemeye başladı.

Yokuş

...ilkin yaşanıp da, sonradan unutulmuş
olayları travmalar diye niteliyoruz.

Sigmund Freud,
Hz. Musa ve Tektanrıcılık

Sırtını duvara yaslayıp soluklandı. Dikti yokuş; bitmek bilmiyordu. Göğe doğru kıvrılarak uzanan incecik bir merdiven gibiydi; kırık ve çarpıktı basamakları. Böcekler ve kertenkeleler, yabani otlar ve taşlaşmış dışkılar basamakların arasından dillerini uzatıp, bir an evvel yukarıya varmaya çalışan kadının ayaklarını tırmalıyordu. Ölüme benziyordu yokuş; sonunda ne olduğu, buradan bakılınca görünmüyordu.

Geri dönebilirdi. Vazgeçebilirdi. Sızlayan dizlerine kulak verip yokuş aşağı bırakabilirdi kendini. Dalından düşmüş bir elma ya da yerinden edilmiş bir taş gibi, hoplaya zıplaya, yuvarlana yuvarlana, gamsız tasasız, öncesiz ve sonrasız inebilirdi yokuştan. Bir engebenin çıkıp da kendisini durdurmasını deli gibi isterken, karşısına dikilen her çıkıntının, her engelin üstünden atlayıp yola devam etmenin neşvesini tadabilirdi. Duramamanın rüzgârı yüzünü yalarken, güzel olan her şeyin neden bu kadar kısa sürdüğüne hayıflanmaya bile vakit bulamadan mutlu bir tebessümle yokuşun dibine varabilirdi. Ölebilirdi istese; ya da yaşayabilirdi.

Oysa o sadece bir gün evvel dinlediği vaazı düşünüyordu. Alonso Perez de Herrera'nın o müthiş sesiyle anlattığı hikâyeyi, o hikâyedeki günahkâr kadını aklından çıkartamıyordu.

"Kadın asil ve inançlı bir ailenin kızıymış. Kendisi de son derece inançlı yetiştirilmiş ve ailesine yaraşacak kadar temiz ahlâklıymış. Fakat şeytan, en zayıf anını kollayıp, avuçlarının arasına almış onu. Aklını çelmiş, yüreğini fethetmiş, kanına girmiş. Ve o tertemiz kadına günahların en büyüğünü işletmiş. Kadıncağız, günahını kimselere anlatamamış. Rahiplere günah çıkartmaya gittiğinde dahi susmuş, konuşamamış. Her gece günahından arınmak için ağlaya ağlaya dua etmiş. Her günü vicdan muhasebeleriyle geçirmiş. Derken, bir manastıra gidip sahip olduğu tüm nimetlerden vazgeçmiş. O zengin, müreffeh günlerini tamamıyla geride bırakmış. Kendini sadece İsa'ya adamış. Ömrünün son demlerinde başrahibeliğe kadar yükselmiş. Fakat geçmişte işlediği o korkunç günahı gene de kimselere anlatmamış. Son nefesini verirken dahi, günahını kendine saklamış. Ne var ki, ruhu huzursuzmuş. Bir türlü huzura kavuşamayan ruhu geceleri manastırın koridorlarında dolaşıp, nedamet getirirmiş."

Göğsü körük gibi inip kalkıyordu. Bitmek bilmeyen yokuşu tırmanırken, attığı her adımda Alonso Perez de Herrera'nın sesi kulaklarında çınlıyordu. Evet, daha dün dinlediği hikâyedeki kadına benzememek için gelmişti buralara. O kadın gibi korkunç bir günahın vebalini bir ömür boyu taşımamak için.

"Öğrenmişler. Manastırdaki genç, yaşlı bütün rahibeler korkunç hakikati öğrenmişler. Kadın, günahını itiraf etmeden, utancını söze dökmeden ölünce, dillenen günahı olmuş. Günahı onun yerine konuşmuş."

Elena Rodriguez telaşla başını salladı. Günahların konuşabildiğini öğrendiğinden bu yana içinde bir yerde bir şeyler yırtılmıştı sanki. Yırtıktan içeri dolan havayla üşüyor, ürperiyordu.

"Günahkârların sustuğu yerde günahları dillenir."

Bu sebepten gelmişti buralara. Bu sebepten tırmanmalıydı bu dik yokuşu. Başkalarının işlediği bir günahı bilip de anlatmamak, o günaha ortak olmaktan başka ne mânâya gelebilirdi ki?

"Herkes unutabilir ama lanet unutmaz. Lanet, sır saklamaz! Bir gün mutlaka konuşur."

Lanetin ne demek olduğunu şeytandan daha iyi kim bilebilirdi ki? Geçmişi lanetli, geleceği lanetli şeytandan. Lanet, herkesten ve her şeyden çok onun habis hikâyesini dile getirmiyor muydu? Ve lanetin bulaşıcı olması değil miydi sürünerek alçaklığından, heder ederek yalnızlığından kurtulmaya çalışan şeytanın şu dünyadaki tek tesellisi?

Şeytan lanetini bulaştırmak için devamlı fırsat kollayıp, açacak bir delik, deşecek bir yara, bulandıracak bir su arıyordu kendine. Her yerden çıkıp gelebiliyor, her yere sızabiliyordu. Sarı, sapsarı bir ışık huzmesi gibi tek bir çatlaktan, ufacık bir delikten başını uzatarak; kıymetli, rengârenk bir halının saçaklarındaki güve yeniğinden tırnaklarını geçirerek; azimli bir sümüklüböcek gibi geçtiği yollarda kaygan ve yapışkan izler bırakarak, ok işlemez zırhlara, zindan duvarlarına, devasa surlara meydan okuyordu. Zehrini akıtacak bir kap, lanetini bulaştıracak bir ten ararken kendine, masum bir çocuğun ruhuna bile musallat olabiliyordu.

Acıyla inledi: "Diego!"

Neden müsaade etmişti ki oğlunu alıp götürmesine? Doğduğu günden beri bir an bile yanından ayırmadığı küçük oğlunu, annesinin kokusundan başka koku tanımayan o masum yavruyu elinden tutup panayıra götürmeye kalkıştığında, neden fırlayıp ona mâni olmamıştı? Sırf terini tattığı, kokularını kokladığı, tükürüğünü içtiği ve altına yattığı için ona itimat edebileceğini mi sanmıştı? Hem ona itimat etse bile, Tanrı'nın huzurunda ona ait olsa bile, küçük Diego sadece ve sadece kendi oğlu değil miydi? Kendi kanı değil miydi böyle serpilip güzelleşen? Bir çocuğun yumuk, körpe, beyaz elleri, onun babasından ziyade annesine ait olduğunun en açık delili değil miydi? Onun oğluydu Diego. Duru, mermer yüzünde sakallar çıkana kadar, çocuk elleri kaba, kıllı ve nasırlı ellere dönüşene kadar sadece onun oğlu olarak kalacaktı. Bunu bile bile niçin müsaade etmişti oğlunu alıp götürmesine?

Oysa nasıl da güzel, nasıl da neşeliydi o gün küçük Diego. Üzerinde eflatun, kadife bir ceket; gözlerinde insanın içini titretecek kadar masum parıltılar; dudaklarında bir testi kırmızı şarap içmiş gibi göz alıcı bir renk, baş döndürücü bir tat. Beyazın üzerinde kırmızı. Beyazın üzerinde kan. El sallamıştı arkalarından.

Baba oğul birlikte çıkmışlardı evden. Baba tek başına dönmüştü akşam. Gözleri kararmıştı ona bakarken. Kendine geldiğinde, Diego'nun gömüldüğünü öğrenmişti. Ölüsünü görememişti.

O günden beri, aynı evde barınmaya devam etmelerine rağmen birbirlerine değmeden, birbirlerini görmeden yaşıyorlardı. Eskiden de şarap tulumunu yanından ayırmazdı ya, Diego'nun ölümünden sonra ayyaşın teki olup çıkmıştı adam. Karısının yüzüne bakmaya cesaret edemiyordu artık. Bir zamanlar yüreğini ısıtan kadının genç, güzel ve ışıltılı yüzünün nasıl olup da böyle kararıp kırıştığını; gözlerindeki parıltıların nasıl öfke kıvılcımlarına dönüştüğünü bir türlü anlayamıyordu. O da acı çekmişti. O da kahrolmuştu. Bir çocuk daha isteyebilirlerdi Tanrı'dan. Belki küçük bir kız çocuğu bu sefer. Fakat Elena ıssız ve kindar bir çöldü artık; üzerinde hiçbir otun yeşeremeyeceği çorak, hırçın bir toprak.

Oğlunun mezarına gittiği gün yağmur yağıyordu. Fersiz gözlerinde, ağlara takıldığı anın dehşetini taşıyan koca bir balık gibi ağzını açıp uzun uzun gökyüzüne bakmış; sonra ellerini bacaklarının arasına götürüp yağlarını ateşe damlatan, vıcık vıcık bir domuz eti bulmuştu orada. Dehşete kapılıp attığı o korkunç çığlık yırtıcı bir kuş olup süzülmüştü havada. Domuz kafalı, domuz kuyruklu, derisi balık pullarıyla kaplı ve kanatları rengârenk bir hayvan, şuh bir edayla göz kırpmıştı uzaktan. Hayvan o kadar çirkindi ki, insan ona bakmaktan kendini alamıyordu. O kadar çirkindi ki, içine tükürdüğü güzelliklerden alıyordu kudretini, cazibesini. Korkutucu değildi; ürpertici de. Bir ara, sanki belli belirsiz gülümsemişti; yarı mahcup, yarı kışkırtıcı. Rüyadaydı kadın; koyvermişti kendini. Toprak, su ve hava birbirine karıştığında sancısı da dinmişti. Nihayet, domuz etini bırakıp ellerini havaya kaldırdığında, kan içindeydi parmakları. Beyazın üzerinde kırmızı. Beyazın üzerinde kan. Kendi elleriyle kurutmuştu rahmini. İçindeki karanlık ve ılık mağarada yaşayan işvebaz kadını saçlarından sürükleyerek gün ışığına çıkarmış ve boylu boyunca yere yatırmıştı. Ardından, peş peşe okuduğu dualarla sivrilttiği dişlerini benzerinin boynundaki mürekkep mavisi damara geçirip son damlasına kadar içmişti hoppa kanını. Arınmıştı. Masum Diego'yu alan Tanrısına, içindeki orospuyu kurban etmişti. Kırmızı bir göle dönmüştü bütün dünya. Yağan her damla yağmur kırmızının üzerinde beyaz delikler açarken, bir kevgir gibi delik deşik kalkmıştı oradan. Bereket timsali yağmura inat çorak bir toprak olup ayrılmıştı oğlunun mezarının başından.

Bir daha kan gelmemişti.
sevişmemişti.
sevmemişti.

Dikti yokuş, bitmek bilmiyordu. Göğe doğru kıvrılarak uzanan incecik bir merdiven gibiydi. Ölüme benziyordu yokuş; sonunda ne olduğu, buradan bakınca görünmüyordu. Geri dönebilirdi gerçi. Vazgeçebilirdi. Ölebilirdi istese; ya da yaşayabilirdi. Günahkârların sustuğu yerde, günahların dillendiğini öğrenmişti. Daralıyordu çember; şeytanın gölgesine basmamak, pençesine düşmemek için çırpınıyordu. Şerha şerhaydı yüreği; dağdar edilmişti dili. Yüreğini unutalı çok olmuştu ama diliyle görülecek hesabı vardı.

"Kadın, günahını itiraf etmeden, utancını söze dökmeden ölünce, dillenen günahı olmuş."

Şeytan, gece gelmişti. Karanlığın çökmesini, seslerin kesilmesini bekleyip sinsice sokulmuştu Elena Rodriguez'in yatak odasına. Usul usul, ılık ılık soluğunu vermişti kadının boynuna ve dudaklarına. Sonra hızla çıkmıştı odadan; gölgesini ardında bırakıp mutfağa koşturmuştu. Telaşlı görünüyordu. Geç kalmıştı sanki, kötülüğe yetişebilmek için acele ediyordu. Önce kapıları zorlamış, duvarları sarsmış, pencereleri sökmüştü. Ardından, mutfaktaki kepçelere, tencerelere, tavalara vurmaya başlamıştı. Elena Rodriguez'in zihnini tarumar eden o korkunç gürültü sadece bir başlangıç, sadece bir ikazdı. Kadın yataktan fırlamış, güm güm atan kalbini yatıştırmaya çalışarak mutfağa yönelmişti. İşte o zaman görmüştü onu. İşte o an, tek hamlede koparmıştı geçmişi gelecekten, acıyı sevinçten, hafızayı hayalden. Öncesi ve sonrası vardı artık. İki ayrı resim; iki kopuk uçtan birbirini süzen iki düşman nazar.

Ölüsünü hiç görmediği, mezarının başında kadınlığını terk ettiği, kokusunu aklından çıkartamadığı küçük Diego, mutfaktaki tahta masanın üzerinde zıp zıp zıplıyordu. Haşarı, neşeli, uçarı. Aralık dudaklarından çıkan sesleri mutfağın taşlarına saçıyordu; beyazın üzerinde kırmızı, kıpkırmızı. Ara sıra gözucuyla annesine bakıp gülüyordu. Hayvanî, vahşi, çocuksu.

Gözlerini açtığında sabah olmuştu; mutfakta, yerde, iki büklüm vaziyette. Ağzının içinde garip bir tat vardı, dilinde pis bir acı. Konuşmaya çalıştığında pembe ve korkak bir et parçası sallanmıştı dilinin ucundan. Dilini ısırmıştı farkında olmadan. *"Kahpe bakire. Çökmüş dizlerinin üstüne. Affetme, affetme. Günahkâr pembe."* Isırmış, parçalamış, kanatmış, koparmış ama ondan kurtulamamıştı. Kocasına hiçbir şey söylemeden evden fırlamıştı. Nereye gittiğini biliyordu. Alonso Perez de Herrera'nın sesine sığınmaktan başka bir şey düşünmüyordu.

Korkunç bir hızla kaydığını hissediyordu şimdi, ama yokuş aşağı değil, yokuş yukarı. Oysa dalından düşmüş bir elma ya da yerinden olmuş bir taş gibi, hoplaya zıplaya, yuvarlana yuvarlana, gamsız tasasız, öncesiz ve sonrasız inebilirdi yokuştan. Duramamanın rüzgârı yüzünü yalarken, güzel olan her şeyin neden bu kadar kısa sürdüğüne hayıflanmaya bile vakit bulamadan mutlu bir tebessümle yokuşun dibine varabilirdi. Ölebilirdi istese; ya da yaşayabilirdi.

✪

Duvarları melek ve şeytan tasvirleriyle bezenmiş geniş yemek odasında şarabını yudumluyordu Alonso Perez de Herrera. İkide bir başını kaldırıp tam karşısına denk düşen resme bakıyor; sonra kaztüyü kalemine sarılıp yazmaya devam ediyordu. Tamamlamaya çalıştığı kitabın ismini *Saklı Sapkınları Teşhis ve Tasnif Etmenin Yolları* koymuştu.

"Onlar, dışarıdan bakıldığında inançlı Hıristiyanlar gibi görünen saklı sapkınlardır. Fakat ne denli saklanmaya çalışırlarsa çalışsınlar, aslında gayet kolaydır onları teşhis etmek. Zira, üzerlerine örttükleri ve sabırla yamadıkları örtü, günahkâr bedenlerini ta-

mamen kapatmaya yetmez. Açılır örtü; et görünür; hakikat ortaya çıkar. Onlar, uzun müddet saklanmayı başaramazlar.

Cuma öğleden sonraları evlerini temizleyip, günbatımından evvel mum yakarlar. Cumartesi sabahları temiz kıyafetler giyerler. Bütün yemeklerini bir gün evvelden pişirip fırına koydukları için o gün yemek pişirmezler. Bir tepenin üzerine çıkıp köye, kasabaya yahut şehre dikkatlice baktığımızda, cumartesileri bacasından duman çıkmayan evleri bir bir tespit edebiliriz."

Yorgundu. Hafiften yoklayan baş ağrısına teslim olmamak için yazmaya devam etse de, arzu ettiği kadar kudretli cümleler kurmakta bir hayli güçlük çekiyordu. Tıkandıkça, kenarları yaldızlı kadehini havaya kaldırıp, şarabın tortusundan medet umuyordu. Kadehi kalem, şarabı mürekkep yapıp, yılanın birikmiş ölü derilerinin üzerine yazmanın hayalini kuruyordu.

"Onlar dizlerinin üzerinde dua etmezler. İçlerindeki habis ruh onları kıvrandırdığı için dua ederken isteseler bile sabit duramazlar. Bu habis ruh, ayak parmaklarından tırnak uçlarına kadar vücutlarının her bir zerresini ele geçirmiştir. Bu sebepten ötürü, tırnaklarını kestikten sonra kaldırıp atmak yerine muhakkak yakarlar. Oysa tıpkı tırnakları gibi ateşle..."

Sessizce odaya giren hizmetkâra kaşlarını çatarak baktı. Anlaşılan davetsiz bir misafiri vardı. Başka bir gün olsa, böyle vakitsiz ve habersiz evine gelen birini geri çevirirdi. Oysa bugün, zaten bir türlü istediği gibi oturup yazamadığı için, çalışmasına biraz ara vermekte bir sakınca görmedi.

Kadın, odaya alınır alınmaz, telaşla atılıp Alonso Perez de Herrera'nın ellerine sarıldı. Bir müddet, heyecandan sesi soluğu kesilmiş bir halde öylece durdu. Varlığı odada hüküm süren sisli, yosunlu, ağlamaklı gölü dalgalandırmadı; suları bulandırmadı. Nihayet konuşmaya başladığında seslerin birbirine geçmesine, kelimelerin kesik kesik hecelere bölünmesine mâni olamadı. Ağzını her açışında pembe bir et parçası dışarı sallanıyordu. Dili, tıpkı kenarları yaldızlı kadehin üzerindeki yılanın dili gibi çektiği acıları haykırıyordu. Alonso Perez de Herrera ise parçalanmış bir dilden çok kadının söylemeye çalıştığı kelimelerin kesik kesik hecelere, boğuk boğuk inlemelere dönüşmesinden etkilenmişti. Belki de bu sebepten, bu beklenmedik misafirine vakit ayırmaya karar verdi. Arkasına yaslanıp onu dinlemeye koyuldu.

"Saygıdeğer efendim. Ben, Fortuna Sokağı'nda ikamet etmekteyim. Bizler, bu sokakta yaşayan iyi Hıristiyanlarız. Fakat korkarım, aramızda hainler var. Buraya geliş sebebim de günahkâr bir aileden size bahsetmektir zaten. Onların işledikleri günahları bilip de söylemezsem, beni de günahlarına ortak edecekler diye korkarım."

Elena Rodriguez bir an için susup yutkundu. Bir gece evvel yaşadıklarını, küçük Diego'yu, çektiği acıları anlatmak istese de bunu yapamayacağını fark etti. Belki başka zaman, belki kiliseye gittiğinde günah çıkartırken bütün bunları söze dökmesi çok daha münasip olacaktı. Belki daha sonra, belki dilinin bir parçası öteki parçasına kavuştuğunda.

"Ah Padre, bu ailenin küçük bir oğlu var. Adı Andres. Ah, küçük Andres, Andresillo, onların elinde büyümekte. İşte buna gönlüm razı olmuyor. Efendim, ben Andres'i, kaybettiğim evladım gibi severim. Bir gün, onunla konuşurken, bana amcasının ve aile fertlerinin yaptıklarını anlattı. Çocuk hiçbir şeyin farkında olmadığından, fazla soru sorup onu korkutmak istemedim. Daha sonraki günler tekrar açtım bu meseleyi. Her seferinde bana anlattıkları aynı olunca, çocuğun yalan söylemediğine kani oldum. İşte bunun için buradayım efendim."

Kadının anlattıkları sesin bir hayli ilgisini çekmiş olmalıydı ki, Alonso Perez de Herrera'yı ölüm döşeğinde tasvir eden resmin içine dönmeye niyeti yok gibiydi. Alonso Perez de Herrera'ya gelince, o, davudî sesin içinde olmasından hoşnut, ama bu kadına gösterdiği alakadan huzursuz, bekliyordu.

"Şu çocuk... Andres... sana tam olarak ne anlattı?"

"Efendim, bana, her hafta evlerinde pek çok insanın toplandığını anlattı. Perdeleri örtüp, kapıları kapatıp, gizlice konuştuklarını anlattı. Bir de... bir de.. dedi ki..."

"Rahat ol evladım. Bildiğin her şeyi açık açık anlat. Anlat ki, hiçbir günah cezasız kalmasın."

Bu lafı işiten Elena Rodriguez gözyaşlarına boğularak, Alonso Perez de Herrera'nın ayaklarına kapandı.

"Oh, çok korkunç. Dios mio. Çok korkunç. Bana dedi ki... Amcası ve arkadaşları... ve işte onların hepsi... İsa Efendimize işkence ederlermiş... İsa Efendimiz, gözyaşlarına boğulurmuş. Onlara niçin kendisine işkence ettiklerini sorarmış. Fakat onlar İsa Efendimizi kırbaçlamaya devam ederlermiş. Kan içinde kalırmış her tarafı. İşte bu Pereira ailesi, İsa Efendimize böyle zulmedermiş."

Alonso Perez de Herrera bunları duyar duymaz ayağa fırladı. Tıpkı vaazlarındaki gibi sesle tekyürek, tekvücut olmuşlardı. Hiddeti gözlerinden okunuyordu.

"Buraya gelmekle en doğrusunu yaptın evladım. Şimdi sakinleş ve bana her şeyi baştan anlat."

❂

Dikti yokuş, bitmek bilmiyordu. Ölüme benziyordu yokuş; sonunda ne olduğu, buradan bakınca görünmüyordu.

Derin bir soluk aldı. Yokuşa baktı. Her ne olursa olsun, inmesi çıkmasından çok daha kolay olacaktı.

Büyü

> Bu yüzden, oyunlarımızı gizlice oynuyoruz.
>
> Mario Vargas Llosa,
> *Üveyanneye Övgü*

Beatriz Blasquez, heyecanla vaktin gelmesini bekliyordu. "Geceyarısından evvel olmaz!" demişti kadın. Zaman geçmek bilmiyordu.

Bir süre önce, bir arkadaşının tavsiyesi üzerine gitmişti o eve. Kadın, aşk büyücülerinin piri olarak nam salmıştı Madrid'de. Müşterileri arasında her yaştan, her fıtrattan kadına rastlamak mümkündü. Hepsinin de derdi tasası birdi: aşk! Kocalarını bin bir desiseyle yuvalarına bağlamaya çalışanlar, gönül verdiklerinden yüz bulamayıp yorgan döşek yatanlar, gece gündüz hayali bir âşığın ateşli bûseleriyle yanıp tutuşanlar, yanıp tutuşmayı çoktan bırakarak kül olma raddesine geldikleri için son çare olarak gece vakti gizlice içeri süzülecek şehvetli hırsızların yolunu gözleyenler ve tam olarak ne istediklerini bilemeseler de sürekli bir şeyler istemekten kendilerini alamayanlar onun müdavimleriydi. Kadının lakabı La Barbuda* idi. Ona bir kerecik bakmak, bu lakabı fazlasıyla hak ettiğini anlamak için kâfiydi. Çenesinden sarkan uzun, siyah kıl yığınıyla, cehennem tasvirlerinden fırlamış o yarı –keçi, yarı – insan mahlûkları andırıyordu. Esmer yüzünde, biri alnında biri de sol yanağında olmak üzere, birbirinden derin, birbirinden küstah iki bıçak izi taşıyordu. Geçip gitmeden evvel mührünü vurmuş, küllenmeden evvel yakıp dağlamış bir hikâyesi olmalıydı. Fakat o, bıçak izlerinin hınzırca ima ettiği bu hikâyeyi saklamak gay-

* La Barbuda: Sakallı (dişi).

retinden olsa gerek, bir boya fıçısına batıp çıkmış gibiydi. Yanaklarını cart kırmızıya, dudaklarını çingenepembesine, gözkapaklarını da çığırtkan yeşile boyamıştı. Kulaklarına halkavî, devasa küpeler, kollarına en adisinden şıngır şıngır, rengârenk bilezikler, parmaklarına da kıymetli, parlak taşlarla bezenmiş yüzükler takmıştı. Omuzlarına, püskülleri yere kadar uzanan, tavuskuşu işlemeli bir şal atmıştı. Sarkık gerdanını da ihmal etmemiş; bir zamanlar pek heybetli olduğu anlaşılan vahşi bir kurttan artakalan duman rengi kuyruğu boynuna dolamıştı. Bu haliyle, sarhoş bir ressamın fırça darbelerinden vücuda gelmiş gibiydi. Ne var ki, bu acayip ve çirkin sûreti tezyin eden renk cümbüşü onu gülünç kılmak şöyle dursun, olduğundan çok daha heybetli ve kudretli yapıyordu. Zira, liman şehirlerinde kurulan pazarları andıran bu karmaşa, La Barbuda'yı sıradışı kılmakla kalmıyor, bir de, gözlerini ondan ayıramayanlarda tiksintiyle karışık merak, korkuyla karışık saygı uyandırıyordu.

Bıçak izlerinin fısıldadığı hikâyeye göre, La Barbuda bir ömre iki ayrı hayat sığdırmıştı. Birincisinin tükendiği yerde durup, aç bir köpek gibi boşluğu koklamıştı. Bir adım ötesi ya hiçlikti ya kurtuluş. Her ne olursa olsun, biten bitmiş, giden gitmişti. Seneler birbirini kovalarken o, ne yeknesaklığın kabuğunu kırabilmiş, ne istediği evliliği yapabilmiş, ne de belini doğrultabilmişti. Çaresiz ve ezikti. Cahil ve sefildi. Üç çocuk annesi ve kimsesizdi. Aynı melûn hastalığın peş peşe alıp götürdüğü çocuklarının arkasından sessizce bakmış; bir kez olsun ağlamamıştı. Sonrası, ya onların acısını tamamen unutmaktı ya da onlara kavuşmak. Hayatta kalmakla canına kıymak arasında gidip gelirken, hangi tarafa meyledeceğini bilemediğinden eşikte öylece dikilirken, tesadüfen bulduğu paslı bir anahtar ona büyü âleminin kapısını açmıştı. Kaybedecek bir şeyi kalmadığından tereddütsüz atmıştı adımını. Sonra bir adım, bir adım daha... Her adımda belinin biraz daha doğrulduğunu, sözünün biraz daha geçtiğini görmüş; giderek, yürümekle yetinmeyip koşmaya başlamıştı. Belki de intikamdı şiarı. Büyülerle bend ettiği erkeklerin nezdinde kendisini karnında, kucağında bebeklerle terk edip giden sevgililerden; parasını yolup, şaşkına çevirdiği müşterilerinin nezdinde de yoluna çıkıp canını yakan bütün kadınlardan çaktırmadan intikam alıyordu. Kim ayıplayabilirdi ki onu? Kimsenin yuvasını yıkmıyor, ahını almıyor, ciğerini sökmüyordu. Sadece birkaç tırmık, bir iki ısırık... Şeker değillerdi ki erisinler. Kat kat pudranın dahi kapatamadığı bıçak izleri bırakmıyordu ya suratlarında. Hem zaten, çok geçmeden kabuk bağlardı her yara. Varsın çıtkırıldım hanımlar, küstah beyler azıcık incinsinler. İncinsinler ama sebebini bilmesinler. Ne de olsa, müşterilerine kalıcı bir hasar vermek La Barbuda'nın hiç işine gelmezdi. Seneler sonra kavuştuğu iktidarı kendi elleriyle alaşağı edecek kadar budala değildi.

Sıra kendisine geldiğinde Beatriz, onu buraya getiren sivri akıllı arkadaşına söylene söylene La Barbuda'nın odasına girdi. Çığırtkan renkli, yamalı bir perde, bu odayı bekleme odasından ayırmaktaydı. Perdenin üzerine dikilmiş irili ufaklı onlarca çan, müthiş bir gürültü çıkartıyordu en ufak kıpırtıda. Böylelikle, sırası gelen her müşteri, fiyakalı bir merasimle çıkmış oluyordu La Barbuda'nın huzuruna. Beatriz içeri girdiğinde, çabucak göz gezdirdi etrafına. Raflara sıra sıra dizilmiş küçük cam şişeler, terkibi meçhul macunlar, tavandan sarkıtılmış kuru ot demetleri, ne işe yaradığını bir türlü kestiremediği cam topaçlar, sayfaları sararmış kitaplar, kargacık burgacık yazılmış reçeteler, vakti zamanında pek çok hayvana heybet kazandırdığı anlaşılan uzun tüylü kuyruklar ve muhtemelen aynı hayvanların dişlerinden yapılmış kolyeler buldu karşısında. Burnunu kapatmak istedi ama çok geç kalmıştı. Odada hüküm süren onlarca kokunun bir araya gelerek neşeyle, inatla, öfkeyle oluşturdukları rayihaya bulanmıştı bir kez; hem de tepeden tırnağa.

Bu acemi müşterinin korkusu gülümsetti odadakileri. Gülsuyu, gece sümbülü, katırtırnağı, biberiye, portakal özü, yasemin, karanfil ve kına dolu fağfur kâseler; misk taneleri, acıbadem çekirdekleri, baldıran kökleri, menekşe kökleri, odun kömürleri, muskat cevizleri saklayan rengârenk şişeler; içlerine dağkeçisi sütü, domuzyağı, çamiğnesiyağı, cevizyağı, ördek yumurtası akı doldurulmuş gümüş çanaklar ve zehirli otlar, gülümsemekle yetinmeyip kahkahayı bastılar. Gümüş, bakır, altın ve cam kâselerde pıhtılaşan yılan ve keçi kanları gürültüden rahatsız olup homurdandılar. Kopan hengâmede raftan düşen billûr bir mühre tuzla buz oldu. Senelerdir mühreye olan aşkını bir sır gibi saklayan bir sürmedan onun peşinden atlamak istediyse de yapamadı; yanık sesiyle ağıt yakmaya koyuldu. Aşkı ve tutkuyu hafife aldığını her fırsatta ispat etmeye çalışan bir zebercet, tam da sürmedanın acısına dudak büktüğü esnada gül ağacından yapılmış bir asanın üzerine işlenmiş zeytunî bir taşın dikkatle kendisine bakmakta olduğunu fark etti. Kızardı. Ortalık karıştı.

La Barbuda'ya gelince, o, bu cinnetâver tarrakanın tam ortasında sakin sakin oturmaktaydı. Yaşlı tilki her şeyi büyük bir kurnazlıkla, ince ince hesaplamıştı. Karışık ve dağınık mekânların, insanları nasıl allak bullak edebileceğini gayet iyi bildiğinden, kullansın kullanmasın bulabildiği en tuhaf malzemeleri bir araya getirmişti. Bunun sakıncalarının farkındaydı elbette. Şimdiye değin tam beş kez cadılıkla itham edilmiş, Engizisyon'un karşısında hesap vermişti. Fakat her seferinde şansı yaver gitmiş, yakasını kurtarabilmişti. Her seferinde, gurbetten gelen bir yolcu gibi hasretle evine dönüp kaldığı yerden hayatına devam etmişti.

La Barbuda, gözucuyla, beti benzi atan genç müşterisini süzüyordu. Pek belli etmese de, odadaki ıvır zıvırın her gelen müşterinin üzerinde müthiş bir tesir bıraktığını görmekten bir hayli memnundu. Gayet iyi biliyordu ki, bakacak şey çok olduğunda, kolay dağılırdı insanın dikkati. Dikkati dağılan da daha çabuk yumuşar, daha itaatkâr olurdu. İşte bu sebepten ötürü, La Barbuda'nın sadeliğe tahammülü yoktu.

Aşk büyülerinin üstadı leziz bir yemeği yeni bitirmiş gibi ağzını şapırdatarak, genç müşterisini selamladı. Senelerin tecrübesiyle, bir lahzada onu buralara kadar getiren meselenin ne olduğunu ve genç kadının tıynetini, mizacını kavradı. Bu esnada Beatriz, büyücünün delici ve yakıcı bakışlarından kurtulmak için gözlerini kaçırıyordu. Kafası karışmıştı. İçinden bir ses, buraya kadar geldiğine göre başladığı işi tamamlaması gerektiğini söylemekte, bir başka ses de bu işkembe suratlı kadının menzilinden bir an önce çıkıp gitmesini tavsiye etmekteydi. La Barbuda her iki sesi de işitmişti. İşinin ehli olan ve feleğin çemberinden pek çok kez geçmiş bulunan kadın, meydanı müşterilerinin kararsızlıklarına bırakacak değildi elbette. İpleri baştan sıkı tutmakta, kimin kime muhtaç olduğunu hatırlatmakta sınırsız fayda görüyordu. Tatlı bir gülümsemeyle, o can alıcı soruyu sordu.

"Söyle bakalım cancağızım, bu delikanlının adı nedir?"

Kararsızlığı Beatriz'i de yıldırmış olmalıydı ki, hiç nazlanmadan yanıtladı. Oyun başlamıştı.

"Miguel, efendim. Miguel Pereira."

"Demek Miguel... Güzeeel! Böyle bir isme büyü yapmak hiç de zor olmayacak. Bakalım şu Miguel nasıl biri!"

La Barbuda, önünde duran turuncu, ipek eşarbı kaldırdı. Ortaya içi bulanık suyla dolu, sapsarı pirinçten bir kâse çıktı. Önce, kırışık yüzünü daha da kırıştırarak ne anlama geldiği anlaşılmayan sözler söyledi; sonra, hiç su sıçratmadan kâsenin içine beş tane nohut attı. Her bir nohut tanesi için sol omzuna bir kere tükürüp, sağ omzuna iki kere üfledi. Ardından, süslü bir kurdelayla boynuna astığı ortası delik, gümüş parayı suya bıraktı. Kurdelanın uzunluğuna rağmen, para kâsenin dibine vardığında, ona bağlı olan kadın da öne doğru eğilmek zorunda kalmıştı. Her şey o kadar törensel, o kadar ciddi bir havada yapılıyordu ki, Beatriz dehşete düşmüştü. Başka zaman olsa deli saçması sayacağı şeyleri, şimdi, gaipten haber taşıyan esrarengiz hareketler olarak görüyordu. Yaşlı büyücünün her yaptığında derin bir mânâ, bir keramet arıyordu. La Barbuda'ya göre işler tıkırındaydı. Kıvama gelmeye başlayan müşterisini merakta bırakmak için uzunca bir müddet sustu. Suratında abartılı bir ifadeyle, bir Beatriz'e bakıyordu, bir de suya. Sanki çok korkunç şeyler görüyordu da, söylemeye dili varmıyordu. Sonunda genç müşterisinin yüzünü yüzüne yaklaştırdı. Nefesi leş gibi sarmısak kokuyordu.

"Saçları... Gür, kıvırcık, simsiyah saçları var."

Beatriz heyecanla onayladı: "Evet, evet öyle!"

"Korkarım saçları gibi inatçı ve asidir ruhu. İsmini taşımıyor. Yanılmışım güzel kızım. Bu delikanlıya büyü yapmak o kadar da kolay olmayacak. Bu genç adamın gözleri sadece bir tek kadını görüyor. Siyah saçlı, beyaz tenli bir kadını."

Beatriz, ağlamaklı bir ifadeyle bulanık suya bakıyordu.

"Ah, ama bu kadın ona yasak!"

Âdeta bir feryat gibi çıkmıştı bu sözler yaşlı kadının ağzından. Aslında, hiçbir şey hissetmeden sakin sakin oyununu oynuyordu. Gördüğü her neyse eğleniyor; belli ki, Beatriz'i kıvrandırmaktan zevk alıyordu. Hepsi hepsi birkaç tırmık, bir iki ısırık... Varsın azıcık canı yansın bu genç ve güzel müşterinin. Ölüm yok ya ucunda, geçer birazdan. Her şey gibi bu da geçer. Fakat önce, son bir ısırık. Varsın azıcık daha morarsın kadife teni. Nasıl olsa aynı kökten elde edilir her zehrin panzehiri.

"Demek ki, bu genç adam pek de iyi biri değil ve kötüye meylettiğine göre sen... sen de güzel kızım, aynı mayadan olmayasın sakın."

Sırf gıcıklık olsun diye söylemişti son söylediklerini. Yoksa seneler evvel bırakmıştı, hayırı şerden, günahı sevaptan ayırt etmeyi. Onun işi yoldan çıkarmaktı, yola getirmek değil. Evi lâyıkını arayanların penahıydı, vicdan muhasebesi yapanların değil. Tam tahmin ettiği gibi, az önce dişlerini geçirdiği yerde hemencecik mor bir halka peyda olmuştu. Şimdi, fırsatı ganimet bilip halkanın tam ortasına nişan alacaktı. Ok hedefi vurduğunda, genç kadın belki biraz daha ürkecekti. Bunda ne kötülük olabilirdi ki? Ürksün ki daha çok etkilensin; etkilensin ki, daha çok inansın yaşlı büyücünün kudretine.

La Barbuda koynundan bedrenk bir kese çıkartıp, kesenin içindeki balmumu sarısı tozu abartılı hareketlerle suya serpti. Fiyakası tam olsun diye bu hareketi birkaç kez tekrar etti. Bu da onun küçük dalaverelerinden biriydi. Sudan çıkan renkli buhar, olan biteni yüreği ağzında seyreden Beatriz'e son darbeyi indirdi. Tava gelmiş, tamamen pısmıştı. Artık büyücü kadının her dediğini yapmaya hazırdı.

"Evveet, bakalım. Miguel Pereira... zor, çok zor. Bir koruyucusu var. Yakınında dolaşıyor ama senin delikanlı henüz bunu bilmiyor. Evet, onu koruyan biri var. Gene de aşk büyülerinden anlamadığı için bize sorun çıkartacağını sanmam."

Bunları söyledikten sonra arkasına yaslandı. Ortası delik, gümüş para, bulanık suyun içinden çıkıp, yaşlı kadının pörsümüş memelerinin arasındaki eski yerini aldı. Turuncu eşarp kâsesine kavuştuğunda oyun çoktan sona ermişti. La Barbuda söyleyeceğini söylemiş, aldığı paranın karşılığını vermişti. Keşfedilecek bir sır yahut fethedilecek bir kale kalmadığından, oynamak için yeni bir arkadaş, morartmak için yeni bir ten istiyordu. Oysa Beatriz'in kalkıp gitmeye hiç de niyeti yoktu. Kararsızca girdiği bu garip mekândan şimdi kopmak istemiyor, birazcık daha kalabilmek için oyalandıkça oyalanıyordu. Sanki burası arzın merkezi, aşk büyücüsü de hayatın bütün sırlarını elinde tutan bir bilgeydi. Dışarı çıktığında bütün bunların bir rüyaya dönüşmesinden ve geri dönememekten ürküyor gibiydi.

La Barbuda, Beatriz'e iki tane ince, uzun şişe verdi. Şişelerden biri açık sarı, ötekiyse koyu sarı bir sıvıyla doluydu. Açık sarı olanı kendi ayak izlerine, koyu sarı olanı ise Miguel'inkilere dökmesini tembihledi. Beatriz sımsıkı tuttu şişeleri, sanki her an biri çıkıp elinden alacakmış gibi. Yaşlı büyücü genç kadının bu halini görünce biraz gevşedi. Buz tutmuş yüreğinde azıcık da olsa bir ılıklık hissetti. Bunu fırsat bilen sol yanağındaki bıçak yarası sızım sızım sızladı. Yufka yüreklilikten hiç hazzetmeyen öteki bıçak yarası sinirlenip hemcinsini azarladı. Onlar tartışadursun, büyücü kadın, Beatriz'e küçük bir ikramda bulunmaya karar vermişti. Sırtını sıvazlayıp başından defetmeden evvel ona bir şarkı ezberletti. Bu şarkıyı, Miguel Pereira'yı uzaktan görür görmez söyleyecekti. Şarkıyı ne kadar yüksek sesle söylerse o kadar makbule geçerdi ama baktı ki yapamıyor, mırıldanması da kâfiydi. Bir yandan da, boşta kalan elini çaktırmadan apış arasına sokup üç kıl kopartacaktı. Koparttığı kılları, bir punduna getirip muhakkak delikanlının kıvır kıvır saçlarına karıştırmalıydı. Bu son fasıl ücrete dahil değildi. La Barbuda, sol yanağındaki bıçak yarası sızladığı için fazladan hizmet vermişti. Daha ileri gitmesine ise alnındaki, öfkeli bıçak yarası müsaade etmemişti. Şarkıyı bir kez daha tekrar ettirdikten sonra, son defa tembih etti:

"Unutma, kelimeler tane tane çıkacak ağzından. Söylediğin her kelimeyi bir sen işiteceksin, bir de yüreğin."

Söylediğin her kelime,
bir sende yankı bulacak,
bir de yüreğinde!

Beatriz ertesi günü iple çekmiş; sabah olunca, koştura koştura Fortuna Sokağı'ndaki eve gitmişti. Aklını La Barbuda'nın talimatlarını harfiyen yerine getirmekle bozduğundan, kapıyı Miguel'in açmasını bekliyordu. Fakat karşısında sevdiği erkeğin yerine, uyku mahmuru Isabel'i bulmuştu. Isabel bu habersiz ve vakitsiz ziyarete pek anlam verememiş, hatta bir şeylerden şüphelenmiş gibiydi. Gene de nezaketi elden bırakmayıp Beatriz'i yarımağız içeri davet etmişti. Miguel evde yoktu. Geceyi kim bilir nerede geçirmiş, bir haber bile vermemişti. Beatriz umursamadı. Nasıl olsa büyü tuttuğunda, çektiği eziyetlerin semeresini fazlasıyla görecekti. Biraz daha dişini sıkması gerekiyordu, o kadar. Madem Miguel evde değildi, orada daha fazla bulunmak lüzumsuzdu. Arkadaşıyla birazcık çene çalmak bile içinden gelmemişti. Son günlerde bir hayli huzursuz görünüyordu Isabel. Canını sıkacak, ruhunu karartacak hiçbir şey olmadığına ve olamayacağına göre, bulmuş da bunamış olmalıydı. En iyisi onu kendi kasvetiyle baş başa bırakmaktı.

Sokağa adımını atar atmaz bir mucize gerçekleşmişti. Miguel uzaktan, sallana sallana geliyordu. Haline bakılırsa tam olarak ayılamamış gibiydi. Ara sıra kusacakmış gibi iki büklüm oluyor, sonra toparlanıp sarsak sarsak yürümeye devam ediyordu. Genç kadını görmemişti ve böylesi çok daha iyiydi. Beatriz, yüreği ağzında, şimşek hızıyla karşıya geçti. Çaprazdaki evin duvarını siper edinip saklandı. O esnada başını kaldırıp baksaydı eğer, ev sahibesi Elena Rodriguez'in pencereden dikkatle ve merakla kendisini izlediğini fark ederdi. Fakat Miguel'den başkasını görmediği, yaşlı büyücünün söylediklerinden başka bir şey düşünmediği için gizli seyircisini fark etmesi mümkün değildi. Miguel önünden geçip giderken, Beatriz parmaklarının ucunda onun peşinden seğirtip, ayak izlerine koyu sarı sıvıyı döktü. Açık sarı sıvıyı da kendi ayak izlerine boşalttı. Sonra sağını solunu kolaçan edip La Barbuda'nın ezberlettiği şarkıyı mırıldanmaya başladı. Kılları kopartırken biraz zorlanmıştı ama Miguel evine varmadan büyüyü tamamlamayı başarmıştı.

Boğa kadar kudretli,
Ateş kadar sıcak,

olacaksın içimde;
ve tıpkı a...n kılları gibi,
vücuduma tâbi
kalacaksın Miguel Pereira
Miguel Pereira
Miguel Pereira!

7Bunları mırıldanırken yüzünün kızarmasına mâni olamasa da utanç duymamıştı. Sevdiği erkeğin gönlünde taht kurabilmek için her şeyi göze almıştı. Zamanlama müthişti. Şarkı bitti; Miguel eve girdi. Kapı kapandı; Beatriz derin bir soluk aldı. Bir türlü yaranamadığı insanların türlü türlü hallerine akıl sır erdiremeyen Fortuna Sokağı geceliğini giyip uykuya daldı. Oysa Beatriz için gün daha yeni başlamıştı. Bundan sonra, apış arası kıllarını sevdiği erkeğin kıvır kıvır saçlarına karıştırmaktı tek ihtiyacı.

Büyü tutmuş, olmaz zannedilen olmuştu. Aradan birkaç gün bile geçmeden çıkıp gelmişti Miguel. Gerçi suratı asıktı; yorgun ve mutsuz görünüyordu ama bunların hepsi silinmişti sevişirken. Beatriz kendini tamamıyla onun ellerine bırakmıştı. Korkuyu ve sevinci, hazzı ve acıyı aynı anda tatmıştı. Miguel'in bu denli ateşli olup vahşi bir hayvan gibi sesler çıkarmasını; ellerini okşamaktan çok acıtmak, ağzını öpüşmekten çok ısırmak için kullanmasını ve o yana bakmamaya çalışan Beatriz'e inat, anadan doğma dolaşıp çıplaklığı sıradanlaştırmasını hem baş döndürücü hem de ürkütücü bulmuştu. Korkunç bir belirsizliğe doğru paldır küldür yuvarlanırken, varlıkla yokluk arasındaki dikenli tellere tutunmaya çalışmıştı. Kan içinde kalan elleri vücudunun ağırlığını daha fazla taşıyamamış; altındaki uçurum karanlık bir mağaraya benzeyen ağzını açıp avını afiyetle yutmuştu. Artık her taraf boşluktu. Kuzey, güney, doğu ve batı boşluğa teslim olmuştu. Sarsılan yatağın altı üstü, yanı yöresi, iştahı kabaran hiçliğin ancak dişinin kovuğunu doldurmuştu. Her şeyi silip süpürmesine rağmen, hâlâ doymadığına göre yakında kendini yutacaktı. Beatriz ölümü ilk defa bu kadar yakınında hissetmişti. Bunca zaman ismini sayıkladığı, hasretini çektiği erkek, kâh azılı bir katil, kâh çılgın bir âşık, kâh haşarı bir çocuk, kâh şeytanın elçisi olup kılıktan kılığa girmişti. Onun karşısında dili tutulmuş, kanı donmuş, vücudu pelteleşmişti. Uykusuz gecelerde, yatağında dönüp dururken hayalini kurduğu sevişme bu değildi. O, tatlı iltifatlarla, masum bûselerle, küçük dokunuşlarla başlayıp giderek tırmanan bir sevişme arzu etmişti. Her şey usul usul olmalı, giderek katlanmalı, katlanarak çoğalmalıydı. Oysa Miguel, basamakları üçer beşer atlamayı tercih etmişti. Bir yerlere yetişmesi gerekiyormuş gibi aceleciydi. Gecikmiş bir intikam alır gibiydi. İşte bu sebepten, Beatriz ne hissedeceğini bilememişti. Bir yandan, sevdiği erkeğin kendisiyle değil de tek başına seviştiğini, her şeyin hayallerindekinden çok daha başka şekilde geliştiğini, hiçliğin komşu toprakları işgal edişini görüp üzülmüştü. Bir yandan da, her şeye rağmen büyünün tutmasına, asla kavuşamayacağını sandığı ana kavuşabilmiş olmasına, fersah fersah uzağa düşenin aniden yakınlaşmasına sevinmişti. Velhasıl, hazan yeline duçar olmuş kuru bir yaprak gibi bir o yana, bir bu yana savrulmuş; kafasını toparlayamamıştı.

Oysa tek şaşıran o değildi. Sular durulduğunda, karaya vuran Miguel'in yüzünde, Beatriz'inkinden daha derin bir şaşkınlık gizliydi. Anlaşılan, genç kadın için ilk olabileceğini daha önce aklından bile geçirmemişti. Gerçi bunu fark ettiğinde, geri adım atamamış, çark edememişti ama böylesini sevmezdi; tıpkı kıpırtısızlığı ve teslimiyetçiliği sevmediği gibi. Bir çiçek bile ah ederdi hoyratça dokunulduğunda; bakireler gıkını çıkarmazdı. Bir ceset bile aşka gelirdi sarıp sarmalandığında; bakireler kıpırdamazdı. Ve bir kadeh bile sermest olurdu içine şarap akıtıldığında; bakireler kafayı bulmazdı. Hem sıkıcı hem de tehlikeli bulurdu onları. Sıkıcıydılar çünkü hep el üstünde tutulmak ister, devamlı kendilerini naza çekerlerdi. Tehlikeliydiler çünkü emsalsiz bir ihsanda bulunduklarını zannedip, borçlu konumuna düşürdüklerinden verdiklerinin karşılığını beklerlerdi. Bakirelerden ziyade, ihtişamının fazlasıyla farkında olan, nasıl haz alıp haz verebileceğini bilen, kendi kendisiyle sevişebilen kadınları severdi. Aynada kendine tebessüm edip öpücük gönderen kadınları severdi. Durduk yerde meme uçlarını emebilmek için iki büklüm olup, taklalar ve şen şakrak kahkahalar atan şehvetperest kadınları severdi. Miguel Pereira'nın gözünde kadın dediğin hem topraktı – bereketli, gani gani–; hem suydu – amansız, gürül gürül–; hem ateşti – sıcacık, cayır cayır–; hem havaydı – deliduman, püfür püfür. Velhasıl, karmakarışıktı kadın vücudu; başı sonu olmayan, merkezi bulunmayan gizemli bir labirentti. O labirentte, çıkışa ulaşmak ümidiyle değil, tamamen kaybolabilmek için seviştiği kadının kendisine rehber olmasını isterdi. Tıpkı seneler evvel, o yağmurlu sonbahar sabahında onun yaptığı gibi.

Oysa Beatriz'in bunları anlayabileceğinden emin değildi. O kendinin farkında değildi ki fark edilsin. Vücuduna dokunmamıştı ki bir başkasının dokunuşundan keyif alsın. Miguel'e göre, onun senelerdir üstüne kilit vurup sakladığı hazine, aslında beş para etmez bir bakır parçasıydı. Aslolan perdenin açılması değil, perdenin ötesinde nelerin yattığıydı. Fakat ona bunları anlatamazdı. Bu sebepten, daha fazla batmadan paçayı kurtarmanın yollarını aramış; acıklı acıklı, şaşkın şaşkın etrafına bakınıp durmuştu. Beatriz ise, âşığının yüzündeki bu garip ifadeyi bir şükran nişânesi saymıştı. Gerçi beklediği gibi fırtınalar kopmamış, yer yerinden oynamamıştı ama her şeye rağmen mutlu sayılırdı. Çıplak kollarını erkeğinin boynuna dolayarak, huzur içinde uykuya dalmıştı. Rüyasında La Barbuda'yı görmüştü. Çirkin acûze, göklerde meleklerle dans ediyor, bembeyaz kanatlarını çırpıp bir buluttan bir buluta uçuyordu. Boynunda kocaman bir çan asılıydı. Küçük melekler var güçleriyle çanın ipine asıldıklarında, çıkan ses yankılanarak yeryüzüne ulaşıyordu. Her nağme için, çayırlarda otlayan koyunlardan biri telef oluyordu. La Barbuda, can veren koyunları usul usul göğe doğru çekiyordu. Sürünün çobanı aşağıdan el kol hareketleriyle acûzeye küfrediyor, o da bu küfürlere kahkahalarla cevap veriyordu. Alacakaranlıkta uyandığında Miguel yanında yoktu. Erkenden gitmiş olmalıydı. Belki de böylesi daha iyiydi. Başlangıç kısmı pek de istediği gibi olmamıştı ama devamı muhakkak gelecekti. Ne de olsa büyüyü tamamlamayı başarmıştı. Beatriz, hiçbir şeyden şüphelenmeyen âşığının, evden çıkıp giderken, kıvır kıvır saçlarının arasında müstakbel karısının apış arası kıllarını taşıdığını bilmediğini düşünerek keyiflenmişti.

Sabahı iple çekmiş, heyecanla La Barbuda'ya koşmuştu. Bekleme odasında sıranın kendisine gelmesini beklerken hop oturup hop kalkmış; büyücünün teşekkür mahiyetinde getirdiği ufak hediyeyi nasıl karşılayacağını düşünmüştü. Nihayet, rengârenk perdeyi açıp La Barbuda'nın huzuruna çıktığında, koşup kadının ellerine sarılmış; getirdiği altın kolyeyi, yaşlı kadının derisi meşin gibi sertleşmiş avuçlarına bırakmıştı. La Barbuda kolyeyi görünce, sararmış dişlerini açığa çıkartarak, sarmısak kokuları yayarak uzun uzun gülmüştü. Taşıdığı bütün takılar şıngırdamış, üzerindeki tekmil renkler daha bir parlaklaşmış, odadaki ıvır zıvır yığını üstüste doğum yaparak çoğaldıkça çoğalmıştı. Beatriz de bu hengâmeye katılıp şen şakrak kahkahalar atmıştı. Bir tek, yaşlı büyücünün alnındaki bıçak yarası, bir tek o, böyle sulululuklardan hiç hazzetmediğini göstermek için somurtup oturmuştu.

Şimdi Beatriz Blasquez, heyecanla vaktin gelmesini bekliyordu. "Geceyarısından evvel olmaz!" demişti kadın. Zaman geçmek bilmiyordu.

Nihayet vakit tamam olduğunda, dalgınlığından sıyrıldı. Ok gibi fırladı. Yüreği güm güm atıyor, eli ayağına dolaşıyordu. Bütün hazırlıklar tamamdı. Kanıyla lekelenen çarşaftan yaptığı fitili lambaya taktı ve yaktı. Sonra derin bir soluk alıp, her bir kelimenin yankısını yüreğinde duya duya şunları söyledi:

Bekâret kanımla ıslattığım
bu fitil nasıl yanıyorsa,
nasıl yanıp tutuşuyorsa,
Miguel'in kalbi de
öyle alev alsın
beni her görüşünde!

La Barbuda'nın, ikinci ziyarette öğrettiği büyü bundan ibaretti. Fakat Beatriz hızını alamamıştı. Dayanamayıp birkaç kelime daha ekleme gereği duydu.

"Bundan böyle benden başkasını görmesin gözü. O kadın her kimse, onu görmesin artık!"

Dönemeç

> Her yolculuk kendi çizgileri
> içinde bir başka yolculuk gizler
> sapılmayan dönemeç, unutulan açı.
>
> Jeanette Winterson,
> *Vişnenin Cinsiyeti*

Mumların titrek ışığı kadının saçlarını okşuyordu; usul usul, nazlı nazlı. O sarı, titrek ve ürkek ışıkta olanca çıplaklığıyla görünüyordu teninin beyazlığı, ulaşılmazlığı, uzaklığı ve dokunulmazlığı. Damla damla erirken yaktığı mumlar, ağır aksak geçiyordu zaman. Mumların gözyaşlarıydı avuçlarına damlayan. Tam da o esnada, ondan habersiz, mumların titrek ışığının kadının saçlarını okşayışını seyrediyordu adam, kendine bile itiraf edemediği bir öfkeyle ve hiç ses çıkarmadan.

Günlerden cumartesiydi, rakamlardan yedi. Isabel bir gün önceden tamamlamıştı hazırlıklarını, noksansız yerine getirmişti yapılması gereken her şeyi. Zaten ekmeği pişirmeyi severdi. Tanrı, kadın olarak dünyaya geldiği halde kadınlık görevlerini aksatanların doğum yaparken canını alacağını söylediği için değil; hamurun parmaklarının arasında şekillenip yeni doğmuş bir bebeğin kafası kadar yumuşak, çocukken tanıştığı ve şimdi hayal meyal hatırladığı ölüm meleği kadar ak ve rüyalarında durmaksızın dönerek renkleri renksizliğe, sesleri sessizliğe çeviren o rüzgârgülü kadar yuvarlak bir topağa dönüşmesinden emsalsiz bir keyif aldığı için severdi ekmeği pişirmeyi. Ekmeğe ismini üflerdi. Ve her seferinde, fırında kabarıp kızaran harflerin yazdığı hikâyeyi okumaya çalışır, ama harflerini ne kadar iyi tanırsa tanısın bir türlü çözemediği bu dil karşısında sessiz ve çaresiz kalakalırdı.

Antonio Pereira, sakalından kopardığı bir kılı yakından görebilmek için burnunun hizasına getirdiğinde, masanın üzerindeki balıklardan biriyle göz göze geldi. Korkardı balıkların gözlerinden. Ne zaman balık yeseler, Miguel'in büyük bir iştahla balıkların kafalarını mideye indirmesinden rahatsızlık duyar; her çıtırtıda, kopartılan kendi kafasıymış gibi irkilirdi. Gözleri düşünürdü. Denizlerin derinliklerini görüp belki de evrenin tekmil sırlarına vâkıf olduktan sonra hiç umulmadık bir anda, cahil ve cesur balıkçıların ağlarına yakalanıp dehşeti tadan ve hikâyelerini Miguel'in midesinde çırpınarak noktalayan gözleri. Bir türlü kapanmayan, hep açık ve açıkta kalan gözleri...

"Antonio, bu uzun bir yolculuk olacak. Ben burada kalacağım. Ben ve Andresillo. Sen gideceksin."

Antonio Pereira karısına baktı; uzaklığı ve ulaşılmazlığıyla bütün kadınlardan ayrı tuttuğu ve gene bu sebepten, belki de hiçbir zaman kadın olarak göremediği karısına, güzelliğini seyretmeye doyamadığı, güzelliğiyle canını yakan karısına baktı. Birden, masadaki balıklara benzetti kendi halini; denizlerin perdesini aralayıp evrenin sırlarını çözemeden ağa yakalanmış olmaktı onlardan tek farkı. Oysa daha bu sabah, Alonso Franco de Leon'un teklifini hevesle anlatırken bir şeylerin değişebileceğine dair hâlâ umudu vardı. Zira yapılan teklif oldukça cazipti. Bir süre için İtalya'ya gidecek, çeşitli üniversitelerdeki teşrih derslerine katılacak ve döndüğünde, hem itibarını artırmış olacak hem de orada öğrendiklerini İspanyol öğrencilere aktarma fırsatı bulacaktı. Bu zaman zarfında kendisinin ve ailesinin bütün masrafları, gerek hekimlikteki gerekse felsefedeki gelişmeleri yakından takip etmek gerektiğine yürekten inanan, İspanyol üniversitelerinin bağnaz hocaların ellerinde gerilemesine mâni olmaya ahdetmiş Alonso Franco de Leon tarafından karşılanacaktı. Üstelik bu kudretli ve inatçı asilzade, Antonio Pereira'nın yazdığı ve yazacağı bütün kitapların hamisi olmak istediğini de defalarca dile getirmişti.

"Niçin Isabel? Niçin benim dünyam sana bu kadar uzak? Benimle ilgili olan her şeyden neden böylesine kaçıyorsun? Sen... hiçbir zaman davetlere katılmıyorsun, dostlarımla yan yana gelmekten bile kaçınıyorsun. Bazen sırf beni incitmek için böyle davrandığını düşünüyorum."

Antonio Pereira kendi sesinden öylesine rahatsız olmuştu ki, bir türlü lafını tamamlayamadı. Hıçkırığı andıran bir iki ses daha çıkardıktan sonra tamamen sustu, başını önüne eğdi. Balıkların gözlerini üzerinde hissediyordu. Bo-ğu-lu-yor-du.

"Senden tek bir şey istiyorum" dedi Isabel, nihayet sükûnetini bozduğunda. Alabildiğine şefkatli ve dikkatliydi, küçük bir çocukla konuşurcasına. "Gördüğüm kadarıyla uzun zaman burada olmayacaksın. Bunun için Yaşlı'yı çağırmanı istiyorum."

Antonio Pereira şaşkınla baktı karısına.

"Bu bahsi çoktan kapattığımızı sanıyordum."

"Sanmak istiyordun" diye atıldı Isabel. "Ben Yaşlı'dan vazgeçmem. Bunu biliyorsun."

"Sen de bunun tehlikeli olduğunu biliyorsun. Böyle bir zamanda... Dışarıdaki hayatın farkında değilsin Isabel. İnsanların nasıl sudan sebeplerden ötürü yargılandıklarını bilmiyorsun. Yaşlı gibi biri bize ancak tehlike getirir."

"Umurumda değil" dedi Isabel. "Onu özledim. İkiniz iyi geçinemezsiniz biliyorum. Fakat sen yokken burada kalmasında bir sakınca olduğunu sanmıyorum. Yaşlı'ya ihtiyacım var. Söylesene Antonio, birine ihtiyaç duymanın ne demek olduğunu biliyor musun?"

Antonio Pereira yıkılmış görünüyordu.

"Nasıl istersen" dedi kısık bir sesle. "Yarın, onu alması için birini göndereceğim."

"Lütfen bunu yapma" dedi Isabel. "Sen sadece haber gönder. O istediği yoldan, istediği zaman gelir."

Canavar

"Bırakın gelsin" dedi Maui.
Sonra sordu: "Nasıl bir yaratık bu?"
"Aman" dediler, "dev gibi bir
canavar!"

Joseph Campbell, *İlkel Mitoloji*

Hani bazen her taraf, hayal gücü hudutsuz bir çocuğun boyalarıyla boyanmış gibi rengârenk, cıvıl cıvılken, resmin ister ortasında, ister kıyısında köşesinde olsun tek bir şey siyahlıkta ayak diretir ya, işte bu küçük oğlan ile onun elini sımsıkı tutan kadın da bu resmin tek siyah noktasını teşkil etmekteydiler. Ya sırf resmi yapan çocuğun dikkatinden kaçtıkları için böyle kalmışlardı; ya kalın, kapkalın bir zırhla çevrildiklerinden, etraflarını kuşatan renk demeti bir türlü yolunu bulup da onlara ulaşamamıştı; ya da başka, bambaşka bir resimden buraya tesadüfen düşüvermişlerdi. Her halükârda, karşılarına çıkanlardan hiçbiri onlardaki garipliği fark etmemişti. Sadece uyuz bir sokak köpeği yanlarına yaklaşıp her ikisini de uzun uzun koklamıştı. Aldığı koku köpeğin merakını artırmış olmalıydı ki, peşlerine düşüp uzun müddet onları adım adım takip etmişti. Oğlan bir ara durup köpeği sevmek istemiş ama buna cesaret edememişti. Hem gayet iyi biliyordu ki, köpeğe dokunduğu takdirde, kadın kaşlarını çatıp pisliklerden uzak durması gerektiğini tembih edecek, sonra da dantelli, karbeyaz mendilini çıkartıp hem kendi ellerini hem de çocuğunkileri paralarcasına silecekti.

Zaten Elena Rodriguez, olur olmaz yerde mendilini çıkarıp, ufaklığın pembe yanaklarını, yumuk ellerini, minik ağzını silmeyi huy edinmişti. Kimi zaman hızını alamayıp, onun ayakkabılarını parlatıyor, saçlarını didik didik ederek ayıklayacak toz toprak arıyor ya da tırnaklarına doluşan kirleri çıkarmak için saatler harcıyordu. Çocuksa, bitip tükenmeyen bu temizlik merasimlerinden hiç mi hiç hoşlanmamakla birlikte, aslında, kadınla beraber olmaktan şikâyetçi değildi. Babasından zaten hiç görmediği sevecenliği, annesinin nicedir esirgediği alakayı ondan görüyor; karşılığında, bu soğuk kadına sevgi göstererek onu böylesine ihmal edenlere varlığını hatırlatmaya çalışıyordu. Onun vasıtasıyla ailesinin canını yakmak istiyordu. Bu sebepten, sadece başkalarının, bilhassa da annesinin yanındayken komşu kadına yakınlık gösteriyor, ama onunla baş başa kaldığında hızla kendi kabuğuna çekiliyordu. Zaman zaman, annesinin çehresine düşen gölgelerden, onu incitmeyi, belki de kıskandırmayı başardığını anlıyor, ama gene de hiçbir şeyin düzelmemesine bir anlam veremiyordu. Babasına gelince o zaten her zaman uzaktaydı. Belki sarp yollarla, engin denizlerle değil ama sarı, sapsarı kitap sayfalarıyla ayrılmıştı dünyaları. Çocuk, ne yaparsa yapsın, aralarındaki sınırı bir türlü aşamıyordu.

Bazen babasının çalışma odasına gizlice süzülüp oradaki âlemi keşfetmeye çalışıyordu. Üst üste dizilmiş kitapları, elyazmalarını, mürekkep hokkasını, evrene ve insana dair çizimleri, kaztüyü kalemleri teker teker, tıpkı aç bir hayvan gibi kokluyor; her seferinde, içlerinden bir tanesi bile hoş kokmadığı için yüzünü buruşturuyordu. Ellerini kitapların süslü, resimli, kabartmalı kapaklarında gezdirerek, onlarda bu kadar dikkat çekici ne olabileceğini anlamaya çalışıyordu. Kitaplara yukarıdan, aşağıdan, tersten, düzden bakıp harfleri bir şeylere benzetmeye çabalıyordu. Çabaları sonuç vermediğinde harflere duyduğu nefret katbekat artıyor, içindeki öfke dalgası kabardıkça kabarıyordu. Küçücüktü harfler; yan yana dizilmiş bir sürü çiziktirik; eğri büğrü, kargacık burgacık, saçma sapan. Olmayan ağızlarıyla ne anlatıyor olabilirlerdi ki? Babası onlarda ne buluyordu da, gece gündüz başlarından kalkmıyor, yanlarına koşmak için yemeğini bile bir an evvel bitirmeye çalışıyordu?

Ölümü anlamak çok daha kolaydı. Ölmüş bir baba zaten yok demekti. Oysa hayatta olan bir babanın yokluğunu içine sindirebilmesi bir hayli zordu. Eskiden olsa bu kadar kahrolmazdı, çünkü annesinin sevgisiyle avunurdu. Fakat şimdi o da değişmiş, ellerinin arasından kayıp gitmişti. Suratı hep asık, gözleri hep dalgındı. Amcası ise, hepsinden daha hayırsız çıkmıştı. Nicedir, hep çocuğun uykuya daldığı saatlerde dışarlarda oluyor, sabahları ise erkenden fırlayıp gidiyordu. Oysa eskiden, beraber oyunlar oynar, evi neşeye boğarlardı. Amcası hep düşmanlar için çalışan casus olur; gizlice kralın çadırına süzülmeye çalışırken yakalanıp esir alınırdı. Çocuk, dizlerinin üzerinde aman dileyen casusu önce sımsıkı bağlar, sonra pata küte dövmeye başlardı. Küçük yumrukları sertleşmeye başladığında, aniden ipleri kopartan casus onu kucağına alıp havada döndürürdü. Bazen de, çocuğu kaptığı gibi avluya götürür ve onu havaya, güneşe fırlatırdı. Çocuk her seferinde hem kahkahalara boğulur hem de amcasının onu tutmaması endişesiyle ürperirdi. Tam elini güneşe değdirmek üzereyken, gürültüye uyanan güneş avurtlarını şişirip var gücüyle üfler, çocuk da o ani rüzgârla hızla aşağılara düşmeye başlardı. Endişeleri boşunaydı, çünkü her seferinde tutardı amcası. Güçlü kuvvetli kollarıyla onu yakalar, kucağına bastırırdı.

Oysa aylar var ki, Fortuna Sokağı'ndaki ev, üzerine ölü toprağı serpilmiş gibi sessiz ve ıssızdı. Evdekiler birbirlerine değmeden, birbirlerini görmeden yaşamaya başlamışlardı. Tek bir oyun arkadaşı bile kalmamıştı. Kimselerin sevmediği, özlemediği, istemediği bir çocuk olduğuna göre, kabahat belki de ondaydı. Belki de hiç doğmamalıydı. Oysa iyi bir çocuk olabilmek için elinden geleni yapıyordu. Kimseyi kızdırmıyor, söylenenleri harfiyen yerine getiriyor ve her gece yatmadan evvel, gözyaşları içinde Tanrı'ya dua ediyordu. Tanrı'dan yardım istemek için değil, onu görmek için dua ediyordu. Tanrı'yı görmeyi her şeyden çok istiyor, göremedikçe öfkeleniyordu. Onun neye benzediğini bilmek, sesini duymak için neler vermezdi ki... Geceleri Tanrı'ya, ellerini tutması için yalvarıyordu. Rüyalarında kocaman, karbeyaz bulutların üstüne çıkıyor; o yumuşaklığa kendini bırakıveriyordu. Uyandığında gene altına yaptığını anlıyordu. Annesi hiç kızmıyordu yatağını ıslattığı için. Keşke kızsaydı. Keşke bağırıp çağırsa, çişli çarşafları suratına fırlatsaydı. Kim bilir, belki de aslında annesi kızıp köpürüyor, Tanrı mırıl mırıl konuşuyordu da o duyamıyordu. Belki de doğuştan sağır bir çocuktu. Ya da daha kötüsü, belki de bütün bunları hak edecek bir günah işlemişti. Bu dünyaya hiç gelmemeliydi. Tanrı da bunu bildiği için ondan yüz çevirmişti. Kimselerin istemediği, sevmediği bir çocuktu o. Hiç kimsenin umurunda değildi. Bir kişi hariç: Elena Rodriguez!

Komşu kadınla beraber olduğunda böylesi sıkıntılar yaşamıyordu. Kadın ona cicili bicili hediyeler alıyor, birbirinden nefis tatlılar pişiriyor, hatta dışarıda satılan her türlü yiyecek ve içeceğe tiksintiyle bakmadığı zamanlarda çikolata bile ısmarlıyordu. Çocuk ona "señora" diye hitap ediyordu. Kadınsa bu mesafeli hitap tarzından hoşlanmadığını saklamıyor ama sesini çıkarmıyordu. Zaten, çocukla istediği sıklıkta görüşememenin acısını duyduğundan, bir de birlikte geçirdikleri zamanı zehretmek istemiyordu. Varsın ufaklık şimdilik böyle hitap etsin. Nasıl olsa zamanla alışır, ısınır. Bu ümitle kadın, çocuğun bir dediğini iki etmiyor, onu hep el üstünde tutuyordu. İlahi adalet dedikleri tam da böyle bir şey olmalıydı. Tanrı ondan Diego'yu almış, sonra da nasıl perişan olduğunu görüp haline acıdığından ona küçük Andres'i yollamıştı. Evet, hiç şüphesiz, Andresillo çekilen onca acının mükâfatı, Tanrı'nın armağanıydı. Şimdilik kimse bu hakikati bilmese de çok yakında herkes öğrenecekti. O vakte kadar tek yapması gereken dişini sıkıp sabretmek ve çocuğun sevgisini kazanmaktı. Ancak o zaman geçmişin olanca ağırlığı omuzlarından kalkacaktı.

Diego'nun ölümünden sonra sık sık canına kıymak istemiş ama her teşebbüsünde, inancı onu böyle korkunç bir günah işlemekten alıkoymuştu. Şeytanın ekmeğine yağ sürmemek için hayata daha sıkı tutunmaya çalışırken, her yeni gün biraz daha kahır dolu, her gecenin sabahı biraz daha puslu olmuştu. Nihayet, cılız ama inatçı bir ışık sûretindeki o ilahi nişâneyi gördüğü zaman, bu kadar yakında olan kurtarıcısını daha önce fark edememiş olmasına şaşırmıştı. Evet, Elena Rodriguez'e göre kurtuluş yakında, hem de çok yakındaydı. Bunun farkına vardığından beri, günler daha az boğucu, geceler daha az karanlıktı. Çektiği acıların dinmesine, günün ağarmasına çok az zaman kalmıştı.

Rüzgârlı, yağmurlu bir gündü. Elena Rodriguez yola çıkmadan evvel eve uğrayıp Diego'nun patlıcan moru, kadife şapkasını dolaptan çıkartmıştı. Şapka biraz büyük gelmişti çocuğa, ama onu hem yağmurdan hem de rüzgârdan koruyabilirdi. Hem zaten çocuk dediğin hızla büyüyüp serpildiğine göre, pek yakında Diego'nun şapkası tam oturacaktı küçük Andres'in kafasına. Gene de kadının içini kemirip duran bir şüphe vardı. Acaba Diego, Andres'i sevmesini istemiyor muydu? Bu sebepten mi geceleri şeytanla pazarlık edip yeryüzüne iniyor, kapıları çerçeveleri indirerek annesine rahat vermiyordu? Fakat eğer böyle bir şey varsa, bu korkunç bir haksızlıktı. Hem küçük Diego nasıl olur da Tanrı'nın inayetine karşı çıkardı? Belki de Diego, onun biricik Diego'su, aslında hep annesinden çok babasına yakın olmuştu. İyi bir Hıristiyan olabilmek için değil gayret etmek, parmağını dahi kıpırdatmayan, nefsinin pençeleri arasında kıvranan, buna rağmen senelerdir günah çıkartmayan, oğlunun ölümüne bile gözyaşı dökmeyen babasına. Hayır, böyle bir şeyin olmasına imkân yoktu. Muhakkak ki, Diego annesinin oğluydu ve Andres, masumiyeti ve güzelliğiyle küçük ölünün de huzura kavuşmasını sağlayacaktı.

Birlikte çikolata içmişlerdi. Andres bayılıyordu çikolatanın kokusuna, tadına, kıvamına. Daha önündekini bitirmeden bir tane daha istemişti. Kadın, dantelli, karbeyaz mendilini diliyle ıslatıp çocuğun çikolatadan bıyığını itinayla silmişti. Sonra hiç telaş etmeden, ağır adımlarla Fortuna Sokağı'na uzanan yolları geride bırakıp ara sokaklara dalmışlardı. Uyuz sokak köpeği bu sokaklardan birinde takılmıştı peşlerine ve gene bu sokaklardan birinde terk etmişti onları. Nihayet uzun bir yürüyüşten sonra, festival kalabalığının en yoğun olduğu noktaya varmışlardı. Burada sokak iki yana doğru biraz daha genişlediğinden daha çok insan toplanmıştı. Cıvıl cıvıl renklere bürünmüş insanlar sadece yolun sağına soluna yığılmakla kalmamış; pencerelerden, balkonlardan, ağaçlardan sarkmışlardı. Lıkır lıkır şarap içtiklerine göre, çok geçmeden pek çoğu sızıp kalacaktı. Zaten daha şimdiden bazılarının gözleri kan çanağına dönmüş, burunları kızarmış, ayakları birbirine dolanmaya başlamıştı. Kuytularda ateşli ateşli öpüşen çiftlere rastlamışlardı. Andres onları yakından görmeye çalıştığında, Elena Rodriguez onu süratle uzaklaştırmıştı. İki adımda bir, yiyecek içecek satan birileri vardı. Suratlarındaki keyifli ifadeye ve giderek şişkinleşen para keselerine bakılırsa, onlar için hayli kazançlı bir gün olmalıydı. Satılan etlerin, tatlıların, çöreklerin kokuları, ter ve içki, sidik ve kusmuk kokularına karıştığından, açık havanın ve rüzgârın dahi kıramadığı ağır bir koku her tarafı kaplamıştı. Yolun tam ortasından yürüyüş alayı geçiyordu. Yürüyüş alayı bir nehir gibi çağlayarak, kıyılarında toplananlara avuç avuç su serpiyordu. Her şey, herkes sırılsıklam olmuştu. Sadece, resmin tek siyah noktasındaki kadın ile elini sımsıkı tuttuğu çocuk, sadece onlar kuru, kupkuruydular.

Elena Rodriguez bir müddet, küçük Andres'in yürüyüşü rahatlıkla seyredebileceği bir yer bakındı. Ne var ki iğne atılsa yere düşmeyecek mahşeri kalabalıkta bunun mümkün olmadığını çok geçmeden kabullenmek zorunda kaldı. O itiş kakışta, zar zor bir yerlere sıkışıverdiler. Andresillo parmaklarının ucuna yükselmiş neler olup bittiğini görmeye çalışıyordu. Fakat olanca gayretine rağmen, etrafını kuşatan etten duvarı bir türlü aşamıyordu. Etrafındakilerin yüzlerindeki ifadelere bakılırsa güzel şeyler görüyor olmalıydılar. Andres merak içinde kalmıştı. Bunu fark eden kadın, bir anlık bir tereddütten sonra çocuğu bir hamlede kucağına aldı. İkisi de biraz şaşkındı. Şimdiye değin birbirlerine hiç bu kadar yaklaşmamış, yakın olmamışlardı. Kadın, çocuğun kollarının arasından sıyrılıp yere inmesinden endişe etmişti. Oysa küçük Andres, bir iki kıpırdanıp kadının kucağına iyice yerleştikten sonra, yürüyüş alayını seyredalmıştı bile. Ömründe ilk defa bu kadar çok insanı, bu kadar farklı rengi bir arada görmenin şaşkınlığı okunuyordu fal taşı gibi açılmış güzel gözlerinde.

Elena Rodriguez ise yürüyüş alayından çok, kucağındaki çocuğun duru, aydınlık yüzünü seyrediyordu. Kadına göre, bu vıcık vıcık günah batağında nasıl olduysa tertemiz kalmayı başarabilen tek şey kucağında tuttuğu çocuktu. Onun saf ve temiz yüreği tek başına bütün şehri ayakta tutuyor; gökyüzünün düşmesine, suların kabarmasına, dağların çökmesine mâni oluyordu. Velhasıl, saflıkla çarpan bu minicik yürek Tanrı'nın kahr-ı gazabının önünü kesiyordu. Evet, Tanrı, Andresillo'dan dolayı taş yağdırmıyordu Madrid'in üzerine. Eğer bu günah batağı şehir korkunç bir depremle, taş üstünde taş, omuz üstünde baş kalmayıncaya kadar yerle bir edilmiyorsa, eğer şeytana canla başla hizmet eden bu sefil günahkârlar ordusu cehennem alevlerini boylamıyorsa, eğer herkes ve her şey tuz kesilmiyorsa, hep bu çocuğun yüzü suyu hürmetineydi. Tanrı bu masumdan dolayı onca günahkârın yaşamasına müsaade ediyor olmalıydı. Ve evrenin tek kurtarıcısı olan bu kırılgan masumiyeti koruyup kollama vazifesi kendisine bahşedilmişti. Hiç şüphesiz, böylesi bir lütuf çok az insana nasip olabilirdi.

Rengârenk giyinmiş, kadınlı erkekli bir grup insan geçti önlerinden. Andres onları insandan çok, amcasının taklidini yaptığı tavşanlara benzetti. Hop hop hoplayarak, zıp zıp zıplayarak geçip gittiler. Abartılı büyüklükteki, kavuniçi şapkalarına asılı küçük ziller ve ayaklarına doladıkları halhallar, onlar hoplayıp zıpladıkça şıngır şıngır ses çıkardı. Onların hemen arkasından yemyeşil kıyafetlere bürünmüş ve ellerinde parlak yeşil çubuklar taşıyan birileri geçti. Geçerken etrafa yeşil yapraklar saçtılar. İnsanlar buğdaya üşüşen tavuklar gibi, birbirlerinin üstüne basa basa yeşil yaprakları kapıştılar. Sanki alelade yapraklar değil de, çil çil altınlardı kapıştıkları. Öyle ki, göz açıp kapayıncaya kadar yerlerde tek bir yaprak bile kalmamıştı. Onların da arkasından, tepeden tırnağa turunculara bürünmüş beş cambaz belirdi. Adamlar, korkunç bir süratle ellerindeki turuncu püsküllü, altın yaldızlı topları çeviriyorlardı. Bazen toplardan birini düşürecekmiş gibi yapıp kalabalığın yüreğini ağzına getiriyorlar; son anda topu havada yakalayıp çevirmeye devam ediyorlardı. Cırtlak turunculara bürünmüş bu cambazlar çok alkış aldılar. Andres de avuçları kızarıncaya kadar alkışladı. Çok sevmişti havada dönen turuncu topları. Onların peşi sıra, yorgun ve yaşlı bir katırın çektiği küçük at arabasına doluşmuş, pelerinli, maskeli adamlar belirdi. Tüylü şapkalarını çıkartarak kalabalığı selamlıyor, bazen de kılıçlarını çekip yolun iki tarafında birikenleri korkutuyorlardı. Hatta içlerinden biri bununla da yetinmeyip, kırmızı burunlu, koca göbekli, çakırkeyif bir seyircinin kuşağını çözüverdi kılıcının ucuyla. Adamcağız daha ne olduğunu anlayamadan iç donuyla kalakaldı. Kalabalığın kahkahaları öfkeli seyircinin küfürlerini bastırırken, tannaz ve şahbaz kahraman yaptığından hoşnut, tekrar etrafı selamladı. Derken, balkonlarda biriken hanımlardan birini gözüne kestirdi. At arabasını süsleyen kırmızı güllerden birini önce burnuna götürüp uzun uzun kokladı, sonra dudaklarına götürüp öptü ve gözucuyla balkondaki kadına baktı. Kırmızı gül havada taklalar atıp ıslıklar çalarak döne döne uçtu ve hedefi vurdu. Gülü alan genç kadın heyecandan kıpkırmızı kesilmişti. Dolgun memelerini balkonun demirlerinden aşırarak öne doğru eğildi, bir öpücük gönderdi. Kalabalık bu cilveleşmeye alkış tutarken, her şeyden habersiz yorgun ve yaşlı katır ağır ağır yoluna devam etti.

Andres, ne tarafa bakacağını şaşırmıştı. Renkler renklere, sesler seslere, kokular kokulara karışıyor; her şey alevden bir top gibi döne döne üstüne üstüne geliyordu. Aniden, bu keşmekeşi delerek gökyüzüne tırmanan kocaman merdivenler gördü. Biraz daha yaklaştıklarında, bunların Gigantes* olduğunu anladı. Kocaman cüsselerine rağmen, altın bir varak gibi rüzgârda savrularak, bir o yana bir bu yana yatıyorlardı. Devlerden biri kadındı. Kulaklarında kocaman, sallantılı küpeler, boynunda iri boncuklardan kolyeler vardı. Bir ara, kıpkırmızı dudaklarının solundaki simsiyah beni koparıp kalabalığa fırlattı. Benin altından çıkan çukura rüzgâr doldu hemen. Rüzgârın üzerini siyah küller kapladı. Öteki devlerden biri sakallı, gözlüklüydü. Sırtındaki çuvalda kalın kalın kitaplar taşıyordu. Üçüncü dev ise diğerlerinden çok daha gençti ve köseydi. Andres, sakallı, gözlüklü devin babasına çok benzediğini fark etti. Babası onu tanımamış olmalıydı ki, salına salına, koca gövdesini sürüklüye sürükleye geçip gitti önünden. Devlerin etrafındaki herkes, onlara değebilmek için var gücüyle sıçrayıp duruyordu. Andres de ellerini uzattı. Devlere bir değebilse, onların kafalarına bir tırmanabilse gökyüzüne ulaşacaktı. Belki de o zaman gidip Tanrı'yı görebilir, ona neden geceleri bir türlü görünmediğini ve ellerini tutmadığını sorabilirdi. Fakat devler göz açıp kapayıncaya kadar gittiler.

Andres daha gördüklerinin şaşkınlığını üzerinden atamadan cüceleri buluverdi karşısında. Cücelerin vücutları minnacık, kafaları kocamandı. Kafalarının ağırlığını taşımakta bir hayli zorlandıklarından, güçbela adım atabiliyorlardı. Zaman zaman kalabalığın içinden muzip birileri çıkıp cüceleri hafifçe ittiriyor, sonra da onla-

* Gigantes: Devler.

rın yerde debelenip yuvarlanmalarına kahkahalarla gülüyorlardı. Cüceler yere düşen arkadaşlarının kalkmasına yardımcı oluyor, üstlerini başlarını silkeleyip hiç istiflerini bozmadan, gene öyle koca kafalarını sallaya sallaya yürümeye devam ediyorlardı.

Aniden onu gördü. Suda kayan bir yılanbalığı gibi hızla yaklaşıyordu. Avını tespit etmiş, saldırmaya hazır yırtıcı bir kuş gibi süratle alçalıyordu. Andres ondan yana bakmamaya çalışıyor ama merakı korkusuna ağır bastığından gözlerini ondan alamıyordu. Tekerleklerin üzerine oturtulmuş dev bir yılandı bu. Kafası kocaman, derisi benek benek, dili çatal, dişleri keskindi. Gözleri hem donuk hem de alabildiğine derindi. Sivri dişlerinin arasından kıpkırmızı dilini, çatal dilini, zehirli dilini çıkarmış, kalabalığın içinde sokacak birilerini arıyordu sanki. Ara sıra oradan oraya dönerken merakla kendisine bakanlara çarpıyor, şapkalarını düşürüyordu. Şapkası düşen de, ötekiler de kahkahalarla gülüyorlardı bu duruma. Deminden beri yürüyüş alayıyla alakadar olmayan Elena Rodriguez'in bile dudaklarına hoş bir gülümseme yerleşmişti. O mahşeri kalabalıkta bir tek Andres'ti gülmeyen.

Dev yılan tam önlerine geldiğinde aniden durdu. Başını sağa sola, yukarı aşağı oynattıktan sonra aradığını buldu. Andres donup kalmıştı, hareket edemiyordu. Kurbanın kendisi olduğunu biliyor ve kaçmak şöyle dursun kıpırdayamıyordu bile. Yılan yaklaştı, yaklaştı. Andres bir an için onun kocaman ağzının içinde yitip gideceğini, ömrünün geri kalanını bir yılanın midesinde geçireceğini sandı. Gözlerini kapadı. Yutulmaya hazırdı. Fortuna Sokağı'ndaki evden kopan feryatları işitti. Perişan olan annesini, sakallarını yolan babasını, tavşan gibi zıplayarak gözyaşı döken amcasını ve Tanrı'nın ellerindeki nasırları gördü. Her sene küçük çocukların annelerinin ellerinden tutarak yılanın ağzının içine baktıklarını ve orada kaybolan küçük Andres için dua ettiklerini hayal etti. Yılanı devasa bir kırt-kırt tatlısına, kendini de onun içine konmuş küçücük, yusyuvarlak, masmavi bir boncuğa benzetti. Bekledi, bekledi, bekledi. Fakat hiçbir şey olmadı; ne avını parçalayan keskin dişlerden çıkan çatırtı, ne kanla karışık tükürük tadı, ne de acı... Bir müddet öylece bekledikten sonra nihayet cesaretini toplayıp gözlerini açtı.

Ortalık zifiri karanlıktı. Yılanın ağzında ya da midesinde bir yerlerde olmalıydı. Bir adım attı, bir adım daha. Önce ayağı, sonra bütün vücudu boşlukta sallandı; hızla kaymaya başladı. O karanlıkta, o kayganlıkta eline geçen ilk şeye var gücüyle tutundu. Kendini yukarı çekmek ya da kurtuluş yollarını aramak değildi niyeti; gayriihtiyari bir yerlere tutunmuştu. Sanki yılan onu değil de, o yılanı yutmuştu.

Yılanıntadıacıydıacınıntadıyılan.

Elena Rodriguez şaşkınlığını üzerinden attıktan sonra saçlarını küçük çocuğun ellerinden kurtarmaya çalıştı. O gün, Andres'in öteki çocuklara benzemediğinden bir kez daha emin oldu ve ilk defa ondan korktu.

Dev yılana gelince, o çoktan uzaklaşmıştı. Yolun sağındaki, solundaki insanlar canavarın yerlere attığı şapkalarını arıyorlardı. İçlerinden bazıları kaybettikleri şapkaların yerine çok daha güzellerini bulmaktan hoşnut; şapkanın sahibi tarafından yakalanmamak için çaktırmadan uzaklaşmaya çalışıyorlardı. Andres bir rüyadan sıyrılırcasına, bomboş gözlerle baktı etrafına. İnsanların canavarla nasıl olup da eğlenebildiklerini aklı almamıştı. Hiç korkmamışlar mıydı acaba? Korksalar böyle rahat olabilirler miydi? Birden kaskatı kesilen vücudu gevşedi ve var gücüyle Elena Rodriguez'e sarıldı. Kadın donup kalmıştı. Çocuktan böyle bir tepki, böyle bir yakınlık beklemediğinden, bir an için de olsa ne yapacağını şaşırmıştı. Dudaklarını çocuğun gür, kıvır kıvır saçlarına gömdü. Onun süt kokusunu içine çekti. Mutluluktan ağlamak üzereydi. Merhamet dolu bir sesle,

"Canım" dedi. "Korktun mu? Korkma canım oğlum. Bak ben yanındayım."

Rüzgârlı, yağmurlu bir gündü. Fortuna Sokağı'na dönerken hiç konuşmadı Andres. Mermer bir heykelinkinden farksızdı yüzü. Pürüzsüz taşın damarları arasında donup kalmıştı sevinci, öfkesi ve hüznü.

İsyan

Onları bir zamanlar boyadım, boya kayboldu; ama zamanın boyası kaldı.

Binbir Gece Masalları,
Beyaz Saçlar

Sene bin beş yüz yetmiş beş, bir kânûn-ı sânî akşamıydı. Engebeli dağ yollarında, buraların yabancısı oldukları her hallerinden belli olan üç adam ortaya çıktı, üç siyah atın üzerinde. Silahlıydılar. Silahlı ve kararlıydılar. Gözlerini, batmakta olan güneşten bir an bile ayırmamaya yemin etmişlerdi sanki. Yeminlerinin buruk tadını başka bir lafzayla sulandırmak istemediklerinden, ağızlarını açıp da tek kelime etmiyorlardı. Gerçi bu topraklar bir hayli alışkındı böylesi suskun ve esrarengiz yolcuları konuk etmeye. Ne var ki adamlar, sadece geçip gitmek yahut kalıp da yerleşmek üzere burada bulunmadıklarını âdeta haykırıyorlardı her halleriyle. Ne geçip gitmeye, ne de kalıp yerleşmeye... Onlar, tutup sökmeye, söküp kanatmaya, kanatıp götürmeye gelmişlerdi. Gerisi başkalarının meselesiydi, onların değil. Vazifelerini tamamladıklarında, bu sarp dağ yolları bir daha asla düşmeyecekti hatırlarına.

Yorulmuşlardı. Engizisyon'un talimatını alır almaz yola koyulmuşlardı. Üçü de, yerin bir değil bin bir kulağı olduğuna inandıklarından, yola çıktıkları haberi ve saklı niyetleri kendilerinden evvel varmasın diye, hiç oyalanmadan, hiçbir yerde soluk almadan günler geceler boyu at sürmüşlerdi. Aslında yabancısı değillerdi böylesi zorlu yolculukların. Ülkenin pek çok yerini karış karış dolaşmışlardı şimdiye değin. Hep buna benzer talimatlar uyarınca, oradan oraya at sürmüşlerdi. Gittikleri yerlerde korku salmışlardı insanların yüreklerine. Ne gam! Korkmak için sebepleri olanlar korkarlardı ancak onların nezdinde. Ve korkmak için sebepleri olanlar zaten yoldan çıkmış, karanlığa gömülmüş, günaha batmışlardı. Onlar için yapılabilecek tek şey, hiç beklemedikleri bir anda, ışığı karşılarında bulmalarını sağlamaktı. Işık, haritaların dikkatinden kaçan ücra köylerde yahut taşkın nehirlerin yataklarında sığınak arayanlara taşınmalıydı. Işık, gözden ırak olduklarını ve bu sayede istediklerini yapabileceklerini sanan gafilleri derin uykularında yakalamalıydı. Bu sûretle ışık, onlara ne kadar uzakta olurlarsa olsunlar, bir büyük göz tarafından ilânihâye izlendiklerini hatırlatmalıydı. Ve birileri bu kutsal vazifeyi ifa edecekse eğer, yeşillere bürünmüş bu üç adam, bunun için biçilmiş kaftandı.

Böyle soğuk bir havada, daha evvel hiç ayak basmadıkları topraklarda kan ter içinde at sürmelerindeki gaye, Plasencia del Monte adında bir Morisco köyüne varabilmekti bir an önce. Saragossa'nın kuzeyine düşen bu köy, Engizisyon için en belalı mekânlardan birini teşkil etmekteydi. Evet, belalı bir köydü burası. Sadece bela çıkarmıştı şimdiye değin. Üstelik, onların çıkardıkları kargaşa, habis bir hastalık gibi civar köylere sirayet etmiş, pek çok masum ve cahil insanın aklını çelmişti. İşin aslı, bundan tam otuz üç sene evveline kadar bir Mudejares* köyü olan Plasencia del Monte'nin sakinleri, teker teker vaftiz edilerek Moriscos sıfatını almışlardı. Ne var ki, vaftiz edilmiş olmaları zerre kadar değiştirmemişti eski huylarını. Anlaşılan, tıpkı buraların iklimi gibi sert ve inatçıydı köyün insanları. Engizisyon, bir müddet, sabırlı bir baba gibi onları uzaktan izlemekle kifayet etmiş, ara sıra kulaklarını çekmeyi de ihmal etmemişti. Fakat aba altından gösterilen sopalar çoğu kez bir işe yaramamış, köy sakinleri bildiklerini okumaya devam etmişlerdi. Şimdi, akşamın alacakaranlığında Plasencia del Monte'ye yaklaşan bu üç atlı, üç familiares,* Engizisyon'un sabrının çoktan taştığını gösteriyordu.

Yeşillere bürünmüş adamlar, yılanın başını ezmekte kararlıydı-

* Mudejares: Hıristiyan topraklarında yaşayan Müslümanlar.

* Familiares: Engizisyon görevlileri.

lar. Her ne kadar bu belalı köyün tekmil sakinleri birer şüphe kaynağı olsalar da, muhakkak ki onları galeyana getiren birileri vardı. Zira başlıca faziletleri itaat ve hürmet olan köylü kısmı, kendi başına ayaklanmayı göze alamazdı. Mademki her yılanın bir başı, her başın bir ismi vardı, Plasencia del Monte köyünde bu, Amet Zambarel'den başkası olamazdı.

Yeşillere bürünmüş üç adamın nezdinde, Amet Zambarel, ya gözü kara biriydi ya da delinin teki. Ya çoktan yoldan çıkmıştı ya da attığı adımların, nerelerde nasıl yankılanacağını kestiremeyecek kadar sâdedildi. Engizisyon'un, ülkedeki bütün kasapların su katılmamış Katoliklerden seçilmelerine dair verdiği emre açıkça itiraz etmek olmuştu ilk icraatlarından biri. Daha sonra, dertsiz başına dert açmaya heveslenmiş olmalı ki, evinde Arapça kitaplar bulundurduğunu saklamamış, hatta dileyenlerin bu kitaplardan faydalanabileceklerini orda burda, önüne gelene anlatmıştı. Üstüne üstlük, bir de köyün sakinlerine Arapça alfabeyi ve Kuran okumayı öğretmeye kalkışmıştı. Zamanla, Plasencia del Monte köyünün tekmil ahalisi, Amet Zambarel'in hazırladığı muskaları taşımaya başlamıştı. Oysa, ileride, bu muskalardan birini taşıyan bir köy sakini, yırtılan gömleğini Saragossa'da bir terziye diktirmek için bıraktığında, bizzat muskayı keşfeden terzi tarafından Engizisyon'a ihbar edilecekti. Plasencia del Monte köylüleri, türlü musibetlerden, nice desiselerden yakalarını kurtarmak için muska taşıyadursunlar, bu muskalar ne kendilerine ne de Amet Zambarel'e bir hayır getirecekti.

Engizisyon, kulağına ilk gelen haberleri fazla umursamamış ama peş peşe gönderilen raporlar hep aynı adresi gösterince, işin aslını astarını araştırmaya karar vermişti. Bu niyetle gönderilen casus, bir Türk dervişi kılığına girmiş ve bu sayede usul usul köyün içine sızabilmişti. Köylüler mükemmel Türkçe ve Arapça konuşabilen, ağzını her açışında kâinatın hakikatlerini ayan eden bu adamdan hiç şüphelenmeyip kısa sürede onu içlerine almışlardı. Derviş kılığındaki casus, onlara, İsrâfil'in borusu öttüğünde, yeryüzündeki hayatın sona ermeyeceğini; aksine, silbaştan tanzim edileceğini anlatmıştı. Onun açtığı kapının ardında ne cehennem korkusu vardı, ne de kabir azabı. Efil efil esen bir yel ve yele kapılmış güzellikler getirirdi her gecenin sabahı. Dağların ve ağaçların, toprağın ve taşların, suların ve pınarların bir ruhu vardı. Vardı ama, gene de, ağlamak en çok insana yakışırdı. Zira bir tek insan, yani insanoğlu insankızı insan, tekmil ruhların isimlerini gözpınarlarında taşırdı. İnsan ağlamaya başladığında isimler kelimelere, kelimeler hecelere, heceler harflere ayrılır; kainat o anda yıkılır, o anda tamamlanır; varlık ve yokluk bir toz bulutu içinde birbirlerine karışırdı.

Bunları anlatırken köylülere ümit vermiş; akıttıkları her damla gözyaşının bir başka âlemde, paha biçilmez inci taneleri olarak boyunlarında ışıldayacağını muştulamıştı. İşinin ehli olan casus, vazifesini tamamlayıp geri döndüğünde, bizzat Amet Zambarel'in hazırladığı bir muskayı ve orada geçirdiği süre zarfında gördüklerini naklettiği uzun bir mektubu da yanında getirmişti. Mektup hiç nazlanmadan anlatmış, muska ise ağlaya sızlaya itiraf etmişti. Her ikisi de, aynı ismi defalarca telaffuz etmişlerdi: Amet Zambarel!

Yeşillere bürünmüş adamların kalkıp ta buralara kadar gelmelerinin sebebi Amet Zambarel'i kıskıvrak yakalamaktı. Yılanın başını ezdiklerinde, bu dağlık yöreyi bir cerîhadan temizlemiş olacaklardı. Küçük bir tepeyi aştıklarında, aradıkları köyü buluverdiler önlerinde. Plasencia del Monte, hiç beklemedikleri bir anda selamlamıştı davetsiz misafirlerini. Bir müddet durup köyü seyrettiler. Yağmalamaya gitmeden evvel, bozmadan evvel, sularını emip damarlarını kurutmadan evvel onu son bir kez içlerine çekmek istediler. Vakit gelmişti. Fakat tam tepeden aşağı doludizgin atlarını koşturmaya hazırlandıkları sırada, bir çıtırtı duydular arkalarında. Olan bitene sessizce tanıklık eden kayalardan, yabani otlardan başka bir şey göremediler dönüp baktıklarında. Kim bilir, belki de rüzgârdı o çıtırtıyı çıkaran. Gün boyu esmeyen rüzgâr, şimdi dile gelmiş, harıl harıl bir şeyler anlatmaya çalışıyordu sanki. O anladursun, yeşillere bürünmüş adamların onu dinlemeye ne vakitleri vardı ne de niyetleri.

Rüzgâra sırt çevirip atlarını mahmuzladılar. Ne var ki, bunu yapmalarıyla, altlarındaki siyah atların şaha kalkıp binicilerini fırlatmaları bir oldu. Her şey o kadar ani olmuştu ki, adamlar bir müddet şaşkın şaşkın etraflarına bakarak düştükleri yerde kalakaldılar. Dehşetengiz bir mahlûkla karşılaşmış gibi korkan atların burun delikleri iri iri açılmıştı. Onları zaptedebilmek neredeyse imkânsızdı. Adamlar, endişeli gözlerle etraflarını süzüp neler olup bittiğini anlamaya çalışırken, işte o acayip sahneye tanık oldular. Birdenbire karşılarında, üç beyaz at buldular. Atlar, ansızın ortaya çıktıklarına göre, ya yerden bitivermiş ya da gökten zembille inmiş olmalıydılar. Ne var ki bu ani teşriflerini yalanlamak istercesine, üçü de sakin sakin otluyordu. Tam ortalarında ise, tekerlekleri çıkartılmış, tahtaları dökülen bir at arabası duruyordu. Yeşillere bürünmüş adamlar, at arabasına yaklaştıklarında tepeden tırnağa ürperdiler. At arabasının üzerinde üç tabut duruyordu. Üç tabutun üzerinde üç ayrı harf gördüler. O şaşkınlıkla, bu harflerin kendi isimlerinin başharfleri olduğunu idrak edemediler. Epey bir tereddütten sonra, nihayet cesaretlerini toplayıp tabutları açtılar.

Üç beyaz at şaha kalktı.
Üç siyah at hızla uzaklaştı.
Üç adam kılıçlarına davrandı.
Üç tabut ağzını açtı.
Asırlar var ki,
Plasencia del Monte köyünün sakinleri,
uğurlu addederdi üç rakamını.
Üç dediğin, Allah'ın hakkı,
kulun intikamıydı.

❂

Sene bin beş yüz yetmiş beş, bir kânûn-ı sânî akşamıydı. Engizisyon'un görevlendirdiği üç adamın Plasencia del Monte'yi bir tepeden seyretmelerinin üzerinden dört uzun gün geçmişti. O akşam bir şeyler anlatmaya çalışan rüzgâr, öfkesinden kudurmuş olmalıydı ki, aman vermeden esiyordu. Huesca yoluna giden ve tesadüfen oradan geçmek dışında hiçbir kabahati olmayan bir kafile, durmaksızın esen rüzgâra toslayıp yolda kalmıştı. Kafiledekiler beyhûde ilerlemeye çalışıyorlardı çünkü attıkları her adımda rüzgâr, onları bir adım geri atıyordu. Böylece kıvranan yolculardan biri nihayet pes edip, rüzgârın öfkesinin dinmesini beklemenin daha akıllıca olduğuna karar verdi. Yolcu, rüzgârın kısasa kısas peşinde olduğunu fark etmişti. Attıkları her adıma karşılık bir adım geri gidiyorlardı. Hal böyle olunca da, ötekilerden çok daha zeki olan bu yolcu, yolun biraz ilerisindeki kuyuyu kendine siper edinip, hiç olmazsa bir müddet oracıkta beklemenin daha münasip olacağına karar verdi. Ne var ki kuyuya yaklaştığında, o deli rüzgârın dahi dağıtamadığı yoğun ve kesif bir koku burnunun direğini sızlattı. Yolcu, seneler evvel kapanmış kuyunun etrafında birkaç defa döndükten sonra, kokuya teslim olmamaya çalışarak eğilip baktı. Önce hiçbir şey göremedi karanlıktan başka.

Karanlıkbiranlıkkaralıkankarabirkar

Derken, kar dindi, an bitti, karanlık eridi. O ortaya çıktığında kar ve an ve karanlık hiç nazlanmadan çekip gitti. Yolcu, dikkatlice baktığında kuyunun içinde ışıldayan şeyin bir hançer olduğunu anladı. Uzandı; ötesini düşünmeden, hançeri çekip çıkardı.

Önce, hançerin yakutlarla bezeli kabzasını gördü. İri, kırmızı taşlar fettanca gerdan kırıp göz süzdüler. Yolcu, hiç ummadığı bir ganimet elde etmenin keyfiyle gülümseyip, belki de zenginlik hayallerine iki beyaz kanat takmaya hazırlanıyordu ki, birdenbire daha aşağıya kaydı gözleri. Hançerin ucunda, burnunun tam hizasında, bir yürek duruyordu; bir insan yüreği. Yolcu, bir kabzayı kavrayan parmaklarına baktı, bir de hâlâ tıp tıp atan yüreğe. Donakalmıştı. Gıkı çıkmıyordu. Ne arkadaşlarına seslenebiliyor, ne de hançeri elinden atabiliyordu. Tek yaptığı şey, mıhlanmış gözlerle ve büyülenmişçesine, elinde tuttuğu cinayet aletine bakmaktı.

İşte o zaman, hançer dedi ki, bir canlıyı öldürmek başka bir şeydir, bir ölüyü öldürmekse bambaşka. Gün gelir, yani öyle bir an çıkagelir ki, istisnasız herkes bir canlıyı öldürebilir. Velhasıl, karıncayı bile incitemeyen, bir cana kastedebilir. Fakat bir ölüyü öldürmek, bir cesedi pâre pâre etmek bir anlık bir gafletten çok olsa olsa hınç işidir, kin işidir. Hançer dedi ki, hıncın bu denli büyük, kinin bu denli derin olduğu yerlerde oyalanmak akıl kârı değildir.

Hançer bunları tane tane anlatadursun, Huerta yoluna giden yolcu, onun söylediklerini anlayabilecek halde değildi. O hâlâ, korkudan iri iri açılmış gözlerle hançerin ucunda sallanan insan yüreğine bakıyordu. Hançer elinde asılı kalmış –eline yapışmış– altıncı parmağı olmuştu. Nice sonra, durumu fark edip koluna girenler zorla açabildiler hançerin kabzasını kavrayan yumruğunu. Yumruğu açabildiler ama dili hep kapalı kaldı. Huerta yolunun, yanlış zamanda yanlış yerden geçmek dışında hiçbir kabahati olmayan talihsiz yolcusu, bir ömür boyu lal kaldı.

Böylece, Plasencia del Monte köyüne, Amet Zambarel'i yakalamaya giden, Engizisyon'un üç sadık adamının vücutları ortaya çıkmış oldu. Hadiseyi takip eden günlerde, yolcunun kilitlenen diline inat, korkunç bir velvele koptu. Haber şimşek hızıyla yayıldı. Suçluların yakalanması için derhal dört bucağa adamlar salındı. Elbette, zanlılar listesinin başında, çoktan sırra kadem bastığı anlaşılan Amet Zambarel gelmekteydi. Amet Zambarel'i ele geçirememenin acısı akrabalarından çıktı. Karısı evinden alınıp tutuklandı. Âkıbeti, yargılanıp iki sene hapisten sonra on seneliğine bir manastıra gönderilmek oldu. Büyük kızı heyecana dayanamadı; âkıbeti loş bir hücrede can vermek oldu. Cinayeti tasarlamakla itham edilen ve Amet Zambarel'in en küçük kız kardeşi olan Serafina ise, olaydan tam beş ay sonra, üstelik köyün bir hayli yakınlarındaki bir mağarada, ateşli bir hastalığa yakalanmış olarak ele geçirildi. Durumu ağırdı, fazla dayanamadı. Amet Zambarel'e gelince, o kaçmayı başarmıştı. Sürekli kuzeye gitmiş ve Katolik dağ köylülerinin yardımıyla Fransa topraklarına geçmiş; oradan da, yandaşları tarafından Kuzey Afrika'ya giden bir gemiye bindirilmişti.

Öldürülen familiares için görkemli bir cenaze töreni tertip edildi. Ne var ki, yan yana kazılan üç mezardan hangisine hangi parçaların gireceğine karar vermek kolay değildi. Zira katiller, sanki kurbanlarının kaderdaşlığını ayan etmek istercesine, üç ayrı vücudun parçalarını birbirine karıştırmışlardı. Hangi parçanın kime ait olduğu, hangi yüreğin bir zamanlar kimde attığı bilinemeyecekti asla.

Engizisyon'un adamları civarda cirit atarken, Plasencia del Monte köyünün kadınları, Amet'in ikinci eşinden olma küçük kızını, kutsal bir emanet gibi sakladılar. Küçük kızın annesi, kuzey Afrikalı bir köleydi. Amet Zambarel, onu bir köle tacirinden iki kese altın karşılığında satın almış ve derhal azat etmişti. Birbirlerine olan sevgileri, Amet'in ilk karısını derinden yaralamıştı. Kadın, acısını dile getirmek için alnına kocaman bir dövme yaptırmıştı. Kırmızı kirpikli, siyah bir göz! O günden sonra da suratında tam üç tane göz taşıyarak yaşamıştı. Rivayete göre, Engizisyon'un eline düştüğünde, alnındaki üçüncü gözden bir damla yaş akmıştı. Amet Zambarel'in ikinci eşi olan buğday tenli esmer güzeli kadınsa, bu hadiselerden seneler evvel, ilk çocuğunu dünyaya getirirken can vermişti. Amet Zambarel, belki de bu yüzden, karısına olan bütün sevgisini küçük kıza aktarmış, onu canından âlâ bellemişti. Kızına her bakışında, onun saçlarında, buğday teninde, uzun boylu olacağını gösteren hatlarında, karısını görmüştü. Haksız da sayılmazdı hani. Küçük kız tıpatıp annesine benziyordu. Bir tek şey hariç. Bu küçük kız, ne baba ne de anne tarafında benzerine rastlanan camgöbeği gözlere sahipti. Ne gariptir ki, küçük kızın gözbebekleri, güneşli havalarda büyüyüp saydamlaşıyor, yağmurlu havalarda ise küçülüp masmavi bir renk alıyordu. Geceleri ışıl ışıl, gündüzleri ise boş boş bakıyordu. Karanlıkta şahinlerle yarışacak kadar keskin olan gözleri, aydınlığa çıktığında yarasaları aratmayacak kadar kördü. Işık, ona haramdı.

Plasencia del Monte köyünün güngörmüş, görecek günlerden ümidini kesmemiş yaşlı ve mâhir kadınları, bu küçük kızı bir kilere kapattılar. Orada, envai çeşit baharatın, kış için kurutulmuş meyvelerin, erzak dolu sepetlerin, ağızları sırlanmış koca koca küplerin arasında, o baygın kokuyu içine çeke çeke günlerce saklı kaldı. Kilerde bulunduğu süre zarfında, babasının boynuna astığı muskanın içindeki beyaz taşla konuştu, oynadı, oyalandı. Nice sonra kapı açıldı. İçeri dolan ışık, küçük kızın korkunç bir yaratıkla karşılaşmış gibi korku içinde inleyerek geri geri kaçmasına sebep oldu. Kadınlar onu saklandığı yerden çıkardıklarında donakaldılar. Hepsi birden, tek kelime etmeden aynı şeye, aynı yere bakıp kaldılar: Küçük kızın saçlarına.

Saçları beyaza kesmiş, bembeyaz olmuştu. Adı Yaşlı kaldı bundan sonra. Kadınlar, Yaşlı'yı, uzak bir akrabasının yanına, Daroca ve Segorbe arasında âdeta bir İslam vahası gibi uzanan Gea de Albarracin'e gönderdiler. Kadınlar, Yaşlı'yı uğurlarken, ona doğduğu topraklarda bet bereket görmeyenlerin tez elden gurbete gitmeleri gerektiğini söylediler.

Yaşlı hiçbir şey demedi. Sadece gülümsedi. Ayrılmadan evvel, doğup büyüdüğü, kokusunu teninde, rüzgârını nefesinde taşıyacağı köye dönüp de bir kez olsun bakmadı. Zaten baksa bile hiçbir şey göremezdi. Nasıl görsün? Gökyüzünde güneş: ateşfâm, semavî/ savrulan saçları: beyaz/ camgöbeği gözlerinde perde: koyu, sisli/ muskada taş: beyaz/ perdenin saçaklarından sızmaya çalışan koku: kesif, süflî/ kilerde yalnızlık: siyah/ kokunun mühre öykünen ağzında bir beddua: mağrur, daimî/ kararan çocukluk: beyaz/ bedduanın menzilinde bir topaç: ateşfâm, şemsî/ biri geceye öteki gündüze öykünen iki cin: siyah-beyaz/

❂

"Niçin Yaşlı diyorlar sana? Çocukken de Yaşlı mıydın?"

Yaşlı gülümsedi. Isabel'in o tatlı sesi bütün avluyu doldurdu. Yetiştirdiği güllerden birini kopardı. Garip bir rengi vardı bu gülün. Isabel gülleri, hele katmer katmer iri gülleri hiç sevmezdi. Yaşlı bunu gayet iyi bildiğinden, gülü yüzüne yaklaştırıp sordu:

"Söyle bakalım, seninle ne yapalım? Gülyağı mı, gülsuyu mu yoksa gül kurusu mu? Nasıl yapalım da Isabel'in sendeki güzelliği görmesini sağlayalım?"

Akıntı

Sevgi ve Arzunun aşırı halleri olabilir.

Spinoza, *Etika*

Uyandığında suyun sesini duydu. Önce, uzaklardan gelen ürkek bir ninni gibiydi sesi, ölümle pençeleşen bir çocuğa söylenen. Sonra, hıçkırıklarla bölünen bir kelimeye benzedi, ister sondan okunsun ister baştan, hep aynı bulanık mânâyı veren. Ardından, boğuk bir çığlığa dönüştü, yankısını yitirdiği yarda yaralı bir hayvan gibi debelenen.

Hiç beklenmedik bir anda geldi sessizlik; ninni bitti, kelime silindi, çığlık kesildi. Su sustu. Sustu su. Üç beş damlanın kıvrak nağmesi duyuldu son olarak, göle atılan taşlar gibi halkalanarak çoğaldılar, çoğaldıkça yok oldular.

Su susunca yataktan kalktı. Gözlerini kapatıp akıntıya baktı. Kuvvetliydi akıntı – sessiz ve derinden. Henüz bir yön tayin etmemişti kendine ama beraberinde sürüklediği taşlar, dallar, balıklar ve hatıralar nereden yola çıktığını ele veriyordu; haritalara işlenmemiş bir mecradan ve muhakkak kuzeyden.

Değişiyordu. Değiştiğini fark ediyordu. Sahip olduğu ne varsa hepsini kaybedebileceğini hissediyordu. Ve galiba bundan üzüntü duymuyordu.

Bela

Bu adamın acısının bir ayine dönüştürülmesi ne gariptir.
Halil Cibran, *İnsanoğlu İsa*

Rodrigo Mendez Silva, olanları duyar duymaz, soluğu Miguel'in yanında almıştı. Hadiseyi bir çırpıda anlattıktan sonra, gözlerini arkadaşına dikip endişeli bir sessizliğe gömülmüştü. Şimdi, onun tavrına göre, ya boş yere telaş ettiğine hükmedip rahatlayacak ya da ertesi güne çıkmaktan bile ümidini kesecekti. Sanki kıyametin kopup kopmaması Miguel'in iki dudağı arasından çıkacak tek bir kelimeye bağlıydı. O tek kelime gökyüzünün düşmesine mâni olacak, kaymaya çalışan yıldızları yerlerinde tutacak, çekilen ve çekilecek acıları ortadan kaldıracaktı. Oysa Miguel bir taş kadar suskundu. Ara sıra başını kaldırıp, her zaman telaş içinde olan koca cüsseli, çocuk ruhlu arkadaşına gülümsüyordu. Sonunda, dayanamayıp bir şeyler söyleme ihtiyacı duydu. Pek de inandırıcı olmadığını bile bile, "Kaygılanma!" dedi. Ne var ki kendisi de kaygılıydı ve bunu saklayamıyordu. Fakat kaygılanmakla ellerine ne geçecekti ki? Hayat dediğin zaten tekin değildi; tek fark, giderek daha az tekin olmaya başlamasıydı, o kadar. Oysa Rodrigo bunları görebilecek biri değildi. O, ayağının altındaki yumuşak zemini hafifçe sarsacak bir zelzeleyi bile felâkete yoracak kimselerdendi; hani şu, yaşlı ve aksi bir midye gibi yosunla örülü kabuğuna sımsıkı tutunanlardan.

Rodrigo'yu böylesine telaşlandıran ve Madrid'e ulaşır ulaşmaz herkesin diline pelesenk olan hadise, Toledo yakınlarındaki La Guardia köyünde cereyan etmişti. Bu köyde ikamet eden Benito Garcia adında bir converso, Hıristiyan bir çocuğu kaçırıp ona işkence etmek ve kanını Fısıh ekmeği pişirmek için kullanmaktan suçlu bulunmuştu. Söylenenlere göre, Benito Garcia, yedi yaşındaki kurbanını köyün yakınlarındaki bir mağaraya götürmüş ve orada, onu tahta bir haçın üzerine çiviledikten sonra saatler boyunca kırbaçlamıştı. Başında dikenlerden örülü bir taç, vücudunda sayısız kırbaç iziyle bulunan talihsiz çocuğun ölüsü köye getirildiğinde, Benito Garcia hemen tutuklanmış ve Engizisyon'un hücrelerine konulmuştu. Hadise duyulur duyulmaz, önce La Guardia köyünde, ardından Toledo ve Madrid'de yaşayan herkes, dostunu düşmanından ayırmaya koyulmuştu. Birer birer ayıklanan düşmanlar yanlışlıkla dostların arasına karışmasın, karışıp da cezasız kalmasın diye kapılarına küçük bir çarpı atılıyordu. Ufak, ufacık bir iz; ileride hatırlanmak üzere.

Rodrigo Mendez Silva, tıpkı Miguel Pereira gibi bir converso idi. Telaşlı bir converso! La Guardia köyünde başlayan ve hızla civar köylere sirayet eden converso düşmanlığının, dönüp dolaşıp en sonunda onları da hedef almasından korkuyordu. Böyle bir anda onu teselli edebilecek, rahatlatabilecek tek insan Miguel'di. Rodrigo da olayı duyar duymaz Miguel'in yanına koşmuş, pışpışlanmak isteyen bir çocuk ya da okşanmak isteyen bir kedi gibi ona sokulmuştu. Rodrigo'nun nezdinde, garip bir tılsımı vardı Miguel'in. İnsan onun yanında hem huzur buluyor, hem de her an bu huzurun bozulabileceğini apaçık görüyordu.

"Hadi" dedi bir hamlede ayağa fırlayan Miguel. "Hadi, kalk. Bu kadar kasvet yeter. Şimdi gidip biraz eğlenelim!"

Rodrigo şaşkın gözlerle, dışarı çıkmak için hazırlanan arkadaşına bakıyordu.

"Bak, aklıma müthiş bir fikir geldi. Şu kasveti biraz dağıtalım ha, ne dersin? Bana on bir kişi bulabilir misin?"

"On bir kişi mi? Ne yapacaksın on bir kişiyi?"

"Gayet basit!" dedi Miguel. "Sen, ben ve on bir kişi, toplam on üç yaparız."

Şaşılacak kadar kısa bir sürede on üç kişi bir araya gelmişti. Sokaklardan gürültüyle geçtiler, şen şakrak. Miguel hiç durmadan konuşup şakalar yapıyor, yeni tanıştığı bu insanlara sanki kırk yıllık dostları gibi rahat davranıyordu. Rodrigo da rahatlamıştı. Kendini tamamıyla Miguel'in ellerine bırakmış, o ne yaparsa onu yapıyordu. Sonunda Miguel küçük kafileyi bir el işaretiyle durdurdu. "Geldik beyler!"

Geldikleri yer, bundan birkaç gün evvel, az kalsın Miguel'in başına lâzımlığını boşaltacak olan hancının mekânıydı. Hanın ismi El Toro Azul* idi ve iki kanatlı, oymalı, geniş kapının üzerinde sallanan yuvarlak bir tabelada masmavi bir boğa gelene gidene hiddetle bakıyordu. Tabela rüzgârda hafif hafif sallanıp, gacur gucur sesler çıkarttıkça, sanki boğa da kendine musallat olan bir sineği uzaklaştırmak için kuyruğunu sinirli sinirli sallıyordu. Boğa heybetli olmasına heybetli, korkutucu olmasına korkutucuydu ama boynuzlarından birinin tabelaya sığmayıp tam ortasından kesilmiş olması ona biraz da acıklı bir hal veriyordu. Miguel Pereira mavi boğayı saygıyla selamladıktan sonra peşindeki kafileyle birlikte içeri daldı. Hemen ciddileştiler. Evvela kendileri inanmalıydı ki oynadıkları oyuna, başkalarını da inandırabilsinler.

Miguel Pereira dalgın ve mahzun bir ifadeyle hana girdiğinde, onun daha birkaç gün önce karşılıklı küfürleştikleri adam olduğunu aklına bile getirmeyen hancı, gözucuyla konuklarına baktı. Onlara köşedeki masayı işaret edip, kan çanağına dönen gözlerinden şarabı fazla kaçırdığı belli olan bir adamla konuşmaya devam etti. Hancı ile sarhoş müşterinin arasındaki derin muhabbetin uzayacağı anlaşılınca, daha önce Miguel'den talimat almış olan Rodrigo, gülmemek için kendini zor zaptederek hancının yanına gitti.

"Çok şanslı bir adam olmalısın hancı" dedi sesine esrarlı bir hava vermeye gayret ederek.

Hancı kaba saba, surat yoksulu bir adamdı. Bu laflara bir mânâ veremediğini gösteren alaylı bir ifadeyle koca cüsseli müşterisine baktı. Fakat Rodrigo kendinden emindi.

"Bugün burada seni ve hanını onurlandırmak üzere bulunuyoruz. İsa Efendimiz ve on iki havarisini lâyıkıyla ağırlamaya hazır mısın hancı?"

Hancı o kadar şaşırmıştı ki, ağzı bir karış açık kaldı. Karşısında-

* El Toro Azul: Mavi Boğa.

ki adamın kendisiyle alay eder gibi bir hali yoktu. Dönüp dikkatle ve merakla köşedeki masada oturanları teker teker süzdü. Nasıl tepki vereceğini tamamıyla şaşırmıştı. Eğer bu tatsız bir şaka ise oyuna gelmek istemiyordu. Fakat ya gerçekse? O zaman da korkunç bir günah işleyebilirdi. Yardım bekleyen gözlerini sarhoş müşteriye çevirdi ama o, hancının susmasını fırsat bilerek çoktan sızmıştı. Açık kalan ağzından çıkan seslere bakılırsa horultuları çok geçmeden bütün hanı saracaktı. Çaresiz kalan hancı biraz daha düşündükten sonra eli ayağına dolanarak köşedeki masaya yaklaştı.

"Hoş geldiniz. Hanıma şeref verdiniz" dedi. Der demez de pişman oldu. Ağzından çıkan kelimeleri hiç beğenmemişti ve şimdi nasıl konuşması gerektiğini kestiremiyordu. Ellerini kâh koca göbeğinin üstüne koyuyor, kâh cezalandırılmış küçük bir çocuk gibi tek ayağının üstünde duruyor, kâh aptal bir sırıtışla kendini beğendirmeye çalışıyordu.

"Uzun yoldan geldik hancı. Sen de takdir edersin ki bir hayli yorgun ve açız" dedi hancının huzursuzluğundan faydalanmaya kararlı olan Miguel Pereira.

Hancı bu lafları duyar duymaz nihayet bir şeyler yapabilecek olmanın sevinciyle ok gibi yerinden fırladı. Mutfağa geçip karısına durumu bir çırpıda özetledi. Karı koca müthiş bir tezat teşkil ediyorlardı doğrusu. Hancı ne kadar şişman, kanlı canlı bir adamsa, karısı da o kadar kadit, kara kuru bir kadındı. Ne var ki, aralarındaki bu bariz farklılık, evlendikleri günden bu yana iplerin kadında olmasına mâni olamamıştı. İşte hancının içindeki tek tük şüphe kırıntısını ezen de gene karısı oldu. Zira İsa ve havarilerinin hanlarına geldiğini işiten kadın hiç tereddüt etmeden, en lezzetli yemekleri, en nefis şarapları sofraya çıkartmak için harekete geçmişti bile. Karısının bu azmi ve kararlılığı karşısında, boynu kıldan ince kalan hancı da şüphelerini bir kenara bırakarak onunla beraber koşuşturmaya başlamıştı.

Sofra tam anlamıyla muhteşemdi. İtinayla tütsülenmiş domuz kulakları, ateşte çevrilmiş domuz butları, beyaz benekli küçük, kırmızı sucuklar, şişe geçirilmiş oğlak, güveçte alabalık, şarapta pişirilmiş yengeçler, içi doldurulmuş piliçler, tavuk yahnisi, kaz ciğeri, kızarmış ördekler, meşe ateşinde pişmiş kuzu etleri, can alıcı renkleriyle meyve sepetleri, incir tatlıları ve Mondiego, Toro, Madrigal, Luque, St. Martin şarapları birer birer sofradaki yerlerini aldılar. Masanın üzeri öyle dolmuştu ki bazı tabakları üst üste koymak gerekmişti. Gene de bu sıkışıklık, hancının karısının, elinde kocaman bir tepsi ve suratında mağrur bir ifadeyle ortaya çıkmasını engellemedi. Belli ki hancının karısı, sadece özel günlerde ve çok özel müşterilerine ikram ettiği yemeği en sona saklamıştı. Kadının abartılı bir merasimle masanın üzerine bıraktığı tepside, ağzında kıpkırmızı bir elma taşıyan ve kös kös baktığı için her an canlanıp oraya buraya saldıracakmış izlenimi veren iri, pembe bir yabandomuzu yatmaktaydı. Miguel ve Rodrigo göz göze geldiler. Bir an için, karşı karşıya konmuş iki ayna gibi iç içe geçerek çoğalttıkları sırdaşlık her ikisini de ılık bir yel gibi okşayıp geçti. Bir an için de olsa, her ikisi de tepeden tırnağa ürperdi.

Miguel Pereira gözucuyla arkadaşlarına bakarak görmemişler gibi saldırmamalarını tembihlemek istedi. Fakat birbirinden güzel bunca leziz yemeği bir arada bulan havarilerin onu dikkate alacak halleri yoktu. Aç kurtlar gibi yemeklere saldırdılar. Sonunda baktı ki olmuyor, Miguel de onlara ayak uydurup şapır şupur yemeye koyuldu. Hancı ve karısı, bu durumu, İsa ve havarilerinin çok uzun yoldan gelip bir hayli acıkmış olmalarına bağladılar.

Bu muhteşem sofra, çekirge sürülerinin istilasına uğramış tarlalar gibi acıklı bir hal aldığında, hancı bakır bir leğen çıkardı ortaya. Saygıyla eğilerek Miguel Pereira'nın ayakkabılarını çıkardı; ılıttığı suyla ayaklarını yıkamaya koyuldu. Zevkten dört köşe olan ayaklarının çıkardığı mırıltılarla, şişkin karnından yükselen feryatları bastırmaya çalışan Miguel ise halinden oldukça memnundu. Bir müddet arkasına yaslanıp bir keyif deryasında yüzdü, serinledi, kendinden geçti, sonra aniden doğrulup gözlerini hancıya dikti. Zavallı hancı karşısındaki genç adamın, ruhunun derinliklerinde cirit atan emelleri okumaya çalıştığını düşünüp tepeden tırnağa ürperdi. Yardım dileyen gözlerini bakır leğendeki kirli suya çevirdi. Fakat su kıpırtısız; su sessizdi.

"Seni dinliyorum" dedi Miguel Pereira. "İşlediğin bütün günahları duymak istiyorum." Bunları söylerken, ayaklarını geri çekip parmaklarını kucağında birleştirmeyi de ihmal etmemişti. Kaşları çatık, sesi tehditkârdı.

Hancı kıpkırmızı kesilmişti. Sarkan dudaklarına bakılırsa her an kendini koyverip ağlayabilirdi. Suyun sessizliği her tarafı ele geçirmişti. Meşe ateşinden yükselen çıtırtılar, rüzgârda sallanan tabelanın gıcırtıları, hatta yan masada uyuyan sarhoşun horultuları bile aniden kesilivermişti. Rodrigo Mendez Silva nefesini tutmuş, heyecanla olacakları bekliyordu. Bir an, hancının ayağa fırlayıp bu oyuna son vereceğini, hepsini yaka paça hanından kovacağını sandı. Oysa çok geçmeden, bu sessizliğe daha fazla tahammül edemeyen hancı, dizlerinin üzerine çöküp, işlediği günahları itiraf etmeye başlayacaktı.

Dışarı çıkar çıkmaz, daha iki adım atmadan makaraları koyverdiler. Kahkahalarla gülüyorlardı. O kadar çok güldüler ki gözlerinden yaşlar geldi, midelerine sancılar girdi. Tam gülme nöbetinden kurtulacakmış gibi oldukları sırada, içlerinden biri şişkin karnını tutarak kıkırdamaya başlıyor ve çok geçmeden, bu kıkırdamalar, birinden ötekine sirayet ederek, sokaklarda yankılanan kahkahalara dönüşüyordu.

Rodrigo ve Miguel, ötekilerden ayrılıp ara sokaklara daldılar. İki adımda bir Miguel durup hancının taklidini yapıyor; Rodrigo da koca cüssesini sallaya sallaya gülüyordu. Kim bilir böyle ne kadar gülüp eğlendikten sonra Rodrigo birden ciddileşti.

"Miguel... bütün bunları bilerek mi yapıyorsun?"

Miguel soruyu duymamış gibiydi. Hâlâ omuzlarını hoplata hoplata gülüyor, susabilmek için gayret sarf ederken garip garip sesler çıkartıyor, sonra da kendi çıkardığı seslere katıla katıla gülmeye devam ediyordu.

"Miguel! Belayı kışkırttığını biliyorsun. Öyle değil mi?"

Miguel Pereira gülmeyi kesti. Derin bir soluk alıp gecenin seslerini dinledi. Karnını doyurmuş, gönlünü eğlendirmiş, yaşadığını hissetmişti. Şimdi tek ihtiyacı eve gidip deliksiz bir uyku çekmekti.

Güller

Bir adam tuzun üstüne yazı yazmaya çalışıyor, rüzgâr her yazdığını siliyor. Adam bıkmadan usanmadan, hep aynı harfleri, hep aynı özenle ve sonsuz bir sabırla yazıyor.

Sylvie Germain,
Amber Gece

Mavi-beyaz vazolarda kan kırmızı güller vardı; iddialı renkleriyle, masayı donatan birbirinden leziz onca yemeğin şatafatını gölgelemeyi başaran. Tabaklar hızla değiştirilirken, kadehler daha dibini bulmadan doldurulurken, nezaketle örülü kelimeler havada uçuşurken, güller hep aynı edayla, aynı sabit noktada durmaya devam ediyordu. "Belki de bu sebepten sevmiyor gülleri" diye düşündü Antonio Pereira. "Güllerin aksine, içine konduğu vazoda hiçbir zaman mutlu olamayacağını biliyor."

Evliliklerinin ilk haftalarında, Isabel'e kocaman, kıpkırmızı gül buketleri taşıyıp durmuştu. Isabel her seferinde, davetsiz bir misafiri evine buyur edercesine karşılamıştı gülleri; hep aynı eğreti tebessüm, hep aynı zorakî sevecenlikle. Her seferinde, kibarca teşekkür edip gülleri vazoya koymuş, sonra bir kez olsun dönüp de onlara bakmamıştı. Seneler sonra, karısının güllerden, bilhassa iri, kırmızı güllerden, hiç mi hiç hazzetmediğini tesadüfen anladığında, kendini aptal gibi hissetmişti.

Masanın öteki ucunda oturan ve hiç durmadan konuşan kaba saba adama takıldı gözleri. Adam o kadar kıllıydı ki, göğsünden fışkıran kıllar çenesine kadar uzanıyor; kulaklarının arkasında, içinde ve çevresinde kıl topakları titreşiyordu. Gözleri ve ağzı bu kıl demetinin içinde durmaksızın hareket ediyordu. Lokmaları âdeta çiğnemeden yutuyor; ağzını bir an için bile kapatmaya lüzum görmediğinden etrafa tükürükler, yemek kırıntıları saçıyordu. Antonio Pereira bu adama bakarken suratının buruşmasına mâni olamadığını fark etti. Oysa masadakiler, bilhassa da kadınlar, büyülenmişçesine bu çirkinlik abidesini dinlemekteydiler. Öyle ki, masadaki hemen herkes yemeyi içmeyi bırakmış, kendini onun anlattıklarına bırakmıştı. Adam bir seyyahtı. Gördüklerini ve görmediklerini allayıp pullayıp zengin sofralarında satmakta ustaydı. İşin aslı, karın tokluğuna gemilerde çalışır ve talihin yüzüne gülmesi sayesinde türlü beladan yakayı kurtarıp bazen koskoca bir gemiden tek başına sağ çıkmayı başarırdı. Limanlarda tanıştığı insanlardan duyduğu hikâyeleri sanki kendi başından geçmiş gibi yeniden yazar ve yazdıklarını asla bedavaya anlatmadığından her hikâyenin karşılığında muhakkak bir mükâfat alırdı. Bazen güzel bir yemek, yanında da enfes bir şarap, bazen hayranlıkla karışık korkuyu dinleyicilerinin yüzlerinde görmenin hazzı, bazen de asil bir bayanın kadifemsi, şefkatli kolları... Gene de, anlattığı hikâyelerin doğruluğundan zerre şüphe etmeyen bu adam, denizlerde atlattığı badirelerle kıyaslandığında kâfi derece mükâfatlandırılmadığından yakınırdı. Mavi-yeşil-siyah sular tehlikelerle doluydu. Gemicileri baştan çıkarmak için meme uçlarından köpüklü sütler akıtan denizkızları, önlerine çıkan her şeyi acımasızca yağmalayan kana susamış korsanlar, sığ sularda yaşayan katil balıklar, devasa gemileri bir lokmada mideye indiren canavarlar, ambarlarını kıymetli madenlerle dolduran tüccarları karaya varmadan kıskıvrak yakalayan salgın hastalıklar, hedefini asla şaşırmayan zehirli oklar, anadan üryan dolaşan dinsiz, itaatsiz yerliler ve insana, dünyanın olmasa da hayatın kenarından düşülebileceğini belleten bir seyr-ü sefer...

Yemek sona erdiğinde, kat kat etekliklerini savura savura koşuşturan genç kızlar süratle masayı topladılar. Şarap dolu gümüş sürahiler ve kan kırmızı güllerle dolu mavi-beyaz vazolar kaldı geride. Bir de incir dolu tabaklar eklendi bu renk cümbüşüne. Antonio Pereira gayriihtiyari gülümsedi. Severdi inciri. Kitaba benzerdi incir. Üzerindeki ince kabuğu dikkatlice soyup kapağını araladığında, yazarına başkaldıran harfler gibi kıpır kıpır, huzursuz, asi çekirdek taneleri çıkardı karşısına. Kitaptı incir; hem kitap hem de yasaktı. Yasak bir kitaptı incir ya da yasakların kitabı. Index librorum prohibitorum.

Bütün indekslerde yasaktı Talmud. Index librorum prohibitorum et expurgatorum, Kabalacı kitapları da eklemişti uzadıkça uzayan listesine. Latince kitaplar daha zararsızdı Engizisyon'un gözünde. Asıl tehlikeli olan lengua vulgar* idi; zira Latince bilmeyen, bilmedikleri için de zehirlenme ihtimalleri olmayan basit insanları dahi kolaylıkla yoldan çıkartabilirdi. Yasak kitaplarla doluydu Engizisyon'un mahzenleri; sadece okuyucularını değil, yazarlarını da kaybetmiş kitaplar; bir an önce yok olabilmek için güvelerden medet uman, hatırlamaktan usandıkları için sararmış sayfalarında taşıdıkları hafızaya binlerce kez lanet okuyan, hayal etmekten gene de vazgeçemedikleri için mürekkepleri dağılacak diye ödleri patlayan kitaplar; olgun bir incirin sıcak ve boğucu rahminde sıkışıp kalmış şaşkın ve kırgın, tutsak ve bıkkın çekirdek taneleri. Ve bir gün, yeterince yükselip güvenilir biri olduğunu ispatladığında, gecesini gündüzünü o mahzenlerde geçirmekti Antonio Pereira'nın en büyük, en hafî emeli.

"Bu akşam pek dalgın görünüyorsunuz sevgili Pereira."

Antonio Pereira başını kaldırdığında, Alonso Franco de Leon'un dikkatle kendisine bakmakta olduğunu gördü.

"Zor bir dönemde yaşıyoruz değil mi? Sen ve ben dostum, aklı rehber edinmişiz kendimize. Bu sebepten, bu kadar katı buluyorlar bizi. Küçük dünyalarına sığmadığımız, basit şakalarına gülümsemediğimiz için sıkıcı olduğumuzu düşünüyorlar. Ben buna bedel diyorum dostum. Bizim gibilerin ödemesi gereken bedel."

"Ah, gene mi bu sıkıcı lakırdılar."

Alonso Franco de Leon, kesif bir kokuyu peşi sıra sürükleyerek uzaklaşan karısına baktı. Güzeldi karısı; genç, neşeli ve alımlı. Ziyafet sofrasını kan kırmızı güllerle donatmak onun fikriydi.

"Kadınlar..." diyerek iç geçirdi Alonso Franco de Leon. "Böyle ya-

* Lengua vulgar: Umumi, halka ait dil.

ratıldıkları için onları suçlayacak değiliz elbette. Değil mi?"

İki adam birbirlerine gülümsedikten sonra sıkıntılı bir sessizliğe büründüler. Masanın öteki ucunda oturan seyyah, çıplak vahşiler hakkında çok daha fazlasını öğrenmeye can atan şişman, şehla bir kadına sokulmuş, mırıl mırıl bir şeyler anlatıyordu. Mavi-beyaz vazolardaki güllerin rengi, kadının yusyuvarlak suratına yanlışlıkla yerleşmiş gibi görünen küçücük, kıpkırmızı, ıpıslak ağzının kıvrımlarında huzursuz bir ruh gibi dolaşıyordu. Ara sıra, hoyratlığını saklamaya lüzum görmeyen dili, saklandığı kuytudan başını çıkartıp o iddialı rengi yakalamaya, yalamaya, yazmaya çalışıyordu.

Dehliz

Her şey tersine gidiyor... kitaplar hocasız ve hocalar kitapsız... gençler halsizleşiyor ve yaşlılar gençleşiyor... yaratıklar insanı oynuyor ve insanlar da yaratığı...
Baltazar Gracian, *Criticon*

Karnını doyurmuş, gönlünü eğlendirmişti. Şimdi tek ihtiyacı, deliksiz bir uyku çekmekti. Rodrigo'nun fütursuzca sorduğu soru, billûr bir kâse gibi ortaya düşer düşmez bin parçaya ayrıldığında hiç oralı olmamıştı. Ne de olsa, sırf sormuş olmak için sorulmuş, cevapsız kalmaya mahkûm nice sorudan biriydi bu da. Arkadaşıyla vedalaşıp cam kırıklarına basmamaya çalışarak, hızla oradan uzaklaşmıştı.

Eve vardığında herkes derin uykudaydı. Soyunup dökünmeden kendini yatağa bıraktı ve karman çorman bir rüyanın tam ortasına, gürültüyle düşüverdi. Ayağa kalkıp üstündeki tozları silkeledi. Bir taraftan da düşerken incittiği kaba etini oğuşturuyordu. Etrafına şöyle bir bakınca, bir limanda olduğunu anladı. Az ileride, demir almaya hazır gemiler vardı. Rengârenkti gemiler; kıpır kıpır, cıvıl cıvıl. Konuşuyorlardı. Dur durak bilmeden, çok uzak diyarları, bilinmedik tatları, görülmedik mahlûkları anlatarak, etrafa yosun, deniz ve baharat kokuları saçarak insanın aklını başından alıyorlardı. Çağrılarını işitmeyenlere, burnu koku almayanlara, memleketinden kopamayanlara tepeden bakıp meydan okuyorlardı.

Tam gemileri seyredalmışken, yanıbaşında patlak veren bir kavgayla irkildi. İki sarhoş denizci birbirlerine girmişti. Onları keyifle seyreden kalabalık, en az onlar kadar sarhoş olan denizcilerden, sözümona asayişi sağlamakla yükümlü askerlerden, masal diyarlarını dünya gözüyle görmeyi kafaya koymuş maceraperestlerden, para hırsıyla yanıp tutuşan tacirlerden, tacirlerin paralarını söğüşlemek için tüm maharetlerini sergilemekten çekinmeyen fahişelerden mürekkepti. Bıçaklar çekilmişti. Kan, sahneye fırlamadan evvel son hazırlıklarını tamamlamakla; yüzünü, gerdanını pudralamakla meşguldü.

Miguel Pereira, kavgayı daha yakından izleyebileceği bir yer ararken, birden ayaklarının yerden kesildiğini fark etti. İriyarı, koca dudaklı, kulağı küpeli, zenci bir denizci tarafından havaya kaldırılmıştı. İnsan azmanı adam hiç de kızgın görünmüyordu; sadece dikkat çekmeye çalışıyordu sanki. Hâlâ havada çırpınan Miguel, denizcinin işaret ettiği noktaya baktığında yerde bir kapak gördü. Demirden bir kapak. Ayakları tekrar yere bastığında, kapağı açıp yerin altına inmekle, yerin üstünde kalıp kavgayı seyretmek arasında bir tercih yapamadı. Sonra, ani bir kararla atılıp, demirden kapağı kaldırdı. Hiç şüphesiz, nefeslerini tutarak kanın arz-ı endam etmesini bekleyen kalabalıktan hiç kimse onun yaptıklarını fark edecek halde değildi. Önü sıra uzanan merdivenlerden dikkatlice inmeye başladı. İçten içe çürümüştü basamaklar. Olanca dikkatine rağmen ayağını burktu, düşeyazdı. Merdivenlerin son basamağına vardığında, Rodrigo'yu buldu karşısında. Nedense hiç telaşlı görünmeyen Rodrigo, bir kandil tutuşturdu eline. Sonra, buzun üstünde kayarcasına, sırtından bir iple çekiliyormuşçasına uzaklaşmaya başladı. Tam gözden kaybolmak üzereyken, arkasına dönüp Miguel'e el salladı. Ardından, karanlığın içinde damla damla eriyip yok oldu.

Bir dehlizdeydi. Seslere bakılırsa, yakınlarda bir yerde su olmalıydı. Kandilin ışığından rahatsız olan lağım fareleri iğrenç sesler çıkararak kaçışıyorlardı. Birden, en az farelerinki kadar iğrenç bir ses daha duydu. "Agua va!" Saklanacak bir saçak altı aradı. Fakat anlaşılan boş yere telaş etmişti çünkü porselen lâzımlık aşağıdan yukarıya doğru dökülüp, balkonunda demlenmekte olan bir adamı suladı. Adam hiçbir şey olmamış gibi şarabını yudumlamayı sürdürdü. Bir an göz göze geldiler. Miguel, boyunca günaha girmiş koca göbekli hancıyı hemen tanıdı. Düşük bir ihtimal de olsa, adam, her an aşağı inip ona yaptıklarından dolayı hesap sormaya kalkabilirdi. Hızla oradan uzaklaştı.

Az ileride birileri toplanmış, kocaman bir ateş yakılmıştı. Ateşte çevrile çevrile nar gibi kızarmış etlerin üzerinde som altından taçlar, paha biçilmez mücevherler vardı. Sokakta gördüğü, yüzü yaralarla dolu dilenci bir tahtırevandan kafasını uzatmış, olan biteni denetliyordu. Başında incilerle süslenmiş saman sarısı bir peruk, üzerinde serapa ilikli kadifeden bir kaftan vardı. Anlaşılan o, bu acayip gürûhun reisiydi. Kendi krallığını ilan etmiş; eder etmez de işe mevcut kralları pişirmekle başlamıştı. Miguel birden, bu deli kaçık âlemin ortasında tanıdık bir simayı, Lucrecia'yı gördü. Suratına sürdüğü bir batman boya bile en az elli yaş birden ihtiyarladığını saklayamıyordu. La Loca, ağarmış saçlarını savura savura, iri küpelerini şıngırdata şıngırdata, pörsümüş memelerini sallaya sallaya önünden geçip gitti. O meşhur kahkahaları dehlizin duvarlarında yankılanırken, kendini dilenci kralın kollarına bıraktı. Çok geçmeden, tahtırevan, zelzeleye tutulmuş gibi sallanmaya, sarsılmaya başladı. Etrafı yanık kokusu sardı. Derken koku, tiz bir çığlıkla parçalandı ve sanki hiç var olmamış gibi havada zerrelerine dağıldı. Tahtırevandan çıktıklarında bir hayli acıkmış görünüyorlardı. La Loca, henüz pişmemiş eski kralların çiğ etlerini parçalayıp, dilenci kralın burnundaki yaraya yedirmeye başladı. Yara, korkunç şapırtılar çıkararak yutuyordu lokmaları. O kadar açtı ki, kemiklerini sıyırmaya lüzum görmediği etlerle birlikte, içini oyduğu burnun kemiğini de yedi. Burun düştü; dilenci kral bembeyaz dişlerini açığa çıkararak gülümsedi. Burun niyetine sarı bir gonca taktı yüzünün ortasına. Ve ardından, krallığında yaşayan herkesin, burunlarını kesip büyük meydanda üst üste istiflemesini, emrine itaat etmeyenlerin de gözlerinin yaşına bakılmaksızın kellelerinin vurulmasını buyurdu. Tellallar kralın buyruğunu en ücra köşelerde yaşayan sağır sultanlara dahi duyurmak üzere yola çıkarken, Miguel hızla oradan uzaklaştı.

Artık dehlizin en karanlık noktasına, suyun kaynağına varmıştı. Aniden esen kuvvetli bir rüzgârla elindeki kandil sönünce, zifiri karanlığın ortasında kalakaldı. Tam o esnada, geride bıraktığını sandığı ama bir türlü aklından çıkaramadığı o koku, onun kokusu, yüzünü yaladı. "Sen misin?" diye sordu fısıltıyla. "Sen de mi buradasın?" Koku giderek yaklaştı. Miguel heyecandan bayılmak üzereydi. Gözlerini kapattı. Bu sermestlik deryasında hiç çırpınmadan son nefesini verebilirdi. Dudakları dudaklarına kavuştu. Senelerdir biriktirdiği hasreti bir bûsede söndürmek için hırsla atıldı. Boşlukla kucaklaştı. Gözlerini açtığında Luna yoktu, kokusu yoktu, bal dudakları yoktu. Ağlamaya başladı. Artık bu dehlize tahammül edemiyordu. Deli gibi sevdiği kadın, bu dehşetengiz dehlizin bir yerlerindeydi, ama ona ulaşamıyordu. O, bir parmak mesafesi yakınlığında, bir bûse mesafesi uzaklığındaydı. Ağlaya sızlaya, düşe kalka ilerledi. Yakası açılmadık küfürler etti. Bir yandan da burnunu çeke çeke, sümüğünü eme eme yürümeye devam ediyordu çünkü bütün ömrü hayatı boyunca yabancısı olduğu tek bir şey varsa, o da durmaktı. Hem, beyni ya da yüreği durmak istese bile, senelerdir hareket etmeye alışkın olan vücudu isyan bayrağını hemen çekiverirdi. Velhasıl, bildiği en iyi şeyi yapmaktan, hareket etmekten başka çaresi yoktu. Çarnaçar ilerlemeyi sürdürdü.

Çok geçmeden, dalları toprağın altında, kökleri yukarıda bir ağaç gördü. Ağacın köklerine asılı duran altın sarısı meyvelerden birini kopardığında, bunun bir parmak büyüklüğünde bir çocuk olduğunu fark edip dehşete kapıldı. Dalından kopartılır kopartılmaz garip sesler çıkarmaya başlayan çocuk ise önce sarıdan kırmızıya, sonra kırmızıdan mora ve en nihayetinde siyaha dönüştü. Çatır çutur sesler çıkararak kurudu, öldü. Artık şeffaftı.

Dehlizin biraz ilerisinde, yolun genişleyip nereden geldiği belirsiz bir ışıkla aydınlandığı yerde, onlarca, belki yüzlerce dipsiz kuyu gördü. Kuyulardan bazılarından son derece nahoş sesler ve kokular, bazılarından füsunkâr nağmeler, bazılarındansa yankılana yankılana ne için atıldığı unutulmuş çığlıklar yükseliyordu. Miguel, merakla kuyulardan birine yöneldi. Gelen seslere bakılırsa içerde birileri ateşli ateşli tartışıyor olmalıydı. Kuyuya eğilmesiyle birlikte iri iri açılmış iki çift gözle karşılaşması bir oldu. Karşısında, saçlarından asılarak boşluğa sallandırılmış, suratlarında haşarı çocuklara mahsus bir ifadeyle Harut ile Marut duruyordu. İnsanların kara büyü dediklerinin, daha yere düşmeden erimeye başlayan ilk kar kadar ak olduğuna inanan bu iki melek, bildikleri tekmil sırları Zûhal isminde bir Havvakızına anlatıp kuralları çiğnedikleri için kıyamete kadar buraya hapsedilmişlerdi.

"Anlayamıyorum" diye seslendi Miguel. "Madem büyü yapmayı biliyorsunuz, niçin buradan kurtulmayı denemiyorsunuz?"

"Olmaz!" diye bağırdı Harut. "O zaman dünyanın çivisi çıkar."

"Olmaz!" diye haykırdı Marut. "O zaman dünyanın çivisi çıkar."

"Ben de öyle dedim zaten" diye çıkıştı Harut. Tekrar kavga etmeye başladılar.

Miguel söylene söylene oradan uzaklaşırken, ayaklarının dibine ince, uzun, eflatun bir şişe yuvarlandı. Şişenin ağzı ufacık bir mantarla sımsıkı kapatılmış, mantarın etrafına mumdan duvar örülmüştü.

"İyi ama bunun içi boş!"

"Biliyoruz" dedi Marut. "Dolu olsaydı vermezdik zaten. Unuttun mu biz cezalıyız."

"Biliyoruz" dedi Harut. "Dolu olsaydı vermezdik zaten. Unuttun mu biz cezalıyız."

Şişeyi alıp yürümeye devam etti. Öteki kuyulara bakmak gibi bir niyeti yoktu ama yakınlarda birinin içli içli, usul usul ağladığını duyunca dayanamadı; merakına yenik düşüp sesin geldiği kuyuya baktı. Kuyuda Yusuf Peygamber dizlerinin üstüne çökmüş, kendisine böyle bir zulmü reva gören vefasız kardeşlerinin bağışlanmaları için Tanrı'ya dua ediyordu. Miguel kuyunun etrafında dolaşıp, onu oradan kurtarabileceği bir ip aramaya başladı. Nihayet bir ip bulup aşağı sarkıttığında, Yusuf Peygamber, ipin ucuna kendini değil de, kuyunun duvarlarında nasılsa yetişivermiş bir menekşeyi bağladı.

"Ne o?" dedi Miguel hırçın bir sesle. "Yoksa biricik kuyundan ayrılmak istemiyor musun?"

"Zamanı gelince buradan çıkacağım" diye cevap verdi Yusuf Peygamber. "Fakat gene de sağol!"

"Madem sana bu kadar zulmettiler, nasıl oluyor da hâlâ onlar için dua edebiliyorsun?"

"Onları seviyorum."

"Sevmek mi? Eğer istisnasız herkesi seversen, yani düşmanını seversen, sana zulmedeni seversen, sevdiklerini sevmenin ne mânâsı kalır?"

"Ben yaratandan ötürü bütün yaratılanları seviyorum."

Miguel oradan ayrılırken kendi kendine söyleniyordu.

"Yooo, o kadar da uzun boylu değil. Sevdiklerim var, sevmediklerim var; bir de bir kaşık suda boğabileceklerim var tabii!"

Nihayet, sağ salim dehlizin sonuna varmıştı. Tıpkı girişte olduğu gibi, çıkışta da içten içe çürümüş basamaklar vardı. Tam tahmin ettiği gibi demir bir kapak çıktı karşısına. Var gücüyle iteleyip kapağı kaldırdı, tekrar yerin üstüne çıktı. Rüzgâr tanıdıktı, kokular da öyle. Kuzey, kuzeydeydi hâlâ; güney de eski yerinde. Ne var ki başka bir yerdeydi artık. Burası da bir liman şehriydi gerçi; burada da demir almaya hazır gemiler bekliyordu ama başka, bambaşka bir dil konuşuluyordu. Ve eğer dehliz onu bir liman şehrinden bir başka liman şehrine getirmişse, denizin altından yürümüş olmalıydı bunca yolu.

Denizbirdehlizdidehlizbirdeniz.

Yeryüzüne çıktığında, mahşeri bir kalabalık buldu karşısında. Görünmesiyle birlikte, kalabalıktan sevinç nidalarının yükselmesi bir oldu. Geldiğini anlayan insanlar birbirlerine sarılıyor, sevinç gözyaşları döküp boğuk çığlıklar atıyorlardı. Anlaşılan herkes onu bekliyordu; onu, Miguel Pereira'yı. Aniden gökyüzünde, kanatları zümrüt yeşili bir kuş peyda oldu. Kuş havada uzun uzun dönüp durduktan sonra gelip Miguel'in başına kondu. Bir hayret ve sevinç nidası yükseldi kalabalıktan. Kendini yerden yere atıp çırpınmaya başladı pek çok insan.

"Şimdi anlıyorum" diye mırıldandı Miguel. "Dilenciler tahtırevanlara kuruluyor, krallar züğürt taifesinin sofrasını süslüyor. Ve ben adam yerine konuyorum. Bu, tersine dünya olmalı!"

Geri dönüp Harut ile Marut'u bu durumdan haberdar etmeye karar verdi. Tersine dönen bir dünya, çivisi çoktan çıkmış bir dünya olduğuna göre, Harut ile Marut da esaretlerine son verebilirlerdi. Var gücüyle asıldı kapağa. Fakat kapak, sanki hiç açılmamış, asırlardır kilitli kalmış gibi direndi. Bu esnada, dehlize geri dönmeye çalıştığını fark eden kalabalıktan kızgın homurtular yükseldi.

İlk taşı atan, ilk çiçeği verendi.

❂

Uyandığında ter içindeydi. Üzerindeki örtüyü fırlatıp attı. Rüyayı noksansız hatırlamaya çalışıp hatırladıklarını korkunç bir süratle unuturken, aniden, odanın köşesinde bir şeyin kımıldadığını fark etti. Belki de hâlâ o acayip rüyanın etkisinde olduğundan, bir an için onun geldiğini sandı. Kim bilir, belki o da aynı rüyayı görüp, aynı bûseyle yanıp tutuşarak buraya gelmeyi göze almıştı. Miguel soluğunu tutmuş, odanın köşesine bakıyor, baktıkça karaltıyı giderek daha çok ona benzetiyordu. Çok geçmeden, fark edildiğini anlayan karaltı bir iki adım öne çıkarak ayışığı altında durdu.

Ayışığı altında her tarafı beyaz, bembeyazdı; soğuğun, lapa lapa yağan karı bıçak gibi kestiği bir kış gecesinde, terk edilmiş köhne bir kulübedeki büyük, bakır bir kazanda fokur fokur kaynayan süt kadar beyaz. Hiçbir harekette bulunmadığı halde, bir duman gibi sürekli eğilip bükülüyor, kıvrım kıvrım kıvrılıyordu. Miguel, ona bakar bakmaz, onun öteki âlemden geldiğini anladı. Korkmadı. Daha önce de böyle ziyaretçileri olmuştu. Çocukluğundan beri, yolunu şaşıran ya da can sıkıntısından patlayan ruhlarla ahbaplık etmeye alışkındı. Korkmak için bir sebep yoktu. Hem, o şey kendisine zarar vermek isteseydi bunu çoktan yapardı. Durup seyrettiğine göre, o da çekiniyor olmalıydı. "Merhaba!" dedi sesine zoraki bir sevecenlik katarak. Beriki, boynunu sola yatırıp, sol elinin iki parmağını önce yanağına, sonra şakağına değdirerek karşılık verdi. Miguel, daha önce hiç rastlamadığı bu selamı taklit ederken, keyifli görünüyordu. Öteki âlemden gelen ziyaretçi ise, ciddi bir ifadeyle ona bakıyordu. Huzursuzluğuna bakılırsa müsaade almadan çıkıp gelmiş olmalıydı. Bu haliyle, gece vakti yatakhaneden kaçan küçük bir çocuğu andırıyordu. Miguel onu bayağı sevimli buldu. Uykusu da kaçtığına göre, sabaha kadar söyleşebilirlerdi. Bu esnada ruh biraz daha yaklaşıp elini uzattı.

"Bunu mu arıyordun?"

Biçimi sürekli değişen ellerinde Harut ile Marut'un verdikleri ince, uzun, eflatun şişeyi tutuyordu. Miguel bir anlık şaşkınlıktan sonra kendini toparladı. Henüz kim olduğunu bile bilmediği, niyetini kestiremediği bir ruhun kendisini etkilemesine izin vermeyeceğini ispat etmek için omuzlarını silkti. "Sende kalsın. Boş zaten" dedi; ardından ekledi: "Dolu olsa vermezlerdi!" Edepsiz bir gülümseme yayıldı yüzüne. Oysa ruh ciddiydi alabildiğine.

"Miguel! Buraya seni ikaz etmeye geldim. Hâlâ vakit var." Kısa bir an için susup, gürültüyle yutkundu. "Felâket kapınızda. Çok yaklaştı. Nefesini duymuyor musun?"

"Felâket mi? Ne felâketi?"

Miguel Pereira, ziyaretçinin sorusuna soruyla cevap verirken, bir yandan da onun kendi sesini kullandığını fark etti. Kim bilir, belki de kendine ait bir sesi olmadığı için ruh, kiminle konuşuyorsa onun sesini taklit ederek durumu idare ediyordu.

"Miguel, bu mekândan bir an evvel gitmen lâzım. Uzaklara, çok uzaklara kaç. Sevdiklerini de kaçır. Yoksa... yoksa, hayatın son bulacak."

Susamıştı. Canı şarap içmek istiyordu. Bir an, ruhla karşılıklı kafaları çekip, onu öteki âleme zilzurna göndermenin ne kadar keyifli olacağını düşündü. Gülmemek için dudaklarını ısırdı.

"Bunları söyleyenin ismini de bilmek isterim."

"..."

Miguel kolay kolay pes edeceğe benzemiyordu. Üsteledi.

"Bana ismini bağışla."

"Niçin? İsmim, benden başkalarına söz etmen için lâzım. Oysa benden söz edersen, bir daha çıkmam karşına."

"Öyle değil. Yani başkalarına söz etmek için değil. İsmin... ismin bana, kendim için lâzım. Yarın sabah olduğunda seni kendi kendime hatırlatabilmem için lâzım."

Bu cevap ruhun hoşuna gitmiş olmalıydı ki, gülümsedi.

"Madem öyle, ismimi sen koy."

Miguel ayağa kalktı. Ruha yaklaştı. Dikkatlice inceledi onu. Gözleri, sütbeyaz yüzünde, dostane parıltılarla kor gibi yanıp sönüyordu. Bakışları hüzün doluydu. Gözlerinde acıları, yıkımları, savaşları ve benliğini parçalayıp çoğaltarak yalnızlıktan kurtulabileceğini zanneden çocukların hüsranını tatmışlara mahsus tuz taneleri vardı; ya çok ağlamaktan ya da bir türlü ağlayamamaktan dolayı buharlaşan gözyaşlarının geride bıraktığı tuz taneleri. Buraya kadar gelip kendisiyle konuşmakla emirlere karşı gelmiş, hatta kendini tehlikeye atmış olabilirdi. Onu zilzurna sarhoş etmenin hiç de iyi bir fikir olmadığına karar verdi.

"Maggid"* dedi usulca. "Sen benim nakledicimsin. İsmin Maggid!"

* Maggid: Anlatıcı.

“Nakledici ha? Mag...gid, Mag...gid...”

Ezberlemeye çalıştığı ismini her telaffuz edişinde biraz daha değişiyordu sanki. Nehrin akıntısına kapılmış bir dal gibi uzaklaşıyordu; bata-çıka-bata-çıka. Sulara yazılmış yazgıyı siliyordu. Darül-ceza. Dönüp duruyordu çemberinde; ilânihâye. Bir kez bile dönmüyordu aynı yere; her dem başka bir kisve, her dem taze. Arıyordu, aranıyordu; gide-gele-gide-gele. Her sergüzeştten geride bir esre; her nehirden bir katre. Cennetmekân Maggid. Dilinde hezeyan, yüreğinde hüsran. Her daim buhran. Çünkü aradığı başka, bambaşka bir mekân; bata-çıka-bata-çıka. Dar-ı dünya.

“Miguel, söylediklerimi ciddiye almazsan, nakledecek hikâye kalmayacak.”

Miguel kaşlarını çattı.

“Kabul!” dedi azar işitmişçesine kırgın bir sesle. “Söylediklerini ciddiye alacağım. Fakat galiba bir şeyi unutuyorsun dostum. Kıyamet bile kopsa, nakledecek bir hikâye muhakkak olacaktır.”

“Anlamıyorsun. Ben başka türlü bir hikâyenin peşindeyim. Faciaları nakletmekten bıktım. Asırlardır hep aynı acıların tekerrür ettiğini görmekten bıktım; anlıyor musun? Sen bana başka, bambaşka bir hikâye ver, ben de onu nakledeyim.”

“Başka türlü bir hikâye ha? Acısız, kansız, yıkımsız bir hikâye. Sana yemyeşil kırları göstereyim; fakat o kırlarda yırtıcı şahinlerin minik kuşları, minik kuşların da börtü böceği parçalayıp şapır şupur yediklerini göstermeden. Tamam! Kimse acı çekmek istemez. Ben de istemem. Fakat benim anlamadığım senin vaziyetin... Yani eğer istediğin gerçekten buysa, burada, bu âlemde ne işin var? Göklere, cennete... yani işte orası her neresiyse, oraya gidip mutlu mesut yaşasana.”

Maggid buna hemen cevap vermedi. Biraz düşündükten sonra mahcup bir edayla konuştu. “Şey, orada hikâyeler çok tekdüze. Heyecan yok.”

Miguel bir kahkaha attı. “Vay be! Sen kaçıklıkta beni bile geçtin.” Gülmeye başladılar. Sonra derin bir sessizlik oldu. Karşılıklı yürek haritalarını açıp birbirlerini keşfettiler. Her ikisinin de haritalarındaki sularda tek bir köprü bile olmadığını görüp şaşırdılar. Gün ağarmak üzereydi. Garip bir sıkıntı çöktü üstlerine. Gözlerini kaçırdılar.

İnci

Birbirimizi eksiksiz tanıyoruz. Sen, ben ve sensin; sen ve ben, seniz.

Mario Vargas Lloca,
Üveyanneye Övgü

Isabel, sabah erkenden avluya çıkmıştı. Kuyunun yakınında olmak için dayanılmaz bir istek duyuyordu. Yalnız kalmak istiyordu. Yeni insanlarla tanışmak bir yana, tanıdıklarını görmek dahi içinden gelmiyordu. Tek istediği odasına kapanmak, günler geceler boyu insan yüzü görmeden, yalnızlığının ve yorganının kıvrımlarına gömülüp öylece kalakalmaktı. Oysa evdekiler henüz çıkıp gitmediklerinden, şu anda yalnız kalması mümkün görünmüyordu. Yapmak istediklerini başkalarından dolayı ertelemek zorunda kalmaktansa nefret ediyordu. Üstelik, artık bu küçük ve şirin avlu da daralan gönlünü ferahlatamıyor, eskisi gibi onu mutlu edemiyordu.

Birden ılık bir yel ensesini yaladı. Gözlerini kapatıp yelin getirdiği baygın kokuyu içine çekti. Yanılmadığını anladığında sevinçle arkasına döndü.

"Yaşlı!" diye bağırdı Isabel.

Yaşlı gülümsedi. Yanaklarındaki, alnındaki, çenesindeki bütün kırışıklıklar daha da belirginleşti. Onlarca çizgi vardı yüzünde; birbirlerine değmeden uzanıp giden onlarca patika. Yaşlı kollarını açtı; yüreğini açtı. Isabel gözyaşları içinde ona sarıldı. Çoktandır hasret kaldığı kokuyu içine çekti. Hep baharat kokardı Yaşlı. Ceviz ve safran kokardı en çok. Vaktiyle saklandığı kiler gibi kokardı. Geride bıraktığı köyün kokusunu teninde, rüzgârını nefesinde taşırdı. Geçtiği yerlere kokusunu bıraktığından, şimdiye değin dönüş yolunu kaybettiği hiç olmamıştı. Güneşin en parlak, ışığın en küstah olduğu zamanlarda bile kendi kokusunu takip ederek, geçtiği yolları gerisingeri yürüyüp evine varabilirdi her zaman. Bütün vücudunun gevşediğini hisseden Isabel, sebebini bilmeden ve bilmeyi istemeden, katıla katıla, bağıra çağıra ağlamaya başladı birden. O ağlarken Yaşlı hiç kıpırdamadı. Fırtınaya meydan okuyan bir sığınak, tanrısızlıktan feyz alan bir tapınak gibi kararlı ve sakin ve sıcak, sıcacıktı.

Nice sonra, Yaşlı parmaklarını Isabel'in yüzünde gezdirmeye başladı. Senelerin ona ne kattığını, ondan neler aldığını bu dokunuşlarla anladı. Isabel sevgiyle ona bakıyordu. Birbirlerine o kadar yakın duruyorlardı ki, neredeyse burunları birbirine değecekti. Uzun boylu bir kadındı Yaşlı. İhtiyarlığına rağmen beli bükülmemiş, endamından bir şey kaybetmemişti. Muayenesini bitirdikten sonra tekrar gülümsedi. Daha da güzelleşmişti Isabel. Seneler onu yıpratmamış, yıpratmak şöyle dursun daha da güzelleştirmişti. Fakat bir derdi vardı sanki.

"Burada bin çiçeğin bin bir kokusu var. Avlun pek güzelleşmiş olmalı!" dedi Yaşlı.

"Senden öğrendiklerimle güzelleşti" dedi Isabel. "Hiçbir zaman unutmadım. Seni, avlunu, çiçeklerini...."

Isabel, Yaşlı'nın koluna girip onu kalacağı odaya çıkardı. Günlerdir bu odayı hazırlamakla uğraşmış, Yaşlı'yı rahat ettirmek için her ayrıntıyı hesap etmişti. Odanın karanlığında Yaşlı'nın gözlerine inen perde yavaş yavaş kalktı. Isabel sevinç içinde, camgöbeği gözlerdeki donukluğun ışık topaçlarına dönüşmesini izledi.

"Bu senin" dedi Yaşlı, koynundan çıkardığı keseyi uzatırken. "Hep senindi zaten. Bende unutmuştun."

Kesenin üzerine ufacık, sapsarı çiçekler işlenmişti. Keseden yayılan kokuya bakılırsa içinde gülkurusu olmalıydı. Gülümsedi Isabel. Bu kokuyu sevmişti. Gülkurusu, gül gibi kokmuyordu. Güller sırf Isabel'in beğenisini kazanabilmek için soğuk sularda yıkanmış, şebnemin okşadığı çayırlarda yuvarlanmış, ayışığında gezintiye çıkmış, güneşte terlemiş, siste dağılmış ve oraya buraya savrulan parçalarını yeniden bir araya getirerek, kesenin içine girmişti. Kesenin tam ortasında, gülkurularının arasında yuvarlak, sert bir cisim kıpırdanıyordu. Heyecanlıydı. Günlerdir bu anı beklediği anlaşılıyordu. Isabel bunun ne olduğunu soran gözlerle baktı Yaşlı'ya. Yaşlı dudaklarını ısırdı.

"Kadın inci gibidir Isabel. Bazen senelerce, bazen de bir ömür boyu bir istiridyenin içinde saklar kendini. Fakat bir kez günışığı gördü mü çabucak unutur geçmişini. Geçmişte ne kadar saklanmışsa o kadar seyredilmek ister; ne kadar kapalı kalmışsa o kadar açığa çıkmak ister. İşte o an çıkıp geldiğinde, artık ona kimse mâni olamaz. Kendi bile.

Yollar

Ummanların ötesinde bir altın şehir yok.
Cemil Meriç

Bahar

> Sen duyduklarına inanıyorsun. Söylenmeyene inan, çünkü insanın sessizliği, sözcüklerinden daha yakındır gerçeğe.
>
> Halil Cibran, *İnsanoğlu İsa*

O sene, kaç mevsim görüp geçirdiklerini hesap edemeyen yaşlılar da dahil olmak üzere, kimse ilkbaharın ahvâl-i pür melâline akıl sır erdiremiyordu. Ortalık günlük güneşlikken, kuşlar cıvıldaşıp cümle mahlûkat aşk meşk derdine düşmüşken, hava aniden bozuluveriyor; kışı aratmayan keskin bir ayaz, kılıcını kınından çekip "Allah, Allah" nidalarıyla şehri kuşatıyordu. Şehrin sakinleri çarnaçar soğuğa teslim olmak üzereyken, birdenbire sarı, sıcak güneş külhani naralar savurarak ortaya çıkıyor ve tekrar hâkimiyetini ilan ediyordu. Bu sefer de, yazı aratmayacak bunaltıcı bir sıcak şehri kasıp kavuruyordu. Dondurucu-soğuk ile Bunaltıcı-sıcak arasındaki bu mânâsız çekişme, ilkbaharın aklını karıştırmış olmalıydı ki, o da ne yapacağını şaşırmış bir halde ortalıkta dolanıyor, harabat ehli gibi sağa sola yalpalıyordu. Hiç şüphesiz, ilkbaharın kararsızlığından ve şaşkınlığından en çok nasibini alanlar da ağaçlar olmuştu. Zira, güneşin naralarını, kuşların cıvıltılarını işiten ağaçlar, çiçek açma vaktinin gelip de geçmekte olduğunu zannederek, piyasa yapmaya giden tazeler gibi tekmil renklerini sandıklarından çıkartıp hazırlanmaya başlıyorlardı. Hazırlıkları tamamlanınca, giyinip kuşanan, süslenip püslenen ağaçlar, gelene geçene mis gibi kokular saçıp, işveli gülücükler dağıtıyorlardı. Ne var ki, çok geçmeden, kuvvetli bir rüzgâr dallarını büküyor, sağanak yağmur çiçeklerini döküyordu. Bir de üstüne üstlük, nereden çıktığı anlaşılmayan dolu ağaçların son fiyaka kırıntılarını da yerle bir, tuzla buz ediyordu. Bîçare ağaçlar, bir çiçek açıp bir çırılçıplak kalmaktan allak bullak olmuştu. Hatta içlerinden bazılarının, bir an evvel kesilip envai çeşit tahta eşyaya dönüşmek için mevlaya yakardıkları bile oluyordu. O sene, şehr-i şehirin daracık, dolambaçlı sokakları telef olmuş çiçeklerden, kırık dallardan, ham meyvelerden geçilmiyordu.

İlkbaharın garipliklerine en fazla kurban verenlerden biri de, Hasköy'ün yukarı mahallesinde Kunduracı Hayyim Sokağı'nda ikamet etmekte olan armut ağacıydı. Seneler var ki bu armut ağacı, varını yoğunu hayır işlerine adamıştı. Sulu meyveleriyle mideleri, kokusuyla da gönülleri hoş tutmaktı şu fani dünyadaki tek emeli. Dallarının, içli içli ötüp dertli dertli şakıyan kuşlara yuva, gölgesinin de kavurucu sıcaklardan bunalmışlara deva olduğunu görmek onun için en büyük saadetti. Bu hayırsever armut ağacı, o kadar çok meyve verirdi ki, dalları ağırlıktan sarkar; tas tas hoşaf, kutu kutu reçel ve hatta fıçı fıçı turşu yapıldıktan sonra bile geriye pek çok armut artardı. O da, hem meyvelerinin heder olup gitmemesi hem de daha çok insanın bu nimetlerden faydalanabilmesi için, bir hayli yüksek olan bahçe duvarını aşarak, dallarının yarısını sokağa salmıştı. Bu sayede mahallede yediden yetmişe herkes dilediğince meyvelerini dişleyip mutlu olacaktı.

Ne yazık ki, bahçesinde yetiştiği evin sakinleri onunla aynı fikirde değildi. Aslına bakılırsa, ev ahalisi, biricik armut ağaçlarının sokaktan her gelip geçene kucak kucak meyve ikram etmesinden bir hayli mustaripti. Onlar, ağaca yaklaşanları ters bakışlarla, kem sözlerle, o da olmadı tehditlerle uzaklaştırabilecek kadar kalpsiz kişilerdi. Hatta, çok değil bir sene evvel, evin büyükleri bu gidişata mâni olabilmek için ufaklıklara nöbet tutturmaya başlamış; vazifelerini son derece ciddiye alan çocuklar da armut ağacına yaklaşanları sapanlarına yerleştirdikleri taşlarla mıhlayacak kadar ileri gitmişlerdi. Armut ağacı, düpedüz küstahlık saydığı bu hareketleri üç dört misli meyve vererek cevaplamıştı. Bu sefer de, ev ahalisi armut ağacını yerinden söküp, bahçe duvarının epey uzağına, iç kısmına dikmişti. Fakat hayırsever olduğu kadar inatçı da olan ağaç, canını dişine takıp doğuya bakan dallarını uzatmış ve nihayet onca mesafeden sokağa ulaşmayı başarmıştı. Bunca zahmet ve eziyetten sonra keyfi yerine gelmiş, sabırsızlıkla havaların düzelmesini beklemeye başlamıştı. Amacı, sadece sokağa sarkan dallarını önce çiçeklerle, sonra meyvelerle donatıp, geri kalan dallarını çıplak bırakarak, evdeki kalpsizlere güzel bir ders vermekti. Fakat, ilkbaharın şaşkınlığı yüzünden, değil ders, tek bir meyve bile veremiyordu. Güneşe aldanıp bin bir hevesle açtığı çiçekler rüzgârın, yağmurun ya da dolunun kurbanı oluyordu. Kimseye hayrı dokunamadığından, boynunu büküp derin derin iç geçiriyor, ağladığı belli olmasın diye gözlerini kaçırıyordu. Kâbuslarında hep aynı ifritle savaşıyor ve her seferinde, tam da kılıcı düşmanının kalbine saplayacağı sırada canını bağışladığı için arkadan vuruluyordu. Uyandığında, ifritin ilkbahardan başkası olmadığını düşünüyordu. Küfürü kendine yasaklayıp içini kurcalamadığı bir iyiliği şiar edinen herkes gibi zehrini içine akıttığından, günbegün, dembedem çürüyordu. Taammüden cinayet işlediğini bilmiyordu.

Zaman zaman, şimdiye değin kıskançlıklarından ötürü ona hep kötü kötü bakan ama şimdi kendi dertlerine düştükleri için onunla uğraşmayan, bahçedeki öteki ağaçların öfke dolu isyanlarına, yürek paralayıcı yakarışlarına kulak veriyordu. Gene de, bu meymenetsiz ağaçların tek şikâyetlerinin istedikleri gibi süslenip püslenememek olduğunu bildiğinden, onlarla da kaynaşamıyor; kokusuyla, çiçekleriyle ya da meyveleriyle mest edebileceği kimsecikler olmadığından korkunç bir yalnızlık çekiyordu. Velhasıl, Dondurucusoğuk ile Bunaltıcı-sıcak arasındaki münasebetsiz çekişme, Kunduracı Hayyim Sokağı'ndaki hayırsever armut ağacını derinden yaralamıştı. Cılk yaralarından geçmişe özlem akıyordu; sarı, sapsarı.

İşte o gün bu bedbaht armut ağacı canından bezmiş bir halde hüzünlü bir türkü tutturmuş, yanık yanık söylüyordu. Bir yandan da, bir gece önce yağan dolunun kırdığı dallarını sarmaya çalışıyordu. Gaddar dolu taneleri sadece dallarını kırmakla yetinmemiş, zaten yaralı olan yüreğini de pâre pâre etmişti. Sabahın ilk saatlerinde güneş açar gibi olmuş; ama hemen peşi sıra kopan fırtına bahçedeki ağaçların hiçbirinde derman bırakmamıştı. Şimdi, rüzgâr biraz olsun sakinleştiğinden, armut ağacı da "Nedir bu başımıza gelen?" dercesine kollarını açmış, boş gözlerle göğe bakıyordu. Gökten değil de, sokağa saldığı dallarından gelen bir havadis asık yüzünün gülmesine sebep oldu. Kadim dostu Haham Yakup geliyordu.

Haham Yakup, dalgın dalgın Kunduracı Hayyim Sokağı'na saptı. Başı önünde, yerdeki yaprakları, telef olmuş çiçekleri seyrederek yürüyordu. O kadar dalgındı ki, sık sık dertleşip dallarını okşadığı armut ağacının yanına vardığını bile fark etmemişti. Ayaklarının altında bir dalın çatırdamasıyla kendine geldi. Eğilip dalı eline aldı. Bu dal gece yağan doluya armut ağacının kurban ettiği dört daldan biriydi. Diğer üç dal, çocuklar tarafından ganimet gibi kapışılmıştı. Çocuklar bu dalları at, sapan ya da kılıç yapmak maksadıyla topluyordu. Onlara göre hava hoştu. Fakat Haham Yakup ne vakit kesilmiş bir ağaç, kırılmış bir dal yahut kopartılmış bir çiçek görse derin bir hüzne garkolurdu. Bu sebepten, mahzun mahzun dala bakıyordu.

Birden, bunun hayırsever armut ağacına ait olduğunu anlayıp dalgınlığından sıyrıldı. Suratında buruk bir gülümsemeyle yaklaşıp, ağacın sokağa sarkan sağlam dallarını okşadı. Yaz bahar aylarında mis gibi turunç kokularıyla dolup taşan sokak şimdi kokusuz ve ıssızdı. Haham Efendi bütün bunlara sebep olan ilkbahara kızgındı. Sadece ilkbahara değil, bu evin sakinlerine de kızgındı. Bu aksi insanlar bahçelerinde kök salıp büyüyen armut ağacının hayırseverliğinden bir nebze olsun örnek alıp pay çıkartmıyorlardı. Oysa haham Yakup'u şu dünyada büyüleyen pek çok şeyden biri de, kalın, yüksek duvarları aşıp sokağa sarkan ağaç dallarıydı. O, bu durumu "ağacın ikramı" olarak adlandırırdı; ağacın, hiç karşılık beklemeksizin, o an oracıktan geçmekte olan ve belki de bir daha asla görmeyeceği yolculara küçük bir ikramı. Ve ağaçların ikramından söz edildiğinde de, Kunduracı Hayyim Sokağı'ndaki armut ağacının eline kimse su dökemezdi elbette.

Armut ağacına gelince, o, aradaki yüksek duvarlardan ötürü dostunun yüzünü göremiyordu. Bahçenin iç kısımlarına taşındığı günden beri sokağa sarkan dalları onun gözleri olmuştu. Bu gözlerle baktığında, hahamın efkârını havaların garipliğine yordu önce. Fakat ters giden başka şeyler olduğunu fark etti kadim dostunu dikkatlice incelediğinde. Haham o kadar dertli görünüyordu ki, armut ağacı kendi tasasını unutup onu avutma gereği duydu. Ayaküstü biraz söyleştiler. Sonra Haham Yakup, müsaade istedi ve gene öyle dalgın dalgın yürüyerek uzaklaştı.

Bu gün yapacak çok işi vardı. Fırtınanın dinmesini beklemeden Leblebici Hayyim Sokağı'ndaki tek göz evinden çıkıp yollara düşmüştü. Evi küçük olmasına küçüktü; ama ona yetiyor da artıyordu. Zaten kimi kimsesi yoktu. Ömrü hayatını okumaya ve okuduklarının en azından bir kısmını insanlara nakletmeye vakfetmiş ve bir gün kitaplarından başını kaldırdığında, kendisiyle birlikte bütün dünyanın yaşlandığını fark etmişti. Her şey başka türlü olabilirdi tabii ki; başka bir insan olsaydı, evlenip bir yuva kurabilir, önce çoluk çocuğa karışıp sonra da çoluk çocuğunun derdine tasasına düşebilirdi. Her şey başka türlü olabilirdi, ama olmamıştı işte. Zaman zaman, şöyle bir geçmişine dönüp baktığında kaçırdığı fırsatlardan ötürü kendi kendine sitem ediyordu. Fakat çok geçmeden sitemiyle kırdığı gönlünü avutacak bir teselli kırıntısı bulabiliyordu. Seneler var ki, bütün varını yoğunu Hasköy'ün yukarı mahallesindeki cemaati bir arada tutabilmeye adamıştı. Hassas dengeleri gözetmek, bozulan ilişkileri düzeltmek, çıkan huzursuzlukları gidermek ve koskoca imparatorlukta parçalar içinde parça, yamalar arasında yama olan cemaati daimi kılabilmek için uğraş vermişti. Üstelik insanlarının selametini cemaati kendi içine kapalı, sırlı ve saklı bir kutuya çevirmekte bulmamış; mahallenin etrafını görülmez ve aşılmaz duvarlarla çevirmek isteyenlere direnmişti. Nehirlere benzetirdi insanların fıtratını. Yanı sıra akan sularla kaynaşmayan, kendi mecrasından bir kerecik bile sapmayan, yağan yağmurlarla taşmayan, kuraklıkta alçalmayan bir nehir olsa olsa, kimseye bir hayrı dokunmayan bir su birikintisi olabilirdi. İşte bu sebepten, yukarı mahallelilerin hem dindaşlarıyla hem de öteki cemaatlerle ilişkiye geçmelerini, kaynaşmalarını teşvik ve arzu etmişti. Hem biri çıkıp sorsa, en yakın dostu Şeyh Süleyman Sedef Efendi değil miydi? Dostunu düşünürken gülümsedi. O şimdi bu saatlerde odasına kapanmış, inzivaya çekilmiş olmalıydı. Şu son yaşananları gidip onunla konuşmaya, ona akıl danışmaya çok ihtiyacı vardı. Suskunluğunu dostunun yanında bozmaya ihtiyacı vardı. Son günlerde mahalledeki herkes, her şey dillenmişti. Kırık kaldırım taşları bile gün boyu aralarında fısıldaşıyorlardı. Konuşmayan, konuşulanlara iştirak etmeyen bir Haham Efendi kalmıştı.

Haham Efendi o gün, ilk iş olarak Semerci Hayyim Sokağı'ndaki yaslı bir evi ziyaret edip, başsağlığı dilemişti. Zaten canı bir hayli sıkkın olduğundan, aralarından vakitsiz ayrılana gözyaşı döken aile fertlerini bir türlü teselli edememişti. Oradan ayrıldıktan sonra dalgın dalgın, aheste aheste Nalçacı Hayyim Sokağı'na yollanmıştı. Burada, dört yaşlarındaki bir oğlan çocuğunun ilk saç kesimi yapılacaktı. Bütün eş dost bir araya toplanmış, Haham Yakup da günler öncesinden bu tatlı merasime davet edilmişti. Çocuğun ipeksi saçları kesilirken, haham bir nebze de olsa rahatladığını, beynini tırmalayan müzic fikirlerden kurtulduğunu hissetmişti. Şimdi de Demirci Hayyim Sokağı'na gidip, hasta ziyaret edecekti. Görmeye gideceği hasta birkaç gün önce iyice fenalaşmış, neredeyse can çekişmeye başlamıştı. Haham Yakup, melûn hastalığın eski ismin peşinden gidip, yeni ismin yakasından düşmesi için bu hastaya başka bir isim verecekti. Eğer hastalık bu yeni isme de musallat olursa, yapacak pek bir şey kalmayacaktı. Bu sebepten, vereceği ismi dikkatlice seçmesi gerekiyordu. Biraz düşündükten sonra, hastaya Hayyim ismini vermeyi uygun gördü.

İşin aslı, Hasköy'ün yukarı mahallesine gelip de sokak isimlerine dikkat eden her yabancı, buradaki Hayyim bolluğu karşısında afallardı. Bu yabancılardan bazıları, söz konusu Hayyim'in envai çeşit mesleğe girip girip çıkmış ve bir türlü bir baltaya sap olamamış esrarengiz biri olduğunu zannedebilirdi. Bazıları ise, aslında bunda şaşılacak bir şey olmadığını, zira Hasköy'ün yukarı mahallesindeki ahalinin onda dokuzunun aynı ismi taşıdığını iddia edebilirdi. Oysa Haham Yakup'a göre işin püf noktası çok daha başka, bambaşka bir yerdeydi. İşin sırrı Hayyim ismindeydi. Zira Hayyim hayat demekti. İsim dediğinse usul usul yoğururdu insanı, kendine bend ederdi. Her isim bir başlangıç demekti; her başlangıç, ayrı bir yol hikâyeler haritasında. Başka tercihi olmadığı için değil, olduğu halde yaşamaktı yakışan insana.

Haham Efendi, sadece isimlerin değil, ağızdan çıkan kelimelerin de kudretli olduklarına inanırdı. Aksini iddia edenler, Balaam'ın hikâyesinden bîhaber olmalıydılar. Babilli kâhin, kehanetleri kadar, dil üstadı olmasıyla, yani ne söylediği kadar nasıl söylediğiyle de kudretine kudret, servetine servet katmıştı. Bir gün Moab kralı onu yanına çağırttı. Kral Balak ona sonsuz servet vaat etti; karşılığında tek istediği İsrailoğulları'nı lanetlemesiydi. Balaam bu talebin ne mânâya geldiğini sezebilecek kadar zeki bir adamdı. Lanetin de kutsamanın da sırrına vâkıftı. Kral Balak'ın teklifini tereddütsüz kabul etti ve İsrailoğullarını görebileceği bir tepenin üzerine çıktı. Bir müddet ağzını açmadı. Rüzgârın daha deli esmesini bekledi. Zira, rüzgâr istediği kıvama geldiğinde, ağzından dökülen her bir kelimenin tepenin eteklerine ulaşacağını; lanetin, yayını vurmaya ahdetmiş bir ok gibi hedefini arayacağını biliyordu. Rüzgâr esti, Balaam sustu. Çok geçmeden, kelimelerin kudreti, Babilli kâhini yüreğinden vurdu.

Haham Yakup, isimlerin büyüsüne, ağızdan dökülen kelimelerin kudretine inanırdı. Onun nezdinde kelimeler, insanların diledikleri gibi şekil verebilecekleri çamur topakları ya da hamur parçaları değildi. Bu sebepten, ziyaret edeceği hastaya Hayyim ismini verecekti. Elbette, ölümle pençeleşen hastanın hayat bulabilmesi için ismini benimsemesi, sevip içine alması da şarttı. İsimle insan yekvücut olmalıydı; sular sulara karışmalı. Haham Efendi, can dostu Şeyh Süleyman Sedef Efendi'yi düşündü. O bu meseleye, Balaam'ın hikâyesinden değil de bambaşka bir meselden yaklaşırdı. Fakat sonuç itibariyle vardıkları yer hep aynıydı. Şeyh Süleyman Sedef Efendi'ye göre dar-ül İslam'da yaşayanlar için kelimelerin apayrı bir ehemmiyeti vardı. Zira bu topraklardaki insanlar dertlerini tasalarını, özlemlerini hülyalarını, resimle yahut çalgıyla ifade etmekten ziyade kelimelerle ifade ederlerdi. Böylelikle, kelimelerin kudretini, doğduğu günden itibaren peyderpey idrak ederdi her Müslüman. Önceydi ve öncesizdi kelâm.

Hiciv ile hagah birdi.
Efsundu her ikisinin de çekirdeği.

Haham Yakup, Basmacı Hayyim Sokağı'nın köşesine vardığında birazcık soluklanmak için durdu. Yaşlanıyordu. Yaşlandığını böyle zamanlarda daha iyi anlıyordu. Kısacık mesafeler dizlerini bükmeye, en ufak bir heyecan bile yüreğini sıkıştırmaya yetiyordu. Senelerdir bu küçük, şirin muhitte cemaatini bir arada, derli toplu tutmak için çaba sarf etmişti. Şimdi bütün bu çabaların heder olup gitmesinden endişe ediyordu. Endişelerini yaşlılığına yoramıyor, sıkışan yüreğini yaklaşan ölümüne bağlayamıyordu.

Duvarı nem, insanı gam...

Basmacı Hayyim Sokağı, Arabacı Hayyim Sokağı ile kesişirdi. İki sokağın birbirlerini kucakladığı yerde küçücük, yemyeşil bir meydan vardı. Bu meydan, biraz ilerideki çok daha büyük, çok daha yeşil bir meydanın tıpatıp kopyası, âdeta habercisiydi. Büyük yeşil meydan Bezirgân Hayyim'in ismini taşırdı ve sıra sıra dükkânlarla doluydu. Yahudi esnaf, son derece kıymetli mallarla dolu olan bu dükkânların önlerinde, içlerinde oturup çene çalmaya bayılırdı. Bezirgân Hayyim meydanından çıkan dört ayrı sokaktan biri kuzeye doğru tırmanırdı. Bu engebeli sokak, hiç şüphesiz, yukarı mahallenin en gürültülü sokağıydı. Zira burada, şarabıyla ünlenmiş meyhaneler sıralanırdı. Zaten sokak da Badekeş Hayyim ismini taşırdı. Bezirgân Hayyim meydanından çıkan diğer iki sokak, kendilerine pek benzeyen başka sokaklarla kesişirken, dördüncü sokak da bir yılan gibi kıvrılarak mezarlığa giden yol ile birleşirdi. Badekeş Sokağı'ndan yükselen patırtılara inat, hiç konuşmazdı mezarlık. Anlatacak çok şeyi olanlara mahsus bir sabırla, bir gün, birinin çıkıp da sesine kulak vermesini gece gündüz ümit ederek kendi suskunluğunda yaşlanırdı. Yaşlandıkça unutkanlık illetine duçar olduğundan, anlatacak hiçbir şeyi olmayanlara mahsus bir sabırsızlıkla, bir gün, birinin çıkıp da sesine kulak vermemesi için gece gündüz dua ederek yaşardı. Kafası ve ruhu böylesine karmaşık olan mezarlıktan iskeleye uzanan sokak ise Heygidi Hayyim ismini taşır ve bu sokakla, bu mânidar isimle, Hasköy'ün yukarı mahallesinin hudutlarına varılırdı.

Haham Yakup, Keresteci Hayyim Sokağı'na girdiğinde ilerde öbek öbek toplanmış insanlar gördü. Bir bakışta onların neler kaynattıklarını anladığı için kaşları çatıldı, suratı asıldı. Demek ki, bütün ikazlarına rağmen bu hezeyan hâlâ dinmemişti. Oysa... oysa belki de, bir musibet bin nasihatten yeğ değildi.

Keresteci Hayyim Sokağı'nda toplananlar o kadar hararetli tartışıyorlardı ki, ancak Haham Efendi yanlarına kadar sokulduğunda onu fark edebildiler. Az evvel ateşli ateşli tartışanlar, onu görür görmez hemen suspus oldular. Haham Yakup kaşlarını çatarak, "Hâlâ mı şu mesele?" diye sordu. Koca koca adamların suçüstü yakalanmış çocuklar gibi başları önlerinde, kıpkırmızı kesilerek yutkunduklarını görünce gayriihtiyari gülümsedi. Sesi yarı sitemkâr, yarı öfkeliydi.

"İşiniz gücünüz yok mu sizin? Böyle mi kazanacaksınız ekmek paranızı?"

Hahamdan azar işiten topluluk süt dökmüş kediye dönmüştü. Ne var ki içlerinden biri, bıyıkları henüz terlemiş bir delikanlı, bu suçluluk duygusuna daha fazla dayanamadı.

"Ekmek parası mı? Şimdi çalışmak zamanı değil. Bundan böyle sürekli ibadet edip, onu beklemeliyiz. Dün gece Ester yeni bir rüya gördü. Yakın..."

Hahamın gülümsemesi yüzünde donup kalmıştı. Ötekiler patavatsız genci susturup durumu düzeltmeye çalışırken, Haham Yakup birkaç adım geri çekildi. Senelerdir tanıdığı, huyunu suyunu gayet iyi bildiği insanlara, kendi insanlarına, sanki onları ilk defa görüyormuşçasına merakla, kaygıyla, korkuyla baktı. Gözlerine inanamıyor olmalıydı ki, dönüp tekrar ve tekrar baktı.

✪

O gün yapması gereken işleri erteleyip, Heygidi Hayyim Sokağı'nda bir duvarın üzerinde saatlerce oturdu. Kertenkelelerle konuştu, otları yoldu; taşlarla taş, kuşlarla kuş oldu. Güneş batmak üzereyken, Balat ile Hasköy arasında gidip gelen kayıklardan birine atladı. Kaçmak, ortadan kaybolmak, hiçbir yere varmadan, hiçbir hedefe ulaşmadan gitmek, sadece ve öylece gitmek istiyordu canı. Yapamadı.

Aynı kayıkla geri döndü.

Çember

Sanguis enim qui in corpore animalis in circulum movetur...*

Giordano Bruno,
De Rerum Principiis

Yaşlı anlatıyor, Isabel dinliyordu. Her an, her şeyin olabileceği o garip gecelerden biriydi. Vakit bir hayli ilerlemişti. Evdeki herkes çoktan uykuya çekilmişti. Karanlıkta, Yaşlı'nın gözleri pırıl pırıl parlıyor, mavi mavi ışıldıyordu. Isabel'se onun sesine bırakmıştı kendini, tıpkı küçük bir kızken yaptığı gibi.

Yaşlı, bir deniz mesafesi uzaklığında yaşayan bir adamdan bahsediyordu. Adamın ismi Bernoldo Rinozzi idi. Çirkin doğmuştu; önce çirkin bir bebek, sonra çirkin bir çocuk olmuştu. Âdeta başka başka vücutlardan ödünç alınmıştı her bir uzvu. Sıska gövdesiyle tam bir tezat oluşturan kocaman bir kafası, varla yok arası ufacık kulakları ve görenleri güldüren upuzun, sipsivri bir burnu vardı. Dokuz yaşına bastığında, boyunun uzaması bıçakla kesilmişçesine durmuştu. O andan itibaren de hızla kıllanmaya başlamıştı. Vücudunun her tarafı siyah, simsiyah kıllarla kaplıydı. Hızını alamayan kıllar, sivri burnunun içinden fışkırarak aşağıya sarkardı. Kopartılan her kılın yerine hızla bir yenisi çıkardı. Ne tuhaftır ki, bu küstah kıllar bir tek ellerine dokunmamıştı. Elleri pamuk gibi yumuşacıktı. Elleri, incecik ve narindi. Kıllar, tam bileklerinin hizasında, geçit vermez bir dağa toslamışçasına durmuş, buradan öteye geçememişlerdi. Elleri, Rinozzi'nin bu dünyadaki yegâne sermayesiydi.

Rinozzi hırçın ve hodbin bir adamdı. Tabiatın ona bahşetmediği güzelliğin acısını, muhakkak bir şeylerden çıkarmak isteyen bir

* Hayvanların vücudundaki kan çember çizerek hareket eder.

adam. On beş yaşına bastığında habersizce çekip gitmiş, bu dünyaya böylesine çirkin doğmasına sebep olan ailesini terk etmişti. Hayatta tek arzusu vardı: hekim olmak. Resimleriyle göz okşayıp, keselerini dolduran ressamlar gibi insan vücudunun görünen kısmıyla değil, görünmeyen kısmıyla ilgilenmek istiyordu. Saçların rengi, gözlerin derinliği, dişlerin parlaklığı yahut tenin diriliği onu alakadar etmiyordu. Bundan ziyade, damarlardan, kaslardan, sinirlerden ve kemiklerden müteşekkil o büyülü âleme girmek istiyordu. Kısacası Rinozzi, insan vücudunun göz alıcı bir perdeyle sakladığı ve pek çoklarınca çirkin addedilen o muazzam karmaşayı keşfetmek arzusuyla yanıp tutuşuyordu. Bu uğurda göze alamayacağı hiçbir şey, atamayacağı hiçbir adım yoktu. Ailesini terk ettikten sonra muhtelif yerlerde konaklamış, dişini tırnağına takıp en hakir işlerde çalışarak para biriktirmişti. Kâfi parayı bir araya getirdiğine inandığında, akıl haritasında işaretlediği o üniversite şehrine gitmişti. Orada kabiliyetini herkese ispat edip, önü sıra uzanan basamakları üçer beşer atlayarak tez zamanda yükselmişti. Çok geçmeden, süklüm püklüm kapısından içeri girdiği bu koca ve yaşlı binada adından çokça bahsedilen, ayak sesinden çekinilen bir hoca olup çıkmıştı.

Yaşlı anlatıyor, Isabel can kulağıyla dinliyordu. Yaşlı'ya göre, insan vücudunun görünmeyen kısmını iyileştirmek için böylesi bir mecraya sapanların önünde, çok geçmeden iki ayrı yol beliriverirdi. Kimileri yakıp dağlar, kimileri ise kesip biçerdi. Bu iki ayrı yol, iki apayrı mizaca tekabül ederdi. Yakıp dağlamak, kendisiyle ve dünyayla barışık olanların tercihiydi. Onların nezdinde, dünya zaten güzel ve yaşanılır olduğu için, o güzelliği bozabilecek herhangi bir lekenin yahut yaranın tez elden örtülmesi gerekirdi. Bu sebepten, aslolan, bir cerîhayı açıp deşerek değil, tılsımlı bir perdeyle örterek iyi etmekti. Kesip biçmek ise bir memnuniyetsizlik ifadesi, hırs işiydi. Tehlikeliydi. Zira aslolan, cerahati akıtmak değil, daha derinlerde nelerin yattığını keşfetmekti. Elbette, Rinozzi'nin seçtiği yol ikincisiydi. Üzerinde altın haleli gülfâm bir taş bulunan neşterini yanından hiç ayırmazdı. Hatta bir seferinde, uluorta soru sormak gafletinde bulunan bir öğrenciye neşterini sallayıp, bu küçük ve marifetli aletin daha başka işler için de kullanılabileceğini ona bir güzel hatırlatmıştı. Fakat söz konusu öğrenci bu tehdide kulak asmamış olmalıydı ki, bildiğini okumayı sürdürerek, en sonunda hocasını çileden çıkarmıştı. İşte o zaman, teşrih salonundakilerin şaşkın bakışları altında, Rinozzi'nin meşhur neşteri havada ıslıklar çalarak birkaç takla attıktan sonra, öğrencinin saçlarından bir tutam kopartarak duvara saplanmıştı. Öğrencinin beti benzi atmış, neşterin saplandığı duvar hafifçe yarılmış, ortalığı derin bir sessizlik sarmıştı. Altın haleli gülfâm taşa gelince, o, saplandığı yeri sevmiş olmalıydı ki, oradan bir daha hiç ayrılmamıştı. Rinozzi de neşterin tercihine saygı duyup onu orada bırakmıştı.

Rinozzi cesetlere hayran, etin usul usul açığa çıkardığı sırlara tutkundu. Her sene biri erkek, biri dişi olmak üzere iki ceset kesilmesine müsaade ediliyordu. O cesetleri keserken öğrencileri de etrafını sarıp soluklarını tutuyorlardı. Hiç kimse kalkıp da bir densizlik yapmayı göze alamayacağından, koca mekânda çıt çıkmıyor, yaprak kıpırdamıyordu. O kadar yavaş kesiyordu ki, sırf bir cesedin kafası üzerinde haftalarca uğraşabiliyordu. Öğrencileri ise sabırsızlanıp sadece kendilerinin duyabileceği bir sesle homurdanıyorlardı. Belli ki, Rinozzi'nin zamanı ile öğrencilerinin zamanları uyuşmuyordu. Öğrenciler genç ve hevesliydiler. Görüleceği bir an evvel görmek, keşfedileceği bir an evvel keşfetmek istiyorlardı. Ne var ki, öğrencilerin hevesi, Rinozzi'nin inadına çarpınca tuzla buz oluyordu. Zaten Rinozzi'ye kalsa kimseye bir şey öğretmezdi. Cesetlere gösterdiği şefkat ve alakanın zerresini öğrencilerine göstermezdi. Onları atıl buluyor, başrolünü bir cesetle paylaştığı tiyatro sahnesinin fuzuli dekorları olarak görüyordu. Elinin yavaşlığı yetmezmiş gibi, öğrencilerden birinin derse geç gelmesi yahut bir patavatsızlık etmesi, dersi yarıda kesmesi için kâfi sebepti. Üstelik sadece kış mevsimi boyunca ve sabahın erken saatlerinde çalışırdı. Yaz mevsiminin yahut öğle güneşinin parlak ışığı altında tek bir cesede dahi neşter vurmazdı. Üniversite yönetimi ise, kimsenin eline su dökemediği bu tahammülfersa adamın yaptıklarına ses çıkarmazdı.

Rinozzi'nin en büyük derdi ceset bulmakta çekilen zorluklardı. Bazen de, tam bir cesedin üzerine çalışmaya başlayacağı esnada ölünün yakınları binayı basıp, kavga dövüş ölülerini geri alırlardı. Kızgın aileler Rinozzi'yi ve üniversiteyi, dini bütün insanları kesip biçmekle, cesetlerden artakalanları da sokak köpeklerine atmakla itham ederlerdi.

Rinozzi bütün bu ithamları, hakaretleri sineye çekip, üzerinde çalışabileceği yeni bir cesedin gelmesini sabırla beklerdi. Fakat zaman zaman, özlemi dayanılmaz bir hal aldığında, bu işi bizzat çözümlemek üzere mezarlıklara giderdi. Gecenin karanlığından faydalanarak gözüne kestirdiği bir mezarı açar, bazen öylece saatlerce kalır, bazen de cesedi kaptığı gibi alıp götürürdü. Mezarlıkları severdi. Onlara Matem-kusan-gümüş-mesken ismini vermişti.

Rinozzi vaktinin büyük kısmını, geniş ve loş çalışma odasında geçirirdi. Aydınlıktan hazzetmezdi. Odasının dört bir yanı, muhtelif dillerde yazılmış kitaplarla, insan ve hayvan vücutlarını kanatmak için en münasip noktaları gösteren çizimlerle doluydu. Kimselere göstermediği çizimlerinin arasında, Eş-Şeyh-ür-Reis'in, Bukrat Hekim'in ve Galen'in kesilmiş başları, kanatılmış vücutları da vardı. Gelecekte bir gün, delik deşik vücudunu resmeden sararmış bir sayfanın, içine kapanık, dünyaya küskün bir hekimin çalışma masasının üzerinde boylu boyunca uzanacağını düşünmekten müthiş bir keyif alırdı. Bazı geceler, Rinozzi odasında çalışırken, ona diş bileyen birkaç öğrenci, sarhoşluğun verdiği cesaretle penceresine taş atıp bağırırlardı.

"Çık dışarı Rinozzi. Işığa gel!"

Rinozzi kendi kendine mırıldanarak cevaplardı onları: "Cahiller! Budalalar! Benim ışığım içimde!"

Yaşlı anlatıyor, Isabel merakla dinliyordu. Sayısız ceset parçalayıp, senelerce didindikten sonra Rinozzi, nihayet keşfini tamamlayabilmişti. İnsan vücudu mütemadiyen dönen bir çemberdi. Zira dikkatlice bakıldığında, damarlarda dolaşan kan, mütevazi bir çember çizmekteydi. Çemberde bir son ya da başlangıç tayin etmek ise mümkün değildi. Kan, çemberin yarısında peyderpey kirleniyor, öteki yarısında ise kademe kademe temizlenerek arınıyordu. Hal böyle olunca da, pislik ve temizlik, parça ve bütün, çirkinlik ve güzellik aynı çemberi tamamlıyordu. Rinozzi keşfini tamamladığında, uzun zamandır hayranı olduğu genç ve güzel bir kadının kapısını çaldı. Kadın, hor gören bir gülümsemeyle bu kısacık boylu, her tarafı kıllarla kaplı adama baktı. Rinozzi hiç bozuntuya vermeden, bir gül tutuşturdu kadının eline. Sonra mühim bir şey söyleyeceğini aşikâr etmek için uzun uzun öksürdü. Ardından, şöyle dedi: "Ben, sevgili hanımefendi, ait olduğunuz çemberin öteki yarısıyım. Ne yazık ki, bana muhtaç olduğunuzu görecek gözlerden yoksunsunuz. Sizin bu cehaletiniz ve gafletiniz yüzünden çemberimiz bir türlü dönemiyor." Rinozzi bunları söyledikten sonra, kadının şaşkın bakışlarına aldırmadan yürüdü gitti. Hocalık yaptığı üniversiteyi geride bırakarak, meçhul bir istikamete yöneldi.

Yaşlı anlatıyor, Isabel sessizce dinliyordu. Yaptığı keşif, Rinozzi'nin hayata bakışını tamamen değiştirmişti. Artık kaderine sövmüyor, tabiattan intikam almaya çalışmıyordu. Çünkü o çemberi tamamlıyordu. Onsuz her şey bir eksikti. Yaşlı sustu, gecenin tıkırtılarını dinledi.

"Peki niçin bunları saklıyor? Neden öğrencilerine ya da başkalarına öğretmiyor bildiklerini?"

"Ah, çocuğum" dedi Yaşlı. "Bilmemek, kendi gölgenden korkmana sebep olur, bilmekse başkalarının gölgesinden. Biri içerden kuşatır seni, öteki dışardan."

Yaşlı tekrar sustu. Onunla birlikte, sokaktan geçen sarhoşlar, uzaklarda uluyan köpekler, gecenin tekmil sesleri sustu. Isabel birden kalbinin sıkıştığını hissetti. Bir şeyler oluyordu; kötü bir şeyler, kara bir şeyler. Birden Yaşlı'nın tüm anlattıklarını bambaşka bir gözle görmeye başladı. Kalbi güm güm atıyordu. Yaşlı, genç kadının ellerini tuttu. Onu göğsüne yatırıp saçlarını okşadı.

"Biliyor musun, Rinozzi'nin keşfettiği sırrı başka zamanlarda, başka insanlar da görmüşler. Halife El-Mansur bu insanlardan biriymiş. Bağdat şehrini kurmadan evvel yere kocaman bir çember çizmiş. 'İşte!' demiş etrafındakilere, 'İşte benim şehrim böyle olmalı. Şehir dediğin bir çember olmalı'. Aynen böyle söylemiş Halife El-Mansur; çünkü gayet iyi biliyormuş ki, çemberin ortasında durduğunda herkese eşit mesafede olacakmış. İster yoksul, ister zengin olsun; ister doğuştan bahtsız, ister mal mülk içinde yüzüyor olsun... herkese, her şeye eşit uzaklıkta. Adaleti sağlayabilmek için, şehrini çemberden yapmayı arzulamış."

Bir müddet sustu Yaşlı. Boğazı kurumuştu. Yorgundu. Son bir sözü daha vardı söyleyecek. Gücünü topladı.

"Korktuğun zaman bil ki" dedi fısıltıyla, "korku da cesaret de, aynı çemberin parçalarıdır. Bil ki çember senin içindedir. Demek ki, korkak olduğun kadar cesur olabilirsin. Ne kadar derine düşersen düş, bir o kadar yükseğe çıkabilirsin. Rinozzi'yi hatırla, Halife El-Mansur'u hatırla. Çemberi hatırla. Korkuya tosladığında, felâkete uğradığında, çukura düştüğünde tek yapman gereken çemberde geri geri yürümektir, ta ki zıt parçaya ulaşana dek. Sebeb-i felâketin her neyse onun zıddına ulaşana dek."

Yaşlı anlatacaklarını anlatmış, Isabel dinleyeceklerini dinlemişti. Her an, her şeyin olabileceği o garip gecelerden biriydi.

Rüya

> Bana hakikati değil, kendini ver. Kendini, yani rüyanı.
>
> Cemil Meriç, *Bu Ülke*

Ester uyanır uyanmaz annesinin yanına koştu. "Anne! Bu sefer daha yakından gördüm onu!" diye bağırdı. Kadın telaş içinde kızının yanına koştu. Artık sabahları ona ilişmiyor, dilediğince uyumasına müsaade ediyordu. Ne de olsa, son zamanlarda Ester'in görmeye başladığı rüyalar son derece mühim hadiselerin habercisi olmuştu. Artık Ester sadece kendi rüyalarını değil, Hasköy'ün yukarı mahallesinde yaşayan herkesin rüyasını görmekteydi. Gerçi mahallede, Ester'in verdiği haberlere dudak bükenler de yok değildi ama yakında herkes kimin haklı olduğunu anlayacaktı. O gün çıkıp geldiğinde Haham Yakup bile Ester'in rüyalarından şüphe ettiği için pişmanlık duyacaktı. Haham Efendi birkaç kez evlerine uğrayıp, karı kocadan ortalığı velveleye vermemelerini istemişti ama kadın, hahama büyük saygı duymakla birlikte, çoktan küçük kızının anlattıklarına kapılmıştı bile. Eğer Ester'in kehaneti doğru çıkarsa, o, çok yakında çıkıp gelecekti. Geldiğinde hayat yeniden başlayacak, bütün dünya silbaştan şekillenecekti. Geldiğinde, bir daha hiçbir kış eskisi kadar dondurucu olmayacak, hiçbir yaz eskisi gibi yakıp kavurmayacaktı.

Kadın kızını yanına oturttu.

"Öyleyse anlat. Nasıl biri?"

"Genç bir adam" dedi Ester heyecanla. "Gür, kıvırcık saçları var. Ah, anne! Saçları o kadar güzel ki."

Saklambaç

> Kendi evimdeyim sözü yerinde değildir; bu bakımdan, onların evindeyim demeniz daha doğrudur.
>
> Franz Kafka, *Bir Savaşın Tasviri*

Her an, her şeyin olabileceği o puslu gecelerden biriydi. Dolunayın hınzırlığı üzerindeydi. Torunlarına çörek pişirmek için hamur açarken yüzünü gözünü una bulayan tonton bir anneanne, beyazlara bürünüp sarayının balkonundan ihtişamla tebaasını selamlayan mağrur bir kraliçe, bembeyaz papatyalarla süslendikten sonra karanlık bir uçuruma atılarak öfkeli ilahlara kurban edilen bir bakire, sütbeyaz bacaklarını açarak üç kuruşa kendini satan bir fahişe ya da yüreğinin ateşinin etrafında çırılçıplak raks eden bir Çingene olup kılıktan kılığa giriyor, etrafa ışık saçıyordu. Gene de, ortalık zifiri karanlıktı. Fortuna Sokağı derin uykudaydı. Gündüz gözüyle göremediklerini gece dilediğince görebilmenin rehaveti suratından akıyordu. Ara sıra, bir o yana, bir bu yana dönüp uykusunda sayıklıyordu. Sayıklamaları, sık sık, kısa kısa, kesik kesik horultularla bölünüyordu. Uykusu o kadar ağır, rüyası o kadar tatlıydı ki, ellerinde meşalelerle sokağa giren adamlar bile onu uyandıramadı. Gerçi bu, o kadar da tuhaf değildi çünkü adamlar yavaş ve kararlı adımlarla, hiç ses çıkarmadan ilerliyorlardı. Sessizliklerini bozan tek şey ellerinde tuttukları meşalelerden çıkan çıtırtılardı. Bu çıtırtılar uykucu Fortuna Sokağı'nı uyandıramasa da, dolunayın dikkatini çekmişti. Zaten neler olup bittiğini ilk fark eden de o oldu. Duman rengi bir bulutun arkasına saklanıp, gözlerini yumdu. Ta bebekliğinden beri dolunay, saklambaç oyununu böyle oynardı. Kendini ortadan kaldırıp birilerinden saklanmak için değil de, kendisi dışındaki her şeyi bir kalemde silmek istediğinde, hemen gözlerini yumardı. Var olanı yok etmek, kirpiklerini birbirine değdirmek kadar kolaydı. Gene öyle yaptı. Şu sıralar, yeryüzünde bakmaya değer pek az şey vardı.

"Açın! Engizisyon adına derhal kapıyı açın!"

Elena Rodriguez, Diego'nun ölümünden beri, geceleri en ufak sese uyanır olmuştu zaten. Yataktan fırlayıp telaşla mutfağa koşturdu. Yerlere kadar uzanan, kabarık geceliğinin eteklerine takıldı ayakları; az kalsın düşüyordu. Bu sefer kendini en kötüsüne hazırlamıştı. Tencereler yerlerde yuvarlansa da, tavalar havada uçuşsa da, kepçeler üstüne üstüne gelse de, kazanlardan taşan pis kokulu çorbalar ortalığı kaplasa da, metîn olacaktı. Her ne olursa olsun, korkup kaçmayacak, düşüp bayılmayacaktı. Bu sefer kararlıydı. Mutfakta kalıp biricik oğlunun ruhuna musallat olan şeytanı kovacaktı. Sonra Diego'yu, huzur içinde uyuması için, ebediyen ait olduğu yere uğurlayacaktı. Fakat soluk soluğa mutfağa vardığında, her şeyin yerli yerinde durduğunu gördü. Demek ki, bu gürültüyü çıkartan Diego değildi. İşte o zaman, birazcık sakinleşebildi ve seslerin dışarıdan geldiğini anladı. Anlar anlamaz da, gözlerinin içi güldü. Haftalardır beklediği an nihayet gelmişti. Gece vakti neye uğradığını şaşıran ve yumruklanmaya hiç de alışkın olmayan dış kapı, yerinden fırlayacakmış gibi sarsılıyordu. Kapı kırıldığında, Elena Rodriguez yepyeni bir hayata adım atacaktı. Kocası içerdeki odada horul horul uyuyordu. Varlığı kendisi için bir şey ifade etmeyen bu adamı uyandırıp, olanları anlatmak faydasızdı. Hem anlatsa bile, Tanrı'nın, günah batağındaki tek masumu koruması için yolunu açtığı bu yeni hayatta, kocası gibi birine elbette ki yer yoktu. Açılacak kapıdan sadece o geçecekti; kucağında küçük Andresle birlikte. Bu sebepten, her şeyi tek başına göğüslemeliydi. Pencerede, çaprazdaki evi rahatlıkla görebileceği bir yer buldu. Dizlerinin üzerine çöküp, tir tir titreyerek dualar etti. Edecek duası kalmadığında, gözyaşları içinde inledi. "Korkma küçüğüm. Anneciğin seni yalnız bırakmayacak!"

Sokak kapısının hali gerçekten acıklıydı. Direnmeye çalıştıkça, göğsüne inen yumruklar daha da sertleşiyordu. Anlaşılan meşaleli adamlar, biraz önceki sessizliklerinin acısını, yeri göğü inleterek çıkarıyorlardı. Çok geçmeden, Fortuna Sokağı'nın rüyasına savaş çığlıkları atan trampetler girdi. Çığlıklar yankılandıkça, Fortuna Sokağı da, beşik sallar gibi kendini sallıyordu. Böylelikle, değil trampetlerin gümbürtüsüyle, top atılsa dahi uyanmayacağını ispatlamış oldu. Fakat evdekiler onun kadar vurdumduymaz değillerdi. Hepsi çoktan ayaklanmıştı. Isabel, Yaşlı'nın kucağından kalkıp, el yordamıyla bulduğu kandili yakmıştı. Bundan sonra ne yapması gerektiğini bilemiyor, hatta bilmek bile istemiyordu. Bütün vücudu uyuşmuş, beyni durmuştu. Donuk gözlerle kandilin titrek alevini seyrediyordu. Şu ufacık alev ne kadar da neşeliydi. Eğilip bükülerek raks ediyor, duvarlarda en az kendisi kadar fıkır fıkır onlarca gölge doğuruyordu. İnsanın şu fingirdek alevle öpüşmesi, öpüşüp de sarı, sıcak ateş olması, ateş olup da kendi küllerini havaya savurması belki de o kadar korkunç bir şey değildi. Ateş olunca yanmaktan korkmak mânâsızdı, çünkü ateş dediğin yakar ama yanmazdı. Demek ki, yanmak ateşin dışındakilere mahsustu, onunla tekvücut olanlara değil. Demek ki, alevlerle öpüştüğünde... yani bir ateş olabilse... belki de fıkır fıkır bir ölüm... yakanlara inat... Üstelik onlar gibi morarmadan, çürümeden, kokuşmadan, kurtlanmadan yok olmak... Isabel, artık kendinde değildi. Biraz önceki uyuşukluğunu telafi etmek istercesine aniden beynine üşüşen fikirlerin estirdiği rüzgâr, genç kadını önüne katmış, oradan oraya uçuruyordu. Arsız rüzgâr yüksek bir tepenin üzerine çıkardı onu, sonra da oradan aşağı bıraktı. Isabel hızla düşmeye başlamıştı. Düşerken, avludaki kuyuya sarkıttığı bakır bakraç geldi aklına. İpi saldığı zaman, o da böyle düşüyor olmalıydı. İp yeterince kısaysa eğer, bakraç yere çakılmazdı, ama ya değilse?

Isabel bunlarla boğuşurken, Yaşlı pencereye yaklaşmıştı. Sanki karanlık Fortuna Sokağı'na değil de, önü sıra uzanan ve kendinden başka kimselerin görmediği, göremediği yemyeşil kırlara, masmavi denizlere, sapsarı tarlalara bakarcasına, tatlı bir tebessüm yayılmıştı suratına. Bir müddet öylece bekledikten sonra kollarını iki yana açıp, ayaklarını bitiştirdi. Derin bir nefes aldı. Nefes alırken, etrafında öbekleşen bütün dertleri, kederleri; korkuyla, aşkla, öfkeyle çarpan bütün yürekleri; kâinatın bütün sırlarını, fısıltılarını;

insanların hikâyelerini kitaplara aktaran bütün harfleri, kelimeleri, cümleleri lıkır lıkır içti. İçtikçe hafifledi, çoğaldıkça azaldı, büyüdükçe küçüldü, çirkinleştikçe güzelleşti. Bir bulut kadar hafif, bir tüy kadar küçük, bir yaprak kadar uçarıydı şimdi. Sağına soluna, arkasına önüne değil, bir kendine, kendi içine bakması kâfiydi. Fakat birden Isabel düştü aklına. Yapmayı düşündüğü şey her neyse, vazgeçti. Isabel'i bu halde bırakıp gidemezdi; seneler evvel, babasının kollarında, ölümün pençesinde kapısına varan küçük, hasta, çaresiz kız çocuğu haliyle bir başına bırakamazdı onu. Pencereden uzaklaştı. "Hadi birtanem" diye fısıldadı. "Çemberde yürümeye başlamanın vakti geldi." Oysa değil yürümek, kıpırdamak bile imkânsız geliyordu Isabel'e. Yaşlı, baktı ki olmayacak, genç kadının koluna girdi. Kandilin oynak ışığı camgöbeği gözlerini karartsa da, onu söndürmek istemedi. Birlikte ağır ağır merdivenlerden indiler. Aşağıda Laura, kocası Pedro ve hizmetçi kız Ana birbirlerine sokulmuş bekleşiyorlardı. Üçünün de yüzleri solgundu. Bîçare sokak kapısının bu ıstıraba daha fazla katlanamayacağını gayet iyi biliyorlardı. Bütün çıkışlar tutulmuştu. Kaçacak yer yoktu. Dolunay saklambaç oynayadursun, çember hızla dönüyordu.

Merdivenlerin sonuncu basamağında Yaşlı, elinin tersiyle Isabel'e kuvvetlice bir tokat attı. Tokadı yer yemez, genç kadının deminden beri boş boş bakan gözleri açıldı. Bakır bakraç, yere çakılmasına ramak kala, havada asılı kaldı. Kim bilir, belki ip bir yerlere takılmıştı, belki de zaten yeterince kısaydı. Isabel, bir taraftan neler olup bittiğini kavramaya çalışırken, bir taraftan da kızaran yanağını oğuşturuyordu. Daldığı âlemden çarçabuk sıyrıldı, ateşin çağrısına kulaklarını tıkadı. Her şeye rağmen hayatta kalmaya çalışmalıydı. Yaşlı'yı orada bırakıp, hızla Andres'in odasına koştu. O uzaklaşırken, Yaşlı, korkudan tir tir titreyen Eceg ve Gündüz'ü yanına çağırdı. Ne bir konuşma yaptı, ne de boyunlarındaki çuvaldızı çıkardı. Birbirlerine emanet etti onları; geceyi gündüze, gündüzü geceye.

Isabel mışıl mışıl uyuyan çocuğu uyandırmaya kıyamadı önce. Andres'i içinde hissettiği günden bu yana, iki zıt halet-i ruhiye arasında savrulup durmuştu. Zaman zaman, çocuğa karşı, daha önce benzerini hiç tatmadığı sımsıcak bir sevgi duymuştu. Onun canı yandığında, kendi canı yanmış gibi gözyaşı dökmüş, bir tek gülücüğüyle her türlü kederden tasadan arınmıştı. Kandilin ışığını yakalamak isterken minik, pembe parmağını yaktığında, nasıl da masum ve güzeldi Andres. Zaman zaman da, sürekli bakıma ve bakılmaya muhtaç böylesi küçük bir canı dünyaya getirdiğine pişman olmuştu. Böyle anlarda, kendini ne kadar zorlarsa zorlasın, değil onu sevmek, görmeye bile tahammül edememişti. Çocuğun bitmek bilmeyen talepleri, talepleri karşılanmadığında tepinerek ağlamaya başlaması, bazen de ağlamaktan mosmor kesilmesi karşısında çileden çıkmıştı. Ağlayarak her istediğini elde edebileceğini sandığında nasıl da çekilmez oluyordu Andres. O, kimi zaman canından bir parçaydı; canından öte. Kimi zamansa bir yabancıydı; yanlış zamanda, yanlış yerde. Şimdiyse ne hissettiğini kendi de bilemiyordu, kafası allak bullaktı. Çocuğun pembe yanaklarını öptü, kıvır kıvır saçlarını okşadı, süt kokusunu doyasıya içine çekti. Hiçbir zaman iyi bir eş olamadığı gibi, iyi bir anne olmayı da başaramamıştı. Üstelik, öyle olmayı istediğinden bile emin değildi. Yavrusunu besleyebilmek için göğsünden et koparan pelikan, olsa olsa bir masal kuşuydu. Hâlâ uykuda olan çocuğu kucağına bastırıp, ötekilerin yanına döndü.

Dış kapının kırılmasıyla birlikte, adamların içeri dalmaları bir oldu. Evdekilerden hiçbiri direnmeye kalkışmadı, zorluk çıkartmadı. Adamlar, üstlerine başlarına bir şeyler almalarına müsaade ettiler. Gece soğuk değildi ama hepsi de kalın giyindiler. Zaman dolduğunda, vakit geldiğinde, art arda dizilip, birer birer çıktılar evden. Isabel, sol eliyle Yaşlı'nın elini kavramıştı; sağ eliyle de, boynuna sarılan Andres'i.

Fortuna Sokağı'nın rüyasına girip savaş çığlıkları atan trampetler aynı anda sustular. Ancak o zaman, dolunay kılığına girmiş dolunay, duman rengi bulutun arkasından çıktı. Saklambaç işe yaramıştı. Görmek istemediğini görmemişti. Kimse kalkıp da onu şahit tutamazdı. Gene de, içi rahat değildi. Biraz önceki hınzırlığından, taşkınlığından eser kalmamıştı; hatta eskisi kadar ışık saçmıyordu sanki. Zaten ışıldasa bile ne fark edecekti ki? Her an, her şeyin olabileceği o puslu gece, başından beri zifiri karanlıktı.

Casa Santa

Yanlış yere geldim; yanlış bir yere geldiğim duygusundan ne çare kurtaramıyorum kendimi.

Franz Kafka, *Bir Savaşın Tasviri*

Binanın ismi Casa Santa idi; kut-sal-ev. Düzlüğe inşa edilmiş olmasına rağmen, yüksek bir tepenin üzerine, hatta gökyüzündeki kartallara dalaşacak kadar heybetli bir dağın doruklarına kurulmuş gibiydi. Fersah fersah öteden rahatlıkla seçilir, yanına yaklaştıkça gözden kaybolurdu. İçine girenlerse, onu tamamen yitirirlerdi. İçerdeyken, duvarlar genişledikçe genişler, tavanlar yükseldikçe yükselir, koridorlar uzadıkça uzardı. Giderek, her şey ve her yer birbirine benzemeye başlar; kırları, ovaları, denizleri, kıyıları, tahtları ve hükümdarlarıyla "dışarısı" diye adlandırılan diyar tamamen ortadan kalkardı. "Dışarısı", "içerisi" tarafından çiğnenmeden yutulduğunda, koca bina sancılar içinde kıvranmaya başlardı. Gittikçe şişen karnı tıpkı bir davul derisi gibi gerilirdi. Adım attığı zaman ağırlığından zemin sarsılır; karnının içindeki azgın dalgalar kıyıya vurup köpük köpük dağılırdı. Deri çatlar çatlamaz, kut-sal-ev, asırlık suskunluğunu bozmaya azmetmiş ve daha asırlar boyu adından söz ettirmeye ant içmiş bir volkan olup patlar, öğüre öğüre bütün benliğini kusardı. İçi dışına çıktığından, her şey tersyüz ve altüst olduğundan, hem "içerisi" hem de "dışarısı" cascavlak ortada kalırdı. Her şey tam bir muammaydı. Derken, içten içe kaynayan kıpkırmızı lavlar, vaktiyle çizilmiş hudutların ötesine, öncesizliğe ve sonrasızlığa, ezeliyete ve ebediyete akmaya başlardı. En nihayetinde, lavlar dört bir yanı kapladığında, soluk alan her şey kalın bir battaniyenin altına girip uykuya daldığında, yeryüzünde Casa Santa diye bir yer kalmazdı. Zira her kutsal şey gibi, o da karşıtına, ötekine muhtaçtı. Velhasıl, kut-sal-ev, ancak uzaktakilerin ve dışardakilerin görüp de adlandırabildikleri; yeterince yakında ve içerde olanlarınsa, şeklini şemailini kestiremedikleri, nasıl tarif edeceklerini bir türlü bilemedikleri, hatta varlığından bile şüphe duydukları, asırlık, devasa, abidevî bir binaydı.

Gece vakti yataklarından çıkartılıp, yaka paça kut-sal-ev'e getirilenler, bir daha asla eskisi gibi olamazlardı. Olamazlardı, çünkü "eski" diye bir şey kalmazdı. Kalmazdı, çünkü Casa Santa'da zaman başka türlü işlerdi: geriye doğru. Bu sebepten, buraya getirilip de, bir gün geride bıraktıkları hayata dönmeyi başarabilenler, tam olarak ömürlerinin kaç gündüzünü ve gecesini burada geçirdiklerini asla kestiremezlerdi. İster üç gün, ister üç sene, isterse üç ömür üst üste kalmış olsunlar burada, sonuç değişmezdi. Zamanın süratle geriye doğru işlediği, yaşlıların gençleştiği, gençlerin bebekleştiği; ağaçların fidana, fidanların tohuma dönüştüğü Casa Santa'da, takvimlerin ya da saatlerin, gökteki yıldızların ya da yerdeki kâhinlerin neye işaret ettiğinin hiçbir önemi yoktu. Zaman, bir vakitler, bir yerinden, faili meçhul bir darbeyle çatır çatır kırılmıştı. Hele bir de kemikleri yanlış kaynamışsa, Casa Santa mahkûmları için zaman, ömür boyu sakat kalacaktı.

İlk bakışta, bu binada işkenceye maruz kalan, susuz ve aç bırakılan, en zayıf yerlerinden acı üstüne acı çektirilen, vücutlardı. Kut-sal-ev'in zindanlarını mesken tutan muhtelif işkence aletleri onlar için hazırlanmıştı. Oysa, asıl hedef vücutlar değil, hafızalardı. Burada evvela, hafızalara akan bütün nehirlere ve derelere zehir karıştırılırdı. Zehrin adı pişmanlık otuydu. Rengi saydam, tadı buruktu. Yalçın kayalıklarda, sarp uçurumlarda, kurak tarlalarda ve ummadık topraklarda tek başına yetiştiğinden, yalnızlığı matah bir şey, kendini de nebatat kralı sanıyordu. Pişmanlık otu kendinden başkasına tahammül edemediği için, onun kurbanlarının da ayrı ayrı hücrelere yerleştirilip, tam anlamıyla tecrit edilmeleri şarttı. Pek çok kişi tecrit edilmeye uzun müddet dayanamasa da, kut-sal-ev'in zeminindeki yan yana dizilmiş, havasız, ışıksız hücreler hiç boş kalmazdı; birileri gider, birileri gelir, mevcut eksilmezdi. Hücrelerin duvarlarına kazınmış isimler, evvela hecelere, sonra harflere, en nihayetinde tek bir noktaya dönüşene kadar açlıktan gözü dönmüş fareler tarafından kıtır kıtır kemirilirdi. Artık bu küçük, arsız yaratıklar insan isimlerinin tadını ayırt etmekte ustalaşmışlardı; kimi isimler baldan tatlı, kimileri fazla acı, kimileri kurutulmuş balık gibi tuzlu, kimileri de farelerin dişlerini kamaştıracak kadar ekşiydi.

Zehri elde edebilmek için pişmanlık otundan bir tutam alıp güneşte kurutmak; sonra da, kurumuş yaprakları toz haline gelinceye kadar havanda dövmek kâfiydi. Zehir suya karıştığında hızla dağılıp erir, kolay kolay kendini elevermezdi. Birazcık köpürtürdü suları, biraz da tadını acılaştırırdı, o kadar. Pişmanlık otuyla zehirlenen sulardan bir yudum bile içmek, hafızaların bir daha hiç durmamacasına harekete geçmeleri için kâfiydi. Hafızalar, geçmişi, geçip de gideni, gidip de unutulanı hızla hatırlamaya başlardı. İlk bakışta, bu pek de tuhaf değildi. Zira hafıza dediğin, oldum olası hatırlamayı severdi. Hatırlamaksa, zaten bir şeyi yoktan var etmek demekti. Ne var ki, pişmanlık otunun zehri kanlarına karıştığında, hafızalar, önlerindeki metni tersten okumaya, her okuduklarını pişmanlıkla yorumlamaya, her yorumu mutlaklaştırmaya başlarlardı. Hafızaların boyunlarına vurulan zincir, bir yılan olup kuyruğunu yuttuğunda, halkalar kenetlenir; fasid daire tamamlanırdı. O zaman, hatırlamak daha çok pişman olmaya, pişman olmaksa daha çok hatırlamaya yol açardı. Böylelikle, daha dün tadılan tüm güzellikler teker teker unufak edilir, alınan tüm hazlar birer birer silinir, yaşanan tüm mutluluklar peyderpey acıya dönüşürdü. En nihayetinde geçmiş, koskoca bir utanç, kapkara bir leke olup çıkar; etrafına eza ve cefa saçardı. Her şey pişmanlıkla silbaştan yazıldığında, hayal ve hakikat, doğru ve yanlış, sevap ve günah arasındaki sınırlar bulandıkça bulanırdı. Artık, tövbe istiğfar edip kıvranan, kıyıda köşede ne kaldıysa hatırlamak için çırpınan hafıza neye inanıyorsa, hakikat o olurdu. Çok geçmeden, damarlarda salınan zehrin etkisiyle kuduz bir köpek gibi ağzından köpükler saçan hakikat, önüne çıkan her şeye sivri dişleriyle saldırmaya başlardı. Hakikat kasları yırtıp sinirleri kopartarak, kemikleri kırıp iç organları parçalayarak dokunduğu her şeyi tanınmaz hale getirirken, geçtiği yollarda enkaz üstüne enkaz bırakırken, acı da ondan aşağı kalmamak için katmerlenerek çoğalırdı.

Bir müddet sonra, bu gidişata daha fazla dayanamayan hafızalar, böyle korkunç bir eziyetten kurtulmak için kendilerini yok etmeye başlarlardı. Hatıralar bu kadar ıstırap verdiğine göre, en iyisi hiç hatırlamamaktı. Hiç hatırlamamak, mutlak ölüm demek olsa da!

İşte bu safhada, Casa Santa'da sorguya alınan hafızaların pek çoğu sapır sapır dökülüp, birer birer canlarına kıyarlardı. İntiharsa, affedilemeyecek bir günah, Tanrı'ya isyandı. İsyankârlar kat'i sûrette ateşe atılırlardı. Ateşin vahşetini saklayabilmek için alevler, yakılanlar ile yakanlar arasına kırmızı kadifeden mor püsküllü bir perde çekerlerdi. Zaten bu perde olmasa, katiller, kurbanlarının gözlerinin içine bakmak zorunda kalacaklarından, belki de yapmak istediklerini yapamayacaklardı. Perde imdatlarına yetişip yalımlar tırmandığında, hem suça hem de suçluya cezası verilmiş, hak yerini bulmuş olurdu. Üstelik bir damla kan bile akıtmadan... Her ne olursa olsun, her ne yapılırsa yapılsın kan akmamalı, akıtılmamalıydı. Ateşin resminde ise, her şey sarı ve sıcaktı. Ateş daha kuru dallara sıçramadan, hafızalar çoktan kül olup göğe ağmış olurlardı. Kim bilir, belki bir gün, bir başka demde, kapkara bulutlar çarpışıp şimşekler çaktığında, sağanak yağmur olup tekrar yere yağarlardı. O zaman, hafıza damlaları toprağı kabartıp, otları yeşertir; yeşeren otları da, hayalperest çobanların otlatmaya getirdiği sürüler afiyetle mideye indirir ve belki de, insanların hatırlamaya yanaşmadıklarını hatırlamak, besili ineklere ve miskin koyunlara kalırdı.

Uzaktan bakan insanlar, Casa Santa hakkında konuşmayı severlerdi. Zaten buradan bahsedebilmek, sadece uzaktakilere mahsustu. Bu sebeptendir ki, en uzaktakiler, aslında ona en yakın olanlardı. Bunlar, tek başlarına kaldıklarında sık sık onu düşünür; iki kişi bir araya geldiklerinde habire onu konuşur; üç kişi olduklarında ise onu düşünmemek, konuşmamak için gidip kafaları tütsülerlerdi. Ne var ki, şarabın tesiriyle çözülen dillerinden sadece onun hikâyeleri çıkardı. Böylelikle kut-sal-ev'in hikâyeleri kulaktan kulağa, ağızdan ağıza, geceden sabaha, bire on katılarak nakledilirdi. Gecenin ilerleyen saatlerinde Casa Santa, konuştukça konuşulmaz, anlattıkça anlatılmaz olurdu. O artık masada demlenenler için her kıpırtıyı gören bir göz, her çıtırtıyı duyan bir kulak ve her an inmeye hazır bir tokattı. En hafi emeller, en kuytudaki sırlar bile onun dikkatinden kaçmazdı. Sarhoş masalarında anlatılanların etkisinde kalanlar, günlerce toparlanamazlardı. Kendi anlattıklarından kendileri de korkar; geceleri sıcak yataklarında uyurken, kut-sal-ev'in ayak seslerini duyarlardı. Bazen bu sesler, kulaklarını tırmalayıp yüreklerini burktuğunda, çektikleri azap o kadar derin olurdu ki, daha sabah olmadan, iki gözleri iki çeşme yollara düşerlerdi. Tam olarak niye ağlayıp neden pişman olduklarını bilmemekle beraber, pişmanlık duymaları gereken bir şeylerin muhakkak olması gerektiği inancıyla, düşe kalka, süklüm püklüm kutsal-ev'e varırlardı. Velhasıl, yalnızlığı matah bir şey sanan pişmanlık otu ummadık yerlerde yetişmeyi huy edindiğinden, bazen de böylesine bön insanların zihinlerinde boyverirdi. Bu kişiler, Casa Santa'nın eşiğinden içeri adımlarını atar atmaz, bağıra çağıra, ağlaya sızlaya kendi kendilerini ihbar ederlerdi. Böylelikle kut-sal-ev'in iki kanatlı, oymalı kapısı, zorla getirilenlerin yanı sıra, kendi ayaklarıyla gelenleri de içeri almak için sık sık aralanırdı. Meşeden yapılmış bu devasa kapının sağ kanadına azizler ve melekler hakkedilmişti; öteki kanadına ise sapkınlar ve şeytanlar. Meleklerin kanatları vardı, azizlerin de hâleleri; şeytanların kuyrukları vardı, sapkınlarınsa hiçbir şeyleri. Melekler güzeldi, azizlerse tertemiz; şeytanlar çirkindi, sapkınlarsa ne idüğü belirsiz. Kapının her açılışında meleklerle şeytanlar, azizlerle sapkınlar iki ayrı yöne savrulur; ziyaretçi içeri girip de kapı tekrar ağır ağır kapandığında, gene eskisi gibi yan yana gelip birbirlerini gözucuyla süzmeye devam ederlerdi.

Kut-sal-ev'e kendi ayaklarıyla gelenlerin çoğu, ipe sapa gelmez şeyler geveleyip durduklarından, çok geçmeden evlerine geri gönderilirlerdi. Böyleleri, taş kesilmemek için, bir kez olsun dönüp de arkalarına bakmadan, telaşla evlerinin yolunu tutarlardı. Ama eğer, içlerinden ihbarları ciddiye alınanlar olursa, tıpkı ötekiler gibi onlar için de zaman süratle geriye doğru akmaya başlardı. Ziyaretleri ister kısa, ister uzun sürsün, artık buralı sayılırlardı. Buralı olduklarının işaretini, bir mühür gibi gözlerinde taşırlardı. Hem kendilerini hem de kendilerinden başka her şeyi bu gözlerle gördükleri için, bir daha asla eskisi gibi olamazlardı. Zaten onlar için "eski" diye bir şey kalmazdı.

Bu bina bir kut-sal-ev; ismi Casa Santa.
Çoğaltır sûretini, kurulmuş ve kurulacak şehirlerin,
sırları dökülmüş aynalarında.

Korku Böceği

> Yarıaçık pencerede korku ürkekçe, yürekleri parçalarcasına parlayan günışığına bakıyor.
>
> Juan Ramon Jimenez

Tek bir penceresi bile bulunmayan odanın duvarları siyah, simsiyahtı. Tavanlar o kadar yüksek, oda o kadar genişti ki, içeri girdiğinde kendini küçülmüş hissetti; evvela, hem sırtında taşıdığı balarısı ölüsünü, hem de yolunu kaybetmiş, sonra da birazdan fırına verilecek bir çörek tepsisine düşüvermiş küçük bir karınca gibi. Belki de şu anda o karıncadan tek farkı, beyhûde bir çabayla düz duvarlara tırmanmaya çalışmaması, her seferinde gerisingeri düşerek titrek bacaklarını yapış yapış hamurdan kurtarmak için debelenmemesiydi. Karıncanın âkıbetine uğramamak için hiç kıpırdamadan, hiç ses çıkarmadan bekliyordu. Odanın öteki ucunda, siyah kadife kaplı, ayakları oymalı, kocaman bir masa vardı. Siyah kadife, odaya hâkim olan karanlıkla kesiştiğinden, masanın tam olarak nerede başladığını kestirmek zordu. Fakat nerede bittiği rahatlıkla görülebiliyordu çünkü masanın öteki ucunda altı tane mum dizilmişti. Zaten odadaki tek ışık kaynağı bu cılız mumlardı. Mumların tam ortasında çarmıha gerilmiş İsa duruyordu. Vücudundan akan kanlar, eriyen mumların kenarlarından akan damlalara karışıp katılaşıyordu. Masanın hemen arkasında ise, tek mumla aydınlatılmış, oymalı bir mimber vardı. Mahkûmun suçlarını okumaya ve yazmaya hazırlanan tıknaz kâtip burada oturuyordu. Delici bakışlarını mahkûmun, gardiyanların üzerinde gezdiren kâtip, sıradan bir insan olmadığını hatırlatmak için fırsat arar gibiydi. Ne de olsa, bu dünyada bazıları günah işleyip, bazıları işlenen günahlara ceza keserken, hem işlenen günahları hem de kesilen cezaları satır satır kaydetmek onun vazifesiydi. Asırlar sonra insanlar, vakti zamanında neler olup bittiğini onun kaztüyü kaleminden öğreneceklerdi. Seyirciydi, seyrederdi. Yaşayanların ve yaşananların en yakın tanığı, gelecek kuşakların biricik haber kaynağıydı. İçine atılan tozun rengini alan bir tas su, havada uçuşan kelimeleri kendine çeken kırık bir mıknatıs, hep başkalarının ağzından çıkan kelimelere yankı veren boş ve suskun bir fıçıydı. O bir tanıktı.

Koca masadaki tek sandalye, mumların ve çarmıha gerilmiş İsa'nın yakınına konmuştu. Burada, başında siyah kukuleta, üzerinde beyaz cüppesiyle Alonso Perez de Herrera oturuyordu. Dirseklerini masanın üzerine dayamış, başını ellerinin arasına almıştı. Gözlerini önündeki kâğıt tomarından ayırmıyordu. Bu haliyle, ertesi gün vereceği derse itinayla hazırlanan bir üniversite hocasına benziyordu. Kâğıtların içinde kaybolmuştu. Böyle bir anda, böyle bir mekânda, katlanmış kâğıtların ve okunaksız harflerin ne denli ürkütücü olabileceğini biliyor, mahkûmun duyduğu dehşetin kokusunu alabiliyordu. Ve bu cendereyi daha da daraltmak için hiç istifini bozmuyor, bir kez olsun ondan yana bakmıyordu. Mahkûmsa, ufaldıkça ufalıyor, silindikçe siliniyor ve en nihayetinde, kendi varlığından şüphe etmeye başlıyordu. Orada öylece dikilip durması kimsenin dikkatini çekmediğine, gölgesi duvara yansımadığına, kıpırtısı mumların alevini titretmediğine göre belki de yaşamıyordu; belki de zaten yoktu.

Korkuyordu. Korkuyordu çünkü ölmeden önce ölmek korkutucuydu. Damarlarında kan yerine hava kabarcıkları dolanıyordu artık; fersiz gözleriyse iki derin, balçık dolu çukurdu. Boşluğu soluyordu. Soludukça boşluğa doluyor, boşluk oluyordu. Soludukça genişliyor, genişledikçe ferahlıyordu. Bildiği her dilde ölüme methiye yazıyordu. Çocukluğunda tanıştığı ve kadrini bilmediği ölümü şimdi bir kurtarıcı gibi görüyordu. Artık korkmuyordu.

Oysa tam da mahkûmun kendi yokluğunda huzur bulabileceğini sandığı bir anda, onu yeni fark etmiş gibi yaptı Alonso Perez de Herrera. Karınca avına çıkmış bir kapandı artık duvarlarında tek bir penceresi bile bulunmayan bu oda.

Mahkûm, kâtibin yaklaşması için verdiği işareti anlamayınca, arkasındaki gardiyanlar onu öne doğru iteleditler. Birkaç adım atıp masaya doğru yaklaştı. Yaklaştıkça masanın düşündüğünden de büyük olduğunu fark etti. Demek ki bu geniş odanın olduğundan küçük gösterdiği tek varlık kendisi değildi. Masanın ortasında, kapağı açık sedef kakmalı bir kutunun içinde İncil duruyordu. Kutunun kapağındaki sedef parçaları inciyi getirdi aklına; kabukların ve karanlığın içinde keşfedilmeyi bekleyen inciyi.

İncilinciydiinciincil.

"İsmin?"

"Isabel Nuñez Alvarez."

"Nerede ikamet ediyorsun?"

"Fortuna Sokağı'nda."

Alonso Perez de Herrera, kadının, telaffuz ettiği ismin taşıdığı ağırlığı bilip bilmediğini merak etmişti. Fortuna alelade bir kelime değildi. O, ne zaman ne yapacağı, kime gülüp kimi ağlatacağı belli olmayan, son derece tehlikeli ve asla itimat telkin etmeyen bir dişiydi. Aya benzer; tıpkı ay gibi kılıktan kılığa, şekilden şekile girip insanları şaşırtmaktan zevk alırdı. Mütemadiyen çevirdiği çarkında envai çeşit bela ve felâket, kahır ve ıstırap, ortalığa saçılmak için sabırsızlanarak ve kesif bir koku yayarak dönüp dururdu. Fortuna'nın gözleri iyi görmezdi; hatta kör olduğu bile rahatlıkla söylenebilirdi. Zaten kime ne verebileceğini göremediğinden, rasgele dağıtırdı çarkındaki armağanları. Üstelik, bir de teşekkür beklerdi.

"Kocanın ismi?"

"Antonio Pereira"

"Çocuklarınız var mı?"

"Bir oğlum var. Andres..."

Isabel yutkundu. Boğazına bir yumru oturdu. Baskın gecesi mışıl mışıl uyuyan Andres'in pembe yanakları, uzun kirpikleri, kıvır kıvır saçları, gözlerinin önüne geldi. Burnunun direği sızladı, gözleri doldu ama kendini tutup ağlamamayı başardı. Gayriihtiyari çıkardığı tuhaf ses, geniş odada yankılanırken, kendi sesinden ürperdi. Fakat çıkan sesle irkilen bir tek kendisi değildi. Alonso Perez de Herrera da, belki seslere hususi bir merakı olduğundan, bir hayli etkilenmişti. Öyle ki, ilk defa başını çevirip, karşısındaki kadını dikkatle inceleme ihtiyacı duydu. İşte o zaman adamın kısık, siyah gözleri, kadının iri, siyah gözleriyle karşılaştı. Bu kısacık buluşma Engizisyoncu'ya, seneler evvel sesin fısıldadığı sırrı hatırlatmıştı. Belki de dedesinin kendine eş olarak seçtiği o Yahudi kadının da tıpkı karşısındaki genç kadınınkiler gibi iri, siyah gözleri vardı. Kuşaktan kuşağa aktarılan kanın kırmızılığını bozan, suların berraklığını bulandıran gözler. Kirli gözler.

"Niçin tutuklandığını biliyor musun?"

Isabel hemen cevap vermedi. Masadaki tek sandalyede oturan bu adamın karşısında dikkatli olması gerektiğini anlamıştı. Yapacağı en ufak bir hata hayatına mal olabileceğinden, kelimeleri rasgele kullanamazdı. Adımlarını tartarak atmalıydı. Çürük bir tahtaya basmak hayatta kalma şansını azaltacaktı.

"Galiba biliyorum. Burada bulunmamın sebebi ne İsa Efendimize karşı bir suç işlemiş olmam, ne Hıristiyan dininden sapmam. Buradayım çünkü... çünkü sahip olduklarıma sahip olmayanların yüreklerinde haset var."

Alonso Perez de Herrera, şaşkınlığını saklayamadan kadına baktı. Böyle bir cevap beklemiyordu. Biraz düşündükten sonra ikinci sorusunu sordu. Bu esnada kâtip konuşulanları hızla kaydetmekle meşguldü. Elindeki kaztüyü kalem telaşla koşturdukça, kâtibin de kaşı gözü seğiriyordu.

"İftiraya uğradığını ve masum olduğunu mu söylüyorsun?"

Isabel iri, siyah gözlerini Alonso Perez de Herrera'dan ayırmıyordu.

"Masum olduğumu söylemiyorum. Çünkü bu dünyada kimin masum olduğunu bilmiyorum."

Alonso Perez de Herrera'nın dudakları alaycı bir gülümsemeyle kıvrıldı, gözlerinde iki küçük ışık parladı.

"Yani sen şimdi, Bakire Meryem'in masumiyetine inanmıyor musun?"

Isabel köşeye sıkışmıştı. İlk hamlesi korkunç bir başarısızlıkla sonuçlanmış, verdiği cevaplar şimşeklerin üzerine çekilmesine sebep olmuştu. Bir gün sonra tekrar sorgulanmak üzere, Casa Santa'nın alt katındaki hücrelerden birine konuldu.

❂

Ayak uçlarında bir ürperti hissetti. Önce bunun o aç farelerden biri olduğunu sandı. Cesaretini toplayıp baktığında, tanıdı onu. Bu korku böceğiydi. Şimdilik yolu uzundu. Henüz ayakuçlarındaydı. Fakat hızlı bir böcekti o, çok çabuk yol alırdı.

Kadınlar ve Hayvanlar

*Credo Quia Absurdum**

Sessizlikten korkuyor; susmak istemiyordu. Hücreye götürüldüğünde bile saatlerce kendi kendine konuşuyor; ancak çenesi konuşmaktan ağrıyınca, vücudu takattan düşünce uykuya dalabiliyordu. Uyanır uyanmaz, gene hemen anlatmaya koyuluyordu. En temel ihtiyacı susuzluğunu ya da açlığını yatıştırmak yahut özgürlüğüne kavuşmak değil, konuşmak olmuştu. Sorguya götürüldüğünde anlattıklarını dinleyecek birilerini bulmaktan hoşnut, hiçbir ayrıntıyı atlamadan habire konuşuyordu. Oysa itiraf edecek başka bir şeyi kalmadığını kendi de kabul ediyordu artık. Daha çok günah işleyip, daha çok itirafta bulunamadığı için üzülüyordu. Uzun uzun, döne döne, tekrar tekrar anlatıyordu. Hep aynı şeyleri dile getirse de, her seferinde ilk kez itirafta bulunacakmış gibi heyecanlanıyordu. Miguel Pereira'ya duyduğu aşkı, onu elde edebilmek için yaptığı aşk büyülerini, La Barbuda'nın odasındaki ıvır zıvır yığınını, hatta apış arasından üç kıl kopartmakta ne denli zorlandığını, sonra o geceyi, Miguel'in asık bir suratla çıkıp gelişini, nasıl seviştiklerini, bütün büyülere rağmen sevdiği erkeğin gözünün bir başka kadında olduğunu bildiğini... her şeyi teker teker, tekrar tekrar anlatıp duruyordu. Sanki dilini kopartmadan onu susturmanın imkânı yoktu.

Alonso Perez de Herrera, merhamet dolu gözlerle bakıyordu genç kadına. Yaptıklarından dolayı onu suçlamıyordu. Ne de olsa kadınlar, günah işlemeye erkeklerden çok daha meyilliydi. Tabiatları böyleydi. Zira onlar, Havva'nın kızlarıydı. Saçmalıklara inanmaya, büyülerden medet ummaya, şeytana itaat etmeye, batağa-düşüp-batağa-düşürmeye yatkındılar. Tuhaf olan, bir kadının yoldan çık-

* İnanıyorum, çünkü mantıksız.

ması değil, doğru yolda kalabilmesiydi. Bu sebepten ötürü, kadınları devamlı göz önünde, el altında tutmak şarttı. Yedi temel günah, yedi melûn hayvan, bilhassa kadınları pençesine alırdı. Bunlardan ilki hasetti. Haset, durmadan deri değiştiren bir yılandı. Kadınların ayakuçlarından yukarılara doğru usul usul tırmanır, boyunlarına dolanır, yüreklerine fitne ve fesat tohumları bırakırdı. İkincisi öfkeydi. Gayet iyi bilindiği üzere, kadınlar çok çabuk öfkelenir, kolay kolay sakinleşemezlerdi. Öfkeyle hareket ettiklerinden daha çabuk yoldan çıkar, daha kolay günah işler ve daha zor iflah olurlardı. Öfke, gagası sivri, ibiği kan kırmızı, tüyleri siyah bir horozdu. Gece gündüz kadınların başının üstüne tüner, vakitli vakitsiz öterek onları galeyana getirirdi. Üçüncü günah şehvetti. Şehvet gözü doymayan bir keçiydi. Yiyecek bir şeyler bulamadığında, guruldayan midesini yatıştırmak için gidip evlilikleri kemirirdi. Zaten evlilik, sadece neslin devamını sağlamak maksadı taşıdığında tahammül edilebilir bir kötülüktü. Günahların dördüncüsü tamahkârlıktı. Bir karakurbağası, olanca çirkinliğiyle vırak vırak ederek, kadınların ellerindekiyle yetinmelerine mâni olurdu. Karakurbağasını memelerinin arasında taşıyan kadınlar, kocalarının dişinden tırnağından artırdıkları paralarla elbise üstüne elbise, mücevher üstüne mücevher alır; gene de asla memnun olmazlardı. Bir sonraki günah tembellikti. Tembel bir kadın yuvaların yıkılmasına sebep olur, etrafındakileri felâkete sürüklerdi. Tembel bir kadın, tıpkı bir katır gibi, sırtına vurulan onca sopaya rağmen yerinden kıpırdamazdı. Altıncı günah gururdu. Tavuskuşunun renkleri, endamı, cakası, fiyakası kadınların aklını başından alır; onlara fuzuli bir gurur aşılardı. Yedinci ve son günah ise oburluktu. Kadınlar daima yeni lezzetler aradıklarından asla sofralarındakiyle doymazlar, aza kanaat etmezlerdi. Domuzlar onlara oburlukta rehberlik ederdi. İşte bu yedi çirkin hayvan, yedi günah, kadınların peşlerinden ayrılmaz, bir gölge gibi onları takip ederdi.

Kadınların peşi sıra dolaşan bu yedi hayvanın yanı sıra, bir de mütemadiyen yüreklerine dadanıp akıllarını çelen muhtelif şeytanlar vardı. Bu şeytanların isimlerinin gayet iyi bilinmesi ve hangi durumda hangi şeytanın işlenen günahtan sorumlu olduğunun dikkatlice tespit edilmesi lâzımdı. Aksi takdirde, yanlış bir tedavi yapılmış olurdu. Şeytanlar çetesinin elebaşı şüphesiz ki Satan'dı. Onun hemen ardından Lucifer, Beelzebub ve Barabbas gelirdi. Bilhassa Barabbas kadınlara dadanmayı severdi. Kadınların aklını çelmek hususunda iddialı olan bir başka şeytan da, tamahkârların piri olan Asmodaeus'tu. Gerek erkekte, gerekse kadında aşırı gurur zarar vericiydi zira Leviathan böylesi durumları fırsat belleyip hemen ortaya çıkıverirdi. Belial ise Çingenelerin, kâhinlerin ve cadıların piriydi. Çingene taifesinin işlediği pek çok günahın ardında onu bulmak kabildi. Kumarbazların ve inkârcıların piri ise Auristel'di. İnsanın yüreğine düşüveren en ufak bir şüphe bile onun ortaya çıkması için kâfiydi. Son olarak, küçük hazlarla beslenen Renfas gelirdi. Yaramaz bir oğlak gibi zıplaya zıplaya dolaşıp, her gördüğü haz arayışına dadanırdı. Bu sebepten ötürü, Renfas kadınların, bilhassa da genç kızların yanından hiç ayrılmazdı.

Alonso Perez de Herrera, Beatriz'in zaman zaman Renfas tarafından yoklandığından son derece emindi. Fakat ona göre, bu genç kadını yoldan çıkartan esas şeytan Barabbas'tı. İşte bu Beatriz'in durumunu daha da vahim bir hale sokuyordu. Zira Barabbas, şeytan taifesinin içinde en sabitkadem olanıydı. Bir kez eline geçirdiği insanı, kolay kolay salmazdı. Hal böyle olunca da, Beatriz'e verilecek ceza, Barabbas'ı kovabilecek kudrette olmalıydı. Kâtibe işaret etti; kaztüyü kalem harfleri yan yana dizdi.

B-r-b-s.

Utanç

Bir insana sırrınızı verdiğinizde, özgürlüğünüzü verirsiniz.

Fernando de Rojas, *La Celestina*

"İsmin?"

"Rodrigo, efendim... Rodrigo Mendez Silva."

"Niçin burada olduğunu biliyor musun?"

"Ha... hayır efendim. Sizi te...temin ederim ki..."

"Öyle ise biz söyleyelim. Buradasın, çünkü şeytanın insanları ayartmak için başvurduğu en eski tuzağa düştün."

Rodrigo dehşet içindeydi. Tamamen aptallaşmıştı. Ellerine, ayaklarına vurulan zincirler buna mâni olmasa, koşup Alonso Perez de Herrera'nın ayaklarına kapanacaktı. Durmadan ağlıyordu. Ara sıra bir şeyler söylemeye çabalıyor ama her seferinde, kelimeler boğazında takılıp kaldığı için boğuk hıçkırıklar arasında garip garip sesler çıkarıyordu. Buraya neden getirildiğini, neyle itham edildiğini bir türlü kavrayamıyordu. Üstelik bu dördüncü sorgusuydu. Her seferinde, sorulan soruları bütün dürüstlüğüyle cevaplamış ama bir türlü Alonso Perez de Herrera'nın yüzünü yumuşatamamıştı. Artık söylenenleri bile tam olarak anlayamıyordu. Karşısındaki adam sanki bilmediği bir dilde konuşuyordu. Ara sıra tanıdık kelimeler telaffuz etse de, Rodrigo onun tam olarak ne dediğini bir türlü idrak edemiyordu. Kafası karıştıkça daha çok ağlıyor, ağladıkça daha çok bocalıyordu.

Bir ara toparlanır gibi oldu. Tüm dikkatini toplayarak dinledi. Ne var ki, Alonso Perez de Herrera'nın ona hayvanlarla ilişki kurup kurmadığını sorduğunu anlayınca daha da beter ağlamaya başladı. Bir yandan da medet umarcasına duvarlara bakıyordu.

Bir mucize eseri çatırdayıp, üzerine yıkılmasını arzu ettiği, tek bir penceresi bile olmayan duvarlara.

Bu sabah birileri gelip onu işkence odasına götürmüşlerdi. Burada ziyaretçisine evini gezdiren bir ev sahibesi içtenliğiyle, Rodrigo'ya teker teker tüm işkence aletlerini göstermişlerdi. Canını yakmamışlardı. Bu kısa ziyaret sadece gözdağı vermek amaçlıydı. Birbirinden keskin, birbirinden ışıltılı işkence aletlerinin arasında onu görmüştü; ötekiler gibi olmadığını anlatmak istercesine çekildiği kuytu köşede sessiz ama iddialı, masum ama haşarı. Basitti, sakindi; ilk bakışta, evlerin başköşelerine yerleştirilen fiyakalı koltuklara benziyordu. İşin aslı, onu öteki koltuklardan ayıran ne kenarlarından çıkan iki deri kayış, ne gövdesindeki iki demir çengel, ne de tepesine bir şapka gibi oturtulan ters dönmüş siyah sepetti. Onu benzerlerinden bu kadar farklı kılan taşıdığı isimdi. "Kurak-toprak-tok-karın". Mahkûm koltuğa kurulduğunda, bilekleri iki deri kayışla sımsıkı bağlanıp kafası sepetin içine yerleştirildiğinde ortaya çıkıyordu bu tuhaf ismin ne mânâya geldiği. Demir çengeller mahkûmun ağzının kenarlarına geçiriliyor ve böylelikle hiç kapanmayan ağızdan içeri önce sürahiler, ardından kovalar ve en nihayetinde fıçılar dolusu su boşaltılıyordu. Kurak toprak suyla çalkalanırken, tok karın şişmeye başlıyordu. Sonrası tufandı. Cûşacûş suların dört bir yanı kapladığı bir tufan.

❂

Alonso Perez de Herrera'nın dudakları sürekli açılıp kapanıyordu. Rodrigo karşısındaki adamın ne söylediğini anlamaya çalışmaktan çoktan vazgeçmiş; gözlerini devamlı kıpırdayan dudaklara dikmişti. Hayretini saklayamıyordu. Nasıl olmuş da şimdiye kadar dudakların kırmızı yahut pembe değil de yeşil olduklarını fark edememişti? Bu hakikati ondan başka bilen yok muydu acaba? Dudaklar, karanlık ve basık bir mağaranın ağzını çevreleyen yabani sarmaşıklar gibiydi. Köstebek misali toprağı kabartan, nöbetçi ağaçların etrafından sinsice dolanan, zehirli mantarları tam ortalarından yaran, çiçeklerin narin boyunlarını kıran ve uğultulu, esrarengiz ormanı yalayıp yutarak börtü böceği ve cümle mahlûkatı yuvasız bırakan sarmaşıklar... Mağarayı gözlerden uzak tutabilmek için bütünü parçalayan ve parçalardan artakalan kırıntıları çarçabuk ortadan kaldıran sarmaşıklar... Rodrigo Mendez Silva dehşetle bakıyordu etrafına. Her şey hızla siliniyordu. Engizisyoncu'nun alnı ve yanakları, çenesi ve kulakları sarmaşıkların dişleri arasında çatır çutur öğütülüyordu. Penceresiz duvarlar, kadife kaplı masa, İncil'in buyrukları, hatta kurak-toprak-tok-karın bile siliniyordu. Kâinat, geceden sabaha yanan ve şafağı görmeden sonuna varan bir mum gibi, incecik, simsiyah bir ipten ibaretti artık; üzerinden tüten dumana bakılırsa, nabzı hâlâ atıyor olmalıydı. Gidip geliyordu sarkaç. Alonso Perez de Herrera'nın yemyeşil dudakları mütemadiyen hareket ediyordu.

Aniden, soğuk bir yel esti mağaradan. Tozu toprağı birbirine kattı. Rodrigo Mendez Silva, sarmaşıkların gazabından kurtulabilmiş bir çiçek buldu parmaklarının arasında; boynunu bükmüş, aslına küsmüş ama hayatta kalmayı başarmış bir çiçek. Tanıdık bir isim duydu. Sarmaşıklar Miguel'den bahsediyordu. Mumun ipi belini doğrulturken, dudaklar yeşilden pembeye, pembeden kırmızıya dönüştü. Miguel'in ismini işitmek Rodrigo'yu bir nebze de olsa rahatlatmıştı. Çocuksu gözlerini iri iri açarak Alonso Perez de Herrera'nın Miguel'den niye söz ettiğini anlamaya çalıştı.

"Ne kadar çabuk itiraf edersen, ruhunun arınması için o kadar çok zamanın olur. Şimdi söyle, Miguel Pereira ile aranızda ne tür bir münasebet vardı?"

Rodrigo gülümsedi. Nihayet cevaplayabileceği bir soru sorulmuştu. Tam, karşısındaki adama Miguel'i anlatmaya hazırlanıyordu ki, hiç beklemediği başka bir soruyla irkildi. Dudaklarında zarif, uysal bir tebessüm... gözlerindeki dehşete, yüreğindeki çarpıntıya inat.

"Onun seni d....sini istedin. Söyle! Bunu hep istedin değil mi?"

Rodrigo dizlerinin üstüne çöktü. Ağzına dolan sümükleri yaladı. Birden, ancak boğazlanan bir hayvanın çıkartabileceği bir sesle haykırdı.

"İstedim" diye bağırdı. "Tanrı biliyor ya, bunu istedim."

Alonso Perez de Herrera gülümsedi. Nihayet duymak istediğini duymuştu. Rodrigo'ya işkence yapılmayacaktı. Bu koca cüsseli, çocuk ruhlu mahkûma yaklaşıp, şefkatle onun saçlarını okşadı. Rodrigo sakinleşmişti. Sırnaşık bir kedi gibi başını Alonso Perez de Herrera'nın ellerine sürtmeye başladı. Ara sıra boynunu arkaya atıp, derin derin iç çekiyordu.

Yeşil sarmaşıklar aralandığında hiç tereddütsüz daldı mağaraya. İçerisi karanlıktı gerçi, ama huzur buldu orada. Utanmıyordu artık. İştahla kabarıp öfkeyle kıyıya çarpan, gemileri parçalayıp sallara dokunmayan dalgaların kucağında usul usul inip çıkıyordu; bir aşağı, bir yukarı. Ölmemişti kainat; hâlâ atıyordu nabzı. Gidip geliyordu sarkaç. Bir o yana, bir bu yana.

Kara Yel

Bir gün kötü bir kara yel,
o beyaz sokağı yaladı geçti,
artık kapının önünde
değildi çocuk.

Juan R. Jimenez,
Platero ile Ben

Yakında sekiz yaşına basacaktı. Hızla boy atıyor, her geçen gün biraz daha serpilip büyüyordu. Gür, kıvırcık saçlarıyla, iri, badem gözleriyle kiliselerdeki melek tasvirlerini andıran güzel çehresini, kara, kapkara bulutlar gölgeliyordu. Korkmuştu, korkuyordu. O adamların evlerini basmalarından sonra annesini bir daha görememişti. Ve şimdi onu çok özlüyordu. Bazen yolda yürürken, herhangi bir kadını arkadan annesine benzetiyor, heyecanlanıyordu. Fakat, yaklaşıp, uzaktan seçtiği kadının yüzünü önden görmesiyle birlikte, az evvel pır pır eden kalbi korkunç bir darbeyle sarsılıyordu. İşte o zaman duru, mermer yüzü daha da gölgeleniyor; iri, badem gözleri dolu dolu oluyordu.

Casa Santa'daki adamlar ona kötü davranmamışlardı. Zaten çok geçmeden, Elena Rodriguez gelip onu oradan çıkarmıştı. Artık onunla birlikte yaşıyor, onun pişirdiği yemekleri yiyip seçtiği kıyafetleri giyiyordu; Diego'nun kıyafetlerini. Bu kıyafetlerin içinde kim olduğunu, nasıl davranması gerektiğini, kimin kanından geldiğini, nereye ait olduğunu şaşırıyordu. Kırt-kırt tatlısının içinden çıkan boncukları biriktiriyordu. Büyüdüğünde, bu boncuklardan yaptığı kolyeyi hediye edecekti sevdiğine. Fazla konuşmuyordu. Ağızdan çıkan kelimelerin geri alınamadığını öğrendiği günden bu yana mümkün olduğunca suskunluğunu bozmuyor; işittiği her yeni kelimeden, bildiği her eski kelimeden şüphe duyuyordu. Elena Rodriguez'in görüş alanından çıktığı ender anlarda, yalnızlığına gömülüp en iyi bildiği kelimenin harfleriyle oynuyordu.

K-o-r-k-u

Korkunun harflerine mor kadifeden elbiseler giydiriyor; çikolata içirip kırt-kırt tatlısı yediriyor; camdan evler, aynadan şehirler inşa ediyordu. Ve süslenip püslenen, karınlarını doyurup mekânlarına kurulan harfler ne zaman konuşmaya teşebbüs etseler, o minicik ağızlarını sımsıkı kapatıyor; damarları fırlamış incecik boyunlarını var gücüyle sıkıyor, sıkıyordu.

Balıklar

> Ve zamanın henüz erken olduğu düşüncesini kafamdan atarak bir gün o şehre yollandım.
>
> Tayfun Pirselimoğlu, *Çöl Masalları*

Şehrin kurucusu Aziz Antoni'ydi. İnsanlara söyleyemediklerini balıklara söyleyen, insanlardan işitemediklerini balıklardan işiten Aziz Antoni. Avrupa kıtasının dört bir köşesinden gelip bol çamurlu, pis kokulu sokaklarda, karanlık, basık evlerde kendilerine bir yön arayan öğrenciler, Aziz Antoni'nin balıklarından feyz almışçasına kıpır kıpırdılar Padua'nın sularında. İçlerinde açlıktan nefesleri kokanlar da vardı, yanlarında hizmetkârlarıyla dolaşanlar da; yüksekten bakanlar da vardı, alçaktan uçanlar da.

Antonio Pereira sevmişti Padua'yı. Gerçi Isabel ile küçük Andres'in yanında olmayışı canını sıkıyordu ama buraya geldiği için bir hayli memnun sayılırdı. Tek sıkıntısı henüz onlardan bir haber alamamış olmasıydı; tek arzusu da, Padua'dan öğrenebileceği her şeyi öğrenip bir an evvel memleketine, ailesine, üniversitesine kavuşmak. Ancak o zaman şu dünyada bir iz bırakmaya başlayacağına inanıyordu. Geride bir eser. Bir gün, cesetlerin kesildiği teşrih salonunda duvara saplı bir neşter dikkatini çekmişti; altın haleli, gülfâm taşlı bir neşter. Meseleyi araştırdığında, vaktiyle, Rinozzi adında çirkin mi çirkin, acayip mi acayip bir hocanın bu neşteri duvara sapladığını anlatmışlardı. Sevmişti bu hikâyeyi; tıpkı bu şehri sevdiği gibi. Rinozzi'den geriye bu neşter kalmıştı; kendinden geriye birbirinden kıymetli eserler ve takdire şayan bir isim kalsın istiyordu. Bu şevkle gece gündüz çalışıyor; okuyup yazmaktan yorgun düştüğünde, Padua sokaklarına esrar katan gölge oyunlarını seyrederek gözlerini dinlendiriyordu.

Çemberde Gerisingeri

> Demek ki bir kişiyi aynı anda deli ve suçlu olarak ilan etmek mümkün değildi.
> Michel Foucault,
> *Hapishanenin Doğuşu*

"Sen çok akıllı bir kadınsın" demişti Alonso Perez de Herrera. "Sakın bütün bunları sen tezgâhlamış olmayasın. Aklın fazlası en çok kadınlara zarar verir."

Isabel Nuñez Alvarez bu sözlerin ne anlama gelebileceğini gayet iyi biliyordu. İkinci sorgu birinciden beter olmuştu. Doğrulmak isterken tökezlemiş, tutunmaya çalıştığı bütün iplerin birer birer çürük çıkmalarını acıyla seyretmiş ve attığı her adımda ayağının altında kıpırdayan boşluğu hissedip ne denli çaresiz, ne denli kimsesiz olduğunu düşünmüştü. Dünyanın yuvarlak olduğunu söyleyenler haklıydı belki de, ama kenarları olmasa da dibi vardı. Ve dünyanın dibine doğru hızla yol alırken, pul pul kabarıp kat kat dökülmeye başlayan derisine bir yılan olmadığını hatırlatmaya çalışırken, Yaşlı'nın camgöbeği gözlerini hiç aklından çıkarmamıştı. Nihayet, en çaresiz anında dayanamayıp, Engizisyoncu'dan Yaşlı'nın âkıbetini öğrenmeye çalışmıştı.

"Neden bahsettiğini anlamıyorum" demişti Alonso Perez de Herrera. "Öyle biri gelmedi Casa Santa'ya. Sakın aklın sana oyun oynuyor olmasın."

Demek yoktu Yaşlı. Varken yok mu olmuştu, yoksa zaten yok muydu? Sadece Isabel'in gördüğü bir rüya mıydı yoksa sadece Isabel'in bildiği bir hakikat mi? Eğer Yaşlı yoksa kim döndürmüştü onu ölümden? Ateşler içinde kıvranan küçük, hasta, mutsuz bir kız çocuğunu ölüme açılan kuyudan kim çekip çıkarmıştı? Yeterince uzun muydu bakracı tutan ip, yeterince sağlam mıydı hayata olan bağlılığı? Eğer Yaşlı yoksa boynunda asılı duran kese nereden gelmişti? Hiç sevmediği güllerin kokusunu neden taşıyordu üzerinde? Eğer Yaşlı yoksa onca tereddütten sonra o eski sevgiliye verdiği beyaz taşı nereden edinmişti? Sahi, ya o ne yapıyordu şimdi, neredeydi?

Korku böceği boynunda dolaşırken, şimdi son bir şansı olduğunu hissediyordu. Giderek uysallaşıyordu böcek, giderek alışıyordu vücudunun ısısına, kokusuna. Zirveye varacaktı yakında. Vücudunu teslim, benliğini esir alacaktı böcek, eğer hemen bir şeyler yapmazsa.

Kendini keşfedebilmenin bedeli değildir delirmek,
Delirebilmenin bedelidir kendini keşfetmek
Neyi keşfedeceğini bilmediği gibi kâşif
Yaptığı keşiften memnun kalmaması da
pekâlâ mümkündür

Taşın üzerine uzanıp "çemberde gerisingeri" diye sayıkladı. Derin bir soluk aldı, gözlerini kapadı. Aklını tersten çalıştırmaya, mantığını silmeye, kişiliğini parçalamaya başladı. Tüm vücudu kasılmıştı. Çember tamamlandığında, yılan kuyruğunu yuttuğunda gözlerini açtı. Artık eskisi gibi bakmıyordu.

Üçüncü sorgu en uzunuydu.

Firar

> Düşümde, son gördüğüm sabah düşünde, ... elimde terazi vardı, dünyayı tartıyordum.
>
> Nietzsche,
> *Böyle Buyurdu Zerdüşt*

Saatlerdir, daracık sokaklarda çamurlara bata çıka, yalpalaya yalpalaya yürüyordu. Bazen dengesini yitiriyor, olanca ağırlığıyla yere kapaklanıveriyordu. Her seferinde güçlükle doğrulabiliyordu. Ara sıra, üstüne M ve P harflerinin işlendiği deri tulumu koynundan çıkartıp, ağzına sıkarak şarap içiyordu. Kan çanağı gözleri yorgunluktan kapanıyor; peltekleşen dilinden tumturaklı küfürler, okkalı beddualar dökülüyordu. Açlıktan nefesi, pislikten üstü başı kokuyordu. Yanına sığınabileceği tek bir dostu, çatısı altında hiç olmazsa bir gececik huzur içinde uyuyabileceği tek bir yuva yoktu. Ümidini tamamen kaybetmediği günlerde, tanıdıklarından yardım istemiş, başkalarından medet ummuştu. Arkadaşlarının kapılarını teker teker çalmış ama her seferinde aynı korkunç sahnenin tekrarlandığına tanık olmuştu. Yakın zamana kadar sohbetinden keyif aldığı, sofrasını paylaşıp kederini dağıttığı insanlar, onu görür görmez, bir hayaletle karşılaşmışçasına terlemeye, korkmaya, gevelemeye başlamışlardı. Açıkça söylemeseler de ima ettikleri şey her seferinde aynıydı. Ona kapılarını açamazlardı; böyle kötü, böyle kara günlerde onu evlerine almaları, suça iştirak ve suçluya yataklık etmek sayılırdı. Matemini tutmayı, yardımına koşmaya yeğleyen arkadaşlarına kızamamıştı bile. Üstelik, hâlâ Madrid'de cirit attığını Engizisyon'a ihbar edenler bile olmuştu belki de. Her şey apaçık ortadaydı. Kimi kimsesi kalmamıştı, yapayalnızdı.

Kaçıyordu. Sadece Engizisyon'un adamlarından, onu tanıyıp gammazlamakta bir an bile tereddüt etmeyecek insanlardan ya da nefesini ensesinde hissettiği bir lanet hikâyesinden değil, kendinden ve vicdanından da kaçıyordu. Yapabileceği tek şeyin, sürekli arkasını kolaçan edip gölgesinden dahi şüphelenerek kaçmak, ilânihâye kaçmak olduğuna inanıyordu. Bir bakıma, varmakla gitmek arasındaki o incecik çizgiyi genç yaşta ayırt etmiş ve her zaman, varmaktan değil de, gitmekten yana olmuştu. Ne var ki kaçmak, varmaktan da gitmekten de farklıydı. Gitmek başı sonu olmayan, menzili meçhul bir seyr-ü sefer; varmaksa güzergâhı önceden çizilmiş, hedefi malûm bir tırmanıştı. Gitmekte aslolan dere tepe taban tepip durmaksızın hareket ederek rüzgârı hissetmek; varmakta aslolansa, o tepeye ulaştıktan sonra durup rüzgârı elde etmekti. Gitmek hafızası kudretli ve inatçı olanların, varmaksa hayal gücü engin ve obur olanların işiydi. Gitmek kadere diş bileyenlerin, varmaksa kadere inanmayanların tercihiydi. Birinin kökleri geçmişte, haritası çok merkezli; ötekininse kolları gelecekte, haritası tek merkezliydi. Bu sebepten, birinde ağır basan dişilik, ötekinde erkeklikti. Kaçmaya gelince o bambaşkaydı. Kaçmak, sürekli hareket halinde olmasıyla gitmeyi ve gizliden gizliye barındırdığı bir başka, bir öte mekân arzusuyla da varmayı çağrıştırıyordu. Velhasıl kaçmak, hem gitmeye hem de varmaya, ne gitmeye ne de varmaya benziyordu. Miguel Pereira kaçıyordu. Her firarinin üzerine titreyip, avuçlarında yaşattığı o başka yere, öte mekâna bir de isim bulmuştu: aynalar şehri!

Büyük İskender'in, yüksekçe bir tepeye kurulmuş kocaman bir aynası vardı. O aynadan fersah fersah ötedeki düşmanlarını, düşmanlarının kafalarında dolanan tilkileri ve tilkilerin gözbebeklerinde yanıp sönen şeytanî emelleri bir bir görüp tespit ederdi. İskender'in aynası olacaklardan haber verir, arzın ve arşın sırlarını açık ederdi. Öte yeri buraya taşıyarak, ırağı yakın eyleyerek aşılmaz zannedilen hudutları bir kalemde silerdi. Miguel'in aynalar şehri de yakını ve uzağı, görüneni ve görünmeyeni, yerleri ve gökleri gösterecekti. Şehrin aynalarında, geçmişin geleceği nasıl baştan çıkarttığını, geleceğin nasıl tava gelip geçmişin içinde kendinden geçtiğini ve bugünün geçmişin rahminde nasıl günbegün, anbean büyüyüp şekil aldığını seyredecekti. Aynalar şehrinde, doğup büyüdüğü ve belki de bir daha asla ayak basamayacağı bu toprakları doya doya görebilecekti. Aynaların sayesinde gurbetin içindeki sılayı, sılanın içindeki kâinatı ve kâinatın içinde de kendi sûretini temaşa edebilecekti. Aynalar şehri onu hazin geçmişinden kopartmadan, yüce bir gelecek adına yargılamadan, tam da bugünde sarıp sarmalayacak, bağrına basacaktı. Aynalar şehrinde dem hep bu dem olacaktı. Orada hem ne kadar yalnız olduğunu, hem de dar-ül dünyadaki tek yalnızın o olmadığını anlayacaktı. Dünyanın bir başka parçasını gidip görmekten ziyade, gittiği yere dünyayı taşıyacaktı.

Birden, aynalar şehrine ve kendine atfettiği bütün fikirler güçlü bir yele tutulmuşçasına, kıvılcımlar saçarak dağıldı. O akşam konuştuklarını hatırlamıştı.

"Dünyayı gezip görmek isterdim" diye iç geçirmişti Rodrigo.

"Boşversene; benim için, ben neredeysem dünya oradadır" demişti Miguel yarı küstah, yarı lâkayt.

"Ah, anlıyorum; kâinatın bu kadar küçük mü olduğunu sanıyorsun?" diye çıkışmıştı Rodrigo, kendisinden beklenmeyecek bir öfkeyle.

"Hayır" demişti Miguel, "sadece, ben bu kadar büyüğüm!"

Gözlerinden yaşlar boşaldı. "Büyüklük ha? Sen kim büyüklük kim? Sen olsa olsa aşağılık herifin tekisin!" diye haykırdı. Bir yandan da kendi canını yakmak için çareler arıyordu. Tırnaklarını avuçlarına, dişlerini kollarına geçiriyor; dudaklarını ısırıp kanatıyor, o da olmayınca, kafasından tutam tutam saç yoluyor; velhasıl, garip garip hareketlerle olduğu yerde debeleniyordu. O bunları yaparken, Rodrigo'nun koca cüssesi, telaşlı halleri, çocuk gözleri karşısına dikilivermişti. Başına gelenlerden ötürü Miguel'e sitem eder gibiydi.

"Dostum!" dedi Miguel kırık dökük bir sesle. Debelenmekten vazgeçmiş, birazcık sakinleşmişti. "Biliyor musun, sen haklıydın. Sen dünyayı gezip görmeliydin. Sen... sen bunları hak etmedin."

Bir şeyler daha söylemek istedi ama beceremedi. Rodrigo, buruk bir gülümsemeyle vedalaştı. Hava soğuk, gece uzun, şafak kayıptı.

Deri tulumun içindeki şarap bitmek üzere olduğundan, kalanını idareli kullanması gerekiyordu. Birkaç yudum alıp, elinin tersiyle ağzını sildi. En kötüsü, ne aç sefil halde dolaşmak, ne de yakın arkadaşlarından sille üstüne sille yemekti. En kötüsü, beynini tırmalayan fikirlerdi. İçinden bir ses bütün bunlara sebep olduğunu söylüyordu. Sürdüğü sefahat hayatı, kırdığı kalpler, düşünmeden açtığı kilitli sandıklar, işlediği günahlar ve dillere destan vurdumduymazlığı bütün bunları hak ettiğini açıkça ortaya koyuyordu. Pisliğin teki, atalet timsali, boyunca günaha batmış biri olabilirdi. Bu felâketi hak etmiş de olabilirdi; ama neden sevdikleri içerde, kendisi dışardaydı? Neden Tanrı böylesi bir cezayı reva görmüştü? Evin basıldığı gece orda burda sürtüyor olması hiçbir şeyi açıklamıyordu. Neden o gece de, başka bir gece değil? Neden Tanrı onun yakayı sıyırmasına, baskın anında evde olmamasına müsaade etmişti?

Kılığına kıyafetine, telaşına bakılırsa mühim bir randevuya yetişmeye çalışan bir delikanlının omzuna çarpmasıyla sendeledi; dengesini tamamen yitirip yere kapaklandı. Delikanlı şöyle bir baktı yerde inleyen sarhoşa. Suratını buruşturup uzaklaştı. Miguel, başka bir zaman olsa, böylesi bir hareketi kavga sebebi addederdi. Kılıcını çekip, bu densizin suratında ince-uzun, derin-çirkin bir çizgi çizer; ona haddini bildirirdi. Oysa şimdi bunu yapmaya ne niyeti vardı ne de mecali. Değil kılıç sallamak, sövemedi bile. Düştüğü yerde öptüğü taşlara başını koyarak kalakaldı. Tekrar ağlamaya başladı. Belki de bu cinnetâver azabı çekmektense gidip teslim olmalıydı. Ya da yoldan geçen birine kim olduğunu söyleyip, hem kendi acılarını dindirmeli hem de bu yabancının bir sevap işlemesine vesile olmalıydı. Biraz önce düşmesine sebep olan delikanlı küstahlığından ötürü bu fırsatı kaçırmıştı. Fakat bir başkası rahatlıkla bulunabilirdi. Miguel Pereira, başını kaldırıp umutsuzca etrafına bakındı. Aksi gibi sokak bomboştu. Azıcık sabredip, yoldan ilk geçeni yakalamaya karar verdi. O an gelene kadar da deri tulumun dibinde kalan şarabı içmeyi sürdürdü. Hayatında hiçbir şeyi idareli kullanmamışken, şarabı idareli içmesi beklenemezdi. Nihayet beklediği an geldi. Üstelik sokağa giren kurtarıcı bir değil, ikiydi. İki genç adam aralarında şen şakrak konuşarak yaklaşıyorlardı. Miguel tüm gayretini toplayıp hafifçe doğruldu. Ayağa kalkmayı beceremese de, en azından dizlerinin üstünde durmayı başarmıştı. Elini kaldırıp, yaklaşan adamları durdurmaya, kendi kendini ispiyonlamaya hazırlandığı sırada tanıdık bir isim duydu. Adamlar akşam gittikleri tiyatro oyunundan bahsediyorlardı. Miguel'in esas dikkatini çeken şeyse, adamların kinayeli bir biçimde La Loca'nın ismini telaffuz etmeleriydi. Kurtarıcılarını durdurmak için hazırladığı sol kolu havada öylece kalakaldı. Adamlar yaklaşıp, bir kolunu kaldırmış, dizleri üstüne çökmüş, suratında garip bir ifadeyle dikilen bu sarhoşluk abidesini şöyle bir süzdükten sonra yürüyüp geçtiler. Miguel gülümsüyordu. Beklediği mucize olmuştu. Adamlar La Loca'dan söz ettiklerine göre, Lucrecia Madrid'e dönmüş olmalıydı.

O haldeyken nasıl takat buldu da onca yolu tepti bilinmez, ama çok geçmeden La Loca'nın evinin önündeydi. Sokağı kolaçan ettikten sonra, Lucrecia'nın yatak odasının penceresine taş atmaya başladı. Pencerede cam olmadığından yağlı kâğıda çarpan taşlar istediği sesi çıkartamıyordu. Miguel, bu saatte Lucrecia'nın evde yalnız olmayacağını gayet iyi biliyordu. Belki bir düzine taş atmıştı ama hiç işe yaramamıştı. Lucrecia bir sefahat âleminin yedi kat dibinde olmalıydı ki, kılı bile kıpırdamamış, belki atılan taşların birini dahi duymamıştı. Baktı olacak gibi değil, birkaç kez öksürüp boğazını temizledikten sonra, avazı çıktığı kadar bağırarak serenad yapmaya başladı. Besteyi oracıkta yapmış, sözleri oracıkta yazmıştı.

O, La Loca, canım yavrum Lucrecia,
uzaklardan geldim, al beni koynuna
almazsan beni, evini yıkarım başına...

Şarkısını icra ederken bir yandan da elleri ve ayaklarıyla tempo tutup, yeri göğü inletiyordu. Çok geçmeden, yandaki evlerin pencerelerinden öfkeli kafalar uzandı. Miguel, zevk sahibi olmadıkları anlaşılan tahammülsüz komşulara nanik yaparak daha da beter bağırmaya başladı. Komşulardan biri üzerine bir bakraç kirli su boşalttığında ise cambazâne bir sıçrayışla kenara kaçmayı başardı. Üstelik bu başarısız su harekâtı onu canlandırmaktan başka bir işe yaramamıştı. Tam yeni bir şarkıya geçmeye hazırlanıyordu ki, birden, önünde durduğu evin dış kapısı açıldı. La Loca, saçı başı darmadağın bir halde sokağa fırladı. Suratındaki kızgın ifadeye bakılırsa bu münasebetsiz âşığını yerin dibine geçirmeye hazırlanıyordu. Ne var ki, Miguel'i görmesiyle, donakalması bir oldu.

Lucrecia Madrid'e üç gün önce gelmiş, gözde âşığının ve ailesinin başına gelenleri kısa zamanda duymuştu. Şimdi, herkesin peşinde olduğu bu genç adamın gecenin bu saatinde kapısına dayanması, üstüne üstlük bir de serenad yapmaya kalkışması onu allak bullak etmiş olmalıydı ki, hiç kıpırdamadan öylece duruyordu. Neyse ki Lucrecia, aklı da vücudu gibi hızlı çalışan bir kadındı. Hemen toparlandı. Kırdığı cevizlere bir hayli aşina olmalarına rağmen nefretle onları süzen komşularına şöyle bir göz atıp, nazikçe gülümsedikten sonra, Miguel'i apar topar eve soktu. Anlaşılan zamanlaması müthişti çünkü onca yolu yürüyüp tamamen bitap düşen, takatının son damlalarını da serenad yapmaya harcayan Miguel, evin içine girer girmez külçe gibi yığılıverdi. Dışarıdan birkaç komşunun küfrü işitildi; sonra pencereler kapandı, gece eski sessizliğine büründü.

Lucrecia tam derin bir soluk almıştı ki, yatak odasından seslenen adamın sesiyle kendine geldi. Kaybedecek vakit yoktu. Kolları sıvayıp, Miguel'i ayak altından kaldırdı. Delikanlının gövdesini yerde sürüye sürüye, onu kolay kolay görülemeyeceği bir kuytuya yatırdı. O esnada eli Miguel'in gür, kıvırcık, kuzgunî siyah saçlarına takıldı. Lucrecia birkaç saniye durup, aklını başından alan, yüreğini hoplatan bu saçları okşadı. Sonra, gözlerinde biriken yaşları hızla silerek yatak odasına doğru fırladı. Orada merak içinde kıvranan ve neler olup bittiğini anlayamayıp, gürültüleri hayra yoramayan çırılçıplak âşığını buldu. Adama bir açıklama dahi yapma gereği duymadan, giysilerini eline tutuşturdu. Ardından, biraz önceki kabalığını affettirmek ister gibi, şûhmeşrep bir edayla, çok üzgün olduğunu ama derhal gitmesi gerektiğini söyledi. Hazzın doruğuna tırmanmak üzereyken, o tepeden paldır küldür yuvarlanan talihsiz adam, bu durum karşısında kızmak mı yoksa şaşırmak mı gerektiğini bilemeden, elinde elbiseleri öylece duruyordu. Lucrecia onun kararsızlığından istifade ederek, acemi âşığını yarım yamalak giydirdi ve işveli sözlerle, cilveli dokunuşlarla uğurlayıp kapının önüne koyuverdi. Sonra derin bir soluk alıp, sızıp kaldığı kuytudan Miguel'i çıkardı. Dışarda kalan adam ise, ancak kapı suratına kapandığı ve gecenin soğuğunu yediği vakit kendine gelmiş, açıkça defedildiğini kavramıştı. Var gücüyle kapıya birkaç tekme savurdu, hırsını alamayıp kafasını duvarlara vurdu. Tam taarruza geçiyordu ki, bu kadar tantanayı La Loca'nın evinden bile beklemeyen sabrı taşmış komşuların tehditkâr çıkışları daha ileri gitmesine mâni oldu. Yarı çıplak bir halde, söylene söylene gecenin karanlığında kayboldu.

Miguel titriyordu, kendinde değildi. Olduğu yerde, ana rahmindeki bir bebek gibi büzülmüştü. Zaman zaman sallana sallana bir şeyler mırıldandığına bakılırsa, biraz önce yaptığı serenadın tadına varamamış olmalıydı. Neyse ki Lucrecia, dar zamanlarda aklı müthiş hızlı çalışan bir kadındı. Önce Miguel'i saklandığı kuytudan çıkardı. Ardından, onu soyup, yatağa yatırdı. Bütün bunları yaparken nefes nefese kalmıştı. Alnında biriken terleri sildi ve ok hızıyla fırlayıp, gidip bir testi buz gibi şarap getirdi. Genç adamın her yerini, vücudunun her karesini şarapla ovduğunda, Miguel biraz olsun kendine gelmişti. Gözleri ve dudakları hafifçe aralandı. "Lucrecia, meleğim" diye inledi. Suratında aptal bir gülümsemeyle uykuya daldı. Lucrecia bütün gece gözünü kırpmadan, onun başında nöbet tuttu. Miguel'in cayır cayır yanan alnına soğuk bezler yerleştirdi, kuruyan dudaklarına ıslak öpücükler kondurdu. Bütün bunları yaparken, ateşler içinde kıvranan genç adamın kendi ismini değil de bir başka kadının ismini sayıklamasına çok bozuldu. Ara sıra, "Ben sana yapacağımı bilirim" dercesine başını sallıyor, ama ellerini şefkatle ve arzuyla Miguel'in saçlarında gezdirmekten de kendini alamıyordu.

O gece Miguel Pereira, ateşler içinde kıvranırken onun ellerini tuttu, ismini sayıkladı. Onunla yaşadıklarını silbaştan yaşadı. Bazen heyecandan bütün vücudu zangır zangır titredi. Bazen de korkunç bir çaresizlikle kıvranarak inim inim inledi. O, beline kadar dalga dalga uzanan siyah saçlarını açmış gülümsüyordu. Gözpınarlarına dolan yaşları elinin tersiyle siliyor, ağlamamak için çaba sarfediyordu. Her zaman olduğu gibi, güzelliği nefes kesiyor, insanın aklını başından alıyordu. "Isabel Nuñez Alvarez ile tanışmanı istiyorum" demişti Antonio. Merak uyandırmak için birkaç dakika susmuş, sonra eklemişti: "Evlenme teklifimi kabul etti." Sesinde bastırma gereği duymadığı bir kıvanç saklıydı. Miguel müstakbel yengesiyle tanışma günü çıkıp geldiğinde, bir türlü anlam veremediği garip bir sıkıntının pençesine düşmüştü. Ağabeyinin kendine eş olarak seçtiği kadının sıkıcı biri olacağını tahmin ediyordu. Fakat yanılmıştı. Isabel, iri siyah gözleri, sütbeyaz teni, endamı ve gülüşüyle Miguel'i daha ilk görüşte büyülemişti. O gün Miguel ona bakmamak için bakışlarını kaçırmıştı. Hayatında ilk defa bir kadından bakışlarını kaçırmıştı. Daha sonra, takip eden günler, haftalar, seneler boyu Isabel'den gözlerini kaçırmaya devam etmişti. Kimi geceler kendini tutamayıp, kapılarını dinlemiş; içerden çıt çıkmayınca ferahlamıştı. Kimi sabahlar Antonio'nun yüzünde tutkulu temasların nişânelerini aramış ama onun her zamanki gibi kitaplarından başka bir şey düşünmediğini görünce rahatlamıştı. Karı kocanın birbirlerine nasıl baktıklarına defalarca dikkat etmiş ve ikisinin de gözlerini perdeleyen durgunluğu sevinçle karşılamıştı. Demek ki sevmiyorlardı birbirlerini; belki de sadece katlanıyorlardı bu evliliğe. Demek ki sandığı kadar uzakta değildi mutluluğu, belki de sırf uzakta olduğu için onu arzuluyordu. Düşünmemeliydi. Uzak durmalı, uzaklaştırmalıydı. Fakat ne kadar uzaklık yeterince uzak olabilirdi, bunu bilemiyordu. Zaman zaman, kararını verip dizlerinde derman kalmayıncaya kadar koşuyor, sonra arkasına dönüp baktığında onun hâlâ yanı başında olduğunu görüyordu. Peşinden mi gelmişti acaba yoksa koşayım derken olduğu yerde zıplamakla mı yetinmişti? Ne kadar uzaklık yeterince uzaktı ki?

"Tek korkan sen misin sanıyorsun?"

Isabel kapının önünde duruyordu. Miguel, bir gece önce içkiyi fazlaca kaçırdığından ancak öğleden sonra uyanabilmiş, uyanır uyanmaz da evde ikisinden başka kimse olmadığını fark edip, telaşa kapılmış; kahvaltı bile etmeden dışarı çıkmak için münasip bir bahane uyduruvermişti. Fakat tam çıkıp gitmek üzereyken, Isabel kapıyla onun arasına girmiş ve o tuhaf soruyu sormuştu. Ancak o zaman Miguel gözlerini daha fazla kaçıramayacağını anlamıştı. Isabel'in dudakları yumuşacık, memeleri ufacıktı. "Buraya kadar" diye düşünmüştü Miguel. "Bu bir çıkmaz sokak." Sadece bir kez sevişmişlerdi. O günün tekrarını ikisinin de yüreği kaldırmazdı. Takip eden aylar boyunca Isabel'de pek çok değişiklik gözlemlemiş, ama eve giderek daha az uğrar olduğu için, olan bitenin çok geç farkına varmıştı. Bir akşam, yemekten sonra Antonio sevinçle kadehini kaldırmıştı. Antonio çok az içki içtiğinden, Miguel o an bir gariplik olduğunu anlamıştı. "Kadehimi, doğacak oğluma kaldırıyorum." Bir kez daha, Antonio'nun sesinde saklayamadığı bir sevinç, dizginleyemediği bir kıvanç vardı. Evliliklerinin üçüncü senesiydi. Zaten evlenmekteki esas maksadı kuşaklardır hekimlik yapan meşhur Pereira sülalesine genç bir hekim vermek istemesiydi. Erkek kardeşinden Pereira sülalesine bir hayır gelmeyeceğine içten içe inandığı ve kız kardeşi Laura'yı bu emanetler zincirinin bir halkası olarak görmediği için küçük hekimi dünyaya getirmenin kendi vazifesi olduğunu düşünmüştü. Vücudu ne kadar yorgun ve kafası ne denli karışık olursa olsun, tohumun toprağa düşmesi için en münasip günlerde hiç aksatmadan sevişmişti karısıyla. Kadınının gözlerinin içine bakıp çatlayan toprağın sesini duymayı beklemişti, sabırla. İşte seneler sonra nihayet o sabah Isabel müjdeli haberi vermiş, Antonio Pereira da dayanamayıp sofrada herkese duyurmuştu. Miguel, başını kaldırıp baktığında bu sefer gözlerini kaçıran Isabel olmuştu. Bu bir çıkmaz sokak olduğuna göre, belki de çıkmaya çabalamak mânâsızdı. Ve belki Isabel seneler evvel o soruyu sormakta haklıydı.

"Birbirimize yasak olmasak, gene de bu kadar sever miydin sevgimi?"

Isabel'in karnı büyüyüp, doğum anı yaklaştıkça, Miguel eskisinden daha çok içmeye, daha çok avarelik etmeye ve daha çok kadınla birlikte olmaya başlamıştı. Kayıp giden gecelerin sabahı hep birbirine benziyor, gün ışığında ne kendine ne de hayata tahammül edebiliyordu. Artık uyandığında gece neler yaptığını hatırlamaya çalışmıyordu. Gene kimin kalbini kırdığını, nasıl saçmalayıp kendini aptal yerine koyduğunu hatırlamaya çalışmıyordu. Her doğan gün bir öncekinden kopuk, gördüğü her rüya unutulmaya mahkûmdu. Her sabah bir boşluğa uyanıyordu. Gecelerdi her şeye rağmen güzel olan, karanlıktı ruhunu aydınlatan. Gündüzleri gözleri kamaşıyor, yüreği kararıyordu. Belki de bu sebepten sevmişti Yaşlı'yı ve bir gün olsun yadırgamamıştı Isabel'in ona olan bağlılığını. Ve gayet iyi anlamıştı Isabel'in neden doğuma bir ay kala Yaşlı'yı ısrarla yanına çağırdığını. Korkuyordu Isabel. İşlediği günahtan ötürü cezalandırılmaktan, bebeğini doğururken ölmekten korkuyor, Yaşlı'nın fırtınalı sükûnetinde huzur bulmayı ümit ediyordu.

Bebeğin doğumunu takip eden günler, haftalar boyu Miguel kundaktan uzak durmuştu. Eğilip baktığında kendini görmekten çekiniyordu. Nice sonra, kundaktaki aynayla boğuşmaktan yorgun düştüğü bir anda, olanca cesaretini toplayıp bakabilmişti ona. Ferahlamıştı. Bütün bebekler gibi bir bebekti işte; küçük, pembe ve çirkin. Belki de bütün endişeleri boşunaydı. Zira Andresillo büyüyüp serpildikçe, hemen her şeyiyle annesinin bir kopyası olup çıkmıştı. Sevmişti ufaklığı. Birlikte emekleyip daracık odalarda keşfedecek ne çok şey olduğuna birlikte şaşırmış; birlikte heceleyip kelimelerin sesine birlikte kulak kabartmışlardı. Katıksız, karşılıksız sevmeyi öğrenmişti ondan. Hiç ayrılmıyordu çocuğun yanından; hayatında ilk defa, ruhunu yargılamayan, onu, ne bir eksik ne bir fazla, tam da böyle olduğu için seven birini bulmanın tadını çıkarıyordu. Gündüzler bile güzel görünmeye başlamıştı gözüne. Ta ki o güne kadar. Oysa öylesine bir gündü o gün de; öylesine bir laftı o laf da. Muhtemelen hiçbir art niyet yoktu ortada. Öylesine söylenmişti; ağızdan çıkan kelimeler geri alınamasalar da.

"Farkında mısın, senin saçlarını almış."

Miguel donakalmıştı. Antonio'nun kötü bir niyeti yoktu. Gülümseyerek bir oğluna bir de kardeşine bakıyordu. Öylesine bir laftı ama birden Miguel'in seneler evvel duyduğu ve sonra sildiğini sandığı bütün endişeleri canlandırmıştı. Üstelik anlaşılan Isabel de aynı durumdaydı. Masumca söylenmiş o söz bir yumruk gibi masaya inmişti. O konuşmadan sonra Miguel, ne vakit içse, üçüncü kadehi Isabel'e adamaya başladı. Üçüncü kadehten sonra şarabın tadı dudaklarının tadını alır, kokusu saçlarının kokusuna dönüşüverirdi. Üçüncü kadehten sonra ismi bir mühür olup hiç çıkmamacasına yüreğine vurulurdu. "I-sa-bel!" Sayıklıyordu. Ateşi düşmek bilmiyordu. "I-sa-bel!" Lucrecia kaşlarını çatmış, ellerini beline dayamış öfkeyle ona bakıyordu.

Aradan günler, haftalar geçti. Lucrecia sabık âşığını kanatları altına aldı. Karnını doyurdu, korkularını pışpışladı. La Loca, kapısına dayanan bütün erkekleri birer birer geri çevirdi. Kimine tatlı dil döktü, kimine ağız dolusu küfretti. Bütün hayatını Miguel'e vakfetmiş gibi bir hali vardı. Gözü ondan başkasını görmüyor, yüreği ondan başkası için çarpmıyordu. Bu saadet tablosunun çok da uzun sürmeyeceğini ele veren tek şey, La Loca'nın zaman zaman buğulanan gözleriydi.

Ara sıra, Miguel'i eğlendirmek için, ona, oynadıkları tiyatro oyunundan bölümler aktarıyordu. Kafasına tüylü bir şapka takıp kıskanç bir kocayı, eline kırmızı bir gül alıp balkonlara tırmanan gözüpek bir âşığı canlandırıyor; bilhassa da, kenarları dantelli yelpazesini, kâh âşıklarına gizlice işaret vermek, kâh yasak gecelerin hayaliyle al al olan yanaklarını serinletmek, kâh mahmur bakışlarını gölgelemek için kullanan ateşîn ve genç eşi oynamayı seviyordu. Bütün maharetlerini ortaya koyup, ömründe ilk defa, gönlünü hoplatan bir erkekle yatmadan sevişmenin zevkine varıyordu. Miguel ise sadece kendisi için sahnelenen bu oyunları kahkahalarla seyredip, avuçları kızarıncaya kadar alkışlıyordu.

Haziran ayı çok çabuk geldi. Her geçen gün biraz daha sıcak, biraz daha telaşlıydı sanki. Yaklaşmakta olan auto'nun* hummalı ha-

* Auto de fé: Ateşte yakma cezası.

zırlığı sarmıştı Madrid sokaklarını. Çekiç sesleri yankılanıyordu Plaza Mayor'da. La Loca, sesleri ilk defa duyduğunda, ağlamaklı gözlerle baktı evinin penceresindeki yağlı kâğıtlara. Hafıza kılıcının kesmediği, intikam oklarının işlemediği bir zırhla çevrelemek isterdi Miguel'in etrafını; yeter ki duymasın, yeter ki unutsun.

Yeter ki... yetinmeyi öğrensin.

Neşter

Bu kadar uzak bir yere gelip, hayal kırıklığı aramaya değer miydi?

Lamartine,
Beldeler Kraliçesi

Altın bir hâleyle çevrili küçük gülfâm taş, iştahla emdiği güneş ışınlarını hoyratça geri veriyordu. Bir yandan da, sanki koca salonu aydınlatan güneş değil de, kendisiymiş gibi kasım kasım kasılıyordu. Tek üzüntüsü, teşrih dersinin çoktan sona ermiş, her sabah yüzlerce meraklı genci ve morarmış bir cesedi ağırlayan salonun tamamen boşalmış olmasıydı. Onlar gittiğinde, güzelliğini gösterebileceği, oyununu oynayabileceği, yoldan çıkartabileceği kimsecikler kalmadığından, canı sıkılıyor, gönlü daralıyordu. Neyse ki, bugün tamamen yalnız sayılmazdı. Hatta durduk yerde garip bir alakaya mazhar olduğu bile söylenebilirdi. Zira salon çoktan boşaldığı halde, kızıl-siyah sakallı bir adam ötekilerle birlikte çıkıp gitmemiş; kalıp onu seyretmeyi yeğlemişti. Salon yeniden dolana kadar bu tek seyirciyle yetinip, onun gözlerinden kendini doya doya seyretme fikri taşın keyfini yerine getirmeye yetmişti. Ara sıra, can sıkıntısını dağıtan bu vefakâr seyirciye göz kırpıp cilve yapmayı da ihmal etmiyordu. Fakat adam, cilveden anlayan, işveden hoşlanan birine pek benzemiyordu. Deminden beri gördüğü her neyse, suratındaki kaskatı ifade en ufak bir değişiklik dahi göstermiyor; hatta gözkapakları bile oynamıyordu. Öyle ki, saatlerdir aynı sabit noktaya bakmaktan yorgun düşen gözleri birer kan çanağına dönmüştü; kim bilir, belki de bu kızıl-siyah sakallı adam böyle ağlıyordu.

Antonio Pereira, Rinozzi'nin meşhur neşterinin saplı olduğu duvara, neşteri ortalayacak biçimde açtığı iki elini dayamış, kıpırdamadan duruyordu. Büyülenmişçesine neştere, neşterin üzerindeki gülfâm taşa, taşın yaydığı ışığa bakıyordu. Olanları duyar duymaz, neden ilk iş olarak neşterin yanına koştuğunu, değil bir başkasına kendine bile izah edebileceğini sanmıyordu. Dersten sonra, tanımadığı genç bir adam yanına gelip, kulağına eğilerek haberi vermişti. Suratındaki endişeli ifadeye bakılırsa, genç ulak bu haberi iletme görevinin kendisine düşmesinden hiç de hoşnut değildi. Zaten görevini tamamlar tamamlamaz, gitmek için müsaade istemişti. Antonio Pereira, felâket habercisini durdurmamış, sadece son bir soru sormuştu.

"Hepsi mi?"

Adam önce hayır dercesine başını sallamış, sonra eklemişti.

"Kardeşiniz, efendim... kardeşiniz Miguel Pereira kaçmayı başarmış."

Rinozzi'nin meşhur neşterinden gözlerini alamıyordu. Neşterin yaydığı ışık, üzerine çullanmak için fırsat kollayan endişelerden onu korumaya ant içmiş demirden bir zırh gibi sarıp sarmalamıştı bütün vücudunu. Işığın içinde damla damla eriyerek yok olabileceğini sezinliyor ve bu sezgiye karşı koymak istemiyordu. Altın hâleli gülfâm taşa gelince, o bu durumdan oldukça hoşnuttu. Aniden ortaya çıkıveren esrarengiz hayranına göz kırpıp, "Kimsin sen?" diye soruyordu. Ne var ki Antonio Pereira, ne denli füsunkâr olurlarsa olsunlar, taşlarla sohbet edip dertleşecek biri değildi. Bu sebepten, sorulan soruyu duymamazlıktan geliyordu. Gene de oradan kopamıyor, dışarı çıkıp her gün keyifle arşınladığı sokaklardan geçmek istemiyor, tanıdıklarla karşılaşmaktan çekiniyordu. Şehirdeki herkesin bu hadiseden haberdar olmasından şüpheleniyor; meraklı bakışlarla, patavatsız sorularla boğuşmamak için yerinden kıpırdamıyordu. Kulakları uğulduyor, başı dönüyor, dizleri titriyordu. Elleri duvara dayalı olduğu için sakalını çekiştiremediğinden, ağzına kadar uzanan bıyıkları ısırıp kopartmakla, sonra da tükürüp atmakla yetiniyordu. Salonda kimsecikler olmamasına rağmen, hâlâ öğrencilerin şakalaşmalarını, patırtılarını duyabiliyordu.

Bazı günler öğrencilerin çıkardığı tantana o kadar büyük olurdu ki, üniversite yönetimi, onların hocaları gelene kadar sessiz kalabilmelerini sağlayabilmek için birkaç çalgıcı tutmuştu. Ne var ki, bu sefer de, çalgıcılar yerlerini alıp çalmaya başladıklarında öğrenciler de onlara eşlik etmeyi boyunlarının borcu bildiklerinden, koca binanın taş duvarları neşeli nağmelerle inim inim inlemeye başlamıştı. Gene de bu ahenkli musiki kuru gürültüye yeğlendiğinden, çalgıcı tutma fikri işe yaramış sayılıyordu.

Antonio Pereira, kısa zamanda öğrencileriyle kaynaşmış, onların saygısını kazanmıştı. Zaten Padua, öğrencilerin fermanfermâ olduğu, onların gözüne giremeyen hocalarınsa uzun süre tutunamadıkları bir mekândı. Üniversite bin iki yüz yirmi iki senesinde, Bologna'dan gelen bir grup serkeş öğrencinin önderliğinde kurulmuştu. Bu isyankâr öğrenciler, yanlarına sevdikleri hocalarını da alarak, taleplerinin kaale alınmadığı yerde daha fazla oyalanmak yerine, bilme tutkularını, öğrenme açlıklarını doludizgin koşturabilecekleri bir mekân yaratmaya karar vermişlerdi. Kararlarını şaşılacak kadar kısa bir zaman zarfında hayata geçirmeyi başarıp, Padua'nın dönemin gözde üniversitelerinden biri olmasını sağlamışlardı. Bu halet-i ruhiye, şehre ayak basan tekmil çömezlere de hızla sirayet ederek kuşaktan kuşağa aktarılmıştı. Sonunda Padua, yaşlı kıtanın dört bir yanından akın eden öğrencilerin hâkim-i mutlak olduğu neşeli, gürültülü bir ilim irfan yuvası olup çıkmıştı. Antonio Pereira, asırlar evvel yola çıkan bir öncü kuvvetin ruhunu gururla taşıyan öğrencilerinin gözlerine baktığında, orada zaptedilmez bir öğrenme arzusunun yanıp söndüğünü görebiliyordu. Fakat aynı gözlerin hemen altında peydahlanan morumsu halkalar, öğrencilerin, öğrenmek kadar, geceleri dar sokaklarda macera arayıp felekten kâm almak hevesinde olduklarını ispat ediyordu. İşte bunu fark ettiğinde sinirleniyor, hatta zaman zaman onları tersliyordu. Kimi günler, ders bitiminde öğrencilerine kısa birer nutuk atıp, hekimlik mesleğine baş koyanların kendilerine çekidüzen vermeleri gerektiğini hatırlatıyordu. Konuşması bittiğinde, her birini teker teker süzmeden dağılmalarına müsaade etmiyordu. Onlar giderken arkalarından bakıp, kendi kendine mırıldanıyordu: "Sakın ha Miguel'e özenmeyin!"

İşte şimdi yaşanan bu korkunç olaylar ne kadar haklı olduğunu ispat etmişti. Miguel sadece kendi başını yakmakla kalmamış, tüm aileyi felâkete sürüklemişti. Üstelik herkes bunun bedelini öderken, o kaçmayı başarmış, yakayı sıyırmıştı. Kendi yarattığı felâketin bedelini başkaları öderken, acaba vicdanı azıcık da olsa sızlamış mıydı? Birden dengesini tamamen kaybetti. Düşmemek için can havliyle önüne ilk çıkan şeye tutundu. Neşterin gülfâm taşı avuçlarının arasındaydı. Ona ilk kez dokunmuştu. Şaşılacak şekilde neşter, sanki hamurdan yapılmış gibi eğilip bükülmeye hazırdı. Neşterin saplı olduğu duvarsa, adamın ağırlığını taşıyabilmek için zorlanırken hafifçe çatırdamıştı. Belki biraz uğraşsa onu oradan çıkartabilirdi. Nereden kapıldığını bilemediği bu tuhaf fikri kafasından savdı. Kendi kendine yarattığı bu esareti kırabileceğini kanıtlamak için, koşar adım dışarı çıktı.

Sandığının aksine, dışarı çıkmak, temiz havayı solumak iyi gelmişti. Üstelik yol boyunca hiçbir tanıdıkla karşılaşmadığından patavatsız suallere cevap vermek, imalı bakışları göğüslemek zorunda da kalmamıştı. Doğruca evine gidip, sakin kafayla olanları yeniden düşündü. Isabel'in ne halde, Andres'in nerede olduğunu bilememek korkunçtu. Güneş battığında, Alonso Franco de Leon'a bir mektup yazıp, hem olay hakkında daha fazla malûmat hem de yardım istemeye karar verdi. Bütün gece mektubu yazmak için uğraştı durdu. Fakat bir türlü, uygun kelimeleri bir araya getirip, meramını istediği biçimde ifade edemedi. Oysa kendini bildi bileli, kelimelerden yana hiç sıkıntı çekmemişti. Hatta kalem oynatmaktaki mahareti, pek çok meslektaşının ağır aksak katettiği yolları bir solukta alabilmesine yardımcı olmuştu. Şimdi, ömründe ilk defa kelimelerin ne kadar nankörleşebileceğini, yazmanın insana nasıl kök söktürebileceğini idrak ediyordu. İlk defa kelimelerle, çamurla oynar gibi mıncık mıncık oynayamıyor; onların, verdiği her şekle itiraz edip kendi kafalarına göre hareket etmelerine hayret ediyordu. Üstelik yazmaya çalıştığı şey, çığır açacak bir felsefe kitabı yahut tıbbi bir metin değil, alelade bir mektuptu. Bir mektup ne kadar cefa çektirebilirdi ki insana? Altı üstü her mektup selamla başlar, hatır sorarak devam eder ve iyi dileklerle, temennilerle sona ererdi. Demek ki cefayı çektiren, mektubun başı ya da sonu değil, tam da orta yeriydi. Bir arpa boyu yol, "merhaba" ile "elveda" arasında... başı sonu belli bir hikâyede, müphem bir ara...

Şafak sökmek üzereydi. Bütün gece gözünü kırpmadan uğraşarak, nihayet mektubu tamamlayabilmişti. Fakat bu sefer de yazdıkları içine sinmemişti. Neyse ki, daha fazla kıvranmasına lüzum kalmadı. Sabahın ilk ışıklarıyla birlikte bir mektup aldı. Anlaşılan Alonso Franco de Leon ondan çok önce davranmıştı.

Sevgili Pereira,

Ailenizin başına gelen elem verici hadiseleri şimdiye kadar duymuş olmalısınız. Takdir edersiniz ki, bu mektubu size yazıp yazmamak hususunda epey tereddüt ettim. Fakat şimdiye değin gösterdiğiniz başarılar, örnek şahsiyetiniz, inançlı bir Hıristiyan oluşunuz ve kadim dostluğumuz beni yazmaya teşvik etti. Son derece zor günler geçirdiğinizi tahmin edebiliyorum. Ne yazık ki, ailenizin size lâyık bir aile olmadığını kabul etmeniz gerekiyor. Engizisyon'un yaptırdığı tahkikat, ne eşinizin, ne de kardeşinizin size ve şöhretinize lâyık insanlar olduğunu açıkça ortaya koymuş bulunuyor. Size verebileceğim tek tavsiye uzunca bir müddet buraya dönmemeniz, çalışmalarınıza hız verip hayatınızın bu kara döneminin üstüne kalın bir perde çekmenizdir. Hadiseler yatıştığında memleketinize geri dönüp, buradaki çalışmalarınıza kaldığınız yerden devam edersiniz. Sizin gibi başarılı bir hekimi tekrar aramızda görmek bizlere kıvanç verir.

En içten dostluk dileklerimle
Alonso Franco de Leon

Mektubun altına kısacık bir not düşülmüştü:

Yaşananlardan dolayı son derece müteessir olan eşim de size en içten selamlarını gönderiyor.

Antonio Pereira bu mektubu alınca beyninden vurulmuşa döndü. Hamisi gözüyle baktığı asilzadeden hiçbir yardım bekleyemeyeceğini, bundan sonra hayatta yapayalnız olduğunu, her şeye sıfırdan başlaması gerektiğini anlamıştı. Bu mektupla Alonso Franco de Leon dostluklarına son noktayı nazikçe koymuş bulunuyordu. Bütün sabahı kara kara düşünerek geçirdi. Öğleden sonra üniversiteye gidip istifasını verdi. Mazaret olarak da, Venedik'te ikamet eden yakın bir dostunun sağlığının bozulduğunu, bir müddet için Padua'dan ayrılması gerektiğini söyledi. Oysa, ne Venedik'te tanıdığı birileri vardı, ne de üniversite yöneticileri bu mazereti ciddiye almışa benziyorlardı. Antonio Pereira birden durumunu son derece gülünç buldu. Karşısındaki adamlar, ailesinin başına gelenleri muhtemelen duymuşlardı. Karşılıklı, her iki taraf da bildiğini bilmezlikten gelerek, nezaketi elden bırakmıyordu.

İşin doğrusu, Venedik'te kimi kimsesi yoktu. Fakat o şehirde öyküsü kendisininkine benzeyen onlarca insanın rahatça soluk alabildiklerini duymuştu. Orada hem hekimlik yapmayı sürdürebilir, hem bir süredir bir kenara ittiği felsefe kitabıyla uğraşabilir, hem de seneler evvel anne babasının fısıldadığı sırrı gün ışığına çıkartabilirdi. Alonso Franco de Leon'un dediği gibi, ömrünün bu kara dönemine kalın bir perde çekecekti, ama onun tavsiye ettiği biçimde değil. Yaşanan felâketlerden bir ders çıkarmaya kararlıydı. Venedik'te yeni bir isim alıp, yepyeni bir hayata yelken açacaktı. Bu dünyadan çok erken ayrılan anne ve babasını düşündü. Babası, Miguel'e ve kendisine Yahudi olduklarını fısıldadığında, Laura'ya gebe olan annesi kaşlarını çatmış, endişeyle uzaklara bakıyordu. Baktığı yerde dehşetengiz bir şeyler varmışçasına gerilmişti dudakları, sararmıştı suratı. Annesini bu denli üzen şeylerden bahsettiği için babasına, ama en çok da Miguel'e kızmıştı. Zira, belki de Miguel'in yedi yaşındayken kapıldığı o buhran demleri olmasa bu sırrın açığa çıkması çok daha sonraya ertelenecekti. Hatta... hatta belki bilmeden de yaşayabilirlerdi. Fakat Miguel küçük bir çocukken de böyle sabırsız, böyle aceleciydi. Vaktin tamam olmasına müsaade etmemeye yeminli gibiydi.

"Küçükken de böyleydi, hep böyleydi" diye söylendi.

Kurcalamaktan zevk alırdı sanki; kurcalarken kanatabileceğini düşünmeden. Başkalarının hayatlarını, dilediği zaman içine dalabileceği bir rüya âlemi gibi görürdü âdeta. Ve hep aynı hataları, hep aynı kör noktalarda işlediğinden, çok geçmeden çıkış kapısını aramaya başlardı, yana yakıla, bin pişmanlıkla. Zebaniler beklerdi rüya âlemlerinin çıkış kapılarında. Kapı hakkını ödeyebilmek için yalanlar anlatırdı Miguel onlara. Kırmızı kuyruklarını havaya dikip gülümserlerdi, onları kandırmayı başarırdı galiba.

Ayrılmadan önce bu koca, taş binaya son kez dönüp baktı. Aniden, gizli bir çağrı almışçasına içeri girip, bir uyurgezerin adımlarıyla teşrih salonuna gitti. Ortada kimse yoktu. Hiç tereddütsüz, daha önce çatırdamasına sebep olduğu duvara yaklaştı ve birkaç zorlamadan sonra neşteri yuvasından çekip çıkarttı. Altın hâleli gülfâm taş şaşkın şaşkın etrafına bakınıyordu. Birden avazı çıktığı kadar bağırarak, imdat çığlıkları atmaya başladı. Binanın sonuncu basamağına vardıklarında, altın hâleli gülfâm taş bağırmaktan kısılmış bir sesle, neler olup bittiğini, nereye götürüldüğünü sormaya fırsat buldu. Fakat Antonio Pereira, ne kadar füsunkâr olurlarsa olsunlar, taşlarla konuşacak biri değildi. Rinozzi'nin meşhur neşterini avucunda sımsıkı tutarak, bol çamurlu, pis kokulu sokaklardan geçti. Sessizce Padua'ya veda etti.

Aynalı Sahneler

"Bir ayna mı?" diye cevap verdi...
"Tıpkı bir şeytan ikonudur:
Sağ kolunu bile sol kola
dönüştürür!"

Milorad Pavic, *Rus Tazısı*

Her tiyatro sahnesi büyük bir aynaydı, izleyicilere tutulmuş; ve her ayna büyük bir tiyatro sahnesiydi, hayatın göbeğinde kurulmuş. İnsanlar, geçmişin çıbanlarından artakalan çukurları paha biçilmez taşlarla kapatan, bugünün kisvesindeki yırtıkları cafcaflı unvanlarla yamayan, rüyalarındaki geleceğe baktıklarında gözleri kamaşan insanlar, tiyatro sahnelerinde aynaları görürdü; aynalarda da tiyatro sahnelerini. Aynalı sahneler olanla olmayanın, sahip olunanla sahip olunamayanın tuhaf bir karışımını ikram ederdi. Herkes kadrince tadardı bu nimeti. Kralla kraliçe koltuklarına kurulduklarında, ağır ağır açılırdı kadife perdeler; zıt yönlere savrulan iki âşıktı onlar. Hüzünle, özlemle bakarlardı birbirlerine; çaresizlikten değil, inadına ayrılırlardı sanki, meydan okurcasına, bile bile; aynalı sahnelerde olup biteni fark etmezlerdi bile. Perdelere benzemezdi insanlar. Sahnenin dekoru aydınlandığında, hanımefendilerin iri, beyaz memeleri heyecanla inip kalkar, beyefendilerin ince dudakları gıptayla kıvrılır, birbirinden cesaret alan şaşkınlık nidaları ortalığı kaplardı. Sahnenin bir tarafındaki hışırtılı, pahalı kumaşların örttüğü tahtta oturan kral ve kraliçe, sahnenin öbür tarafındaki hışırtılı, pahalı kumaşların örttüğü koltuklara kurulmuş kral ve kraliçeye bakardı. Seyirciler, aynalı sahnelerin sahneli aynaları, sahneli aynaların aynalı sahneleri anbean, katbekat çoğalttığı bu oyunun hiç olmazsa bir parçası olabilmekten memnun arkalarına yaslanır, çıt çıkarmadan seyretmeye başlardı. Madrid'de, Alcazar Sarayı'nda oynanan her tiyatro oyunu günlerce konuşulur ve ne kadar konuşulursa konuşulsun hâlâ bir muamma olarak kalırdı.

Taşardı sahne, sahnenin ötesine. Kıvranırdı kadife perdeler; billûr öfkeler birikirdi gözlerinde. Sahnedeki benzerini incelerdi kraliçe; merakla, hasetle. Aynadaki kendisi kadar azimli ve haşmetli görünmeye çalışırdı kral; bin yedi yüz hizmetkâr vardı emrine amade. Oyunlar içinde oyunlar oynanırdı; zaman, süratini ölçmeye çalışan saatlere burun kıvırarak, hep-bir-sonra'ya değil, sadece kendine akardı. Olivares, zamanın ne yapmaya çalıştığının farkındaydı, onu mazur görmekte de kararlı. En büyük arzusu, büyükbabadan toruna uzanan kurdelaya fiyakalı bir fiyonk atıp, kraliyeti o eski görkemli günlerine kavuşturmaktı. Madem ki Lerma Dükü'nün, Üçüncü Filip'e kötü rehberlik etmesi yüzünden iki kuşak arasında bir yerlerde kopmuştu kurdela, zedelenmişti tahtın bahtı, birer birer temizlemeliydi ondan artakalanları, Sandovalları. Bu amaçla getirmişti kendi adamlarını, Guzmanları, Haroları, Zuñiga'ları. Olivares, aynalı sahnelerde iktidarda kalmanın yolunun sahneli aynalardan geçtiğinin pekâlâ farkındaydı.

Sahnenin köşesinde, ortasında, önünde, arkasında dolanıyor; gözlerini bir an için bile kraldan ayırmıyordu. Uzun uzun düşünmüş, ince ince ayarlamıştı onun oynayacağı rolü. Dördüncü Filip, Rey Planeta* olacak, güneşten sonra gelen dördüncü gezegen olarak kâinatta yerini alacaktı. Gerçi genç kral, Olivares'in tavsiyelerine uymak hususunda pek hevesli görünmemişti ilk başlarda. Küçük hazları büyük amaçlara yeğlemiş; oturup çalışmak yerine vaktini av partilerinde geçirmişti. Bu zaman zarfında Olivares, inadı ve sabrı Endülüs usulü harmanlayıp, vaktin tamam olmasını beklemişti. Gene de bu gidişata son noktayı koyan, Olivares'in sessiz direnişi değil, genç kralın atlattığı ağır hastalık olmuştu. Ayağa kalktığında, hayatın nasıl da pamuk ipliğine bağlı olduğunu yakından tecrübe edenlere mahsus buruk bir hırsla bakıyordu etrafına.

* Rey Planeta: Gezegen Kral.

Hızla çalışmaya koyulmuştu. Bir yandan kitapların dilini çözmeye çalışırken, bir yandan da, müzikle ve tiyatroyla yakından ilgileniyordu. Bilhassa da resimle... Maharetli ressamları yanından, kendini resmeden tabloları da gözünün önünden ayırmıyordu. Olivares memnundu; genç kral hızla büyüyordu. Artık, yaşlı Alcazar Sarayı ona dar geliyordu.

Hızla ve hırsla inşa edilen Buen Retiro başka, bambaşkaydı. Yüksek tavanlı geniş odaları, duvarları süsleyen göz alıcı resimleri, sonu yokmuşçasına göz alabildiğine uzanan bahçeleri, suni gölü ve Calderon'un oyunlarının oynanacağı adasıyla Buen Retiro, Rey Planeta'nın ihtişamını sergilemesi için en münasip mekândı.

Olivares'e gelince, o bu ihtişama sadece askerlerin, din adamlarının yahut siyasetçilerin değil, sanatçıların da omuz vermesi gerektiği kanaatindeydi. Görünenin tasvir edilmesi, tasvir edilenin görünebilmesi için sanatçılar elzemdi. Dördüncü Filip'in himayesindeki iki yüz yirmi üç yazar, gece gündüz, bilineni bir kez daha bildirmek, hep-aynı olanı çok-farklı kılabilmek, eskiye yeni donlar biçebilmek için ter dökerdi. Hikâyelerinde, oyunlarında ve şiirlerinde hiç durmadan, hiç yılmadan, Rey Planeta'yı anlatırlardı. Bol pudralı burunları gayet iyi koku aldığından, karşılarına çıkan hiçbir fırsatı kaçırmazlardı. Kaztüyü kalemlerinden damlayan her iltifat karşılığında gani gani hediyeler, çil çil altınlar alırlardı.

Bin altı yüz otuz bir senesinde pek çoğunun aradığı fırsat ayağına gelmişti. Zira o sene, Olivares, Prens Baltasar Carlos'un ikinci doğum gününde, tıpkı eski Roma'daki gibi arena şenlikleri yapılmasına karar vermişti.

Ekimin on üçünde, Roma usulü bir fiesta yapıldı Plaza del Parque'de. Taşıyordu sahne, sahnenin ötesine.

Birbirinden aç, birbirinden yırtıcı hayvanlar arenaya doluştuklarında, mahşeri kalabalık nefesini tutmuş, bu gösteriden kimin galip çıkacağını kestirmeye çalışıyordu. Kaplanlar vahşiydi, atlar hızlı; ayılar kuvvetliydi, aslanlar hırslı. Ayakta kalmayı başaransa sadece boğaydı. Boğa, mehip kafasının üzerinde taşıdığı görünmez bir perçemden kurtulmaya çalışırcasına hınçla sallıyordu kanlı boynuzlarını. Hayran olduğu gölgesini mağrur bir edayla dolaştırırken leşlerle dolu arenada, açıkça meydan okuyordu kendisini böyle yaratan tabiata.

Kral, uzunca bir müddet onu seyretti. Sonra, ağır ağır ayağa kalktı ve çakmaklı tüfeğini ateşledi. Daha boğa yere yığılmadan, seksen dokuz şair doksan şiir yazmaya başlamıştı bile bu ölüm üzerine. Memnundu boğa onların nezdinde. Şanslı bir boğa olmalıydı ölümü Dördüncü Filip'in elinden tattığına göre. Kan ve şan vardı dizelerde; şan ve kan vardı.

Yazarlar ve şairler kelimelerle boğuşadursun, aynalı sahnelerin en gözde sanatçıları şüphesiz ki ressamlardı. Gökyüzündeki beyaz, toparlak bulutların arasından süzülen ve nereye gittiğini gayet iyi bilen ışığın, yeryüzündeki hanedanın soyağacını nasıl aydınlığa boğduğunu resmetmeye çalışıyordu Velazquez ve meslektaşları. Bu soyağacının her bir dalının, dallarındaki her bir yaprağın resimleri süslüyordu Buen Retiro'nun salonlarını.

İki resim vardı yan yana, karşı karşıya, sırt sırta; birbirini görmeden birbirini çoğaltan iki ayna. Müthiş bir benzerlik vardı Dördüncü Filip ile Baltasar Carlos'un resimleri arasında. Velazquez, her ikisini de besili, yağız atların üzerinde resmetmişti. Şaha kalkmıştı atlar, binicilerinin şanına lâyık olabilmek için. Şaha kalkmış ve havada asılı kalmışlardı. Kral ve prens, bu mucizenin yarattığı şaşkınlığın tadını çıkarmak istercesine, küstah bir edayla bakıyorlardı izleyicilerine; alabildiğine ağır ve oturaklı, soylu ve mağrur bir gülümseme, dudaklarında olmasa da gözbebeklerinde. Gencecik yaşıyla zerre kadar bağdaşmayan bir ciddiyet vardı Baltasar'ın yüzünde. Bir eliyle sımsıkı tutuyordu dizginleri, küçücük bir vücutta kocaman bir ruh taşıdığını dosta düşmana ispat etmek istercesine. Boşta kalan eli havadaydı. Boşta kalan eli her an her şeyi yapabilirdi. Ciddiyetinden şüphe etme cüretini göstereni tokatlayabilir, arkasında uzanan dağların arasında önce hangisinin fethedileceğini işaret edebilir, önünde diz çökenleri kutsayabilir, binlerce yılgın askeri peşinden sürükleyebilir, destanlarını yazanların yanaklarını ve keselerini okşayabilir yahut hanedanın soyağacında asılı olduğu dala veda edip, yalnızlığını selamlayabilirdi. Kendisi olmasa da boşta kalan eli küçük bir çocuktu daha; tokken acıkabilir, oynarken sıkılabilir, kaçan topunun peşinden koşup ait olmadığı bir resme dalabilirdi. Böyle bir şey olursa şayet, geride bıraktığı at bir ömür boyu oracıkta kalır, ilelebet onu beklerdi.

Kastilya geleneğiydi. Kralın bindiği bir ata, kendisinden başka hiç kimse binemezdi bir daha.

Her tiyatro sahnesi büyük bir aynaydı, izleyicilere tutulmuş ve her ayna büyük bir tiyatro sahnesiydi, hayatın göbeğinde kurulmuş. İnsanlar, geçmişin çıbanlarından artakalan çukurları paha biçilmez taşlarla kapatan, bugünün kisvesindeki yırtıkları cafcaflı unvanlarla yamayan, rüyalarındaki geleceğe baktıklarında gözleri kamaşan insanlar, tiyatro sahnelerinde aynaları görürdü; aynalarda da tiyatro sahnelerini. Aynalardaki sûretlere dokunmak kabil değildi. Uzanan eller, aynaların sırlarına dokunur dokunmaz hadlerini hatırlayarak gerisingeri çekilirlerdi. Sert yüzeyde kıvranan tırnakların çıkarttığı o iç gıdıklayıcı ses kalırdı geride.

Oysa sağırdı aynalar.

Sesler

İnsanların bilmeleri yetmez, gözleriyle görmeleri de gerekir.

Michel Foucault,
Hapishanenin Doğuşu

İndi çekiç-tak-sindi çivi-tak-kalktı çekiç-tak-inledi çivi-tak-uykusunda sayıkladı Lucrecia -tak-sabahın beşiydi saat-tak-gecikti şafak-tak-uyandı Miguel-tak-indi çekiç-tak-öldü çivi-tak-anladı Miguel-tak-indi çekiç-tak-vazgeçti şafak

-taktaktak-

❂

Güneş o kadar parlak, hava o kadar sıcaktı ki, Plaza Mayor'a doluşan binlerce insan, bir gölge kırıntısı bulabilmek için birbirlerini eziyordu. Açılan yelpazeler, satılan serinletici içkiler kâr etmiyordu. O hıncahınç kalabalıkta, terden sırılsıklam olmuş, yapış yapış vücutlar birbirine sürtüyor; aksi gibi, en ufak bir yel dahi esmiyordu. Balkonlarda oturan asiller için mesele yoktu. Zira günler önceden, onların oturacağı balkonlara geniş gölgelikler kurulmuştu. Kral ve kraliçe, bir taraftan onlara yaranmaya çalışan, bir taraftan da hakir gören bakışlarla kalabalığı süzen bir asiller grubuyla çevrelenmiş halde orada oturuyor; arada bir, birilerine tebessüm ediyorlardı.

Nicedir böyle büyük, böyle görkemli bir auto düzenlenmemişti. Hazırlıklar haftalar öncesinden başlamış; auto'nun yapılacağı gün çok önceden ilan edilmişti. Şehirde herkes bunu konuşuyordu. Pek çok insan bu özel gün için hazırlanmış; en şık kıyafetlerini giyerek buraya gelmişti. Cruz Verde,* meydanın ortasında rahatlıkla görülebilecek bir yere yerleştirilmişti. Bir gün evvel, akşam saat beş sularında, Colegio de Doña Maria de Arago'dan çıkan Yeşil Haç yürüyüşçüleri onu buraya getirmişlerdi. Bir tarafa kraliyetin, bir tarafa da Engizisyon'un amblemleri dikilmişti.

Şafak geciktikçe sabırsızlanan insanlar, güneşten evvel arz-ı endam eden ilk ışıklarla beraber meydana akın etmeye başladılar. İlahiler söyledi Dominikanlar. Kastilya, Aragon, İtalya, Portekiz, Flandres ve Hint adaları konseyleri yerlerini aldılar. Görkemli bir kortej eşliğinde saraylarından çıktı kral ve genç Baltasar. Plaza Mayor'a en son teşrif eden Kardinal Antonio Zapata idi. Kralın bulunduğu balkona gidip, Hıristiyanlığın düşmanlarıyla mücadeleye devam edeceğine dair ona yemin ettirdi. Herkes yerini aldığında nefesini tuttu zaman; Boteros sokağında göründü mahkûmlar. Altlarında eşekler, kafalarında corozalar,** ellerinde ince, uzun, sarı mumlar...

❂

İndi çekiç-tak-kalktı çekiç-tak
tak
tak
tak

* Cruz Verde: Yeşil Haç.

** Coroza: Kâğıttan külah.

Ateş

Ateş, ateş: Budur sapkınlığınızın mükâfatı ... Ateş gözlerinizde, ateş ağzınızda... ateş burun deliklerinizde; içerde ateş, dışarda ateş, aşağıdan ateş, yukarıdan ateş, her yerde ateş.

Leonard de Port-Maurice'in vaazlarından

Lanetlenenler sadece ateşi görecekler, sadece ateşi soluyacaklar, ateş her taraflarını kuşatacak...

Girard'ın vaazlarından

Sene bin altı yüz otuz iki, aylardan haziran, günlerden pazardı. Güneş çoktan batmıştı. Puerta de Alcala dışında yakılan ateşin çığırtkan alevleri göğü yalamaktaydı.

Alevlerin arasında, üçer adım arayla çakılmış haçlara bağlanmış üç insan ve bir de maket vardı. Ateş kümelerinden bir tanesi Rodrigo Mendez Silva için hazırlanmıştı. Son anda, altındaki çıraların tutuşturulmasına ramak kala pişmanlığını dile getirip, gözyaşları içinde af dilediği için, yakılmadan evvel boğulmayı hak eden, koca cüsseli, çocuk ruhlu Rodrigo. İkinci ateş kümesinin ortasında, Toledo yakınlarında bir çocuğa işkence etmekten suçlu bulunan Benito Garcia yanıyordu. Ne gariptir ki Rodrigo Mendez Silva, aylar evvel telaşla Miguel'e aktardığı hadisenin failiyle birlikte can veriyordu. Üçüncü ateş kümesi Beatriz Blasquez için hazırlanmıştı. Ağır ağır kıvrılıp iç içe geçmiş çemberler yaratarak, mırıl mırıl konuşup yankısız çıtırtılar çıkartarak yanıyordu saçları ve apış arası kılları.

Dördüncü ateş kümesinde bir maket yakılıyordu. Miguel'in maketiydi bu. Bir türlü yakalanamadığı ve suçu gıyabında kesinleştiği için onun yerine samandan yapılmış vücudu yakılıyordu. Maketin gözleri oyulmuştu. Ateşin kudretini yakından izlemeye gelen kalabalık coşkuluydu. İçlerinden bazıları, alevleri hızlandırabilmek için evlerinden çıralar getirmişlerdi. Ne var ki, ateşin tutuşturulması safhasında son derece heyecanlı olan bu insanlar, ortalığı kesif bir koku sardığında, lanetli bir sûrete rastlamış gibi birkaç adım gerilemek zorunda kalmışlardı. Şimdi kimseden çıt çıkmıyordu. Sadece ateşin çıtırtıları duyuluyordu.

Kalabalığın içinde, tepeden tırnağa siyahlara bürünmüş bir dilenci duruyordu. Isıra ısıra kanattığı dudaklarını ara sıra kıpırdatıp, kendi kendine bir şeyler mırıldanıyordu. Daha önce hiç işitmediği bir dilde konuşurcasına, sayfalarını hiç çevirmediği bir kitabın üzerine yemin edercesine, kulağına üflenen ismi ezberlercesine tekrar ederken aralıksız, rüzgârla savrulan küllerin üzerine kazınıyordu her bir hece: "Unutmama müsaade etme!"

Sene bin altı yüz otuz iki, aylardan haziran, günlerden pazardı. Güneş çoktan batmıştı. Orada öylece durmuş, cayır cayır yanan maketine bakmaktaydı.

Manastır

Zaman geriye devrildi. Birden, yabanıl çocukluğunun derinliklerinde buldu kendini...

Sylvie Germain, *Amber Gece*

Geceyarısına doğru, Santa Clara Manastırı'ndaki odasında huzursuz bir bekleyiş içindeydi başrahibe. Duero Nehri'nin seslerini dinliyordu yorgun bir sükûnetle. Sabah, manastırdaki tüm rahibeleri toplayarak aralarına katılacak kişi hakkında onlara malûmat vermiş ve gelen kim olursa olsun ona kucak açmalarını istemişti. Bazı rahibelerin yüz ifadelerinden, kendisiyle hemfikir olmadıklarını, ama gene de isteklerine karşı çıkmayacaklarını anlamıştı. Kaygılıydı. Aralarına katılacak olan kadının, yaşadığı onca şeyden sonra hayata nasıl bakacağını merak ediyordu. Onu düşünüyordu. Onun aracılığıyla kendini, kendi geçmişini, bir türlü itiraf edemediği günahını ve bu günahın vebaliyle daha ne kadar yaşayabileceğini düşünüyordu. Zaman zaman, eğer o korkunç günahı işlemeseydi, ailesinin sağladığı müreffeh ve süfli hayatı asla terk etmeyeceğini, orada onlarla, onlar gibi çürüyüp gideceğini söylerdi içinden bir ses. Böyle zamanlarda, utanılacak bir geçmişe, örtülecek bir lekeye sahip olmanın o kadar da kahredici olmadığını hissederdi. Eğer öyleyse, yani eğer günahsa insanı Tanrı'ya yakınlaştıran, günahkâr olup günahkâr kalmayı tercih edebilirdi. Ne zaman böyle şeyler gelse aklına, telaşa kapılıp, kendini suçlu hisseder ve nedamet getirmek için, yara berelerle dolu dizlerinin üstüne çökerdi.

Kapının vurulmasıyla irkildi. Gelen Rahibe Juana'ydı. Hemen hemen hiç konuşmayan orta yaşlı rahibe usulca kenara çekildiğinde, pencereden vuran loş ışık, arkasında dikilen kadının sütbeyaz tenini aydınlattı. Kadın, isteksiz adımlarla odaya girdiğinde, gecenin soğuğunun kokusunu taşıdı beraberinde.

"Beş sene boyunca burada, bizlerle birlikte olacaksın evladım" dedi başrahibe. "Tabii, eğer istersen bir ömür boyu da bizimle kalabilirsin. Dileğim, burada bulunuşunu bir mecburiyet olmaktan çıkarmak. Bunun için de karşılıklı birbirimize yardımcı olmamız gerekiyor."

Dikkatlice baktı başrahibeye. Tek kelime etmedi.

Havasız ve ışıksızdı rahibelerin gösterdiği oda. Göz göze geldi çocuk İsa'yla.

Pencereye yaklaşıp, Duero Nehri'ni selamladı. Cennetten bir parçayı andıran avlu/ ve onun ortasındaki susuz kuyu/ ve onun bakracındaki yaldızlı kutu/ çoktandır kayıp olduğundan/ çemberboyu/ tescilli deliliğinin/ didik didik ettiği/ ruhunu/ sundu/ ona/ O'na.

Avludaki kuyunun bakracında sakladığı kutu mahremdi, mahremiyetiydi. Kutunun içindekiler alabildiğine sıradan, alabildiğine basitti. Ordan burdan devşirilmiş, kopuk kopuk, bölük pörçük hatıralar. Mavi damarlı bir çakıl taşı –Duero Nehri'nin sularından– onlarca, yüzlerce taştan sadece biri. Bir şövalye resmi –annesinin kitaplığından– devleri dize getiren kahraman. Bir saç tokası –Antonio'nun hediyesi– neden sakladığını bilmediği. Bir saç tutamı –Andres'in ilk saç kesimi– kıvır kıvır, kuzgunî. Karalanmış sayfalar –yazılmamış bir kitaptan– başkalarının hikâyeleri. Ve bir çarşaf –sararmış, aslını şaşırmış– üzerine kendi vücudunu çizdiği.

Kutuyu bakraca, bakracı kuyuya, kuyuyu avluya emanet ederdi/eskiden. Kutudaki her bir basit eşya önemliydi/eskiden. Avludaki kuyuya bakardı penceresi/eskiden. "Kalabalık ailelerin genç kadınları ancak bir kutunun içinde yalnız kalabilirler" derdi Yaşlı/eskiden.

Çok eskidendi bütün bunlar. Kutu çoktan kırılmış, içindekiler yerlere saçılmış, inci açığa çıkmıştı.

Veda

Ne Cordoba'ya varacak yolları,
ne Sevilla'ya,
ne de hiç durmadan
denizi sayıklayan Granada'ya
Götürür uykulu atları onları
türkünün titrediği
çarmıhlar çıkmazına.
Federica Garcia Lorca

"Benimle gel!" dedi Miguel. "Yapacak tek bir işim kaldı, onu da hallettikten sonra gidelim buralardan."

Lucrecia yemek hazırlıyordu. Yemek pişirmekte, hayatın başka alanlarındaki kadar maharetli olamadığı için, her yemek hazırlama merasimi bir işkenceye dönüşüyordu. Pişirdiği yemeklerin tadı tuzu olmuyor; emeklerinin heba olduğu görünce de çileden çıkıp, ağlamaklı oluyordu. Miguel'in sorusunu duymazlıktan geldi. Fakat sonra, belki de pişirdiği yemekten tamamen ümidini kesince, sormadan da edemedi: "Yaa! Peki yolculuk nereye?"

"Aynalar şehrine" dedi Miguel. Bir yandan da ortada böyle bir şehir varmış da, onun efendisiymiş gibi kasım kasım kasılıyordu.

"Güzel isim" dedi Lucrecia elindeki kepçeyi sallayarak. "Fakat sen de biliyorsun ki bu imkânsız. Benim gibisi bir ömür boyu aynı herifle yetinemez."

"Tek herifle yetinmeni söyleyen kim? Hem gemiyle yola çıkacağız. Al sana koca bir gemi dolusu erkek."

"Katiyen olmaz" dedi Lucrecia kikirdeyerek. Yemek hazırlarken kaçan neşesi geri gelmişti. Hem ne diye üzülüyordu ki? Kimse kalkıp da ondan her konuda marifetli olmasını bekleyemezdi ki...

"Gemiyi sıradan geçirince ne olacak? Yüzsen yüzemezsin, kalsan kalamazsın. Gelemem öyle uzun yolculuklara. Alışkın değilim, sonra pas tutar benimki."

Kahkahalarla gülmeye başladı. Gülerken bütün vücudu şiddetli bir zelzeleye yakalanmış gibi sallanıyordu. Nice sonra deli kaçık kahkahaları, derin iç çekişlerine dönüştü. Aynı anda ağız dolusu gülüp, ciğerhıraş hıçkırıklarla ağlayabilecek nadir insanlardan biriydi. Miguel daha fazla dayanamadı; nicedir sıcaklığında ısınıp sularında yüzdüğü, içinde, üstünde, altında kendinden geçtiği vücuda sarılıp onunla beraber sarsıldı. Saatlerce kâh gülüp, kâh ağlayarak öylece kaldılar. Nice sonra Miguel, dudaklarını La Loca'nın dudaklarına yaklaştırıp, "Yarın yola çıkacağım" diye fısıldadı.

Hiç konuşmadılar.

Doludizgin koşan serkeş bir atın üzerinden düşmemeye çalışırcasına sevişmeye başladılar; telaşla, soluk soluğa, umutsuzca.

Umut

> Otların yeşil olması, denizin mavi olması, gökyüzünün bulutsuz olması, pekâlâ bir meseledir. Kim demiş mesele değildir diye?
>
> Sait Faik Abasıyanık

Şeyh Süleyman Sedef Efendi, öğle güneşinin en kızgın olduğu saatlerde, ikinci kattaki odasına çekilir, yalnızlığına gömülürdü. Akşam güneşi batmadan, gurubun kızıllığı saçlarına vurmadan da o odadan çıkmazdı. Bu sebepten, babasının huyunu suyunu gayet iyi bilen Haham Yakup'un öğleden sonra aniden çıkıp gelmesi Zühre'yi bir hayli şaşırtmıştı. Fakat genç kızı daha da afallatan, senelerdir dinginliğinde tanıdık bir huzur bulduğu Haham Efendi'nin gözlerinden okunan perişanlıktı. Hahamın gözlerine elem çöreklenmişti. Sanki, değil saatin kaç olduğunun, tekkeye niçin geldiğinin bile bilincinde değildi. Onun bu hali Zühre'yi öyle etkilemişti ki, ani bir kararla odadan çıktı; parmaklarının ucuna basa basa babasının kapandığı ikinci kata çıktı. Bir müddet, başını uzatabileceği bir aralık arayan kedi gibi kapıya sürtünerek orada oyalandı. Nihayet dayanamayıp kapıyı araladı, içeri süzüldü. İlk defa babasının çalıştığı saatlerde onun odasına giriyordu. Fakat hahamın gözlerindeki perişanlığı görse babasının da onu daha fazla bekletmesini istemeyeceğini düşündüğünden kendini suçlu hissetmiyordu. Ne var ki, odaya girmesiyle birlikte donakalması bir oldu. Babası odada yoktu. Kitaplar oradaydı, neyler ve tamburlar da. Şeyh Süleyman Sedef Efendi'nin iri gölgesi sedire kurulmuştu, altın yaldızlı nargilesi ve kendine has kokusu da. Fakat o yoktu. Oda, olanca kalabalıklığına rağmen bomboştu.

Koridorda geri dönerken, Haham Efendi'ye ne söyleyeceğini düşünüyordu. Pencerenin kenarında otururken buldu onu; büzülmüş, küçülmüş. Zühre'nin telaşını hiç fark etmemişe benziyordu. Endişeyle içini çekti Zühre. Neyse ki o esnada elinde gümüş bir tepsiyle içeri giren Zişan Kadın yetişti imdadına. Senelerdir tekkenin mutfağını çekip çeviren bu yaşlı kadın, kendi elleriyle yaptığı kahveyi ikram etti Haham Efendi'ye. Kendine de kahve yapmıştı; karşılıklı oturup, tek kelime etmeden dışarıyı seyretmeye koyuldular. Birbirlerinin dilini konuşuyor; fincanın dibinde kalan telveden değil, ılık ılık boğazlarından akıttıkları yudumlardan fallarına bakıyorlardı sanki. Zühre, birden kendini çaresiz ve yapayalnız hissetti.

Akşam güneşi Haham Yakup'un ağarmış sakallarında, ağırlaşan gözkapaklarında muzip oyunlar oynarken, Şeyh Süleyman Sedef Efendi kapandığı odadan çıktı.

"Rahatsız etmedim ya?" dedi Haham Yakup, mahcup ama sevinçli bir sesle.

"Ne münasebet? Bilakis, gelişiniz beni mesut etti. Fakat solgun görünüyorsunuz."

...

"Gene o mesele mi?"

Haham Yakup başıyla onayladı. Sustular. Odaya hâkim olan sıkıntılı sessizliğe teslim oldular. Zühre, mutfağına dönen Zişan Kadın'ın peşinden seğirtti. Yalnız kaldılar. Epey sonra, Şeyh Süleyman Sedef Efendi ağır ağır oturduğu yerden doğrulup, gümüş bir tas getirdi. Hahamın gözleri parladı. Şeyhin rüya tabirleri yapmayı seneler evvel bıraktığını ve şimdi yeminini kendisi için bozduğunu biliyordu. Ona minnettardı. Şeyh Süleyman Sedef Efendi nargilesinden koca bir nefes aldı. Dumanı içine çekti; içinde gezdirdi. Vücudunun her karesinde dumanı ağırlayıp, ona kendinden bir parça kattı. Sonra, incitmekten ürkercesine usul usul suyun üzerine salıverdi dumanı. Duman, suyun üzerinde kıvrıla kıvrıla yüzlerce şekil aldı, yüzlerce sûrete girdi ve yüzlerce demden haber getirdi. Haham nefesini tutmuş, saygıyla bekliyordu. Şeyh, yüzlerce sûretin içinde yolunu şaşırıp yanlışlıkla gelenleri bir bir ayıkladı. Bu iş epey sürmüş ve çokça gayret sarf ettirdiğinden yorgun düşmüştü. Nihayet geride tek bir sûret kaldı. Şeyh Süleyman Sedef Efendi gönül okşayan bir nazarla hâlâ usul usul kıvrılmakta olan dumana baktı.

"Bu genç adam umut demek onlar için" dedi kısık bir sesle.

"Ah!" diye haykırdı haham. "Fakat umut ciddi bir meseledir. Umut tehlikelidir."

Alnında boncuk boncuk biriken terleri sildi ve ekledi: "Bilhassa kendinden umudu kesenler için umut pek tehlikelidir."

Tehlike

> Satrançta ya da aşkta da olur böyle anlar; etrafı saran sis aralanır ve bir saniye önce düşünemeyeceği hükümlere varır insan.
>
> Julio Cortazar,
> *Ayakizlerinde Adımlar*

Duvarları dini resimlerle dolu geniş yemek odasından çıkmıyor, ziyaretçi kabul etmiyordu. Yalvaran gözlerle resme bakıyor, sesin konuşmasını bekliyordu. Küsmüştü ses, kızmıştı. Kendi müsaadesi olmaksızın Isabel Nuñez Alvarez'i serbest bırakmasına içerlemişti. Bunca senedir ilk defa, sesin buyruklarına uymamıştı Alonso Perez de Herrera. Ses de öfkeli bir nutuk atarak onu terk ettiğini, gidip kendine genç ve itaatkâr bir vücut bulacağını söylemişti. Yıkılmıştı bunu duyunca; ses olmadan bir hiç olduğunu biliyordu. Fakat bu hadisenin üzerinden üç gün bile geçmeden geri gelmişti ses. Dediğine göre, her şeye rağmen dönmesinin sebebi yaklaşan tehlikeden onu haberdar etmek istemesiydi. Söylediğine göre kan kokusu alıyordu; her ne olursa olsun akmaması, akıtılmaması gereken kanın kokusu.

Alonso Perez de Herrera sesin söylediklerini pürdikkat dinledikten sonra adamakıllı telaşlanmıştı. Artık mecbur kalmadıkça evinden dışarı çıkmıyor, yakından tanıdığı birkaç kişi dışında tek bir ziyaretçi bile kabul etmiyordu. Her gece aynı karabasanla boğuşuyordu. Önce bir ışık topacı döne döne yaklaşıyor, tozu toprağa katıyordu; sonra topaç şekilden şekile girerek en nihayetinde, siyahlara bürünmüş, ince, uzun bir delikanlıya dönüşüyordu. Delikanlı mütemadiyen gülümsüyordu. Zerre nefret yoktu yüzünde; hiçbir gaddarlık nişanı yoktu. Bir azizinki kadar saf ve temizdi yüzü. Gülümseyerek Alonso Perez de Herrera'nın sol elini tutuyordu. Sıcacıktı avuçlarının içi, ateş gibiydi. Sımsıkı tuttuğu parmakları, ıslak dudaklarına götürüp emiyordu. Alonso Perez de Herrera ona karşı koyamıyor, oradan kaçamıyordu. Değil kaçmak, kıpırdayamıyordu bile. Dönüyordu ışık topacı olanca kuvvetiyle. Delikanlı hâlâ gülümsüyordu; sarı-siyah kıvılcımlar çakıyordu saç buklelerinde. Dans ediyordu alevlerle. Ardından, bir adım geri çekilip karanlıkta ışıldayan kılıcını çekiyordu. Kılıçla önce kendi bileğini, sonra Alonso Perez de Herrera'nın bileklerini kesiyordu. Bir kan deryasında yüzüyorlardı beraber; çırılçıplak.

Bütün ömrünü insanları ölüm fikriyle, kendi ölümleriyle tanıştırmaya adamış olan Alonso Perez de Herrera, her gece gördüğü bu karabasanın etkisinden kurtulamıyordu. Gördüğü ölüm, yemek odasındaki resimde tasvir edilen ölümden çok farklıydı. Göz alıcı renklere tahammül edemeyen bu adam, şimdi her gece kanın rengiyle boğuşuyordu. Ölümden değil ama ölmekten, ölmekten değil ama öldürülmekten korkuyordu.

❂

İncir ağaçlarının kokusunu taşıyan bir yeldi müzik. Esiyordu efil efil. Müziğin yalımları kilisenin dört bir yanını yalıyor, mumlarını titretiyor, zeminini sarsıyordu. Geceyarısı ayininde, Los Inocentes* Kilisesi'nde, Dominikanlar ilahi söylüyordu. Loştu kilise; ve sanki boştu. Bir sesten, bir notadan ibaretti koro. Ve âdeta yoktu.

Topu topu yedi sekiz adım atacaktı Alonso Perez de Herrera. Yedi sekiz adım sonra ulaşacaktı Dominikanlara, sığınağa, doğru notaya. Ayin kısa sürecekti. Koroya ulaştığında dizlerinin üzerine çöküp dua edecek, altın kakmalı şamdandaki beyaz mumu yakacak, müziği kutsayacak ve vazifesini tamamlar tamamlamaz evine dönecekti. İşte o zaman, herkesten ve her şeyden uzak olabilmenin rahatlığıyla resmin karşısına geçip sesi dinleyecekti. Şarap içecekti kenarları yaldızlı kadehinden. Kıvrandıracaktı yılana benzeme-

* Los Inocentes: Masumlar.

yen yılanı. Yeni bir vaaza hazırlanacaktı. Korkuyu görecekti insanların yüzünde. Buğusunu silmeye lüzum görmediği bir ayna tutacaktı kendine. Topu topu yedi sekiz adım sonra, kuru bir yaprak gibi kıpırtısız yüzüyor olacaktı kimselerin dalgalandırmaya cesaret edemediği, sisli, yosunlu, ağlamaklı gölde.

Çöktü dizlerinin üzerine. Gözlerini kapadı. Tedirginliğini ele veren bir telaşla duayı tamamladı. Ayağa kalkmak üzereyken anlayamadığı bir sebepten ötürü tökezledi. Toparlanmaya çalıştığı esnada fark etti sol göğsünden akan kanı ve dehşete düşmesi gerektiğini bildiği halde nedense öylece kalakaldı. Henüz kalbine girmemişti kılıç; katili yanı başındaydı. Sonsuz bir süratle dönüyordu ışık topacı. Canı yanmaya başladı.

"Yapma" diye fısıldadı.

"Biri bunu yapmalı" dedi öteki.

"Bu sen olma" diye yalvardı.

"Ne fark eder ki" dedi öteki.

❂

Loştu kilise/ ve sanki boştu/
Bir sesten, bir notadan ibaretti koro/ ve âdeta yoktu.
Tıpkı bir yel gibi taşıyordu müzik,
incir ağaçlarının kokusunu.
Kanın mahremiyeti de incir gibi kokuyordu.

Kubbeler

"Bütün bu yolculuklar geçmişini yeniden yaşamak için mi?" diye sordu bu noktada Han. Şöyle de sorabilirdi aslında: "Bütün bu yolculuklar geleceğini yeniden bulmak için mi?"

Italo Calvino, *Görünmez Kentler*

Bunun bir rüya olmadığından emin olmak için yaralı bileğine geçirdi dişlerini. Isırdı. Dönüp tekrar baktı. Tekrar tekrar baktı. Kaybolmamıştı işte; hâlâ oradaydı. Tutamadı kendini. Kusmaktan içi dışına çıkmış yorgun ve bezgin yolculara dönüp avazı çıktığı kadar haykırdı.

"Geldik! Geldik!"

Güvertede telaşlı bir koşuşturma yaşandı. Koca gemi miskinliğinden sıyrılıp, neşeyle limandaki arkadaşlarını selamladı. Ne gemi şehire yanaştı, ne şehir gemiyi kucakladı. Sadece ve basitçe, aradan çekildi dalgalar. Gemi ve şehir birbirine kavuştu.

İskender'in aynası bir balyoz darbesiyle kırılıp oraya buraya saçılmış olmalıydı. Yüzlerce ayna vardı bu şehirde; gidenlerin hikâyelerini gelenlere anlatan yüzlerce açık ağız şehrin kubbelerinde.

Aynalar

Ve adam tırmanıyordu.
Musa'nın gözünü kamaştıran nur,
kavurdu gözbebeklerini.

Cemil Meriç

Ne zaman içim daralsa, niçin buraya geldiğimi hatırlatıyorum kendime. Bıkıp usanmadan tekrar ediyorum, kafamda hiçbir şüpheye yer kalmasın diye.

"Aynalar şehrine geldim çünkü benden evvel yazılmış bir hikâyenin içindeyim. Aynalar şehrindeyim çünkü kim olduğumun peşindeyim."

Zişan Kadın olmasaydı hastalığı atlatabilir miydim bilemiyorum. Yağmurlu bir perşembe sabahıydı. Uyandığımda başımda hafif bir ağrı, üzerimde kırgınlık vardı. Kalkınca geçer sandım. Yataktan çıkıp, evliyanın türbesine yağmurun nasıl yağdığını seyretmek üzere pencereye doğru birkaç adım attığımda, aniden başım döndü, gözlerim karardı. Bayılmışım. Kendime geldiğimde, vücudumun bana isyan ettiğini anladım. Parmaklarım oynamıyor, kollarım kıpırdamıyor, hiçbir tarafım tutmuyordu. Zişan Kadın başucumdaydı. Onu görmek beni rahatlattı; bu korkutucu şehirde ölmeyeceğime, yakında iyileşip gene eskisi gibi olabileceğime inandım. Eskisi gibi olmayı istediğimden emin olmasam da, gene de buna inanabilmek güzeldi. Uykuya dalmışım. Günler, geceler boyu uyumuşum. Zişan Kadın bu zaman zarfında hep başucumda nöbet tutmuş. Bu yaşlı kadın kaynattığı otlarla, sürdüğü merhemlerle, ettiği dualarla hayata dönmemi sağladı. Ona müteşekkirim. Onun yanında huzur doluyum. Belki de ömrüm boyunca bir kadına sığınmaya, korkularımı ona teslim etmeye alışkın olduğum için Zişan Kadın'ın varlığını hiç mi hiç yadırgamıyorum. Hatırlıyorum da ilk günler, haftalar, onunla aynı dili konuşamamak beni hiç rahatsız etmemişti çünkü konuşacak bir şeyimiz olduğunu sanmıyordum. Oysa zamanla onun kurumuş dudaklarından çıkan kelimeleri çözebilmek nasıl da önem kazandı gözümde. Nasıl da zorlandım bu dili öğrenirken. Artık söylenenleri anlayabilsem de, konuşmakta hâlâ zorluk çekiyorum. Fakat bu zaten benim yabancısı olduğum bir duygu değil. Şimdiye kadar bildiğim dillerde de hiç rahat konuşamadım ki... Şimdi hiç olmazsa bir başkasının dilini öğreniyor olmayı, yabancılığımı bahane edebiliyorum. Yabancılığımı yabaniliğime kılıf yapıyorum.

Zişan Kadın'ın dediğine göre beni nazar kakalamış. Mal de ojo' nun* ne olduğunu bilirim ama gene de bu kadının aklını nazarla bu kadar bozmuş olması garibime gidiyor. Evin her tarafı üzerliklerle, nazarlıklarla, muskalarla dolu. Bazen ona takılıyorum. Kimin nazarı değebilir ki bana; benim gibi bir adama? Zişan Kadın kaşlarını çatıyor her seferinde, benim bile bilmediğim şeyler olabileceğini söylüyor. Aslında haklı! Bana dair benim de bilmediğim şeyler var muhakkak. Zaten bu sebepten buradayım ya; eski bir hikâyeyi deşmek, deşip de irinini temizlemek, kendi hikâyemin önünü açmak değil miydi niyetim? Ne var ki, onca yolu sırf bunun için göze alıp gelmiş olmama rağmen, artık bunu yapabileceğimi sanmıyorum. Evden dışarı çıkmak bile bir kâbus benim için. Artık Hasköy'ü dolaşmak bile içimden gelmiyor. Baktığım her yerde kötü olan ne varsa onu görüyorum. Tamamen eve kapandım. Zişan Kadın da uğramasa insan yüzü göremeyeceğim. Paradan yana sıkıntım yok şimdilik, yanımda getirdiğim altınlarla ihtiyaçlarımı karşılayabiliyorum. Zaten pek bir masrafım da olmuyor. Hatta altınların bir kısmını Zişan Kadın'a verdim. O, lâzım olduğunda evin harcamaları için kullanıyor. Sadece altınları değil, kendimi de tamamen onun yaşlı, kırış kırış ellerine bırakabilirim. Alışkınım bunu yapmaya. Biri beni çekip çevirmeli; bir kadın, bir anne, bana kol kanat germeli. Öz annem olup olmaması hiç önemli değil. Önemli olan annem olmak istemesi.

Hastalandığım zaman, Zişan Kadın evin karşısındaki evliya türbesine benim için üç avuç darı serpmiş. Benim ismimi okuyup üfleyerek, evliyanın sandukasının etrafında üç kez dönerek saçmış

* Mal de Ojo: Kötü göz, nazar.

darıları. İyileşmemi evliyaya borçlu olduğumu söylüyor. Biraz daha toparlandığımda muhakkak evliyaya teşekkür ziyaretinde bulunmam gerektiğini anlatıyor sabırla.

"Müslüman olmadığımı unutuyorsun galiba" diyorum.

"Olsun" diyor bezgin bir sesle. "Ne yapalım. Hem evliya hazretleri kimsecikleri geri çevirmez."

Gülüyorum. İnançsız bir adamım ben; inançsız, köksüz, kimsesiz. Haham Yakup bile pes etmiş olmalı ki günlerdir uğramıyor buraya. Cemaate katılmayacağımı, hiçbir ipe tutanamayacağımı anlamış olmalı. Bir de Zişan Kadın kabullense artık bu hakikati... Gene de, içten içe, birinin beni düşünmesi, ismimin üflendiği darı tanelerinin bir yerlere saçılmış olması hoşuma gitmiyor da değil hani.

Hastalığı atlatıp kendime geldiğimde, dikkatimi ilk çeken etraftaki kesif koku oldu. Koku benden, alnıma yerleştirilmiş bezden geliyordu. Zişan Kadın'ın tedavi usüllerine akıl sır erdiremeğim için bana ne yaptığını sormaya lüzum görmedim. Bu yaşlı, Müslüman kadına tanıdığım bütün hekimlerden daha çok itimadım var. Hiç olmazsa onun korkularla, büyülerle, efsunlarla dolu âlemi tanıdık bir geçmişin esintilerini taşıyor. Uyanınca Zişan Kadın'a hangi günde olduğumuzu sordum. "Perşembe" dedi. Bir perşembe sabahıydı ve yağmur yağıyordu. "Demek ki hiç uyumamışım" diye düşündüm. "Bıraktığım yerdeyim." Fakat Zişan Kadın aklımdan geçenleri okumuş gibi hemen çıkışıverdi.

"Ah, evladım. Tam bir hafta ateşler içinde kıvrandın. Yüreğimi ağzıma getirdin vallahi. Kimin kimsen yok mu senin? Kimi çağıracağımı da bilemedim ki."

Belki de hep yağmur yağıyor bu şehirde ve her gün günlerden perşembe. Belki de bunu sadece ben biliyorum. Öyle olsa bile bu hakikati dışarıda, daracık sokaklarda koşturup duranlara açıklamaya hiç niyetim yok. Onları kendi telaşlarıyla, hayhuylarıyla baş başa bırakıyorum. Ve ne zaman yağmur yağsa, evliya türbesini yahut geceleri ayaklanıp kapı kapı dolaşan evliyayı değil de, oraya buraya saçılan ve her yağmur damlasıyla birlikte biraz daha toprağa gömülen darı tanelerini düşünüyorum; ismimi taşıyan darı tanelerini.

Şehir

> O zamanlar aynalar dünyasıyla insanların dünyası, şimdi olduğu gibi birbirinden kopuk değildi.
>
> Borges

Uzak ve yakın memleketlerden, kokuları kokulara, hikâyeleri hikâyelere, aşkları ayrılıklara karıştırmak üzere yola çıkan; fırtınalara, korsanlara, salgın hastalıklara, girdaplara ve daha nice badireye göğüs geren inatçı, azimli, renkli gemiler yanaşırdı şehrin kıyılarına. İçlerinden hiçbiri eli boş gelmezdi buraya. Denizin hırçın sularında bir ceviz kabuğu gibi bata çıka seyir eden en yoksul, en derbeder gemi bile bir ikramda bulunurdu muhakkak; tadımlık da olsa. Gemilerin getirdiği her şey şehrin kabulüydü. Oburdu şehir; meraklıydı. Sâkinlerinin aksine, kadere inanmazdı.

İki yakası vardı şehrin; iki yakası asla bir araya gelmezdi. Sanki biri çıkıp şebreng bir kumaşı boydan boya yırtmış, ikiye ayırmıştı da, o kocaman yırtık bir daha dikiş tutmamış, iflah olmamıştı. Neler neler yapılmamıştı ki iki yakayı kavuşturmak için... Fakat şehir inat etmiş; altın sırmalarla, pırlanta bezeli yüksüklerle, kristal iğnelerle kapısını çalanlara yüz vermemişti. Nice sonra, gözüpek bir terzi, makasını gökyüzüne uzatmış ve bir hamlede, masmavi semadan kocaman bir parça kesip onunla yamamıştı o şebreng kumaşı. İşte o vakit, şehrin iki yakası bir daha hiç kavuşmamacasına ayrı düşmüştü. İki yakanın arasına deniz girmişti. Terziye gelince, kaş yapayım derken göz çıkarttığını fark ettiği an, ince ve çalak vücudunu o şebreng kumaşın soğuk ellerine bırakıvermişti. Bir dal çıtırtısı çıkmıştı kırılan boynundan ve tek damla yaş süzülmemişti açık kalan gözlerinden.

Bir destandı şehrin hikâyesi; ve o, sadakat nedir bilmese de, aslını inkâr etmezdi. Gerçi sık sık teklerdi hafızası ama unutmak istemediklerini unutturmalarına asla müsaade etmezdi. Deliliği tuttuğunda, yumurta aklarıyla örülen surlar dahi onu zaptedemezdi. Kimi içine alacağını bilir, gözünün tuttuğuna teslim ederdi kendini. Bazen sıkılır, zeytin çekirdeğinden kurtulur gibi tükürüverirdi sakinlerini. Bazen de sımsıkı sarılırdı bulduğuna. İnce, uzun, dolambaçlı sokaklarını yüzlerce kol, binlerce kement gibi kullanarak ve nazlı nazlı akan sularından kuvvetli bir zamk yaparak, örümcek sabrıyla örerdi ağlarını. Çok geçmeden, pençelerini geçirirdi tutsağının beyaz etine. Ve o vakit, tutsak, "Ne olur sal beni!" diye yalvarırdı ağlamaklı bir ifadeyle. Şehir kahkahalarla gülerdi. Sonra aniden sessizleşir, kalbi küt küt atan tutsağın yanağını şefkatle okşayıp sıcak, ıslak bir öpücük kondurur ve "Elbette salarım" derdi fısıltıyla. Ardından, renkten renge giren gözlerini tutsağın korku dolu gözlerine dikip, tamamlardı lafını:

"Elbette gidebilirsin, ama ben istediğimde!"

Bir yerden bir yere giderken uğranılacak, yahut uzak bir akrabanın hasta ziyaretinde görülecek ya da dokunmadan sevilebilecek bir şehir değildi o. Oradaydı; varlığından kaçmayı imkânsız kılacak kadar yakında ve birlikte var olunamayacak kadar uzaktaydı. İkibaşlılığının tadını çıkarır, acısını çekerdi. Küstahtı. Hüzünlüydü. Yalnızdı. Ve sakinlerinin aksine, kadere inanmazdı. İlla da bir şeye inanması gerektiğinde, kader yerine, bu dünyadaki en güzel şehir olduğuna inanmayı tercih ederdi. Talihsiz terzinin mavi göğe makasını daldırdığı yere hudutsuz bir ayna yerleştirmişti. Bütün gün o aynaya bakıp, kurulacak sıcak bir kucak bulmuş bir kedi gibi guruldayarak kendini seyrederdi. Suratındaki en ufak değişikliği anında fark eder; şu koskoca kâinatı durmaksızın renk değiştiren gözlerinde taşıdığını iddia ederdi. Sûretinde Âdemoğullarının, Havvakızlarının türlü türlü hallerini görürdü. O türlü türlü halleri yoğurup isim yapar, tek bir vücutta bunca farklı isim taşıdığı için caka satardı. Şehr-i kıyamet veya şehr-i şirin yahut İstanbul, insana dair ne varsa sûretinde taşırdı.

Oburdu İstanbul ve pek de meraklı. Uzak ve yakın memleketlerdeki tacirler şehrin bu zaafını gayet iyi bildiklerinden, sık sık ziyaretine gelir, mallarını ortaya dökerlerdi. Mısır'dan şeker, kahve, kına, hurma ve kenevir gelirdi; bir de Nil Nehri'nin yetiştirdiği pirinç. Venedik'ten gelen gemiler cam, kâğıt, billûr ve ayna getirirdi. Venedik aynaları cariyelerin en yakın sırdaşı olur, gece gündüz yanlarından ayrılmazdı. Şehrin saraylarında, konaklarında, yalılarında ikamet eden cariyeler İran'dan gelen ipekli kumaşlara, dibalara, seraserlere bürünüp, boyunlarına mercanlar ve hürmüz incileri dizip, kulaklarına Danzik'ten gelen kehribarları yahut Haydarabad'dan, Bedehşah'tan gelen lâl taşları taktıktan sonra, Venedik aynalarında kendilerini uzun uzun temaşa ederlerdi. Ağladıkları zaman gözyaşlarını Hint diyarından gelen sırmalı örtülere ya da Çin memleketinden gelen ipek mendillere silerlerdi. Moskof memleketinden gelen alaca vaşak kürklere büründüklerinde yüzleri güler, gözleri parlardı. Koron ve Modon'dan gelen zeytinyağlarla, Boğdan'dan gelen tereyağlarla pişirilen leziz yemekler donatırdı sofralarını. Bir ömür boyu, çizilen hudutların dışına çıkmadan, "dışarı" diye adlandırılan o uçsuz bucaksız diyarın nimetlerini tadarak yaşarlardı. Kim bilir, belki de ucu bucağı vardı "dışarı"nın/tersi düzü yoktu pusulaların/bir değil birçok girişi vardı haritaların. Belki de ummanlar değildi göz alabildiğine uzanan arsız çıplaklığın yatağında, tek bir su damlasıydı. Kim bilir, belki ne "dışarısı" o kadar engin, ne de "içerisi" göründüğü kadar sığdı.

Şehir kokulara meraklıydı. Lübnan'dan gelen amber, öd, misk, asılbend ve tütsülük otları orasına burasına serpiştirir; envai çeşit kokusuna yepyeni, bambaşka kokular katabilmek için hokka burnunu bir fare gibi havaya kaldırıp iz sürerdi. Şehrin ellerinde büyüyen insanlar, onu memnun etmek için belki de, ödağacından koparttıkları nohut büyüklüğündeki parçaları kömür ateşiyle beslenen buhurdanların içine koyarlardı. Buhurdandan çıkan dumanla sıvanırdı sakallar, saçlar. Hatta bu yoğun dumanı sarıklarının içine doldururdu hızını alamayanlar. Kokular kokularla yarışırdı. Fakat şehir bir türlü tatmin olmazdı.

Venediklilere, Cenevizlilere, Fransızlara, İngilizlere, Felemenklilere ve Livornalılara ait gemiler yan yana dizilip İstanbul'u selamlardı. Hangi geminin kimlere ait olduğu, burunlarında parlayan yaldızlı kabartmalardan anlaşılırdı. Yortu günlerinde yahut Paskalya'da haçlı bayraklar çekilirdi direklere. Dalgalanırlardı nazlı nazlı Hz. İsa'nın şerefine. Top atılırdı gemilerden; dinlerdi şehir mânidar bir tebessümle. Padişah gezintiye çıktığında da atılırdı toplar. O kendi üstüne alınırdı, şehir kendi üstüne.

Şehrin kıyılarına yanaşan rengârenk gemiler, sadece parmakları mürekkep lekeli tüccarların yüzlerini güldürüp keselerini şişirecek mallar getirmekle kalmaz; bir de, ismi malûm kendi meçhul diyarların havasını soluyarak yıllanmış, yaşlanmış insanları taşırdı. Bu insanların pek çoğu koltuklarının altlarına hikâyelerini sıkıştırıp gemilerden iner ve bir anlık bir şaşkınlıktan sonra titrek adımlarla şehrin kalabalığına karışırdı. Burada onlara da yer vardı. Vardı çünkü oburdu şehir ve pek de meraklı. Yedisinde neyse yetmişinde de o olduğundan, kendini bildi bileli hep kalabalıkları ağırlamıştı; hıncahınç. Daracık, dolambaçlı sokaklarını beyaz sarıklı Türkler, pala bıyıklı Kürtler, mavi sarıklı Rumlar, yolunu şaşırmış dağlılar, sarı sarıklı Yahudiler, renk cümbüşü Çingeneler, kemerli burunlu Ermeniler, kıllarından arınmış dervişler ve Doğu'yu bir yön, pusulalarını kusursuz sanan Avrupalı gezginler arşınlardı. Yabancı, bambaşka tellerden çalan bu kadar çok insanı barındıran şehrin ne menem bir şey olduğunu kendi kendine sorarak, önü sıra uzayan sokaklarda gözden kaybolurdu.

Doymak bilmezdi şehir. Ağzına kadar dolu buğday ambarları hızla boşalsa; kesilen koyunların, danaların, tavukların, kazların, ördeklerin ve güvercinlerin etleri kemiklerine kadar sıyrılsa; devasa bal ve yağ fıçıları süratle dibini bulsa; erzak çuvallarının biri gidip biri gelse; kazan kazan hoşaf, testi testi ayran, sürahi sürahi şerbet sel gibi akıp gitse; kaymaklı, cevizli, fıstıklı, şerbetli, sütlü tatlılar yangından mal kaçırırcasına gövdeye indirilse; kahve, tütün, afyon ve esrar keyiflere keyif katsa da, o bir türlü doymazdı. Bazen o kadar çok yerdi ki, mide fesadına uğrardı. İşte o zaman kusardı şehir. Hapur hupur, tıka basa yediklerini öğüre öğüre kusardı. Şehrin kustuklarını, çöplük subaşısına mensup taife dikkatle elden geçirirdi.

Takriben beş yüz neferdiler. Ayaklarında kasıklarına kadar uzanan battal çizmeler, üzerlerinde kırmızı-siyah meşin kaftanlar, başlarında Hamit külahları, omuzlarında uzun sırıklar, ellerinde kazmalar, süpürgeler, kürekler ve zembiller... Günboyu ortalıkta dolandıkları halde, onların farkına varmazdı kimse. Varlıklarıyla yoklukları bir değildi elbette ama varlıkları yokluk gibi bir şeydi nedense. Hiç şikâyet etmeden, hiç tiksinmeden toplarlardı şehrin kusmuklarını. Deniz kenarına inip, dikkatle sudan geçirirlerdi bulduklarını. Şansları yaver gittiği takdirde, kusmukların, artıkların, pisliklerin arasından şuh bir edayla göz kırpardı birkaç akçe, hatta ışıl ışıl bir mücevher bile. Ganimetlerini karılarına teslim edip yeniden işe koyulurlardı.

İstanbul şehri hırçın bir rüzgâr, serkeş bir at gibiydi. Ara sokaklarda kaybolan ve çok geçmeden şehre söz geçiremeyeceğini anlayan yabancı, gamı kederi dağıtmak için şöyle bir meyhanelere kadar uzanırdı. Samatyakapısı, Balıkpazarı, Kumkapısı, Unkapanı, Cibalikapısı, Ayakapısı, Balatkapısı, Fenerkapısı, Hasköy, Ortaköy, Arnavutköy, Büyükdere, Kadıköyü meyhanelerinin çıngıraklı kapılarından içeriye süzülüp, solgun yanakları kıpkırmızı, baygın gözleri birer kan çanağı oluncaya kadar hababam içerdi. Galata'yı keşfederdi çok geçmeden. Şarabın ve arağın su gibi aktığı Galata meyhanelerinde ağız dolusu küfrederdi göbekli, kalantor tüccarların, baştan ayağa ipeklerle ve mücevherlerle donanmış karılarına.

Kafası dumanlı, hafızası inatçı yabancı, Galata kıyılarına yanaşan tekneleri, gemileri seyredalardı.

Ayılırdı.

Tufandan Sonra

> Nihayet nefsi onu, kardeşini öldürmeye itti ve onu öldürdü; bu yüzden de kaybedenlerden oldu.
>
> Maide sûresi, 30. ayet

Tufandan sonra Nuh, çifter çifter gemiden inen insanlara, hayvanlara, bitkilere baktı. Yorgun ama umutlu görünüyorlardı. Herkes ve her şey aşağıya indiğinde, onları selamete çıkaran gemiyi son bir kez dolaşmak istedi. Kendi elleriyle diktiği ve kırk yılda büyüttüğü çınar ağacından yaptığı üç katlı geminin güvertesinde dalgın dalgın dolaşırken, köşede tir tir titreyerek birbirlerine sarılmış bir dişi ile bir erkek gördü. Ötekilere katılıp gemiden inmeye, bilmedikleri topraklarda hayata yeniden başlamaya cesaret edemedikleri aşikârdı. Yaklaştığında bunların Mânâ ile Akıl olduklarını anladı. Onları gemiye ne zaman aldığını hatırlamıyordu. Dikkatlice baktığında, Mânâ'nın kat kat kabaran eteklerinin altında kıpırdayan bir bebek olduğunu fark etti. Henüz gözleri açılmamış bebeği kucağına aldı ve adını Felsefe koydu. Böylece Felsefe, geçmişin felâketleri ile geleceğin vaatleri arasında ve her ikisine de değmeden yüzen bir gemide dünyaya gelen ilk ve son bebek oldu.

Mumun alevi kendi yarattığı gölün içinde çırpınırken, sırtının ağrısına daha fazla dayanamayarak ayağa kalktı. Ancak o zaman ne kadar yorulduğunu, üstelik sabahtan beri ağzına tek bir lokma koymamış olduğunu fark etti. Zaten aylardır doğru dürüst beslenmediği için bir hayli zayıflamıştı. Vaktiyle bir hayli dolgun olan yanakları suyunu yitirmiş bir meyve gibi buruşup kurumuş; gözlerinin altında mora çalan halkavî çizgiler peyda olmuştu. Kaygıyla çekiştirip kopardığı kılların yerine yenileri çıkmadığından kızıl-siyah sakalları seyrekleşmişti. Umursamıyordu. Nasıl olsa artık fark etmiyordu. Gökyüzü zaten simsiyah bulutlarla kaplıydı; yağmur zaten biteviye yağmaktaydı. Taşan nehrin sularına kapılmış giderken ne yüzündeki kayıplara, ne de vücudunun şikâyetlerine ehemmiyet veriyordu. Sadece ve sadece çalışmak, çalışmak istiyordu. Yaşadığı müddetçe çalışmak; çalışamadığı takdirde ölmek istiyordu. Nicedir hiç aksatmadan, her gece, bitap düşünceye kadar çalışıyordu. Böylelikle, yatağa girdiğinde, yalnızlığını hissetmeye vakit ya da takat bulamadan uykuya dalabiliyordu. Eğer hemen uyuyamazsa, uyku ile uyanıklık arasında geçen zaman tam bir karabasana dönüşüyordu. Böyle zamanlarda soğuk soğuk terliyor, derin derin iç geçiriyor, lime lime dökülüyordu. Kasılan vücudunu gevşetebilmek için yatağın içinde dönüp dururken, kat kat örtülerle ısınmaya, peş peşe sıraladığı dualarla avunmaya çalışıyordu. Avunmaktan ziyade avutulmak istiyordu. Üşüyordu.

Antonio Pereira, sünnet olup Abraham Pereira ismini aldıktan sonra, gecesini gündüzüne katıp nicedir üstüne titrediği kitabını tamamlamaya koyulmuştu. Kitabı yazarken önce geçmişin lekelerini temizlemekle vakit kaybetmiş, sonra hiç hesapta olmayan aksaklıklarla karşılaşmış, daha sonra da kitapta bahsi geçen her konunun dallanıp budaklanarak yeni sorular doğurduğuna tanık olduğundan bir türlü son noktayı koyamamıştı. Böylelikle kitap uzadıkça uzayarak umduğundan çok daha kalın olmuştu. Gene de sonuçtan bir hayli memnundu. Bugün olmasa bile elbet bir gün bunca emeğin semeresini göreceğine inanıyordu. Venedik'teki Yahudi gettosuna geldiği günden beri bir taraftan hekimlik yapmayı sürdürmüş, bir taraftan da kitabıyla uğraşmıştı. Etrafındaki insanlarla arasındaki mesafe onu hem saygıdeğer biri yapmış hem de yalnızlığını yüzüne vurmuştu. Mutsuz olmamak için ya da mutsuzluğunu fark etmemek için durmaksızın çalışıyor; yapacak iş bulamadığında kendine yeni vazifeler icat ediyordu. Kitabıyla ya da hastalarıyla uğraşırken geçmişin bütün ağırlığının, sadece o an için bile olsa yavaş yavaş üzerinden kalktığını fark ediyordu. Artık geçmişi, geride bıraktıklarını düşünmek istemiyordu. Sadece geçmişi değil, bugünü de düşünmek istemiyordu. Geçmişi hatırlamak istemediği ve bugünü de sevmediği için bütün benliğiyle geleceğe kilitlenmişti. Geleceğe ve gelecekteki okuyucularına bırakacağı kitaplarına.

Kitabını Latince yazmayı tercih etmişti. Girişteki tanıtım yazısında hem kıymetli bir hekim, hem de kudretli bir filozof olarak tanıtılmıştı. Gelecek kuşakların ondan öğrenecek çok şeyleri olduğu da yazıya ilave edilmişti. Kitabın kapağının gösterişli ve dikkat çekici olması için birkaç taslak çıkartmış; her seferinde, isminin çerçevenin neresine denk düşeceğini uzun uzun hesap etmişti. Epey uğraştıktan sonra gettoda yaşayan bir ressama tam istediği gibi bir kapak resmi hazırlatmayı başarmıştı. Resmin tam ortasında, Nuh'un çınar ağacından yapılmış gemisi kocaman bir dağın doruklarına tırmanıyordu. Aşağıda, dağın eteklerinde, içinde iri balıkların yüzdüğü dalga dalga kabaran sular vardı. Geminin sağ ve sol tarafında duran, uzun saçlı, uzun boylu iki genç kadının yüzleri birbirlerine dönüktü. Biri güneşi, öteki de ayı tutuyordu. Kadınların uzun saçları resmin sol köşesinden giren, kaynağı meçhul bir rüzgârla dalgalanıyordu. Geminin güvertesinde, Nuh'un bir adım arkasında, ilk bakışta dikkati çekmeyen ama yakından bakıldığında yaldızlarla ve yıldızlarla süslendiği anlaşılan bir zayiçe duruyordu.

Venedik'te dilediği çalışma ortamını bulabilmiş olsa da, kitabını burada değil Amsterdam'da bastırmak niyetindeydi. Oradaki Yahudi matbaalarıyla temasa geçmiş ve umduğundan daha sıcak karşılanmıştı. Şimdi tek ihtiyacı kitaba bir başlık koymaktı. Bir başlık ne kadar zorlayabilirdi ki insanı? Tam sekiz yüz seksen sekiz sayfa yazıp da iki üç kelimeden mürekkep bir başlığı koyamıyor olmak onu şaşırtıyordu. Sekiz yüz seksen sekiz sayısına da kafası takılıyordu bazen. Neden sekiz yüz seksen yedi yahut sekiz yüz seksen dokuz değil de sekiz yüz seksen sekiz? Fakat böylesine acayip sorularla boğuşmak, olsa olsa Miguel gibilerin işi olduğundan, fazla kurcalamıyordu.

Hâlâ adını koyamadığı kitap üç ana bölüme ayrılmaktaydı. Birinci kısımda, felsefe bebeğin Nuh'un gemisinden indikten sonra nasıl gelişip serpildiği anlatılıyordu. Ne Akıl iyi bir baba, ne de Mânâ iyi bir anne olmayı başarabildiklerinden, Felsefe tek başına büyümüştü. Çok yalnızdı ama henüz bunu bilmiyordu. Sorduğu soruları cevaplayacak kimse olmadığından, öteki çocuklar gibi cevabını aldığı soruları hızla unutup yeni sorulara yönelemiyordu. Velhasıl, Felsefe en basit sorularla bile başedemiyordu, yaşıtlarının aksine.

Abraham Pereira'ya göre, Felsefe yedi yaşına bastığında İbraniler tarafından bulunmuş ve evlat edinilmişti. Bu sûretle Felsefe'yi yalnızlığından çekip çıkaran ve hâlâ sormakta olduğu basit sorulara cevap arayan, sanıldığı gibi Mısırlılar yahut Yunanlılar değil İbraniler olmuştu. Felsefe büyürken, evvela İbrahim, daha sonra da Yusuf, Mısırlılara matematiği öğretmişti. Mısırlıların ellerindeki külliyat da zamanla Yunanlılara geçmişti. Ne var ki, Thales, Sokrates, Pitagoras, Plato, hatta Aristoteles de dahil olmak üzere bütün Yunanlı filozoflar, kitabî rehberlikten yoksun oldukları için mevcut hataları ısrarla tekrarlamaktan kurtulamamışlardı. Bıraktıkları miras ışıltıdan yoksun sahte bir elmastı. Abraham Pereira, vaktiyle İspanyol üniversitelerinde öve öve göklere çıkardığı Aristoteles'i şimdi acımasızca yermekte ve onu Felsefe bebeğin vücuduna musallat olan habis bir ur gibi görmekteydi.

Abraham Pereira, kitabın ikinci kısmında şeylerin düzenini inceliyordu. Burada, şimdiye değin pek çok düşünürün sadece dört ana unsura baktıklarını, bu dört ana unsuru meydana getiren ve asla parçalanmayan, bölünmeyen atomları görmezlikten geldiklerini anlatıyordu. Atomları bu şekilde yaratan ve onların dört ana unsuru vücuda getirmesini sağlayan şüphesiz ki Tanrı'ydı. Atomlar Tanrı tarafından da yaratılmış olduklarına göre ne ezeli ne de ebedi olabilirdi. Gene bu sebepten ötürü, onların vücuda getirdiği su, ateş, toprak ve hava da ebedi veya ezeli olamazdı. Demek ki, hepsinin, her şeyin bir başlangıcı ve bir de sonu vardı.

Dört ana unsuru tartışırken, neden ateşe ötekilerden daha fazla yer ayırdığını bilmiyordu. Semender'in hikâyesine takılmıştı aklı. Semender içine atıldığı ateşte bir müddet yanmadan durabilirdi çünkü kendi vücudunun nemiyle en yakındaki alevleri söndürmeyi başarabilirdi. Ne var ki, vücudunun nemi tükendiğinde, sönen alevlerin canlanması ve ateşin her yanı kaplaması kaçınılmazdı. O vakit Semender ölmeye mahkûmdu. Demek ki, Semender, vücudunun nemi tükenmeden ateşten çıkartılırsa bir kahraman, nemi tükendikten sonra ateşten çıkartılırsa bir kül yığını olacaktı. Demek ki, aslolan zamanlamaydı, zamandı. İnsanlar, zamana değil de ana baktıkları için, Semender'in ateşi altedebileceğini sanıp boş hayallere kapılıyorlardı. An kopukluktu, zaman süreklilik. Zaman nizamdı, an düzensizlik. Akıl zamanın ellerinde yeşerirdi, sezgiyse anın. Şeytan anın efendisiydi, Tanrı'ysa zamanın.

Kitabın üçüncü ve son kısmını ruhun ölümsüzlüğünü ve Yaradan'ın yüceliğini açıklamaya ayırmıştı. Burada ruhun ölümsüzlüğüne inanmayanların dünyaya saçtıkları nifak ve kötülük tohumlarını anlatıyordu.

Ruhun ölümsüzlüğünü görmek istemeyenlerin başında şüphesiz ki, kardeş katili Kabil gelir. Kardeşi Habil'i öldürmeden önce onunla uzun uzun bu konuyu tartıştı. İçten içe Habil'in söylediklerinin ne kadar doğru olduğunu hissediyor ama ona hak vermeyi kendine yediremiyordu. İkna olmaktan korktuğu için kulaklarını tıkadı. O zaman kendi ruhunun uğultusunu duydu. Korktu. Korktuğu için korkutmaya karar verdi. Hiç tereddüt etmeden kardeşini öldürdü ve sonra eline bulaşan kanı toprakla yıkamaya çalıştı. Fakat toprak onu reddetti. Yürüdü; yeni topraklar buldu ama her seferinde reddedildi. Nereye giderse gitsin toprağın onu kabul etmeyeceğini anladığında, taşlardan bir mekân yaratmaya karar verdi. Böylelikle yeryüzündeki ilk şehir onun eseri olacak, onun ellerinde şekil alacaktı. Kendi şehrini yaratmak üzere uzaklara, çok uzaklara doğru yola çıktı. Bastığı topraklarda çiçekler soldu, otlar tutuştu, çeşmeler kurudu. Gözlerinin değdiği köprüler çöktü, ağaçlar çürüdü, ceylanlar öldü. Geçtiği yollara felâket tohumlara saça saça, en az kendisi kadar hırsla, tutkuyla ve öfkeyle yoğrulmuş bir mekân kurabilmek için günler geceler, aylar mevsimler boyu yürüdü, yürüdü, yürüdü. Nihayet bir gün uçsuz bucaksız çölün ortasında parıldayan simsiyah, kocaman bir taş buldu. İlk şehri oracıkta, o taşla inşa etti. Sonra alnından akan terleri silip, gururla gülümsedi. Eserine "ş-h-r" ismini verdi.

Uzadıkça uzamıştı kitap. Sayfalar sayfaları doğurmuştu. Fakat bir an için bile olsa korkmamıştı bu gidişattan. Yaratılan her şeyin bir başlangıcı, başlangıcı olan her şeyin de muhakkak bir sonu olduğuna inanıyordu. Ve henüz ismini koyamadığı kitabın sonunda şöyle yazıyordu:

Tıpkı Sarah gibi Rebeka da kısırdı. Sonunda duaları kabul oldu. Rebeka bir yerine iki oğlana hamile kaldı. Edom ve Yakup daha annelerinin rahmindeyken çatışmaya başladılar. İlk çatışmayı Edom kazandı çünkü önce o doğdu. Fakat sonunda babasının hayırduasını alan ve galip gelen Yakup oldu.

Yatağa girmeden evvel mumu söndürmeye lüzum görmedi. Nasıl olsa, çok geçmeden, onun kendi ateşini boğacağından emindi. Erken kalkıp çalışmaya devam etmeliydi. Sadece ve sadece çalışmak, çalışmak istiyordu. Yaşadığı müddetçe çalışmak; çalışamadığı takdirde ölmek istiyordu.

Ateşin içinde nem/ bir atımlık barut, kül-kahraman
Zamanın içinde dem/ bir sıkımlık canı, efendisi şeytan

Yabancı

Yabancının, hele bir şeylerden kaçmışının, büyülü bir parçalanmışlığı var.

Bilge Karasu, *Narla İncire Gazel*

Miguel Pereira, sakinlerinin aksine kadere inanmayan şehre ayak bastığında, Osmanlı İmparatorluğu'nun, isminden, gölgesinden ve ayak seslerinden en çok korkulan padişahı Dördüncü Murad hâlâ tahttaydı. Ne var ki, Sultan Murad hastaydı. Vücuduna musallat olan hastalığın ilk hedefi, vaktiyle şehrin sokaklarını çınlatan ayak seslerinin yankısını boğmak olmuştu. Padişah, ayak seslerinin yankısını yitirdiğinde nicedir kendi ayak izlerine basarak yürüdüğünü, daracık bir çemberin kıyısında, köşesinde, içinde, ortasında dönüp durduğunu dehşetle fark etmiş ve bu hakikatle daha fazla yüzleşmemek için olduğu yerde durmak zorunda kalmıştı. Melûn hastalığın ikinci kademesinde, padişahın gölgesi rahatsızlanmıştı. Vaktiyle sarayın koridorlarında, dar sokaklardaki hanelerin günbatımını yudumlayan pencerelerinde, kendinden şüphe eden insanların yüzlerine tuttukları aynalarda dolaşan, dolaştıkça uzayan, uzadıkça kararan gölgesi aniden ikiye bölünmüştü. Bölünen gölgelerden biri kendi içine, öteki kendi dışına doğru kıvrılmaya başlamıştı. Her iki gölgenin arasındaki mesafe arttıkça padişah acı içinde kıvranır olmuştu. En nihayetinde gölgeler birbirlerinden tamamen ayrıldıklarında, Sultan Murad can havliyle ikisini de eteklerinden yakalamış ve sonra, her iki elinde birer parça gölgeyle gidenlerin arkalarından bakakalmıştı. Elinde kalan gölgeler o kadar küçüktü ki, onları bir enfiye kutusunda saklıyordu. Ara sıra enfiye kutusunu azıcık aralayıp, bir vakitler etrafa korku salan gölgesinden artakalan iki küçük parçayı seyrediyor; onları da yitirmekten korktuğu için taşlarla bezeli küçük gümüş kapağı telaşla kapatıyordu. Şimdi, hastalığın üçüncü ve son kademesine geldiğinden isminin harf harf dağıldığına, nokta nokta eridiğine tanık oluyordu. Meyhaneleri, kahvehaneleri kapatıp yerle bir ettiren, tiryakilerin yüreklerine korku salan, şarabın damlasını, tütünün dumanını hem günah hem de kendi iktidarına karşı isyan addeden padişah, yankısını özleyen ayak sesleri, parçalara ayrılan gölgesi ve damla damla eriyen ismiyle adım adım ölüme yaklaşmaktaydı. Sene bin altı yüz otuz dokuz, mevsim sonbahardı.

Sultan Murad, tahta çıktığında on bir yaşında bir çocuktu daha. Sünnetinden beş gün evvel, Eyüb Sultan Türbesi'ne götürülerek, hem Hazreti Muhammed'in hem de Yavuz Sultan Selim'in kılıçlarını kuşanmıştı. Kılıçların ışıltısı gözlerini kamaştırmıştı. O bir çocuk padişahtı. Seneler boyu memalik-i Osmaniyye'nin başında kimin olduğunu, değil başkalarına kendine bile gösterememenin acısıyla kıvranıp durmuş, olan biteni seyretmekten başka bir şey yapamamıştı. Bu zaman zarfında, evvela Bayrampaşa vebası denilen salgın, ardından peş peşe patlak veren isyanlar, hem isyancıların hem de onların düşmanlarının idamları, sipahilerin, yeniçerilerin, cebecilerin taşkınlıklarıyla sarsılmıştı koca imparatorluk. Bağdad şehri bir türlü geri alınamamıştı. Bağdad, Sultan Murad'ın içinde bir ukte olarak kalmıştı.

"Halife El-Mansur, Bağdad şehrini kurmadan evvel yere kocaman bir çember çizmiş..."

Bin altı yüz otuz iki senesinde Sultan Murad has adamlarına danışıp bu kötü gidişata bir son vermek için çareler aramaya başladı. Aldığı tavsiyeleri dikkatle dinleyip yüreğini didik didik ettikten sonra, solgun hilalli bir gece kararını hempalarına açıkladı. Aklından geçenleri yapabilmesi için onların yardımına ihtiyacı vardı. Dalkavuklar, padişahın senelerdir dilediğince yankılanamamaktan şikâyet eden ayaksesleriyle, gönlünce salınamamaktan mustarip gölgesiyle ve hâlâ kendini arıyan ismiyle bir olup, verilen kararı sevinçle ve coşkuyla karşıladılar.

"Adaleti sağlayabilmek için, şehrini çemberden yapmayı arzulamış..."

Bin altı yüz otuz iki senesi zorlu bir seneydi. O sene şubat ayında Atmeydanı'nda toplanan isyancılar hazırladıkları onyedi kişilik listeyi padişaha iletip, üç gün boyunca şehrin altını üstüne getirdi. Bu müddet zarfında dükkânlar açılmadı, ahali korkudan sokaklara çıkamadı, meydanlarda in cin top oynadı. Hava soğuk, rüzgâr amansızdı. Yanık kokuyordu ortalık. Bin altı yüz otuz iki-artıeksi-on yedi-artıeksi-üç-artıeksi...

Tesadüfen yan yana düşerdi rakamlar
Bunu bile bile, neden bunca gayret,
bunca esrar

Mart ayı daha da beterdi. Silahlarını yanlarından ayırmayan sipahiler İstanbul mahallelerini haraca keserken, haraç vermeye yanaşmayanların saçakları tutuşturuldu. Yanık kokuyordu ortalık. Haziran ayı daha da zorluydu. Yeni Vezirazam Tabanıyassı Mehmed Paşa korkunun üstüne korkuyla gitmeye karar verdi. Altında harıl harıl ateş yanan bir sacdı artık şehir; kaderini yakıyordu. Dumanı bir perde gibi aralayıp, şehrin daracık sokaklarına adımını attı Sultan Murad. Gayriihtiyari suratını buruşturdu. Tuhaf bir koku vardı civarda; sanki... sanki yanık kokuyordu ortalık.

Ertesi sene bir kızı oldu. Bahtsızdı doğuştan, çok geçmeden felâket habercisi addedildi. Oysa dünyaya geldiğinde, dillere destan şenlikler düzenlenmişti Kandilli Bahçesi'nde. Büyüklerinin kulağına üflediği isim güzeldi; rüzgârın üflediği isimse tüyler ürpertici. Kendinden evvel yazılmış bir hikâyenin içine düşmüştü; tıpkı niceleri gibi. Aradan yirmi gün geçti. Cibali yangını sinsice geldi. Cibali Kapısı dışında funda yakıp gemi kalafat etmekteydi kalafatçının biri. Bilemezdi ki. Yangın önce kayıkhaneyi tutuşturdu, ardından poyrazı. Ateş surlardan içeri daldı. Bir lokmada mideye indirdi Küçükmustafapaşa Çarşısı'nı. Dişinin kovuğunu bile doldurmayınca çarşının tıka basa dükkânları, civardaki mahallelere taşıdı koca kalıbını. Canım diyarlar heba, güzelim evler kül oldu.

Sultan Murad kokuya alışmıştı artık. Biliyordu ki, yanık kokuyordu ortalık.

❂

Miguel Pereira, Akdeniz'e bakan üç farklı şehirde tutunamadıktan sonra yeniden yollara düşüp bin altı yüz otuz dokuz senesinin son demlerinde İstanbul'a vardığında, ne Sultan Murad'ın hastalığından, ne sarayda dönen dolaplardan, ne de memleketteki karışıklıktan haberdardı. Güverteden gördüğü aynalara dokunabilmek için, gemi kıyıya yanaşır yanaşmaz telaşla inmişti aşağı. Neye yetişmeye çalıştığını bilmiyordu ama geç kaldığını hissediyordu. Koştu. Sokaklar boyu koştu, koştu, koştu. Kayboldu. Yorgunluktan adım atamayacak hale geldiğinde ıssız bir sokağın ortasında soluklanmak için durdu. Dallarını sokağa sarkıtmış bir ağaçtan armut kopardı. Hoştu armut; sert, sulu. Tuhaftı ağaç; üzerinde durmadı.

Kitap

Sonrası, toprak altında bulunmuş paralar gibidir. Işır ama söylemez.

Murathan Mungan, *Lal Masallar*

Akşam ezanı okunduğunda, Şeyh Süleyman Sedef Efendi, kitap odasından çıktı. Her gün olduğu gibi bugün de, tam kapıyı arkasından kapamak üzereyken, bir an için durup, dalgın gözlerle yukarıya baktı. Ardından, bir yerlere yetişmesi gerekiyormuş gibi telaşla kapıyı kapattı, hızla kitap odasından uzaklaştı. Koridorun öteki ucunda kızı Zühre akşam kahvesini hazırlamış, onu bekliyordu. Birbirlerine gülümsediler. Zühre, hiç aksatmadan, her öğleden sonra kitap odasına kapanan, akşam ezanı okunduğunda yaşlı ve dalgın gözlerle oradan çıkıp kahvesini içmeye gelen babasına, hiçbir zaman soramadığı o soruyu sormak için kıpırdandı. Fakat gene, ağzını açmasıyla, kelimelerin boğazına dizilmesi bir oldu. Bir konuşabilse, dilindeki düğümü bir çözebilse babasına niçin her gün kitap odasından bu kadar üzgün çıktığını ve eğer binlerce kitabı ağırlayan bu oda onu bu kadar üzüyorsa neden her gün oraya kapandığını soracaktı ama yapamadı. Her zaman olduğu gibi, her ikisi de, konuşulmaması gerekeni konuşmak yerine konuşulması gerekeni konuşmamayı yeğlediler. Sessizlik, bir sis gibi perde perde ağırlaşarak, dalga dalga yayılarak odaya hâkim olurken, Zühre gözucuyla babasının her hareketini inceliyordu. Yaşlanıyordu Sedef Efendi. Yaşlılığını kutsal bir emanet gibi saygıyla taşıyordu. Gene de hâlâ dimdikti omuzları. Yüzündeki tüm kırışıklıklara, ağarmış saçlarına ve sakallarına meydan okuyan sivri, kemerli burnu, gençliğinde ne denli inatçı, ne denli başına buyruk olduğunu hatırlatıyordu.

Zühre babasının anlattıklarından ve anlatmadıklarından, onun vaktiyle bambaşka bir hayat sürdüğünü anlayabiliyordu. Zaten Sedef Efendi de, ara sıra, kendi hayatını hatırlarken bir vücutta iki ayrı dem gördüğünü ifade ediyordu.

Dışı ceviz,
içi sedef bir sandık...

Sedef Efendi selamlıktan çıktığında, Zühre sessizce arkasından baktı. Yer yer delinen sisin içinde, babasının, üzerine tavuskuşu resmedilmiş kahve fincanıyla göz göze geldi. Fincanı kapatıp havada üç çember çizdi. Kahvenin soğumasını beklerken sakin ve sabırlıydı. Fal bakacaktı. O hiçbir zaman soramadığı sorunun cevabını telvenin nişânelerinde arayacaktı.

❂

"Selânik'teki eski bir tanıdığımdan bir mektup aldım bu sabah. Bir adamdan söz ediyor uzun uzun. Cemaatindeki bir adam. Ruhun ölümsüz olmadığını söylüyormuş. Bir de, insanla hayvan arasında hiçbir temel fark olmadığını. Mucizelere inanmıyormuş. Yaşadığımız bir solukluk ömür, gerisi boşluk diyormuş. Pek çok insanın kafasını karıştırmış. Üstelik... üstelik bütün bunları anlattığı bir kitap yazmış. Kitabını basacak bir matbaa arıyormuş kendine. Arkadaşım bu adamın etrafa tehlike saçtığını düşünüyor. Onun cezalandırılması gerektiğini söylüyor mektupta."

"Oysa sen dostum, sen böyle düşünmüyorsun. Yanılıyor muyum?"

"Öyle" dedi Haham Yakup. "Arkadaşımın hatalı olduğunu hissediyorum ama tam olarak ben de bilemiyorum böyle durumlarda ne yapmak gerektiğini."

"Anlayamıyorum" dedi Şeyh Süleyman Sedef Efendi nargilesini dudaklarından ayırmadan. "Sen her zaman, her cemaatin kendi huzurunu sağlamakla yükümlü olduğunu söylersin. Kimsenin bu huzuru bozmasına müsaade edilmemeli dersin. Hatırlar mısın bilmem. Bu memlekette, tehlike dışarıdan değil içeriden gelir Yahudi taifesine, demiştin bir seferinde. Pek düşündürmüştü beni. Doğrusunu istersen hâlâ tam olarak çözebilmiş sayılmam o gün söylediklerini."

"Benim insanlarım toprağı sever, kök salmak ister" dedi Haham Yakup epeyce sustuktan sonra. "Cesaretle cehaleti karıştıranlar nelere sebep olabileceklerinin farkında bile değiller. Oysa... çocuklarımıza miras bırakacak sokak isimlerimiz olmalı."

"Buna rağmen, Selânik'teki adam seni pek kaygılandırmıyor. Oysa yukarı mahallelilerin dilindeki yabancı seni perişan etti. Ortada olmayan biri, sadece bir söylenti..."

"İkisi çok farklı" diye fısıldadı Haham Yakup. "Bir kitap kendi diliyle konuşur, kendi yolunu bulur. Bulamazsa kaybolur. O kitap Selânik'teki adama ait değil artık. Yani... demem o ki, muhatabımız kitap, onu yazan adam değil."

Nargilenin dumanını usul usul dışarı verirken, kaygıyla pencereden dışarı baktı Sedef Efendi. "Dostum" dedi kısık bir sesle, "korkarım, sen kitaplara insanlardan daha çok itimat ediyorsun."

Yaratık

O kayboldu ama bu laneti
ben hâlâ taşıyorum.

Tayfun Pirselimoğlu,
Çöl Masalları

"Bu bir rüya!" diye düşündü. "Rüyamda çekiç sesleri duyuyorum. Yaklaşan auto için hazırlanıyorlar. Gözlerimi açtığım zaman sesler kesilecek."

Gene de bir türlü karanlığa bakmaya cesaret edemediğinden, başını kollarının arasına gömüp, gözlerini sımsıkı yumarak tıkırtıların kesilmesini beklemekten başka bir şey yapamıyordu. Oysa çoğaldıkça çoğalıyordu tıkırtılar; çekiç darbelerinin beyninin içinde yankılanmasına mâni olamıyordu. Tek tesellisi, hayatını kâbusa çeviren her şeyin geride kaldığına dair inancıydı. Korkacak hiçbir şey yoktu. Artık eskisi gibi tepeden tırnağa siyahlara bürünerek, sabahtan akşama somurtup habire şikâyet ederek dolaşmıyordu. Hatta, yavaş yavaş da olsa, canlı renkleri vücudunda ağırlamayı, hayattan keyif almayı öğreniyordu. Matem çoktan bitmiş olduğuna göre, er ya da geç, gece eski sessizliğine bürünecekti. Öyleyse gözlerini açar açmaz, sesler kesilecekti.

Ne kadar isabetli düşündüğünü kendi kendine ispat edebilmek için cesaretini toplayıp aniden gözlerini açtı. Haklıydı galiba. Boş yere telaşlanmıştı. Gecenin gölgeli ışıklarından faydalanarak, yanı başında mışıl mışıl uyuyan çocuğun sütbeyaz yüzünü inceledi. Ne kadar güzelleşmişti Andres. Uzun, kıvrık kirpiklerin çevrelediği iri, siyah gözlerini annesinden almıştı; ismini anmadığı, âkıbetini bir kez olsun sormadığı annesinden. Kıvır kıvır saçları hiç uzamıyor, hep yerinde sayıyor gibiydi. Oysa o saçlardan bir tutam aşağı doğru çekildiğinde, aslında saçlarının göründüğünden çok daha uzun olduğu anlaşılıyordu. Kıyamıyordu çocuğun saçlarını kesmeye. O kadar güzeldi ki Andres, o kadar masumdu ki, bazen ona dokunmaktan bile çekiniyordu. Tuhaftı ama içten içe kendini ona karşı borçlu hissediyordu. Nicedir hasretini çektiği huzura onun sayesinde kavuşmuştu. O bu eve geldiğinden beri, başını yastığa koyar koymaz uykuya dalıp, sabahları mutlu uyanıyordu. Fortuna Sokağı bile her zamankinden daha güzel görünüyordu gözüne. Çaprazdaki ev çoktan yağmalanmış, yıkılmıştı. Andres ara sıra dalgın dalgın oraya bakıyor ama hiçbir şey sormuyordu. Sadece bir kez, bu eve gelmesinin üzerinden bir hafta bile geçmeden, amcasının nerede olduğunu sormuştu.

"Unut onu. Hepsini unut!" diye çıkışmıştı Elena Rodriguez. "Seni bırakıp gittiler. Sen de onları unut!"

Tekrar işitmeye başladı tıkırtıları. Bu sefer eskisinden daha da hızlıydılar sanki, kısa süren sessizliğin acısını çıkartmak istercesine. Bütün geceyi bu garip bilmeceyle boğuşarak geçirip umursamamayı başarabilirdi belki ama seslerin çocuğu uyandırmasından çekiniyordu. Sonunda dayanamayıp gidip bir bakmaya karar verdi. Yan odada kocası yeri göğü inleterek horluyordu. Andres bu eve geldiğinden beri tamamen yabancılaşmışlardı birbirlerine. Adam çocuğa soğuk davranıyor, çocuk da belli ki ondan hoşlanmıyordu. Elena Rodriguez gerektiği takdirde kocasını kapının önüne koymaya karar vermişti. Neyse ki adam Andres'in varlığına dair en ufak bir şikâyette bulunmadığından Elena Rodriguez'i ciddi bir tercih yapmaya mecbur bırakmıyordu.

Sesler mutfaktan geliyordu. Açlıktan gözü dönmüş farelerin istilasına uğramış olmalıydı mutfak. Bunun başka bir izahı olamazdı. Olamazdı çünkü Diego'nun yaptığı ziyaretler, Andres'in bu eve gelmesiyle birlikte kesilivermişti. O küçük cesedin, o huzursuz ruhun artık eski şeytani oyunlarını oynamayacağından emindi. Ait olduğu yere dönmüştü Diego. Meleklerin arasındaki yerini alabilmek için göğe çekilmişti. Korkacak bir şey kalmamıştı artık. Omuzlarına bir şal atarak mutfağa yöneldi. Alışkanlıktan olsa gerek, mutfağa girer girmez tencerelere, tavalara, kepçelere şöyle gözucuyla bakmadan edemedi. Hepsi de yerli yerinde duruyordu işte. Andres yatağında, Diego cennette ve Fortuna Sokağı derin uykudaydı. Fareler de korkup kaçmış olmalıydı. Son bir kez mutfağa göz attıktan sonra, tam yatak odasına dönmek üzereydi ki, aniden onu gördü; hep bahsini işittiği ama hiç karşılaşmadığı, hizmetkârlarını ve alâmetlerini gördüğü ama neye benzediğini tasavvur edemediği yaratığı...

Gelmişti demek; gelmişti sonunda. Onca haber göndermişti, onca ulakla ve işte şimdi bizzat çıkmıştı karşısına.

Yaratık tavandan sarkan sarmısak demetlerinin arasında, baş aşağı sallanarak kadına bakıyordu. İnsana benziyordu ama insan değildi. Hayvana benziyordu ama hayvan değildi. Yüzünde o kadar yumuşak, o kadar çocuksu bir ifade vardı ki, sanki gece vakti paldır küldür geldiği için af dilemeye çalışıyordu. Sözleri anlaşılmayan garip bir şarkı mırıldanıyor, şarkıya eşlik edebilmek için de durmadan sallanıyordu. Nice sonra, bitmek bilmeyen şarkıyı yarıda kesip mahcup bir edayla gülümsedi. İnci gibiydi dişleri. Bir müddet, ne yapacağına karar verememiş gibi öylece asılı kaldı. Sonra aniden, havada peş peşe taklalar atıp yere indi. Tekrar gülümsedi. Elena Rodriguez yaratığın boyunun ne kadar uzun olduğunu ancak o zaman fark edebildi.

İncecik, upuzundu. İnceldikçe inceliyor, uzadıkça uzuyordu. Kıpkırmızı bir pelerin vardı omuzlarında, simsiyah bir kıyafet üzerinde. İncecik-upuzun-kıpkırmızı-simsiyahtı, sıfatlara sığmadığını aşikâr etmek istercesine.

Elena Rodriguez, ellerini göğsünün üzerinde kavuşturdu. İnce, uzun parmakları, her an yerinden fırlayacakmış gibi güm güm atan kalbini havada yakalayabilmek için kenetlendiler. Parmaklarına kalbini yakalama vazifesi verdiğinden haç çıkartamıyor, dudakları kuruyup birbirlerine yapıştığından dua edemiyordu. Gözlerini kapatıp öylece beklemeye koyuldu. O beklerken, gökyüzünde pek çok yıldız kaydı, yukarıda uyuyan çocuk uykusunda sayıkladı, Fortuna Sokağı ismiyle kucaklaştı ve gece olanca kasvetiyle hayatı sarıp sarmaladı. Nihayet kadın merakına yenik düşüp yaratığa baktı. Yaratık da gözlerini iri iri açmış, çocuksu bir ifadeyle onu seyretmekteydi. Kadın, bu tuhaf durumu fark ettiğinde sinirlerine hâkim olamadı. Ani bir kararla fırlayıp eline bir kepçe aldı. Rasgele sallıyordu kepçeyi. Fakat o, bütün darbeleri atlatmayı başarıyor ve hâlâ gülümsemeyi sürdürüyordu. Elena Rodriguez çileden çıkmak üzereydi. Kepçeyi savurduktan sonra, eline geçen her şeyi yaratığa fırlatmaya başladı. Korkunç bir patırtı koptu. Geride tek bir tava kaldığında, yaratık çevik bir hamleyle atıldı ve göğsü körük gibi inip kalkan kadının bileğini kavrayıverdi.

Yüzünü yüzüne yaklaştırdı. Ot kokuyordu nefesi. Hani Madrid'e çuval çuval erzak, fıçı fıçı şarap getiren kervanların emektar tekerleklerinin kimi zaman yamyassı etmekle yetindiği, kimi zaman da toprağından kopartıp kendileriyle birlikte sessiz sedasız, gacır gucur şehre getirdiği şu yabani otlardan. Elena Rodriguez gözlerini kapatıp gayet iyi bildiği bu kokuya bıraktı kendini. Az sonra rüzgâr çıktı. Rüzgâr, yabani otlarla beslenen, ufak mı ufak, çirkin mi çirkin bir böceğin kokularını getirip, yaratığın kokularına karıştırdı. Çok geçmeden yağmur yağmaya başladı. Kısa sürdü yağmur, şöyle bir ıslatıp geçti. Yağmurdan sonra toprak kokusu buram buram yükseldiğinde, bunca kokudan başı dönen, midesi bulanan Elena Rodriguez bayılmak üzereydi. Vücudu pelte gibiydi. Birden, topraktan çıkan solucanların ayak uçlarından yukarıya doğru tırmanmaya başladıklarını fark etti. Solucanların bacak arasına girip, içinde ilerlemeye başlayacakları fikriyle dehşete kapıldı ama kaçmadı, kaçamadı.

Önce yağmurdan artakalan ıslaklık kurudu;
sonra rüzgâr sustu.
Derken solucanlar birer birer öldüler
çünkü toprak kavrulmuştu.

Yırtılan kumaşın sesiyle kendine geldi. Telaşla üstünü başını yokladı ama sapasağlamdı geceliği. Kaçamak bir bakış fırlattı yaratığa, değil yırtık tek bir delik bile bulamadı simsiyah kıyafetinde. Ancak o zaman, yırtılan kumaş sesinin hoyratça aralanan dudaklarından geldiğini kavradı. Deminden beri, ne bir duayı ne de yardım çığlığını dışarıya sızdıran, sımsıkı kilitli kalmakta direnen dudakları şimdi birdenbire açılmıştı. Kalkan derinin altından sızan kan dişlerine bulaştı. "Şehirdeki tek masum o. Onu benden alamazsın!" diye haykırarak kapıya koştu. Tam eşikten adımını atmak üzereyken yaratığın kuyruğu kamçı gibi dolanarak belini sardı. Donakaldı.

Kuyruk bir sıçanınkine benziyordu; ince, kaygan, ıslak. Rengi siyaha yakındı ve aç bir hayvan gibi durmadan havayı kokluyordu. Kımıldadıkça, erzak dolabına girmiş bir tahtakurusu gibi sesler çıkarıyordu; saatlerdir, o bitimsiz ve sevimsiz tıkırtıları çıkaran oydu. Konuşuyor, bir hikâye anlatıyordu sanki; köylülerin belleklerinden aşırılmış acıklı ve kanlı bir aşk hikâyesi. Kuyruk daha lafını bitirmeden, görünmez bir hançerle boydan boya kesilmişçesine ikiye ayrıldı. Kalkan derinin altından daha küçük, rengi pembeye çalan başka bir kuyruk çıktı. Kıvrıla kıvrıla üzerindeki ölü derinin ağırlığından kurtuldu. İlk kuyruğun hikâyesine onun kaldığı yerden devam etti. Tam ortasından başlamıştı anlatmaya ama her şeyi silbaştan değiştirdi. Köylülerin belleklerinden aşırılmış hikâyenin acıklı olduğuna katılıyordu katılmasına da hiçbir satırında kan bulunmadığını iddia ediyordu. Elena Rodriguez korkudan kaskatı kesilmiş bir halde bu yeni kuyruğa bakıyor, söylediklerinden bir anlam çıkarmaya çabalıyordu. Çok geçmeden, anlatacak şeyi kalmayan kuyruk tam ortasından incecik bir çizgiyle ayrılıp, üçüncü bir kuyruk doğurdu. Bu kuyruk diğer ikisinden çok daha küçük ve sıskaydı. Rengi de siyahla mor arasıydı, kan toplamış bir tırnak gibi. Köylülerle zerre kadar alakadar olmadığından, öteki kuyrukların anlattığı hikâyenin devamını getirmeye lüzum görmedi.

Kendini kurtarmak için geri çekilmeye çalıştığında, üçüncü kuyruğun da onunla birlikte hareket ettiğini gördü. Yaratıksa hiç kıpırdamadan kuyruğu ile kadının arasındaki zorlu mücadeleyi seyrediyordu. Yüzündeki ifadeden büyük bir keyif aldığı anlaşılıyordu. Elena Rodriguez son bir gayretle dönmeye, kuyruktan kurtulmaya çalıştı. Can havliyle saldırıp, tırnaklarını kuyruğa geçirdi.

Siyahla mor birbirinden ayrı düşerken, üzerine kan sıçradı. Küçüktü kuyruk, bir tırmık izi boyundaydı. Kanıyordu durmadan. Gecenin karanlığında/ ormanın ortasında/ yaktığı devasa ateşin etrafında/ var olmamanın doygunluğunda/ kendinden geçerek/ bildiğinden vazgeçerek/ gölgesiyle dans ederek/ alevleri çembere/ zamanı hafife/ alan / bir şaman/ gibi kuşatmıştı/ kadının etrafını. Dönüyordu durmadan. Yakaladı ve ısırdı. Battı ve çıktı. Düştü ve kalktı. Haykırdı ve boşaldı. Geride bir gül dikeni yarası bıraktı. Ilık, köpüklü bir sıvı aktı yaranın tam ortasından. Kusuyordu durmadan.

Zangır zangır titreyen bacaklarına söz geçirip yatak odasına dönmeyi başardığında, hâlâ hayatta olduğuna inanabilmek için vücudunu yokladı. Bacak arasından yükselen kesif kokuyu kokladı. Tanıyordu bu kokuyu; kokladıkça, Madrid'e erzak getiren kervanlara öfke duyuyordu. Bir ara, mışıl mışıl uyuyan Andres'in yüzüne baktı hayretle. Bütün bu olup bitenlerin cevabını orada bulabilirmiş gibi çocuğun yüzünü okumaya çalıştı. Sayıklıyordu çocuk. Ne dediği anlaşılmıyordu. Sanki, başka bir dildi konuştuğu; hiç tanımadığı ya da henüz tanışmadığı birinin ismiydi ağzından çıkan. Elena Rodriguez, yabani ot kokan avuçlarını açıp çocuğun çenesinin altına tuttu. O sayıklarken dökülen harflerden sadece birini yakalayabildi. Harfi havaya kaldırıp üzerindeki tükürükleri temizledi. Harf, ışıl ışıl bir Z idi. Mışıl mışıl uyuyan çocuğun ağzından çıkan ışıl ışıl Z harfine hiçbir anlam veremedi.

O gecenin üzerinden tam yedi ay, yedi gün geçti. Tam yedi ay, yedi gün boyunca Elena Rodriguez hafızasının diline ket vurdu. Bir karabasan gördüğünü düşünüp kendi kendini avutmak yerine, hiç hatırlamamayı yeğledi. Onun gibi sürekli geçmişten dem vuran biri için buna katlanması ne denli zor olsa da sustu, hep sustu. Ne var ki, tam yedi ay, yedi gün sonra aniden karnı şişiverdi. Sabah kalktığında karnı küçük, yuvarlak bir su kesesi gibiydi. Üst üste geğirdi. Öğleden sonra karnı kocaman, yumuşak bir yastık oluvermişti. Üst üste öğürdü. Akşama doğru karnının yerinde ağzına kadar dolu bir fıçı taşıyordu. Üst üste kustu. Güneş battığında, taşıdığı ağırlıktan ötürü tek bir adım bile atamıyordu. Kocasına seslendi. Ona şeytanın bebeğini taşıdığını söyledi. Adam, kadının anlattıklarını başından sonuna kadar büyük bir ciddiyetle dinledi. Zaten aklından zoru olduğuna inandığı karısının saçlarını okşadıktan sonra ayaklarını sürüye sürüye mutfağa gitti. Büyükçe bir dilim sucuk yedi, kadeh kadeh şarap yuvarladı, kırt-kırt tatlısından çıkardığı boncukları parlattı ve sonra evi terk etti.

Elena Rodriguez, küçük Andres'le ve durmadan şişen karnıyla baş başa kaldığında sadece evinin değil, Fortuna Sokağı'nın tamamının buram buram çikolata koktuğunu fark etti. Midesi ağzına geldi; ama ne geğirdi, ne öğürdü, ne de kustu. Güçlükle nefes alarak ve bir sopaya tutunarak yola çıktı. Karnı durmadan şişmeye devam ettiği için zar zor ilerleyebiliyordu. Rüzgârın her esişinde bir o yana, bir bu yana sallanıyor ama düşmüyor, devrilmiyordu. Kocaman bir hacıyatmaz olmuştu.

Casa Santa'nın eşiğinden adımını attığında gözyaşları içinde haykırdı. "Yardım edin! Şeytanın bebeğini taşıyorum."

✿

İki hafta sonra geri geldi. Karnı tamamen düzleşmişti. İçinden çıkan suyla tam yedi kova dolmuştu. Gerçi suyun rengi biraz garipti; bulanık, neftî. Eve döner dönmez yatağa girip, yorganı başına çekti. Yorganın dışında kaldı kat kat geceliğinin fırfırlı etekleri. Andres büyükçe bir leke gördü orada, kıvrımların arasında. İlk günler, sadece uzaktan bakmakla yetindi. Sonra dayanamayıp dokundu. İşte o zaman, korku denilen o ılık ve bulanık sıvı ellerine bulaştı. Paralarcasına yıkadı parmaklarını ama neftî leke, yerini sevmiş olmalıydı ki, bir türlü çıkmadı.

Pervane

Ben bir pervaneyim: Yanmış ve yanmamış bütün alevler beni bekliyor.

Yakup K. Karaosmanoğlu,
Bir Serencam

Önce işaretparmağı titremeye başladı; mektuptaki nice heceden birinin üzerinde dinlenen işaretparmağı. Titreme giderek ellerine, kollarına, dizlerine, bacaklarına ve en nihayetinde tüm vücuduna yayıldı. Çok geçmeden, kuru ayazda altındaki buzu kırıp suya düşmüş bir bîçare gibi zangır zangır titremeye, tutunacak bir dal aramaya başladı. Su soğuktu, dal yoktu, dişleri zangırdıyordu. Dişlerinden çıkan ses o kadar korkunçtu ki, kırılan buzun etrafındaki buzların da evvela çatırdamasına, sonra da korkunç bir gürültüyle tamamen çökmesine sebep oldu. Artık nereye baksa eriyen buzları görüyor, damla damla, soğuk soğuk terler döküyordu. Tutunacak bir dal olmadığı gibi, etrafta ufacık bir kara parçası bile kalmamıştı. Mektup, o mektup da sulara kapılmıştı. Mektubun üzerindeki mürekkep usul usul dağılıyor, etrafındaki suları mavi halkalarla gölgeliyordu. Batmıyordu mektup; inatla, ısrarla batmıyordu. Fakat zamanla mürekkep tamamen dağıldı/ kelimeler mektubu terk etti/ kâğıt hızla dibe indi/ kelimeler, heceler ve harfler suyun yüzeyinde kaldı. Can havliyle bir kelimeye tutunmaya çalıştı. Tutunduğu kelime harflerine ayrıldı. Tek bir harf kalmıştı elinde; tek bir M. Çok geçmeden M harfi de mürekkebini dağıtarak suyun içinde eridi gitti. İşte o zaman anladı. Ta çocukluğundan beri ara sıra vücudunu yoklayan nöbet geri gelmişti. Üstelik belki de bu en beteriydi. Gözlerini kapattığında renkler renklere, şekiller şekillere dönüşüyordu. Durmaksızın hareket ediyordu şekiller; renklerine ihanet etmekten zevk alıyorlardı âdeta. Gözlerini açsa da, kapasa da oradaydılar işte.

Geri gelmişti. İşaretparmağının ucunda duruyordu; duruyor ve hızla büyüyordu. Büyüdükçe ağırlaşıyor, ağırlaştıkça parmağın ucundan aşağıya sarkıyordu.

İşaretparmağının ucundaki damla, tok bir ses çıkararak düştü durmaksızın hareket eden renklerin ve şekillerin deryasına. Düştüğü yerde halkalar çizildi; değdiği yerde bir kıvılcım belirdi. İşte tekrar başlamıştı ateşle suyun bitmeyen harbi, damlalarla kıvılcımların mücadelesi. Her şey tıpkı eskisi gibiydi. Kılıcı keskin damlalarla zırhı kalın kıvılcımlar, vücudunun ovasında birbirlerine saldırdılar. Kocaman açılmış burun deliklerinden ölümü soluyan atlar, son nefeslerini vermeden önce ovaya tohumlarını saçtılar. Ateş ısıttı toprağı, su ıslattı. Atların tohumlarından, kırık kemikler ve yanık cesetler filizlendi. Nasıl da bereketliydi savaş meydanı. Deniz suyu kaç içimlikse, bir gecede gökkubbede kaç yıldız çiçek açarsa, doruklardan yuvarlanan bir çığ kaç kar tanesinin ahını alırsa, o da o kadar eza ve cefa saçtı ortalığa.

Savaş sona erdiğinde, kan çanağına dönmüş gözlerle baktı her iki tarafın esirlerine. Dizlerinin üzerine çöküp, "Kimim ben?" diye haykırdı.

Tanımadığım daha kaç kişi var içimde yaşayan?

Anne kaşlarını çatmış uzakta bir yerlere bakıyordu. Baba tane tane anlatıyordu. Con-ver-so! Kim olduğunu değil de kim olmadığını öğrenmişti böylece. Dinmemişti nöbetler, seyrekleşmişti sadece.

Antonio küçük yumruklarını sıkmış, başını ellerinin arasına almış, kaygıyla dinliyordu anlatılanları. Tıpkı babası gibi çatmıştı kaşlarını; her şeyiyle ona benzemeye çalışıyordu/ uslu-evlat-biricik-veliaht. Baba, yedi ceddinin terazisinde, söyleyeceği kelimeleri tartıyordu; şu fazla ağır, bunu da kavrayamaz çocuklar, dikkatle ayıklıyordu/ müşfik-baba-mahir-hekim. Anne duvarların ötesine bakıyordu; kovulduğu cennete geri dönebilmek için duvarlarda bir yarık, bir çatlak arıyordu/ selis-anne-sıcak-rahim. Üçü de yalancıydı, üçü de sahte. Hakikat yakınlarda bir yerde olmalıydı, buralarda bir yerlerde. Aniden yerinden fırlayıp kadının şişkin ve gergin karnına dayamıştı kulağını. Hakikat oradaydı. Huzurun içindeki cinnet. Canhıraş çığlıklar, korkunç tekmeler atıyordu Laura. Aslolan oydu işte. Görünmeyen bir hançeri kavradığı gibi annesinin karnını kesmeye, göbekdeliğinde bir pencere açmaya çalışmıştı Miguel. İçeriye ışık dolsun diye değil, içerideki ışık dışarıya taşsın diye. Doğmamış bebeğin çığlıkları boğulmasın, tekmeleri kesilmesin diye. Kasılmıştı parmakları, gömülmüştü tırnakları; bir hayli güç olmuştu onu yapıştığı yerden çekip almaları.

Bitmemişti nöbetler; seyrekleşmişti sadece.

Gene başlamıştı. Kendini bildi bileli, her nöbet bir öncekini aratırdı ama bu seferki hepsinden beter, hepsinden gaddardı. Acı çekiyordu. Acı midesini dişliyor, boğazını tırmalıyor, yüreğini kanatıyordu. Acı her taraftaydı. Ayak parmaklarında, ellerinde, bileklerindeydi acı; uğuldayan kulaklarında, tıkanan damarlarında, hatta kirpiklerindeydi. "Eğer buzlu bir suya düşmüşsem, donmalıyım" diye düşündü. "Eğer donmuşsam, hissetmemeliyim. Eğer hissetmiyorsam, acı çekmemeliyim." Bir parça da olsa rahatlamayı başarmıştı. Yavaş yavaş sular çekildi; dağılan harfler, heceler, kelimeler bir araya geldi. Mektup hâlâ elindeydi. Mektup kan içindeydi. Hayretle sağ avucunun içindeki derin kesiğe baktı. Ne zaman kesilmişti eli, kim kesmişti? Hiçbir şey hatırlamıyordu. Neyse ki, artık vücudu titremiyor, dişleri zangırdamıyordu. Nöbet sona ermişti.

İstanbul'a geldikten kısa bir süre sonra ağabeyinin yeni kitabını yayımlattığını ve Venedik'te olduğunu öğrenmişti. Kaybettiği oyuncağını bulan bir çocuğun sevinciyle hemen bir mektup yazmıştı. Ona uzun uzun bu kalabalık şehri anlatmıştı; insanlarını, sokaklarını ve kokularını. Hızını alamadığından, mektup umduğundan da uzun olmuştu. Takip eden günler, haftalar, aylar boyu bir cevap beklemişti. Nihayet bir mektup gelmişti Antonio'dan. Yeni ismiyle Abraham Pereira, mektubunda olan bitenlerden kardeşini sorumlu tutuyor, buna rağmen onun nasıl yüz bulup da, hiçbir şey olmamış gibi kendisine mektup yazabilmiş olmasına hayret ettiğini ifade ediyordu. Susuyordu Antonio'nun mektubu. Suskunluğunu tek bir cümle bozuyordu.

"Mektubundan kan damlıyor küçük kardeşim; Kabil'in parmaklarına bulaşan kan!"

Aynı satırı döne döne, defalarca okumuştu. Belki de derinlerde saklanmayı başarmış bir mânâ yakalayabilmek umuduyla, başından sonuna, sonundan başına, tekrar ve tekrar okumuştu. Fakat hiçbir şey değişmemişti. O tek satır her şeyi apaçık anlatıyordu. Ellerine baktı. Evet, ellerinden kan damlıyordu, ama kendi kanı. Acıyan, yaralanan kendi canıydı. Mektup biraz ötede boylu boyunca uzanmış ona bakıyordu. Bir kenarında "kan" kelimesi görülebiliyordu ya da Miguel'e öyle geldi. Ayağa kalktı. Ağlamaktan kızaran gözlerini, burnunu sildi. Kısa bir mektuba kısa bir mektupla, hakarete hakaretle karşılık vermek üzere yeni bir mektup yazmaya koyuldu. Bir zamanlar gördüğü bir rüyayı, o rüyada söylediklerini hatırlamıştı. "O kadar da uzun boylu değil. Sevdiklerim var, sevmediklerim var. Bir de, bir kaşık suda boğabileceklerim var tabii."

Topu topu üç cümle yazdı. Üç cümleyi yüreğine kazıdı.

"Güneş batarken, seneler evvel o akşam, yemekte söylediklerini hatırlıyorum da, biliyor musun, sen haklıydın. Dediğin gibi, Andres tıpkı bana benziyor. Sen tespitinde haklıydın, biz de sessiz kalmakta."

Yazdıklarını okurken acımasız bir gülümseme yerleşti suratına. Bu bir bıçak yarasından, bir kılıç darbesinden çok daha fazla acı verirdi insana. Biliyordu. Acıtmak istiyordu. Canı yanıyor, acı çekiyordu. Acıyı acıyla dindirmeye çalışıyordu.

Mektubu, Venedik'e doğru yola çıkan gemilerden birine teslim edecek ve sonra, bir türlü gelmeyen cevaplarda ağabeyinin ıstırabını okuyacaktı. Giyinip dışarı fırladı.

❂

"Hiç anlamıyorum" dedi bıkkın bir sesle. Sabahtan beri elinden bırakmadığı kitabı bir kenara koydu ve derin bir soluk aldı.

"Neyi anlamıyorsun?"

"Tanrı'yı. Yani neden çoğul konuştuğunu. Demek istediğim... niçin Torah yaratılışı anlatırken çoğul konuşuyor, işte bunu anlamıyorum."

"Bu mühim bir soru" dedi Haham Yakup. "Pek çok âlim bu mesele üzerine uzun uzun düşünmüş ve yazmış. Mesela, Nahmanides'e göre Tanrı çoğul konuşurken, tüm yarattıklarını insanın yaratılışına katılmaya çağırıyor. Zira, insanın vücudu yeryüzünün tozundan yapılmıştır, ruhu ise gökyüzünden. İşte bu ruh insana bilgelik ve mükemmellik verir. Onu bütün öteki mahlûklardan farklı kılar. Nahmanides'in nezdinde, Tanrı, herkesi ve her şeyi, böylesine güzel olan insanın yaratılışına çağırmak için çoğul konuşur."

Uzun sürmedi sessizlik. Dikkatle süzüyordu yaşlı adamı.

"Ya siz hocam? Siz nasıl cevaplıyorsunuz aynı soruyu?"

Uzun sürmedi sessizlik. Dikkatle süzüyordu genç adamı.

"Bazen en karmaşık soruların cevabı pek basittir; en uzaktaki çok yakındadır" dedi Haham Efendi. Giderek kısıldı sesi. "Belki Tanrı çoğul konuşuyor çünkü..." Sesi çıkmıyordu artık. Dudaklarının yarım bıraktığını tamamlamasınlar diye gözlerini yumdu. Fakat ısrarcıydı dilinin ucuna gelen kelimeler; önce başlarını çıkardılar gözeneklerden, sonra usul usul buharlaştılar teninin üzerinden. "... çünkü o da yalnızlığı sevmiyor."

İşte o zaman, eski ismiyle Miguel, yeni ismiyle İsak Pereira, haham Yakup'un ne denli yalnız olduğunun farkına varabildi. "İşte!" diye düşündü. "Ben babasız bir oğul, o da oğulsuz bir baba. Birbirimizi burada bulmamız ne tuhaf. Burada, aynalar şehrinde."

Ayağa kalkıp tembel tembel esnedi. Haham Yakup'un, kendisine akacak bir yön bulana kadar bir müddet onunla yaşaması teklifini kabul etmeye karar vermişti. Esnerken, bilmiş bilmiş bakan işaretparmağına takıldı gözleri. Onunla tek kelime bile etmedi.

Heccavın Harfleri

> Çocukluğunda böyle bir şeye tanık olmuş herkes, bunun izini tüm yaşamı boyunca taşımak zorundadır.
>
> Umberto Eco, *Önceki Günün Adası*

Yatağına sırtüstü uzandığında, tavandaki yuvarlak pencereden yıldızları seyredebiliyordu. Seviyordu onları; güzel ve parlaktılar, küçük ve şaşkındılar. Babası, onları doya doya seyredebilmesi için tavandaki pencereyi açarken bir de hikâye anlatmıştı, heccavın hikâyesini.

Anlattığına göre, yıldızlar, şimdi adı sanı unutulsa da vaktiyle şöhreti yedi düveli sarmış bir hiciv ustasının harfleriymiş. Üstat onlardan heceler, kelimeler, dizeler çıkartarak şu âlemde gördüklerini yazar, yazdıklarını görürmüş. Çirkefe taş attığında üstü başı kirlenmez; dilinin sivriliğine inat yumuşacık olan yüreğinde hoyratlığın esamesi okunmazmış. Zeki bir adammış heccav; kılıcın kınını kesemeyeceğini bilecek kadar. Yalnız bir adammış heccav; şikâyet nedir bilmeyen yüreğini avutamayacak kadar. Ve fermanlı bir deliymiş heccav; eline geçen altınları balıklara, kuşlara, çocuklara ve yağmurlara dağıtacak kadar.

Harflere gelince, onlar heccavın tıpkı bir sihirbaz gibi yokluğu varlığa, karmaşayı nizama çevirmesine sevinçle, heyecanla iştirak ederlermiş. Harfler heccavı o kadar çok severlermiş ki, bazı geceler o uykudayken kendi aralarında yer değiştirip daha derin mânâlar bulabilmesi için ona ellerinden geldiğince yardım ederlermiş. Seneler böyle gelip geçmiş. Seneler heccavla harflerin arasındaki aşkı küllendireceğine, daha da alevlendirmiş. Ne var ki, heccavın sivri dilinden gocunan, ondan intikam alabilmek için devamlı fırsat kollayan pek çok gönül fakiri varmış. Bunların içinde biri varmış ki, bilhassa o heccava diş bilermiş. İsmi Kalaylıkoz Mehmed olan bu adam gösteriş içinde yaşamaya pek meraklıymış. Saray dalaverelerine bulaşıp herkesi birbirine kırdırarak yolunu tutup yükünü doğrulttuğundan, kısa zamanda kesesini doldurmayı, en tepelere yükselmeyi başarmış. İşte bu adam oldum olası heccavın sivri dilinden kurtulamazmış. Ne var ki, heccavın tam mânâsıyla kancayı ona takması yaptığı evlilikten sonra olmuş. Zira Kalaylıkoz altmış altı yaşının demlerini sürerken görüp de beğendiği çocuk yaştaki bir bakireyi allem edip kallem edip karılığına aldığında, zaten diline hâkim olamayan heccav ağzına geleni söyleyip vermiş veriştirmiş. Kalaylıkoz Mehmed ortalık yerde elâlemin diline düşmesine sebep olan heccava eskisinden de beter diş bilemeye başlamış. Bir gün, içindeki intikam ateşi öyle bir kabarmış ki, padişaha heccavı şikâyet edip, onun şimdiye değin yazdığı her bir dizeyi başkalarından aşırdığını iddia etmiş. Padişah bu iddianın aslını astarını araştırabilmek için heccavı huzuruna çağırmış ve ondan bir gecede tam dört yüz kırk dört dize yazmasını istemiş. Şayet sabahın erken saatlerinde dört yüz kırk dört dizeyi tamamlamamış olursa, kellesinden olacağını söylemeyi de ihmal etmemiş.

Heccav eve vardığında esrar çubuğunu doldurup ağlamaya başlamış. "Ne kadar yaşarsam yeterince yaşamış olurum acaba?" diye sormuş kendine. Cevabını bulamamış. Üstadın elinin ayağına dolaştığını, değil dört yüz kırk dört dize tek bir kelime dahi yazamadığını gören harfler, bütün gece uğraşıp didinip nihayet isteneni yerine getirmişler. Heccav sabah uyandığında, kendini ölüme hazırlamak için boynunun etrafına kıpkırmızı bir halka çizmeye koyulduğunda, dörtyüzkırkdört dizenin çoktan yazılmış olduğunu görmüş. Büyük bir sevinçle ve gözyaşları arasında vefakâr dostlarına teşekkür etmiş. Sonra koştura koştura saraya gidip, dört yüz kırk dört dizeyi padişaha takdim etmiş. Padişah hayret ve takdir ederek, heccava dört yüz kırk dört altın verilmesini buyurmuş. Bu işe adamakıllı içerleyen Kalaylıkoz Mehmed kuyruğunu kısmış ve bir müddet ortalarda görünmemeyi akıllıca saymış. Ne var ki, bu hadisenin üzerinden çok geçmeden, tekrar padişahın huzuruna çıkıp heccavın kendisine ihsan edilen altınları balıklara, kuşlara, çocuklara ve yağmurlara dağıttığını, artakalanlarla da testi testi şarap içip, âlem üstüne âlem yaptığını fısıldamış. Padişah heccavı tekrar huzuruna çağırmış.

"Sen yazdıysan hatırlarsın. Hatırlayabilirsen gene yazarsın" diyerek dört yüz kırk dört dizeyi eksiksiz noksansız tekrar bir araya getirmesini istemiş. Aksi takdirde kellesinin gideceğini söylemeye lüzum görmemiş.

Heccav eve vardığında esrar çubuğunu ağzına kadar doldurup gülmeye başlamış. "Ne kadar yaşarsam yeterince yaşamış olurum acaba?" diye sormuş kendine. Cevabını bulamamış. Harfler ona yardımcı olabilmek için vaktiyle ait oldukları yerleri hatırlamaya çalışmışlar. Fakat ne denli gayret ederlerse etsinler bir türlü eski hallerini alamamışlar. Başka başka dört yüz kırk dört dizeler çıkmış ortaya; bir türlü aynısını bulamamışlar. Başka türlüsünü yazmanın aynısını yazmaktan çok daha kolay olmasına şaşırmışlar.

Boğaz'ın sularına atılmış başsız cesedi. Ateşe verilmiş evi. Öksüz kalan harfler birer birer tutuşup kıvılcımlar halinde göğe yükselmeye başlamışlar. Bir vakitler mânâlı bir bütün arz eden harfler birer yıldız olup, bir daha asla toparlanamayacak sûrette oraya buraya dağılmışlar, karanlığa saçılmışlar.

Yıldızların bu kadar şaşkın, bu kadar oynak olmalarının sebebinin, bir vakitler yanlarına düşen harfleri bulma ümidini hiç yitirmemeleri olduğunu düşünüyordu. Arıyorlardı. Hâlâ o meşhur heccavın hayatını kurtarabilecek mânâyı arıyorlardı. Çemberde yön tayin etmeye çalışanlarla inatlaşarak ve zamanda ileriye de geriye de gidebileceklerine yürekten inanarak. İşte bu sebepten, böyle kıpır kıpır, böyle huzursuz dolaşıyorlardı gecenin karanlığında. Eski komşularının izini sürmeye çalışıyorlardı, belleklerini zorlayarak, birbirlerini koklayarak.

Yatağına sırtüstü uzandığında, tavandaki yuvarlak pencereden yıldızları seyredebiliyordu. Bazı geceler, onların arayışına yardımcı olabilmek için yuvarlak pencereye elini daldırır ve dört yüz kırk dört dizeyi diriltmeye çalışırdı. Böyle zamanlarda, sabaha kadar gözünü kırpmazdı. Yıldızlar dünden razıydılar bu oyunu oynamaya. Hiç naz etmeden onları götürmek istediği yere gider, sağlarına sollarına bakınır, ortalığı koklar ve bu sefer başarabilmek için dua ederlerdi. Bazı bazı, birkaç dizeyi eski yerlerine getirmeyi başardığı da olurdu. Fakat bu sefer de çok geçmeden şafak söker; onca uğraş vererek yan yana getirdiği kelimeler günün ilk ışıklarıyla birlikte yok olup giderdi. Üzülürdü. Bir daha yıldızlarla oynamamaya karar verirdi. Fakat bir başka gece gene dayanamaz, gene onlara yardımcı olabilmek için elini yuvarlak pencereden karanlığa sokar ve şafak sökene kadar ter dökerdi. Zamanla, aynı hataları tekrarlamamak, günün ilk ışıklarına yenik düşmemek için rakamları imdada çağırmaya başlamıştı. Saydığı yıldızları işaretliyor, heccavın dizelerindeki yerlerine oturtabildiği kelimelerin hangi rakama tekabül ettiğini hesaplıyor, bulduğu rakamları bir kenara yazıyordu.

Tesadüfen yan yana düşerdi rakamlar
Bunu bile bile neden bunca gayret,
bunca esrar

Bu gece hilal, diş çıkaran bir bebek gibi huysuzdu; eline geçen her şeyi, kızarmış, şişmiş dişetlerine sürtüyordu. Geceyi kemiriyordu hilal; geceyle birlikte eksildiğini bilmeden. Yatağında doğruldu. Büyük bir dikkatle tekkenin geceye verdiği sesleri dinledi. Dervişler uyuyordu; babası, kız kardeşi, Zişan Kadın uyuyordu. Mezarlıktaki bî ser ü pa'lar, yaz kış yaprağını dökmeyen ağaçlar uyuyordu. Semahane, derviş hücreleri uyuyordu. Bir tek o uyumuyordu, bir de hilal.

Ayışığı altında çirkin bir yaratık, yatağında doğrulmuş gecenin seslerini dinliyordu. Saçsız kafasında küçük, pembe lekeler yarım kalmış bir resim, neyi resmettiğini unutmuş bir harita gibi duruyordu. Sadece alnının üzerinde bir tutam kızıl, kıpkızıl saç vardı. O kızıl tutam gözlerinin üzerine düşüyor, yukarı doğru üflediğinde havalanıp tekrar eski yerini alıyordu. Bunu yapmayı seviyordu. Gece gündüz kafasındaki tek saç tutamıyla oynuyordu.

İsmi Zülfe'ydi. Yüzünün yarısı, öteki yarısından görünmeyen bir hudut boyuyla ayrılmış gibiydi. Hududun bir tarafı siyaha çalan kırmızıya boyanmış, yer yer büzüşmüştü. Orada deri hoyrat, kalın ve yaralıydı. Yüzünün öteki yarısında, hududun öbür tarafında, deri yumuşak, beyaz ve pürüzsüzdü. Bu haliyle, uzaktan bakıldığında, yarısı kırmızıya, yarısı beyaza boyanmış bir maskeyi andırıyordu. Kırmızı taraftaki gözkapağı aşağıya sarkarak gözünün neredeyse tamamen kapanmasına sebep olmuştu. Bu gözü çevreleyen kirpikler kısa ve seyrekti ve hepsi de aşağıya doğru bakıyordu. Yüzünün beyaz kısmındaki gözü ise iri ve parlaktı. Sarı hâleler vardı gözbebeğinde. Kirpikleri uzun, siyah ve gürdü; hepsi de yukarı doğru kıvrılmıştı.

Çirkindi ama bundan emin değildi. Heccavın harfleri de, babası da ona öyle sevecen bakıyorlardı ki, onların tuttuğu aynaya baktığında kendini güzel hissettiği bile oluyordu. Hafızasının tuttuğu ayna ise bambaşka bir sûret gösteriyordu. Dolunayın penceresini kaplamadığı, yıldızları dizmekle uğraşmadığı ya da hilalin mızmızlanmadığı gecelerde bölük pörçük bir şeyler hatırlayabiliyordu. Gözlerinin önünde bulanık bir resim kıvrıla kıvrıla raksediyor, sonra geldiği gibi katre katre eriyerek yok oluyordu.

Kadını hatırlıyordu. Sinirlendiğinde kafasındaki saçları tutam tutam yolan, sonra yolduğu yerlerdeki kızarmış, kanamış deriyi okşayıp, türkü söyleyen genç kadını.

Bahçeyi hatırlıyordu. Meyve ağaçlarıyla dolu, yemyeşil bahçeyi. O bahçede yakılan ateşi, gül fidanlarına bağlanan kırmızı tülleri, oklava inip kalktıkça uçuşan pamukları hatırlıyordu, bir de durmadan kaynayan çamaşır kazanını.

Tırtılı hatırlıyordu. Kıvrıla kıvrıla otların arasından çıkıp avuçlarına tırmanan o küçümen, yemyeşil, konuşkan tırtılı. Tırtılın söylediklerini hatırlıyordu.

"İsminin mânâsını biliyor musun küçük kız? İsmini seviyor musun?"

Yüzünü hatırlıyordu; birken iki olan yüzünü.

Ve kuvvetle hissediyordu birken iki olabilenin, ikiyken sıfır olabileceğini.

Rakamlar...

Ayışığı altında iki renkli bir maske, tuhaf bir yaratık, yalnız bir çocuk, çocuk bir kadın, alnına düşen saç tutamıyla oynuyordu. İsmi Zülfe'ydi. Çirkin olduğunu biliyordu bilmesine de, aynalarda kırılan cevapların uğursuzluk getirdiğini öğrendiği günden bu yana, ne kadar çirkin olduğundan da emin değildi, çirkinliğin ne olduğundan da.

Kitaptaki Leke

> Sen bakma havanın durgunluğuna,
> derya dediğin uyur uyur uyanır.
>
> Nâzım Hikmet

Şaraptan bir yudum daha alıp, dilini keyifle şaplatırken, bir kenardan ona sitemle bakan Midilli şarabına takıldı gözleri. Mahcup bir edayla gülümsedi. Bugün onu ihmal edip, küstürdüğünün farkındaydı ama epeydir Misket şarabına hasret kalan dili damağı, midesi kursağı çoktan tercihini yapmıştı. Öğleye doğru, Meyhaneci Hayyim'in gönderdiği Misket şarabına kavuştuğunda sevinçten deliye dönmüştü. İlk yudumları ağzının içinde daha fazla tutabilmek için sağa sola, öne arkaya çalkalarken aşağıdan ona seslenen küfürbaz midesini duymazlıktan gelmişti. Rengi sarıya çalan Misket şarabı, aynı anda hem tatlı hem de buruk bir lezzet bırakarak boğazından aşağıya yuvarlandığında, şu dünyanın yaşanılası olduğuna bir kez daha inanmıştı.

Aslında Misket şarabı bulmak hiç de zor değildi. Parayı denkleştirdikten sonra, hem Rum hem de Yahudi meyhanecilerden envai çeşit şarap edinmek mümkündü. Gene de Rum meyhanecilerden şarap almanın uygun olmayacağı söylendiği için, şarabını her zaman Yahudi meyhanecilerden alıyordu. Ne var ki, aylardır eve kapandığından ve dışarı çıkmayı hiç mi hiç istemediğinden, nicedir, Badekeş Sokağı'ndaki Meyhaneci Hayyim'den başkasından şarap almıyordu. Meyhaneci Hayyim'in yanında çalışan oğlanlardan biri, iki üç günde bir uğrayıp şarabını getiriyor, parasını alıp topukluyordu. Her seferinde inatla Midilli şarabı getiren oğlan, bugün ne hikmetse hem Midilli hem de Misket şarabı getirerek İsak Pereira'yı şaşırtmıştı. O da pek özlediği Misket şarabına sevinçle sarılmıştı. Şimdi bir kenardan ona sitemle bakan Midilli şarabına mahcup bir edayla gülümseyerek âdeta af dilemesindeki sebep buydu. Acele ediyordu çünkü Haham Yakup eve gelmeden içebildiği kadar içmek istiyordu.

Misket'ten bir yudum daha alıp, tekrar önündeki kitaba döndü. Tam sayfayı çevirmek üzereyken, kitabın kenarına şarap damlatmış olduğunu fark etti. Kitaplarını itinayla koruyup saklayan Haham Yakup bunu görse kaşlarını çatardı muhakkak. Lekeyi evvela işaretparmağıyla sonra da bastıra bastıra avucunun içiyle temizlemeye çalıştı. Fakat ıslaklığı giden leke biraz daha yayılıp büyüyerek olduğu yere sıkıca tutundu. Leke tam iki satırın arasında, ama her ikisine de değmeden duruyordu. Onu sevimli buldu. Hem sevimli olmasa bile şu dünyada tamamen lekesiz olan ne vardı ki... Onunla daha fazla uğraşmamaya karar verdi. Üstelik, kitapların da tıpkı insanlar gibi güzelim Misket şarabının tadına bakmaya hakkı olmalıydı. Bu fikrinden ötürü kendini tebrik etti. Zaten bu gün, pek gamsız, pek nikbindi. Kendini beğeniyor, seviyordu. Hayatın güzel olduğunu düşünüyordu.

İsak Pereira, Haham Yakup'un evinde kitaplarla tanışmıştı. Şimdiye değin, belki vaktini insanlarla geçirmeyi yeğlediğinden, belki de gizliden gizliye Antonio'ya duyduğu tepkiden ötürü pek de alaka göstermediği kitaplar, artık bambaşka bir biçimde görünüyordu gözüne. Hasköy'ün yukarı mahallesinde, Leblebici Hayyim Sokağı'ndaki bu tek katlı eve kapanıp hiç dışarı çıkmadan okuyordu. Haham Efendi, onun kitaplarla böylesine haşır neşir olmasını, gün boyu okuyup düşünerek kafasını kurcalayan soruları hiç çekinmeden dosdoğru sormasını memnuniyetle takip ediyordu. Yakında, onu, evdekinden çok daha büyük bir kitaplıkla tanıştıracağını söylüyordu; kadim dostu Şeyh Süleyman Sedef Efendi ile.

Misket şarabı dibini bulduğunda, hâlâ bırakıldığı yerden kötü kötü bakan Midilli şarabına döndü. Bu arada, mükellef bir kahvaltı yapmış olmasına rağmen, bir hayli acıkmış olduğunu fark etti. Haham Yakup'la bir türlü uyuşamadığı konulardan biri de buydu işte. İsak Pereira, az yemek yiyen, zayıflıktan kaburgaları sayılan

Haham Efendi'ye arada bir takılıp, böyle giderse kuvvetli bir rüzgârda havalanıp uçacağını söylüyordu. Haham Yakup katıla katıla gülüyordu bu laflara. Ve eve her gelişinde elleri muhakkak öteberiyle dolu oluyordu. Kendini bile şaşırtan bir hevesle kolları sıvayıp, birbirinden leziz yemekler pişiriyordu. Sofraya oturduklarında bir iki lokmada tıkanıyor ve misafirinin, şımarık bir çocuk gibi önündeki bütün tabakları silip süpürmek için ter döküşünü seyretmeye koyuluyordu. İsak'ın, yaptığı yemekleri beğendiğini görmekten mutluluk duyuyordu.

Biraz esmer ekmek ve koyun peyniri aldı. Kötü undan yapıldığı belli olan ekmek lezzetli değildi ve katıksız çekilmiyordu. Fakat peynir oldukça lezzetliydi ve ekmeğin yavanlığını bastırabiliyordu. Biraz da Midilli şarabı doldurdu kadehine. Haham Yakup, Nalçacı Hayyim Sokağı'na gitmişti. Orada yaşayan Ester ismindeki bir kız son zamanlarda garip garip rüyalar görerek, ortalığı birbirine katıyordu. Gelen haberlere göre genç kız yakın zamanlarda iyice fenalaşmıştı. Artık geceleri buz gibi soğuk soğuk terliyor, sabahları kan ter içinde uyanıyordu. Haham Yakup bu genç kızı ve ailesini görmek için ayrılmıştı evden ve daha saatler vardı dönmesine. Bazen o evde olmadığında kendini daha rahat hissediyordu. İstediği gibi okuyor, içiyor, yiyor ve hayallere dalıyordu. Bazen de hahamın muhabbetini özlüyor, can sıkıntısından patlıyordu. Gene de, canı ne kadar sıkılırsa sıkılsın, sokağın çağrısı ne denli füsunkâr olursa olsun, dışarıya çıkmak gelmiyordu içinden. Mahallede ve memlekette neler olduğuyla da zerre kadar ilgilenmiyordu. Haham Yakup yeni padişahtan bahsettiğinde, yeni idarenin cemaati nasıl etkileyeceğini anlatmaya çalıştığında da, onu meşgul eden sorulara bîgane kalıyordu. Kendine kapanmıştı bu aralar. Sadece ve sadece kendine.

Farkında olmadan ekmekten öyle büyük bir ısırık almıştı ki, ağzının içinde hiç boş yer kalmamış, yanakları şişmişti. Lokmayı ne gerisingeri çıkartabiliyor, ne olduğu gibi yutabiliyor, ne de çiğneyebiliyordu. Bir müddet öylece kalakaldı. Sonunda ekmeği ıslatmaya karar verip, bir yudum şarap doldurdu ağzına. Ağzında daha fazla yer kalmadığı için, şarap, olduğu gibi çenesinden aşağı aktı. Yanakları iyice şişti. Ağzının içindekilerin dışarıya dökülmesine mâni olabilmek için dudaklarını büzüştürdü. Bu haline gülmemek, gülerken boğulmamak için kendini zor tutarken, Haham Yakup'un, onu sık sık, böyle hızlı yemeye devam ettiği takdirde sofra başında boğulup gideceğini söyleyerek ikaz ettiğini hatırladı. Böyle gülünç bir şekilde boğulup gitse, Haham Efendi ne hale gelirdi kim bilir. Kendini tam bu fikre kaptırmışken, aniden arkasında bir şeylerin kımıldadığını fark etti. Gayrete gelip, canına kasteden lokmayı güçbela yuttu. Lokma boğazından aşağı yuvarlandığında derin bir soluk aldı ve sessizce gelen bu davetsiz misafirle yüzleşmek için hızla arkasına döndü. Bir anlık şaşkınlıktan sonra sevinçle haykırdı.

"Maggid! Sensin değil mi?"

Onun ne kadar beyaz olduğunu unutmuştu. Geceyi bir un çuvalında geçirmiş de sabah, silkelenmeden yollara düşmüş gibi bir hali vardı. Beyazlığını bozan tek şey kömür parçası gibi kapkara olan iri gözleriydi. Boynunu sola yatırıp, sol elinin iki parmağını önce yanağına, sonra şakağına değdirerek selam verdi. Hiç şüphe yok, bu Maggid'di.

"Seni bir daha görebileceğimi sanmıyordum" diye atıldı İsak. Bir an için karşısındakinin vücudunun dumandan olduğunu unutmuş ve ona sarılmaya kalkmıştı. Dumana sarıldığında kendi kendisini kucakladı. Kendi aptallığına katıla katıla güldü. Gülerken az evvel yutmakta zorlandığı lokmanın artıkları oraya buraya sıçradı. Bu durum Maggid'in de hoşuna gitmiş olmalıydı ki, o da gülümsüyordu. Ağzı olmadığı için, gülümsediği, kısılan gözlerinden anlaşılıyordu. Konuştuğunda sesi İsak'ın sesiydi. Kendine ait bir sesi olmadığından, kiminle konuşursa onun sesini alıyordu; tıpkı eskiden yaptığı gibi.

"Elbette göreceksin. Unuttun mu?" dedi. "Ben senin nakledicinim. Senin yaşadıklarını, ben naklederim."

"Madem öyle, bunca zamandır niye yoktun?" diye çıkıştı İsak. Fakat daha cümlesini bitirmeden, Maggid'le İspanyolca konuştuğunu fark etti. Gerçi Hasköy'deki Sefaradlar İspanyolca konuşuyor, hatta öteki Yahudi taifeleri bile bu dili öğrenmek zorunda kalıyorlardı ama aylardır eve kapandığı için, İspanyolcadan iyice uzak düşmüştü. Sevindi.

"Ancak varabildim" dedi Maggid. "Malûm, senin geldiğin yoldan gelmedim bu şehre."

"Haklısın" dedi İsak gülerek. "Ben denizden, sen de..." Parmağıyla yukarıyı işaret ediyordu. O kadar heyecanlanmıştı ki, elini ayağını nereye koyacağını bilemiyordu. Karşılıklı katıla katıla güldüler. İsak Pereira ellerini beline dayayıp, küçük bir çocuğu azarlar gibi konuştu.

"Ee, söylesene. Gene beni bir felâketten kurtarmak için mi geldin?"

"Hayır" dedi Maggid, bir müddet susup düşündükten sonra. "İsmimi sen vermiştin hatırlasana. Ben naklediciyim. Böyle bir isme sahip olduğuma göre artık senin hayatına müdahale edemem. Sen yaşarsın, ben de naklederim."

"Kime?" diye sordu İsak. Yüzünde endişeli bir ifade belirmişti. "Söylesene, kime nakledeceksin benim yaşadıklarımı? Hem herkes kendi derdinde. Bir hayır getirmedikçe niye alakadar olsunlar ki benim gibi birinin hayatıyla?"

"Bunu bilemiyorum" dedi Maggid. "Bazen, aslolanın sadece nakletmek olduğunu düşünüyorum. Kime naklettiğim değil. Fakat bazen de, nakledilenin çift mânâlı olduğunu hissediyorum; hem ne anlattığım hem de kime anlattığım... Eğer öyleyse, öteki parçayı bulmadan nakletmeye kalkmak, havanda su dövmek gibi bir şey olsa gerek. Yani... İyi de sen bunları niye kurcalıyorsun ki? Sırf hikâyeni nakledeceğim için kendine çekidüzen vermeye kalkacak değilsin herhalde."

İsak Pereira, bu cevaptan pek hoşlanmadığını göstermek için abartılı bir şekilde omuzlarını silkti. Biraz daha Midilli şarabı içip, midesine taş gibi oturan lokmanın ağırlığından kurtulduktan sonra, "Keyfin bilir" dedi. "Yalnız haberin olsun, bu aralar nakledecek pek bir şey bulamazsın. Günler birbirine benziyor."

Maggid karşılık vermek yerine, odadaki kitaplara bakmayı tercih etti. Hiçbir şeyi atlamamak, her şeyi nakledebilmek için mekânı, mekândaki tüm ayrıntıları dikkatle inceledi, hafızasına kaydetti. Hatta İsak'ın önündeki kitapta, iki satır arasında yayılmış Misket şarabı lekesine bile dikkat etti. Sonra, eski dostunu tepeden tırnağa şöyle bir süzdü. Onun biraz şişmanlamış olduğunu, eskisi kadar hırpani görünmediğini ve o canım saçlarına aklar düşürdüğünü fark etti. Fakat gözleri hiç değişmemişti. Yerli yerinde duruyordu o delidolu parıltılar, belki kendisinin bile farkına varmadığı. Hâlâ kanıyordu bileğindeki o derin kesik; belki kendisinin bile nereden çıkıp geldiğini hatırlamadığı.

Sustular. Önce sadece sessizliği duydular. İkisi de bu durumdan hiç hoşlanmadığından, çok geçmeden, işitecek bir şeyler buldular. Sokaktan yükselen patırtıları, uzaktan inleyen denizi, geçmişten gelen yankıları, gelecekten süzülen fısıltıları dinlemeye koyuldular. Fakat Maggid o kadar yorgundu ki, bunca gürültüyü bir ninni telakki edip hemen uykuya daldı. Uyurken, tütün yaprağından çıkan incecik bir duman gibi tütüyordu. İsak Pereira, şarabını horul horul uyuyan dostunun şerefine kaldırıp, seneler evvel aklına gelen o muzip fikri tekrar değerlendirmeye karar verdi. Elbet bir gün, Maggid'i zilzurna sarhoş edip konuşturacaktı. O ne derse desin, başkalarının hikâyelerini nakletmeyi vazife edindiğine göre, kendi hikâyesinden kaçmak için bir sebebi olmalıydı.

Vasiyet

> Hür bir insanda, öyle ise, tam zamanında bir kaçış ve savaş, aynı Ruh metinliğinin kanıtlarıdır.
>
> Spinoza, *Etika*

Üçüncü gün gözlerini açtı. Yatağının etrafının, gözleri ağlamaktan kızarmış, yüzleri sararıp solmuş tanıdıklarla çevrili olduğunu görünce acıyla gülümsedi. Bunca sene elinin tersiyle ittiği dostluklara aslında ne kadar ihtiyaç duyduğunu, her şeye rağmen hayatta yapayalnız olmadığını ve sevildiğini ancak ölümle burun buruna geldiğinde anlayabilmesi ne kadar garipti. Gene de içindeki burukluğu belli etmek istemedi. Yardım için uzanan elleri geri çevirip, kendi başına doğrulmaya çabalarken, üzerindeki örtüye takıldı gözleri. Bir zamanlar, bambaşka bir geleceğe kavuşabilmek için hiç tereddüt etmeden geçmişin üzerine çektiği o kalın örtüyü, şimdi hayat onun üzerine çekmeye hazırlanmaktaydı. Şimdilik çenesine kadar uzanan örtü, çok geçmeden ağzını, burnunu, alnını ve nihayet vücudunun tamamını sarıp sarmalayacaktı. Venedik'teki kalabalık Yahudi gettosunda, basık, loş bir evin daracık odasında, kaygılı gözlerle çevrili bir yatakta üç gündür kıpırtısız yatmakta olan Abraham Pereira, ölmek üzere olduğunun farkındaydı.

Bu melûn hastalık aniden ortaya çıkmış olsa da, zaten bir süredir sürekli ölümü düşünüyordu. Hatta kendini bu fikre alıştırabilmek için artık yazmak istediği başka bir kitabın, tartışmak istediği yeni bir hususun, özlemini çekerek geçmişinden bugüne taşıdığı eski bir sûretin kalmadığını sık sık, kendi kendine hatırlatıyordu. En büyük tesellisi, öldükten sonra da başarılı bir hekim ve kudretli bir filozof olarak hatırlanacağına, şöhretinin Venedik'teki Yahudi gettolarıyla sınırlı kalmayacağına, öğrencilerinin ve gelecekteki okuyucularının ismini ayakta tutacaklarına olan inancıydı. Aksini düşünmek bile istemiyordu. Hem düşünse bile, hayatını ya yazıp tamamladığı ya yazmakta olduğu ya da yazmayı tasarladığı kitaplarla geçirdiğinden, şimdi, yazacak tek bir kelime kalmadığında ölümü kucaklamak, ona o kadar da ürkütücü gelmiyordu. Gene de, bu inancın getirdiği rahatlıkla parıldayan gözlerinin derinliklerinde iki donuk nokta taşıyordu. Birini kardeşi Miguel'e, ötekini karısı Isabel'e adadığı iki donuk nokta.

Gözleri örtüden insanlara doğru kaymaya başladığında, o iki donuk noktayı keşfeden olmamıştı hâlâ. Hatta odadakiler hastanın bakışlarını öylesine canlı, hareketlerini öylesine çevik bulmuşlardı ki, içlerinden pek çoğu onun bu tuhaf hastalığı altettiğini, yakında iyileşmeye başlayacağını düşünmeye başladı.

Oysa, çalışma masasının çekmecesinde bulunan çantayı getirmelerini isterken meramını anlatmakta o kadar zorlandı ki, daha birkaç dakika önce hastalığı atlattığını sananların hemen hepsi yanıldıklarını kabul etmek zorunda kaldı. Çalışma masasının tam dokuz tane çekmecesi vardı ve her biri teker teker karıştırılırken odada kısa bir telaş yaşandı. Nihayet çanta bulunduğunda Abraham Pereira buruk bir gülümsemeyle teşekkür etti. Gözlerini kapatıp, ellerini keçi derisinden yapılmış, ince-uzun, ağzı büzgülü çantanın üzerinde gezdirdi. Nefes alırken çıkardığı hırıltılardan başka bir ses duyulmuyordu odada. Ağzına dolan her nefes, sanki boyundan kat kat büyük bir kayayı yokuş yukarı yuvarlayarak kan ter içinde dilinin üstüne tırmanıyor ve son anda, tam kayayı yerine yerleştirecekken gerisingeri yuvarlanıyordu. Nefes ne kadar inatçı, Abraham Pereira ne kadar azimli olursa olsun, kaya o kadar ağır, yokuş o kadar dikti ki, çok geçmeden bu beyhûde çabalamanın sona ereceğini odadaki en iyimser kişiler bile idrak etti.

Yazı hokkasını, kaztüyü kalemini ve bir de kâğıt getirmelerini istedi. Satırların altına, Abraham Pereira yerine, Antonio Abraham Pereira yazması kimsenin dikkatini çekmedi. Vasiyetini katladı ve başucunda duran Haham Samuel'e teslim etti. Haham hiçbir şey demeden, önce kâğıdı, sonra da keçi derisinden yapılmış çantayı aldı. Abraham Pereira hahamın gözlerine bakıp gülümsedi. Gülümserken kızıl-siyah sakalları hafifçe titredi.

Kimse konuşmaya cesaret edemiyordu. Birdenbire, sessizliğin ellerinden kayan Abraham Pereira ayağa kalktı. Bu hareketi o kadar ani olmuştu ki kimse onun koluna girmeye ya da ne yapmaya çalıştığını anlamaya fırsat bulamamıştı. Sendeleyerek kitaplığına yöneldi. Yazdığı kitapların dizili olduğu rafa baktı. Kitaplardan birini eline aldı. Gecesini gündüzüne katarak yazdığı, en zor günlerinde kelimelerine sığındığı, ismini bulmakta bir hayli zorlandığı ve kime ithaf edeceğini bir türlü bilemediği kitabı. Sekiz yüz seksen sekiz sayfadan herhangi birini açtı. Boşluğa düşmek üzereyken son anda bir ipe tutunmuş gibi can havliyle o sayfaya tutundu. Ne var ki, incecik sayfa vücudunun ağırlığını taşıyamadığından çok geçmeden ip koptu, Abraham Pereira yere yuvarlandı, kelimeler dağıldı.

İp koptu...

Her şey o kadar çabuk olmuştu ki, odada bulunanlar bir müddet ne olduğunu anlayamadılar. Sonra, gözyaşları arasında, Abraham Pereira'nın cansız vücudunu yerden kaldırdılar. O esnada Haham Samuel, ölünün sımsıkı kapanmış avucunu açtı, yırtılan sayfayı aldı. Abraham Pereira'nın avucunda buruşan sayfayı düzleştirmekle meşgulken, gözü bir satıra takıldı.

"Fakat sonunda, babasının hayırduasını alan ve galip gelen Yakup oldu."

Haham kaygıyla baktı elindeki sayfaya. Sonra, onu katlayıp Pereira'nın yazdığı vasiyetle birlikte keçi derisinden yapılmış inceuzun, ağzı büzgülü çantanın içine koydu. Çantanın kapağını kapatmaya teşebbüs ettiğinde bir ışıltı yaladı yüzünü. Orada, çantanın dibinde bir şey parlıyordu. Ne olduğunu anlamaya çalışmadı.

Öfke

Arzın kaderini değiştirenler, kaderlerinden utananlardır.

Cemil Meriç

Yol boyunca karşılarına çıkan insanları seyrederek, gördüklerini birbirlerine anlatarak o kadar keyifle sohbet etmişlerdi ki, tekkeye uzanan yokuşa vardıklarında Haham Yakup yolun sona ermiş olmasına içerlemiş gibiydi. Sanki yol hali bu kadar keyifli olunca, ne amaçla yola çıktıklarının hiçbir önemi kalmamıştı. İsak da en az onun kadar mutlu görünüyordu. Aylardır eve kapanıp, kitaplara gömüldükten sonra ilk defa dışarıya çıkmış ve çok geride bıraktığını sandığı sokaklarda dolaşma tutkusunun içinde yeniden alevlendiğini görmüştü. Nereye gittiğini hiç düşünmeden böyle saatlerce yürüyebilirdi. Fakat yokuşun tepesine vardıklarında Haham Yakup oymalı, demir parmaklıklı kapının önünde duruverdi. Bugün İsak'ı, can dostu Şeyh Süleyman Sedef Efendi'yle tanıştıracaktı.

İsak Pereira oymalı, demir parmaklıklı dış kapıdan içeriye adımını attığında soluğunun kesildiğini hissetti. Burası yemyeşildi. Haham Yakup, kendilerini kapıda karşılayan kısa boylu, sıska bir dervişe hal hatır sordu. Onlar önden giderken İsak arkada kalmış, meraklı gözlerle etrafı inceliyordu. Solda, az ileride, bir başka demir kapının ötesinde mezarlık vardı. Tam karşılarına denk düşen büyük yapı semahaneydi. Onun hemen yakınındaki de mescit. İsak semahaneye bakmak istediğini söylediğinde, sıska derviş ona eşlik etmek için Haham Yakup'tan ayrıldı.

Semahanenin kıbleye bakan kapısından içeri girdiğinde, ilk dikkatini çeken buranın dışarıya göre çok daha serin olmasıydı. Sanki bir yerlerden serin bir yel doluyordu içeriye. Ortadaki cilalı, çivisiz tahtalarla döşeli çemberin etrafındaki daracık yoldan ilerlemeye başladılar. Bu dar yol kilimlerle döşenmişti. Kilimlerin alacalı bulacalı renkleri ve desenleri semahanenin tamamına hâkim olan toprak rengine ve yuvarlak hatlara tamamen teslim olmuş gibiydi. Derviş bu kilimlerde, dışarıdan gelen ama kendilerini içerden sayanların oturduklarını, oturup da semayı izlediklerini anlattı. Kapının tam karşısında bir mihrap vardı. İsak mihrabı incelemek için başını kaldırdığında semahanenin üst tarafında başka bir kısım olduğunu gördü. Buraya dışarıdan bir merdivenle çıkılıyordu. Sohbet etmeyi sevdiği her halinden belli olan derviş bu kısıma mutrıb isminin verildiğini ve burada ney, kudüm gibi çalgıları çalanların, ayin okuyanların oturduğunu anlattı. O anlatırken İsak kenardaki türbeye yaklaşmıştı. Gördüğü şey merakını öyle kabartmıştı ki, dervişin anlattıklarının çoğunu işitmemişti. Türbe, neredeyse boyuna gelen demir parmaklıklarla semahaneden ayrılmıştı. Sandukaların başlarında destarlı sikkeler, üstlerinde çuhadan örtüler, önlerinde şamdanlar ve cephelerinde tezhipli levhalar ve rahleler vardı. Parmaklıkların arasından kafasını uzatıp baktığında arkadan buraya açılan bir başka kapının daha olduğunu anladı. Derviş burada dergâhın büyük şeyhlerinin gömülü olduğunu söyledi ve sustu. İsak o zaman semahaneye dolan serin yelin bu taraftan geldiğini fark etti. Gerçi ne arkadaki kapı açıktı, ne de bir pencere vardı ama belli ki yel oradan esiyordu.

Semahanenin arka tarafına geçtiklerinde uzunca bir koridor boyunca karşılıklı dizilmiş derviş hücreleri gördü. Küçücüktü hücreler. Boş olan hücrelerden birine girdiler. Girişteki küçük bölmede ayakkabılarını çıkartıp, küçük bir basamak çıktılar. Yerde rengârenk desenli kilimler, halılar vardı; duvarın kenarında da bir sedir. Boy şiltesi ve boy yastığı öteki duvara dayanmıştı. Duvardaki oyukta bir lamba ve birkaç kitap duruyordu. Bir tarafta da küçük bir kahve ocağı vardı. Sıska derviş, hücrenişîn dedenin bu ocakta kahve pişirip misafirlerine ikram ettiğini, ama şu anda burada bulunmadığı için kahvesini içemeyeceklerini söyledi.

Dışarı çıktıklarında İsak tekrar mezarlığa, mezarlıktaki sikkeli taşlara, selvilere, çınarlara, biraz ilerideki bostana, kapılardaki kitabelere baktı. Aslında aklı mezarlıkta kalmıştı ama daha fazla gecikmek istemediği için sıska dervişin peşine düşüp, ses çıkarmadan selamlığın yolunu tuttu. Sedef Efendi konuklarını burada ağırlıyordu.

Selamlığa yaklaşırken aniden irkildi. Yukarıdan bir yerlerden izleniyordu sanki. Üzerindeki nazarın kaynağını bulabilmek için hasbelkader bir yön tayin etti kendine. Hızla dönüp baktı. Bakar bakmaz da yaşlı, suskun ağaçların yaşlı, suskun dallarıyla göz göze geldi. Her yerdeydi ağaçlar; dört bir yana uzanmıştı butlu kolları, etli parmakları. Diledikleri zaman sızdırıyorlardı ışığı; dilediklerinde her yer zifiri karanlıktı. Yapraklarının ortasında gözler vardı, irili ufaklı, tatlı şaşı. Onlarca ağaç, yüzlerce dal, binlerce göz, üstüne üstüne geldi. Tepeden tırnağa ürperdi. Yeni bir nöbete mi yakalandığını yoksa gerçekten birisi tarafından mı izlendiğini anlayamadan kendini selamlıkta buldu. Derin bir soluk aldı. İçeride, Şeyh Süleyman Sedef Efendi ile Haham Yakup koyu bir sohbete dalmışlardı.

Haham Yakup, İsak'ı Sedef Efendi'ye tanıtırken heyecanını saklayamadı. En çok sevdiği iki kişiyi bir araya getiren pek çok insan gibi tanıştırdıklarının birbirlerine hemen ısınmalarını bekliyor olmalıydı. Oysa Sedef Efendi biraz mesafeli, İsak ise alabildiğine gergindi. Neyse ki çok geçmeden Zişan Kadın girdi içeri. İçine yabani otlar koyarak pişirdiği bohça börekleri ikram etti. İsak böreği yerken, hâlâ dışarıda hissettiği nazarı düşünüyordu. Aniden boğuk bir ses çıktı ağzından. Yutkunmaya çalıştı ama başaramadı. Nefes alamıyor, kıpırdıyamıyordu. Morarmaya başladı. Haham Yakup ters giden bir şeyler olduğunu daha yeni fark etmişti ki, Şeyh Süleyman Sedef Efendi büyük bir soğukkanlılıkla atılıp, genç adamı arkasından kavradı. Göz açıp kapayıncaya kadar Sedef Efendi, İsak'ın midesine tam üç kez üst üste sertçe bastırdı. Darbelerin etkisiyle İsak'ın hem boğazında takılan lokma, hem de boynunda asılı duran taş yerinden fırladı. İsak öksürükler arasında kendine gelirken, rengi mordan kırmızıya, kırmızıdan sarıya dönüşürken, bu sefer renkten renge giren Sedef Efendi olmuştu. Şeyh Süleyman Sedef Efendi, büyük bir şaşkınlıkla yere düşen sütbeyaz taşa bakıyordu. Nice sonra, zangır zangır titreyen elleriyle taşı kavradı. Gözlerini yumdu, tekrar açtı. Avucundaki taştan ürkmüş gibi bir hali vardı.

"Vaktiyle bu taşı görmüştüm" dedi titrek bir sesle. Sonra, sorgulayan gözlerle İsak'a baktı. "Söylesene bunu nereden buldun? Nasıl geçti senin eline?"

Bu sorgulamadan hiç hoşlanmayan İsak telaşla ayağa fırladı. Sedef Efendi'nin dikkatle avuçlarında tutup üzerine titrediği taşı geri aldı; hışımla, hoyratça. Tekrar yerine oturduğunda burnundan soluyordu hâlâ.

"Bu taş benim. O bir aytaşı." Sonra başını arkaya atıp, gururla ekledi: "Benim aytaşım!"

"Kanımca o taş kimseye ait değil. Sen de onun için sadece bir duraksın."

İsak küplere binmişti. Ses tonunu alçaltmaya lüzum duymadan, beti benzi atan Haham Yakup'un onu durdurmaya çalıştığının farkına dahi varmadan, deliduman konuşmaya devam etti.

"Niçin? Niçin başka türlü olmasın? Belki de bu taş ömrü boyunca hep beni aradı durdu. Bana ulaşmak için onca yolu tepti. Olamaz mı? Yoksa beni aytaşına lâyık bulmuyor musunuz? Şu... şu bakış var ya... Hani dünyada görülecek ne varsa gördüğünü, bilinecek ne varsa sırrına erdiğini zannedenlere mahsus. Ağır, oturaklı, anlayışlı. Hiç hata yapmayanların, ayağı kaymayanların, yalpalamayanların mağrur ifadesi. İşte bu... bu benim kanımı donduruyor. İnsan ilk defa gördüğü birine ilk defa görüyormuş gibi bakmalı. Daha evvel gördüklerine bakar gibi değil. Yani her yeni insan bir muamma demek; bilinmeyen bir şeyler var orada. Çocuklar bilir bunu. Yeni yürümeye başlayan çocuklar böyle bakar işte her şeye; hayretle."

Sesi titredi. Andres, senelerdir ismini anmadığı, rüyalarına sokmadığı Andres, içine yabani ot konmuş bohça böreklerden çıkıp dikiliverdi karşısına. Hiç değişmemiş, büyümemişti. Sarılmak istedi ona ama çocuk kendini geri çekti. Çıplaktı Andres. Suratında muzip bir ifadeyle, İsak Pereira'nın ayaklarının dibine işeyip, gözden kayboldu. İsak, ıslanan ayaklarını kendine doğru çekip saklamaya çalıştı. Zemin ne kadar oynak, batmak ne kadar kolaydı. Huzursuz ve uğursuz bir bataklığa dönüşüyordu Andres'ten geriye kalan çiş birikintisi. Bulanık, neftî.

"Tekerrür" dedi Andres'i fark etmemişe benzeyen Sedef Efendi, "her dem yeniden gelir vücuda. Sen buna yeni dememi bekliyorsun. Bense eski bile demiyorum."

Korkunç şapırtılar çıkartarak kurbanını içine çekiyordu bataklık. Son bir gayretle atıldı. Saçlarını kement yapıp yukarı çekti kendini.

"Benim neler yaşadığımı bilmiyorsun. Gördüklerine benzemiyorum ben. Kimseye benzemiyorum" diye inledi. "Aytaşı bunu biliyor, Maggid bunu biliyor." Sayıklıyordu. "O da biliyordu bir zamanlar."

Şeyh Süleyman Sedef Efendi ayağa kalkıp İsak'a yaklaştı. Solgun görünüyordu.

"Genç dostum" dedi. "Söylesene, öfkenle helalleşemez misin?"

İsak Pereira afallamıştı. Uyandığında nerede olduğunu kestiremeyen bir uyurgezerin şaşkınlığı okunuyordu gözlerinde. Bu sıkıntılı anı daha fazla uzatmamak için müsaade isteyip, koşaradım selamlıktan çıktı. Dışarı çıktığında hafif, ılık bir yel yüzünü okşadı. Hiddetinden utandı. Cinnetinden utandı. Anı anına uymayan, kâh vezir kâh rezil eden tıynetinden utandı.

Hiddetindencinnetindentıynetinden.

Bir an, geri dönüp özür dilemeyi düşündü ama vazgeçti. Yapamazdı. Zihnini tarûmar eden fikirleri koltuğunun altına sıkıştırıp tam çıkıp gitmek üzereyken, gene birileri ya da biri tarafından izlendiği hissine kapıldı. Ne var ki bu sefer, ağaçların dallarına bakmak yerine, selamlık dairesinin üst katına baktı. O şey her neyse, oradaydı ve dikkatle, merakla seyrediyordu. Kötü bir niyeti yoktu herhalde. Daha çok meraktan bakıyordu. Fakat gene de rahatsız ediciydi bakışları.

İsak çekip gittikten sonra, utançtan kıpkırmızı kesilen Haham Yakup tek kelime etmedi. İçine yabani ot konmuş bohça böreklere dikti gözlerini. Derin derin iç çekti.

"Biliyor musun dostum?" dedi Şeyh Süleyman Sedef Efendi onu uğurlarken. "Bu genç adam bana çok eskiden tanıdığım birini hatırlatıyor. Öfkenin ne demek olduğunu bilen birini."

Luna*

Zina işlediğimi biliyordum çünkü sevdiğim şey evimin dışındaydı.

Jeanette Winterson,
Vişnenin Cinsiyeti

Enfiye kutusunu hafifçe aralayarak, Sultan Murad'ın gölgesinden artakalan o iki parçaya şöyle bir göz attı. Bugün sesleri solukları çıkmıyordu nedense. Hemen kapattı kutunun kapağını. Zaman zaman kaçmaya teşebbüs ettiklerinden, her ihtimale karşı altın bir mahfazanın içine yerleştirdi enfiye kutusunu. Derin bir soluk aldı. Kösem Sultan bugünlerde bir hayli kaygılıydı. Bir ömre birçok isim sığdıran Rum papazının kızı, Bosna Beylerbeyi'nin eline geçer geçmez güzelliği, güleçliği ve çenebazlığıyla dikkatleri çekerek saraya takdim edilen Anastasya, Birinci Ahmed'in eşi, Dördüncü Murad ve İbrahim'in annesi Kösem Mahpeyker Valide Sultan, memleketin başsız, tahtın vârissiz kalmaması için ne gerekiyorsa yapmakta kararlıydı. Ne yazık ki, Sultan İbrahim Han annesinin kaygılarına karşı da, memleketin ihtiyaçlarına karşı da alabildiğine kayıtsızdı. Tam yirmi üç sene boyunca sarayda tutuklu kalan, değil memleketin ahvalini anlamak İstanbul'u tanıma fırsatı bile bulamayan, doğru dürüst bir eğitimden yoksun kalan, ağabeyi Dördüncü Murad'ın, Süleyman'ı, Kasım'ı ve Bayezid'i peş peşe boğdurtmasından sonra hanedanın tek şehzadesi kalan Sultan İbrahim Han... Kösem'in ihtiyatlı tutumu ve ağabeyinin ani ölümüyle boğulmaktan kurtulan ama can korkusunu üzerinden çıkarıp atamayan, tahta davet edildiği zaman boğdurulacağını sanarak kafesinden çıkmamak için tavuk gibi çırpınan ve ancak Murad'ın

* Luna: Ay.

ölüsünü gördükten sonra rahatlayıp, etrafındakilerin kaygılı bakışlarına aldırmadan hoplayıp zıplayarak hasodaya geçen ve tahta oturan, haremdeki cariyelerden alabildiğine uzak duran, Kösem'in ısrarla önüne sürdüğü birbirinden güzel kadınlara elini dahi sürmeyen, korkunun harflerini sakallarına dizip herkesten ve her şeyden şüphe eden Sultan İbrahim Han... Karadeniz'den gelen zahire gemilerine saldıran Kazak korsanları yakalanıp şehrin muhtelif semtlerinde kazığa vurulurken, Macuncu Hamamı'ndan esen şiddetli rüzgâr damların kurşunlarını söküp kasırgaya yerini bırakırken, Balat Kapısı'ndaki mumhanelerden çıkan Harik-i Azim* Haliç boyundaki yalıları tutuştururken, peş peşe patlak veren bütün uğursuzlukların sebeb-i hikmeti addedilen Sultan İbrahim Han... Kösem'in nazarında soyağacında yapraksız bir dal, marazi bir can olan ve bir an evvel bir şehzade verip, ait olduğu boşluğa dönmesi gereken Sultan İbrahim Han...

Cariyelerden biri Yahudi kadının geldiğini haber verdiğinde, Kösem Sultan daldığı düşüncelerden sıyrıldı. Bu kadının oğlunun derdine derman olabileceğini işitmişti. Onun hakkında pek çok şey biliyordu çünkü başkalarının hikâyelerine vâkıf olmayı severdi. İnsanların geçmişlerini bildiği takdirde bugünlerini daha kolay anlayabileceğini, dolayısıyla yaptıkları hiçbir şeye şaşırmayacağını, hazırlıksız yakalanmayacağını düşünürdü. Bu sebepten ötürü Yahudi kadın hakkında da epey malûmat toplamıştı. Onun, ilmini yaşlı, Müslüman bir kadından öğrendiğini ve geçmişte pek çok acı yaşadığını biliyordu. Böylelerini severdi. Kaderle sille tokat kapışmaya kalkanların, geçmişi yaralılardan çıktığını bilirdi.

Kösem Sultan karşısındaki genç kadını dikkatle süzdü. Onu güzel bulmuştu. Genç kadın iri, siyah gözlerini yerdeki Acem halısının saçaklarına dikmiş, saygıyla eğilmiş bekliyordu.

"Buraya gelirken geride neler bıraktığını bilmiyorum. Lâkin, oğlumun derdine çare bulabilirsen, sana verebileceğim hayatın, geride bıraktığından çok daha güzel olacağından hiç şüphen olmasın."

Isabel Nuñez Alvarez, Kösem Sultan'ın gözlerini gördüğünde önü sıra aralanan kapıdan içeri girmeye çoktan karar vermişti. Kö-

* Harik-i Azim: Büyük yangın.

sem Sultan, Isabel Nuñez Alvarez'in gözlerini gördüğünde aynı mayadan yoğrulmuş olduklarını fark etmişti. Sadece oğlunun derdine derman olacak merhemi değil, kadınlar arasında kolay kolay rastlanmayan bir dostluğu da kazanacağını anlamıştı. Gülümseyerek Mihrengiz Kadın'a baktı. Bundan böyle Isabel'in her türlü ihtiyacıyla o ilgilenecek, rahat etmesinden o sorumlu olacaktı. Mihrengiz Kadın ile Isabel, huzurdan ayrılmak üzereydiler ki, Kösem Sultan kısık bir sesle sordu.

"Bildiğimden başka bir ismin var mı?"

"Evet, Sultanım" dedi Isabel. "Eskiden, bana Luna diye hitap edenler vardı."

Kösem Sultan hiçbir şey demeyip, çekilebileceklerini gösteren bir işaret yapmakla yetindi. Yalnız kaldığında gözlerini kapattı. Tedirgin bir gülümsemeyle, enfiye kutusundan yükselen canhıraş şikâyetlere, malûm evlerdeki işret âlemlerine, tahtı kemiren güvelerin ayak seslerine, Süleyman'dan Belkıs'a haber taşıyan Hüdhüd'ün ötüşüne, haremde dönen fırıldaklara, kementlerle sıkılan boyunlardan çıkan çatırtılara, iki başlı mermer sandukaların etrafında okunan dualara, adak ağaçlarına fısıldanan sırlara, afetlerden artakalan ağıtlara, isyankârların öfkeli çağrılarına ve kırılan aynaların şangırtısına kulak kabarttı. İlerleyen yaşına rağmen hâlâ gayet iyi duyuyordu kulakları.

Bedel

Ya viene mashiah
de los altos cielos,
shofar d'oro en mano
lo viene tañendo.
Eski bir Ladino
halk şarkısından*

Haham Yakup, Ester'in alev alev yanan alnından elini çekerken endişesini saklayamıyordu. Hastaydı küçük kız. Giderek fenalaşıyordu. Annesi ve babası, kızlarının yepyeni bir âlemin habercisi olduğuna yürekten inandıklarından, hastalığı da ödenmesi gereken bir bedel gibi görüyorlardı.

Evden çıkar çıkmaz, Kunduracı Hayyim Sokağı'ndaki armut ağacının yanında aldı soluğu. Usulca okşadı ağacın dallarını. Bir bir sordu ona, insanlara soramadıklarını.

Beklemek...
ama neyi...
ve kimi...
hem, nereye kadar...

Beklemek...
ama niye...

* İşte Mesih geliyor, yüce göklerden. Elinde altın bir shofar, onu çalarak geliyor.

Güneş Batarken

... feda ettiğim saçlarıma rağmen ne kadar kadınmışım.

Colette, *O Zevkler*

Güneş batıyordu. Azgın ve arsız dalgalar ondan bir parça fazladan tırtıklayabilmek için birbirlerinin üzerine çıkarken, güneş, suda dağılan mürekkep gibi kat kat yayılarak, usul usul çözülerek batıyordu.

Güneşe bakıyordu. Galata'da, benzerlerine göre mütevazı sayılabilecek bir konağın denize nazır odalarından birinde, Boğaz'ın güneşi nasıl yuttuğuna bakıyordu. Ve biliyordu ki, güneş denizin içinde gözden kaybolduğunda zaman ikiye ayrılacaktı. İşte o an, denizin zamanı ile güneşin zamanı farklı olacaktı. Farklı olacaktı çünkü zaman zaman, zamanın iki ayrı vücut için iki ayrı yönden döndüğü olurdu. Biri için doğudan batıya, öteki içinse batıdan doğuya. Tıpkı geride kalan o sokakta, o gün olduğu gibi.

"Tek korkan sen misin sanıyorsun?"

Aradan geçen seneler boyunca koca bir geçmişi olmasa da geçmişin sadece bir parçasını, salt bir anını düşünmeye bol bol fırsatı olmuştu. Gene de inatla kafasını kurcalayan o yapışkan sorunun cevabını bulabildiğinden emin değildi. O gün, orada, onun çıkıp gitmesine mâni olmak için yolunu kestiğinde, kollarını açıp kapının önünü kapadığında, bunu ona duyduğu arzudan ötürü mü yapmıştı yoksa sadece arzu duyabileceğini kendine gösterebilmek için mi? Arzusuna karşılık alıp alamayacağından emin olmadığı halde ve karşılık göremediği takdirde bunun kahredici olacağını bile bile ve karşılık gördüğü takdirde de sonuçlarının altında ezilebileceğini göre göre o kışkırtıcı adımı nasıl ve niçin atmıştı? İki ayrı cevap vardı dilinin ucunda, ayrı mecralara sapan, ayrı tanrılara tapan.

Yollardan birinde, onun güzel yüzünün, kıvır kıvır kuzgunî siyah saçlarının, yanık teninin gölgeleri dolaşıyordu. Aslolan oydu; onunla var olan o andı. Adımı atmasının tek sebebi ona duyduğu aşkı daha fazla saklayamamasıydı. Yollardan diğerinde, senelerdir içinde katmerlenmiş sıkıntıların, mühletini doldurmuş kuşkuların çığlıkları yankılanıyordu. Aslolan dündü; bugünü önceleyen dün. Hal böyle olunca da, o adımı atmasının tek sebebi, kendi kendinden duyduğu şüpheyle yüzleşebilmek için bulabildiği ilk kapıyı açmakta inat etmesiydi. İlk kapı... kırkıncı kapı...

Gerdek gecesinin sabahında, karısını dizlerine oturtmuş şehzade. "Dilediğince gez" demiş "dilediğince yaşa bu kırk odalı evde. Lâkin, sakın ola kırkıncı kapıyı açmaya çalışma, kırkıncı kapının kilidini zorlama!" "Peki" demiş genç kadın munis bir ifadeyle. Kocası dışarı çıkar çıkmaz kırkıncı odanın önünde almış soluğu. Hayret! Kapı zaten açıkmış.

Güneş için başka, deniz için başkaydı zaman.

Peki, iki ayrı cevaptan hangisiydi aslolan?

Tek bir penceresi bile bulunmayan o karanlık, geniş odada, yüzünü zar zor seçebildiği Engizisyoncu'nun karşısında ecel terleri dökerken, kuyunun bakracında sakladığı kutunun önüne atılabileceğini hiç aklına getirmemişti. Mavi damarlı bir çakıl taşı; onlarca, yüzlerce taştan sadece biri/ bir şövalye resmi; devleri dize getiren kahraman/ bir saç tokası; neden sakladığını bilmediği/ bir saç tutamı; Andres'in ilk saç kesimi/ karalanmış sayfalar; başkalarının hikâyeleri/ ve bir çarşaf; üzerine kendi vücudunu resmettiği. Niçin çizmişti vücudunu o çarşafa? Öteki kadınlardan hiçbir farkı olmadığını, her şey yolunda gittiği takdirde tıpkı onlar gibi baş döndürücü, nefes kesici olabileceğini ve en az onlar kadar zevk alıp zevk verebileceğini kendi kendine ispat edebilmek için mi? Tıpkı öteki kadınlarınki gibi bir vücut... Her şeyiyle aynı. Her şeyiyle...? Niye çizmişti kendini o çarşafa? Bütün kabahatin başkalarında olduğundan emin olabilmek için mi? Niçin ömründe hiç kimseyi sevmemişti; ihtirasla, tutkuyla? Niçin kendini adamak istememişti kocasına, oğluna yahut ona – kırkıncı kapıya? Nasıl ki evlendiğinde eş, Andres'i dünyaya getirdiğinde de anne gibi hissetmemişse kendini, o korkunç günahı işlediğinde de günahkâr olduğundan emin değildi. Aklı başındayken de, deliliği tescillendiğinde de, hissetmesi gerekenleri bir türlü hissedememişti.

Hissetmemek bir meziyettir bazen; donmuş bileklerini kesemez insan.

Hissetmemek bir eziyettir bazen; donmuş bileklerini kesemez insan.

Güneş batıyordu. Güneş denizin içine dalarken, zaman ikiye ayrılmak üzereyken, kendi kendine seslendi. "Isabel! Sakın sorun sende olmasın? Sakın bu sebepten... sırf bu sebepten... Yoksa ne aşk, ne tutku, ne arzu... ne dirilip bayılmalar, ne yürek hoplatmalar, ne ıslak rüyalar. Bunların hepsi ama hepsi birden bu kadar uzak olabilir mi sana?"

Onu bu kadar arzuladığı için mi hayatında ilk ve son defa bir sevişmeden zevk almıştı; yoksa hayatında ilk ve son defa bir sevişmeden zevk aldığı için mi onu bu kadar arzulamıştı? Ve niye ona vermişti biricik incisini, Yaşlı'nın emanetini, aytaşını?

✪

Cariyelerden biri içeriye girdi. Elindeki tepside bir fincan kahve ve dumanı tüten bir lüle vardı. Isabel ona gülümsedi. Cariye mahcup bir edayla gülümsemeye karşılık vererek, tepsiyi sininin üzerine bıraktı. İsmi Serfiraz'dı. Isabel'i konağına alan Mihrengiz Kadın tarafından onun işlerini görmesi için görevlendirilmişti. Oldukça zengindi Mihrengiz Kadın; İstanbul'un muhtelif semtlerinde pek çok konağa sahipti. Gelip kendisiyle beraber yaşayabileceğini veya konaklarından birine yerleşebileceğini söylediğinde, Isabel hiç tereddütsüz Galata'daki konağı seçmişti. Burası öteki konaklardan çok daha küçük, çok daha mütevazıydı. Burayı seçmesinin bir sebebi güneşin batışını yudumlamak ise, bir sebebi de konağın arkasındaki daracık sokakların Yaşlı'ya uzanan âleme açıldıklarını düşünmesiydi. Zira Galata'da, Arap Camii ile Galata Kulesi arasındaki bölgede Endülüs'ten gelen Müslümanlar ikamet etmekteydi.

Serfiraz öksürünce kendine geldi. Orada, ayakta, başka bir emri olup olmadığını anlamak için dikiliyordu. Odaya ışık saçıyordu omuzlarına kıvır kıvır dökülen sapsarı saçları. İri, yeşil gözlerini çevreleyen kirpikleri; gür, kalın kaşları; ensesinden aşağıya incecik bir şerit halinde uzanan ayva tüyleri; hatta mahzun, manidar bakışları bile, saçlarından ayrı düşmemek için sarıda karar kılmış, sarıya boyanmıştı. Çenesinde küçücük bir çukur vardı ve nadiren konuştuğu için o çukur gün boyu hareketsiz kalırdı. Mihrengiz Kadın'ın anlattığına göre küçüklüğünden beri onun hizmetindeydi. Isabel tekrar ona gülümsedi. Sonra, ondan gidip bir fincan kahve ve bir lüle daha getirmesini istedi. Serfiraz iri iri açılmış gözleriyle ona bakarak bir misafir bekleyip beklemediğini sordu.

"Hayır" dedi Isabel. "Misafir için değil, senin için."

Serfiraz, şaşkınlığını gizleyemeden ama daha fazla soru sormadan odadan çıktı; çok geçmeden, bir fincan kahve ve başka bir lüleyle geri döndü. Bunlarla ne yapacağını tam olarak bilemiyormuş gibi bir müddet ayakta öylece dikilmeyi sürdürdü. Isabel yere oturduktan sonra karşısındaki mindere oturması için ona işaret edene kadar da öylece dikilmeyi sürdürdü. Karşılıklı kahvelerini içerken hiç konuşmadılar. Ne var ki, Isabel onun lüleyi tutuşundan, dumanı içine çekişinden ve duman küçük, pembe dudaklarının arasından kıvrım kıvrım çıkarken gözlerini kapatıp kendinden geçişinden, Serfiraz'ın göründüğü kadar masum ve sadedil olmadığını anlamıştı. Hem, Mihrengiz Kadın ona Serfiraz'ı verirken ne demişti? "Serfiraz her işin erbabıdır. Onun hizmetinde kusur noksan yoktur."

Mihrengiz Kadın hakkında çıkarılan dedikodulardan haberdardı. Onun, sarayda hatırı sayılır bir ağırlığı olan Meleki Kadın'ın sağ kolu olduğunu, hemcinslerine ayrı bir alaka gösterdiğini, güzel olan her şeye düşkünlüğüyle nam saldığını duymuştu. Gözleri velfecri okuyan bu kadının böylesine misafirperver davranıp, konaklarını ve cariyelerini emrine sunmasının tek sebebinin, Kösem Sultan'ın emirlerine harfiyen uyma gayreti olmadığını da sezebiliyordu. İşin aslı, Mihrengiz Kadın'ı zaten pek az gördüğü ve gördüğü zaman da onun karşısında boğulmadığı, bocalamadığı için bu durumdan pek de şikâyetçi olduğu söylenemezdi. Şikâyet bir yana, bu kadının ait olduğu çevreye girmek ve bu sayede Valide Sultan'ın gözünde yer edinmek fikri bile kanını alevlendirmeye yetiyordu. Kösem'le bir sonraki karşılaşmayı iple çekiyordu. Hazırdı iksir. Yaşlı'nın soluğunu üflemişti ona. Şimdi tek ihtiyacı, iksiri içine koyacağı şişeyi bulmaktı. Rüyalarına giren ince, uzun, eflatun şişeyi arıyordu.

Serfiraz kahvesini bitirdikten sonra müsaade isteyip kalktı. Lüleden tüten duman, hâlâ içecek çok fazla tütünü olduğunu anlatmaya çalışıyordu. Cariye odadan çıkmadan önce iri, yeşil gözleriyle ona baktı. İlk defa bu kadar yakından, bu kadar dosdoğru baktı. Isabel'in içinden geçenleri okumak ister gibi bir hali vardı. Isabel birden şüpheye kapıldı. Mihrengiz Kadın belki de yanılıyordu. Belki de küçük bir çocuktu Serfiraz; vücudunun hızına yetişememiş, tez zamanda serpilmiş küçük bir çocuk. İçi cız etti; başını çevirdi.

Küçük bir çocuk...
Canı acımış bir çocuk...

Kızmıyordu kendine. Anlamaya çalışıyordu sadece. Kimselere anlatamadığı, anlattığı takdirde anlaşılmayacağını bildiği şeyleri kendine saklıyordu. Antonio'yu neden bir kere bile özlemediğini, Miguel'den geriye kalan o güzel hatırayı sadece güzel bir hatıra olarak saklı tutmak istemesini ve öz oğlunu neden hatırlamak istemediğini kime anlatabilirdi ki? Kızmak istemiyordu kendine. Anlamaya çalışıyordu sadece. Neden öfke ve tutku ve aşk ve nefret ona bu kadar yabancıydı? Kötü müydü mizacı? Ve eğer buz tutmuşsa Duero Nehri, sırf akması gerektiğine inandığı için gidip de güneşe teslim mi olmalıydı?

Her akşam bu saatlerde, güneşin denizin içinde kaybolduğu ve zamanın ikiye bölündüğü saatlerde, kahvesini ve tütününü içip, hatırlamak istediklerini hatırlıyordu. Günün başka hiçbir saatinde düşünmediklerini, değil düşünmek aklının ucundan dahi geçirmediklerini bir fincan kahve ve bir lüle dolusu tütün içimi zamanda düşünüyordu. Kahve dibini bulduğunda, tütünün dumanı yok olduğunda, az evvel aklını kurcalayanları bir daha aklına getirmiyordu. Ta ki bir sonraki gün, azgın ve arsız dalgalar güneşten bir parça fazladan tırtıklayabilmek için birbirlerinin üzerine çıkıp, Serfiraz elinde yeni bir kahve fincanı ve lüleyle odaya girene kadar.

Tırtıl

Beni kim sevecek acaba, kim öldürecek?

Pierre J. J., *Paulina 1880*

Şeyh Süleyman Sedef Efendi ıhlamur sandığın altındaki düğmeye bastı; bir müddet bekledikten sonra tavandan sarkan merdiveni ağır ağır çıktı. Zülfe uyuyordu. Demek ki gece gene uykusuz kalmış, yıldızlarla oynamış, ayla sohbet etmişti. Hiç ses çıkarmadan onu seyretti. Acıyla seyretti. Acıyı seyretti. Çok düşünmüştü. Zülfe'yi bu tavanarasından indirmek, insanların arasına karıştırmak, onu diri diri gömmek demekti. Dışarıya dayanamazdı Zülfe. Dayanamazdı çünkü çirkin olduğunu bilmiyordu. Gözleri doldu Sedef Efendi'nin. Gözleri o uğursuz gün gördüklerini hiç unutamamıştı.

Bahçedelerdi. Çamaşır yıkıyordu gene Simten. Son zamanlarda, hemen her gün, çamaşır yıkamak için bahçeye kazanı kuruyor, ateşin çıtırtılarına türkülerle eşlik ediyor ve didik didik ettiği yatakların pamuklarını oklavayla dövüyordu. Görünmeyen bir düşmandan intikam almak istercesine hırsla, hınçla indiriyordu oklavayı. Değişiyordu Simten. Giderek daha hırçın, daha bedbîn oluyordu. Gerçi öteden beri asabi mizaçlıydı karısı ama onun, Zülfe'nin doğumuyla neşe ve huzur bulacağını sanmıştı. Sanmak istemişti belki de. Oysa ne Zülfe ne de küçük Zühre, Simten'i mutlu edebilmişti. Onu hayata ve yuvasına bağlayacağını sandığı her iki köprü de sessiz sedasız çöküvermişti. Zülfe beş yaşındaydı, Zühre üç. Değişiyordu Simten. Çamaşırların üzerinde en ufak bir leke bulduğunda kendini yere atıp tepinmeye, hırsından çimenleri, çiçekleri yolmaya başlıyordu. Ağlıyordu durmadan. Niye ağladığını anlatmıyordu. Acı çekiyordu Simten. Acıyan yerinin neresi olduğunu söylemiyordu. Çaresizdi Sedef Efendi. Çaresizdi ve çok gençti. Çimenlerden çiçeklerden sıkıldığında saçlarını yoluyordu Simten. Yolduğu yerlerdeki deriyi okşayıp türküler söylüyordu. Deliriyordu Simten.

Bilerek yapmış olabilir miydi? Bilerek ve isteyerek. Uğursuz bir kaza mıydı Zülfe'nin başına gelenler yoksa... Mümkün müydü? Bir insan, kendi öz evladını... Gözleri doldu Sedef Efendi'nin. Zülfe'yi uyandırmaktan korktuğu için, uyandığı takdirde babasını ağlarken bulmasını istemediği için kendini tuttu. Hep gülümsemişti şimdiye kadar Zülfe'ye. Sanki ortada hiçbir kötülük yokmuş gibi, sanki hayatlarının hikâyesi uğursuz bir günde gebe kalmamış gibi gülümsemiş, hep gülümsemişti. Fakat biliyordu. Biliyordu ki Zülfe'yi daha uzun süre bu tavanarasında tutamazdı. Elbet bir gün dışarı çıkacaktı Zülfe. Dışarıda öğrenecekti çirkinliğini.

İsak Pereira ile konuşurken, aniden, o öfkeyle yanıp sönen gözlerde Simten'i görüvermişti. Denize hasret bir nehir gibi kâh coşup bendlerini yıkan, kâh durulup yatağını oyan ve sisli puslu gökyüzünü gözlerinde taşıyan Simten! Ne çok sevmişti onu. Yüreğindeki huzursuzlukların zamanla dineceğine, aşklarının her şeyin üstesinden geleceğine inanmıştı evliliklerinin başında. Simten'in çektiği acıları başkalarına acı saçarak dindirmeye çalışacağını aklının ucundan bile geçirmemişti.

Rüzgâr mı çok kuvvetliydi o gün? Çamaşır kazanını devirecek kadar kuvvetli.

Bahçede, otların arasında bir tırtıl bulmuştu Zülfe. Sevinçle haykırarak, avuçlarının arasında sımsıkı tuttuğu tırtılı annesine göstermek için koşuyordu. Devrildi kazan. Haşlandı tırtıl. Karardı yeşil.

Kaskatı kesildi Zülfe. Kıpırdayamadı bile.

Yarısı kelebekti yüzünün, yarısı tırtıl.

Dönemeç

Eğer yanılırsam, zararı yok: Öykü değişmiş olmuyor.

Umberto Eco,
Önceki Günün Adası

Oradaydı işte; tam karşısında. Eskisi kadar güzel, eskisi kadar uzak ve anlaşılmaz; aradan onca sene geçtiğini yalanlarcasına. Ona bakmamak için başını başka taraflara çeviriyor, sık sık gözlerini kapatıyordu. Fakat her seferinde, hızla dönüp tekrar ona, o sütbeyaz yüzüne, o yüzü gölgeleyen iri, siyah gözlere bakmaktan kendini alamıyordu. Oradaydı işte. Şehrin aynalarında çoğalarak gelmiş, dikilmişti karşısına. Susuyordu. Neyi istemediğini gözleriyle anlatıyor ama ne istediğine dair hiçbir ipucu vermiyordu. Oysa İsak, ona bakar bakmaz ne yapması gerektiğini anlamıştı. Isabel bu evliliği istemiyordu, İsak da onun istemediği bir şey yapmayı.

Hahamlar meseleyi enine boyuna tartışıp, nihayet bir karara varmışlardı. Bu kararı iletme görevini üstlenen Haham Yakup, İsak'a geleneği anlatırken kaygılı görünüyordu. Abraham Pereira'nın ani ölümüyle dul kalan Isabel Nuñez Alvarez'in levir* ile evlenmesi bekleniyordu. Levir bu evliliği istemediği takdirde, dul kadın yapılacak Halitzah töreniyle serbest kalacaktı. Kelimeler uçları sivriltilmiş dolu taneleriydi. Hızla yağıyorlardı üzerine. Kelimeler tane taneydi, değdikleri yerler pâre pâre. İsimler delip geçiyordu. Acımıyordu ama canı. Kelimeleri işitiyor, isimleri tanıyor ama hiçbir şey hissetmiyordu. Delik deşik olan kollarına, bacaklarına, göğsüne bakıyordu hayretle. Ne vakit, nasıl bu hale geldiklerini anlamaya çalışıyordu. Sonra vazgeçiyordu tamamen. Teslim oluyordu uyuşukluğa.

* Dul kadının kocasının erkek kardeşi.

Hışırtılı, parlak, ağır kumaşların içinde dönüyordu Isabel. Uzun, dalgalı saçlarında en nadide mücevherler parlıyordu. Kuşlar konuyordu omuzlarına. Kuşlara gülümserken havalanıyordu; tüy gibi hafif, rüzgâr gibi uçarı, su gibi serkeş, delidolu, coşkulu. Kuşlarla bir olup asırlık çınar ağacının dallarına konuyordu. Kan bulaşıyordu eteklerine, fark etmiyordu. Terk ediyordu kuşları. Dönüp de arkasına bakmadığından olsa gerek, ne taş kesiliyordu ne de tuz. Sarayın kapılarından içeri girip, koridorlarında koşuyordu. İbrahim'in bebeğini seviyordu. Gülümsüyordu durmadan. Kösem'in mührünü taşıyordu bakışlarında. Kösem'in mührünü vuruyordu kırdığı ve kıracağı kalplere.

Oradaydı işte; yolların yolları doğurduğu, aynaların aynaları parçaladığı, hikâyelerin hikâyeleri unutturduğu dönemeçte. Toprağın bağrını oyan bu korkunç zelzeleye sebep kendisi değilmiş gibi, bu kıyametin, bu tufanın, bunca yıkımın ve acının onsuz'da yaşanacağını anlatmak istercesine sakin ve nikbin, umarsız ve gamsız, öylece duruyordu. Anlaşılmayı bekliyordu. Anlıyordu İsak. Onun bu evliliği istemediğini, serbest kalır kalmaz bambaşka bir kuş kafilesiyle göç edeceğini anlıyordu. Demek ki, bir yerlerde ayrı düşmüştü hafızaları; aynı şeyleri hatırlamıyorlardı. Birinin yüreğinde kök salan bir hatıra, ötekinin damarlarından akıp gidiyordu. Birinin durduğu noktada, öteki kendine yön tayin ediyordu. Birine yeten, ötekine yetmiyordu. Anlamıştı İsak. Haham Yakup'un kulağına eğilerek bu evliliği istemediğini söylemişti. Yaşlılar çevresine toplanıp, ellerinden geldiğince, dilleri döndüğünce ikna etmeye çalışmışlardı. Acı bir tebessümle bakmıştı onlara, kurumuş dudaklarına, yalnızlıktan korktukları için dört elle sarıldıkları geleneğin halatına. İlla da birilerini ikna etmek istiyorlarsa, İsak'ın gözlerine yansıyan Isabel'in gözlerini ikna etmelilerdi. Kösem'in mührünü, şehrin aynalarını, dönemeçte soluklanan yolcuyu ikna etmeleri gerekiyordu, İsak Pereira'yı değil.

Oruç tutuyordu Isabel. Konuşmuyordu. İsak'la birlikte beş kişilik heyetin önünde dikiliyordu. Yaşlılar İsak'ı ikna edemeyeceklerini anladıklarında, harekete geçti Isabel. Yaşlıların ve hahamların huzurunda, levirin yanına gitti. Çömeldi. Bir müddet öylece durdu, başı önünde. Sonra, küçük balıklarla dolu bir ağı sulardan çeker gibi ağır ağır başını kaldırdı. İsak'ın sağ ayağını sol eline aldı, bağcıkları çözdü; deri ayakkabıyı çıkarttı ve bir kenara koydu. Yere tükürdü.

"Kardeşinin evini kurmayı reddeden adamın lâyıkı budur!"

Haham Yakup üzüntüsünü ele veren bir sesle mırıldandı. "Tanrı, İsrail'in kızlarını Halitzah törenine muhtaç etmesin!"

Tören bitmişti. İsak Pereira hiç kıpırdamadan öylece duruyordu. Isabel'in ne zaman gittiğini fark etmemişti. Merak etti. Giderken, dönüp de arkasına bakmış mıydı acaba? Ve eğer baktıysa, bir veda mektubu var mıydı Kösem'in mührünü taşıyan bakışlarında?

Yalnız kalmıştı. Güneş battı, ay çıktı, yıldızlar çoğaldı. Yapayalnızdı.

Sır

> Kimseye söyleme ama dünya yusyuvarlak.
>
> Tom Robbins, *Parfümün Dansı*

Isabel'in ellerinin arasından kayıp gitmesinden üç gün sonra, aylardır ilk defa sokaklarda dolaşmaya çıktı İsak Pereira. Neşeli görünüyordu. Senelerdir söylemediği bir şarkıyı mırıldanarak, her nağmede biraz daha ferahlayıp açılarak, kurşunî gökyüzünün altında yürümeye koyuldu. Yol boyunca karşılaştığı imamları, hahamları, papazları, sofuları, imansızları karşılık beklemeksizin selamlayarak; karayağız külhanilerin, iki dirhem bir çekirdek beylerin, ağzı bozuk Çingenelerin, surat yoksulu yankesicilerin, ateşin ve nazenin aşiftelerin, feneri nerede söndürdüğü meçhul bedmestlerin, asık suratlı yeniçerilerin, yemek niyetine elâlemin artıklarını dişleyen pejmürdelerin, fermanlı delilerin halini hatırını sorarak; kılsız dervişlerin keşküllerine, çocukların kınalı ellerine, bitişik nizam dizilmiş evlerin eşiklerine fındıklı lokumlar bırakarak ve bu marazi neşvenin sebebini anlamaktan köşe bucak kaçarak; çınarlı meydanları, dolambaçlı sokakları, loş avluları, ışıl ışıl çarşıları, fıkır fıkır pazarları dolaştı. Cumbalı evleri, nohut oda bakla sofa viraneleri, billûr köşkleri, fiyakalı konakları, göz alıcı yalıları, nefes kesici sahilsarayları seyredaldı. Nihayet yukarı mahalleye geri döndüğünde, iskeleye uzanıp, Hasköy ile Balat arasında gidip gelen kayıklara bakakaldı. Güneş batarken, saatlerdir üzerinde oturduğu kayanın üstüne çıktı. Saygıyla eğilerek, iki yakası asla bir araya gelmeyen şehre seslendi.

"Heeey! Beni hatırladın mı?"

İstanbul, talihsiz terzinin mavi göğe makasını daldırdığı yere yerleştirdiği aynada kendini seyretmekteydi o esnada. Oralı olmadı. Şehrin vurdumduymazlığı küplere bindirdi İsak'ı. Ellerini beline koyup, avazı çıktığı kadar bağırmaya başladı.

"Sen... sen ne sandın ki beni? İz bırakmadan geçip gideceğimi mi sandın? Söylesene neyim senin gözünde?"

Şehr-i şehir gözlerine sürme çekmeye çalışmaktaydı. Şaşkınlıktan elleri titreyince sürmeyi taşırdı. Şimdi sinirlenme sırası ondaydı. Tam yakası açılmadık küfürlerle verip veriştirmeye hazırlanıyordu ki, az evvel avaz avaz meydan okuyan genç adamın artık kendisiyle ilgilenmediğini gördü. Sürmeyi bir kenara koyup dikkatle onu seyretmeye koyuldu.

Kayanın üzerine çıktığında bambaşka göründü dünya gözüne. Aşağıda kaldı koca şehir; bir duman bulutu olup yere çöktü bitip dinmeyen tarrakası. Kaçırmadı bu fırsatı. Sırtını denize, yüzünü insanlara dönüp tepine tepine bağırmaya başladı.

"Heeey! Nereye böyle? Durun biraz. Durun da beni dinleyin. Görmüyor musunuz, beklediğiniz benim. Ester'in rüyalarına giren benim."

İnsanlar öbek öbek etrafında toplandılar. Haberler kulaktan kulağa yayıldı. Poyraz ateşi körükledi. Haham Yakup yalımların sıcaklığını hissettiğinde yaşından beklenmeyecek bir çeviklikle atıldı, iskeleye koştu. Nefes nefese kalmıştı. Tükeniyordu. Ok hızıyla İsak'ı çekip aşağı indirdi.

"İsak, oğlum" diye fısıldadı.

"Sen de biliyordun. Sen de farkındaydın değil mi? Beklediklerinin benden başkası olmadığını biliyordun. Beni görür görmez anladın ve bu sırrı kendine sakladın. Fakat bak hakikat geldi beni yakaladı."

"İsak bunu yapma. Ateşle oynuyorsun. Sen Mesih filan değilsin. Sen... sen sadece mutsuz bir adamsın." Sesi titriyordu Haham Efendi'nin. Konuşmakta güçlük çekiyordu. Buğulanan gözlerine inat ağlamamaya çalıştıkça, kaşının gözünün seğirmesine, ağarmış sakallarının titremesine mâni olamıyordu.

"Mümkündür" dedi yaşlı adamın acısını fark etmemişe benzeyen İsak. "Fakat sevgili ustam, bence mutsuzlardan değil, hâlâ mutlu kalanlardan şüphe duymak gerekir."

"Yapma oğlum. Başına bela açacaksın. Hem kendi başını, hem de başkalarınınkini yakarsın." Sabrı tükenmek üzereydi. "Çok düşman kazanırsın."

"Ben buna alışkınım" dedi buruk bir tebessümle. "Vicdanım buna alışık, ben buna alışığım." Sonra bir müddet düşündü ve ekledi. "Otların düşmanı yoktur; böceklerin de. Yaşayıp giderler çünkü. Bir de bana bak. Ota benziyor muyum hiç, ya da böceğe?"

Kollarını iki yana açarak bağırdı. "Öfkeyi seviyorum, öfke de beni. Öfkesi olmayanın aklından şüphe ederim zaten, ruhundan da. Gönlüm o kadar geniş ki dilediğiniz kadar öfke verebilirim sizlere. Avuç avuç, çil çil, gani gani... Gelin! Hadi gelin!"

Kâh limon kadar sarı, kâh narçiçeği kadar kırmızı, kâh kar kadar beyaz ve kâh korku kadar neftîydi Haham Efendi'nin kırış kırış yüzü. İsak birden sarılmak istedi ona; sarılıp kucaklamak, avutup ısıtmak, Tanrı'nın da çoğul konuştuğunu hatırlatmak... Kayanın üzerinden indi. Gözlerini gözlerine dikti.

"Anlamıyor musun? Bir tuhaflık görmüyor musun? Bunca acı, bunca hüsran, bunca buhran... niçin hep benim başıma geliyor? Niçin başkaları değil de ben, hep ben ve benim sevdiklerim...? Bir izahı olmalı muhakkak. Bütün bunları nasıl izah edeceksin? Beni ikna etsen bile, öfkemi nasıl ikna edeceksin?"

Haham Yakup birazcık sakinleşmişti. İsak'ın, buz gibi olmuş ellerini sıkıyordu. Sesi yumuşacıktı. "Oğlum, evladım. Acılar hepimiz için, bütün insanlar için. Fakat her acının bir mükâfatı vardır muhakkak."

"Hayır!" diye inledi İsak. "İçimi görmüyor musun? Bu kap alabileceğinden fazlasını aldı. Artık tek bir damla bile yeter. Akmak istiyorum."

Seyirlik bir şeyler bulabilmenin sevinci ve heyecanıyla onu dinleyen insanlara sırtını döndü. Boğazında bir yumru durdu.

"Vaktiyle bir dostum, can dostum bana dünyayı gezip görmek istediğini söylemişti. Gülmüştüm ona. Fakat sonra hak vermiştim. Evet, o dünyayı gezip görmeliydi. Oysa ben... ben öyle değilim. Ben zaten dünyayım. Ben neredeysem dünya orada. Gelip beni görmeliler. Beni gezmeli insanlar. Bende kaybolmalılar." Giderek kısılıyordu sesi. Gene de konuşmaktan vazgeçmedi. "Hepimizin acı çektiğini söyleyerek avutmaya alışmışsın herkesi. Oysa bu beni avutmaz. Beni ancak benden başkasının benim kadar acı çekmediğini bilmek avutabilir."

Dışarısı

> Kapatılmışsınız ama yalnız değilsiniz. Açık sokaklarda yürüyüp de tutsak olan niceleri var.
>
> Halil Cibran, *İnsanoğlu İsa*

Kendi çığlığıyla uyandı. Çığlığı tavanarasındaki ufacık odaya sığmadı, küçük pencereden çıktı, göğe ulaştı ve bir gök gürültüsü olup havada parçalandı. Fırtına yakındı. Hissetmişti. Görmüştü. Onu görmüştü rüyasında. O gün tekkenin avlusunda gördüğü kıvır kıvır saçlı yabancıyı. Merakla bakan, öfkeyle çıkıp giden yabancıyı. Başı dertteydi.

Yataktan kalktı. Bir müddet, gözlerini kapatıp tekkenin avlusuna, bostana, mezarlıklara yağan yağmurun sesini dinledi. Gözlerini açtığında dışarı çıkmaya karar vermişti.

Elini gökkubbeye daldırdı/ usulca çekti ağları/ heccavın harflerinden/ bir avuç dolusu topladı/ hesapladı/ indi merdiven/ başladı serüven/ çocukluğu arkasından bağırdı/ gölgesi seğirtti peşinden/ gıcırdadı kapı/ Zühre hiç tanımadığı ablasının ismini sayıkladı/ yağmur hızlandı/ yazgıyı saçlarından kavradı/ aralandı demir parmaklıklı dış kapı/ Şeyh Süleyman Sedef Efendi uykusunda ağladı/ şehrin sokakları önü sıra uzadı/ uzaklarda bir yerlerde deli bir kadın kahkaha attı/ yüzünün yarısı/ sızım sızım sızladı/ içeriyi yuttu dışarısı/ dönüş yolunu bulabilmek için değil/ bir daha aynı yola adım atmamak için/ heccavın harflerini/ bildiği bütün kelimeleri/ geçtiği sokaklara/ saça saça/ başladı koşmaya.

Kimim Ben?

> Öfkeyi, öcü, kıskançlığı, alayı, kurnazlığı, şiddeti tanımayan bir tanrı, neye yarar ki?
>
> Nietzsche, *Deccal*

Karanlığın aydınlıkla boğuştuğu saatlerde, boynundaki keseyi yırtarcasına açıp, gülkurularının içinde miskin miskin yatan aytaşını açığa çıkardı. Onu görünce yüreği sıkıştı. Vahşeti soluyan yaralı bir at gibi çırpınırken düştüğü hendekte, dehşetle açılan burun deliklerinden baktı sebeb-i felâketine. Taşı okşadı, öptü, kokladı, dudaklarında gezdirdi. "Söylesene kimim ben?" Neye uğradığını şaşıran incinin aşağılayıcı nazarları canını incitti. Hafakanları tutmuştu gene; üsteledi. "Neden susuyorsun? Söylesene kimim ben? Neye benziyorum senin baktığın yerden?" Şimşek çaktı. Aytaşı boydan boya yarıldı ama kırılmadı; üzerindeki çatlakla öylece kalakaldı.

Yıldızların kıpırdamaya başladığı saatlerde aynı soruyu elindeki şarap kadehine sordu. Kadehi burnunun hizasına getirerek ve şaşı bakarak, "Söylesene, kimim ben?" dedi. Kadeh, cevap vermek yerine suratını buruşturdu; şarap köpürdü. İşte o zaman diklendi. Sırf-sormak-için-sorulmuş-soru'lardan biri değildi ki bu; cevabına aç ve muhtaç sorulardan biriydi. Üsteledi. "Hadi konuş. Söyle, kimim ben?" Öfkesi sesine yansıdı, sesi kadehe çarptı, kadeh parçalandı, şarap yerlere saçıldı.

Yıldızların zayiçeleri şaşırttığı saatlerde bu soruyu sokaklara sordu. Meyhanenin çıngıraklı kapısı suratına kapanmış ve kendini, aniden ortaya çıkan bu hoşavaz, hoşendam derbedere bakıp bakıp kıkırdayan kaldırım taşlarının üzerinde bulmuştu. Yalpalaya yalpalaya, düşe kalka, ağlaya sızlaya yürürken, arka kapıları olduğunu keşfettiği çıkmaz sokakların ikiyüzlülüklerine öfke duydu. Gene de aradığı cevabı aldığı takdirde, sahtekârlıklarını bağışlamaya hazır görünüyordu. Tekrar sordu. "Söylesenize kimim ben?"

"Kimim ben? Güzel miyim çirkin mi? Bambaşka biri miyim yoksa herkes gibi biri mi? Tekil mi konuşmalıyım yoksa çoğul mu? Kim olduğumu bilmeyi neden bu kadar çok istiyorum? Ve niçin kendimi bulmaya çalıştıkça daha da beter kayboluyorum?"

Yıldızların sönmeye yüz tuttuğu saatlerde bu soruyu kendi kendine sordu. "Kimsin sen?" Yüreği, cevap vermek yerine deli gibi atmaya başladı. İşte o zaman kendinden korktu. "Sen... sen nasıl birisin? Kimsin sen?"

Hiç beklemediği bir anda işitti aradığı cevabı. "Madem bu kadar önemli, o zaman kulağını aç da dinle! Sen..." Ağızdan çıkan kelimelerin kudreti varsa, çıkamayanların da laneti olmalıydı. Lafını tamamlayamadı. Acı içinde kıvranarak yere yığıldı. Kan tatlı ve ılıktı. Katilini tanımamıştı.

Yere düştüğünde kaldırım taşlarına çarpan alnından tok bir ses çıktı. Keskin bir acı saplandı böğrüne. Kıpırdayamıyordu. Aniden, burnunun hizasında ışıl ışıl parlayan bir şey fark etti. Bir müddet, bunu hiçbir şeye benzetemedi; derken aralandı perde, dağıldı sis. Altın haleli gülfâm taş fettan fettan göz kırpıyordu. Kanlı neşter az ileride uzanmıştı ve üzerine yağan onca yağmura rağmen üzerindeki kandan arınmıyordu. İsak Pereira fısıltıyla, "Niçin?" diye sordu neştere. Neşter gülümsedi. "Bilmem" dedi. "Bana sorma. Benden sonra yazılmış bir hikâyenin içindeyim."

Ilık ılık ölüyordu. Su olmuştu kanı, damla damla akıyordu canı. Altın haleli gülfâm taşlı neşter gözucuyla onu seyrediyor, sıkıntıyla esniyordu.

Ben

Ne yapsam
döl saçan her rüzgârın
vebası bende kalacak

İsmet Özel, *Erbain*

"Kimdim ben?"
Miguel Pereira
Akdeniz'in bir yakasında.

"Kimdim ben?"
İsak Pereira
Akdeniz'in öteki yakasında.

"Kimdim ben?"

Katil ve kurban. Ellerimde başkalarının kanı var, başkalarının ellerinde de benim kanım. Bir cinayet işledim; belki de pek çok cinayet işledim. Nasıl olsa bütün ipuçlarını temizledi hafızam.

Bir cinayete kurban gidiyorum. Belki de pek çok cinayete kurban gidiyorum. Nasıl olsa inanmıyorum ardımdan tutulacak mateme. Katillerimin yüzlerini seçemiyorum; isimlerindense geride harfler kalacak sadece. Binlerce kelime, onlarca hikâye var boğazımda düğümlenmiş. Susuyorum konuşmam gereken yerlerde; dilimi tutamıyorum ne zaman susmam gerekse. Anlatacak çok şeyim olsa da, emin değilim anlaşılmak istediğimden.

"Kimdim ben?"

Söylesem bile, hatırlanır mıyım sayfa bittiğinde?

Taşlar

Akdeniz, yollardır.

Lucien Febvre

Döner durur Akdeniz.
Döndükçe başımızı döndürdüğünden habersiz.

Kocaman ve küçücük, ebedi ve ehemmiyetsiz,

Islak ve bereketli bir afet-i devran,
Kıskanç ve öfkeli bir acûze
Gider geliriz üzerinde
Bir uçtan bir uca yazılır hikâyeler
Sonra,
Geç kalmanın telaşıyla,
 yazdıklarını unutur hafızalar

Batık gemilerle doludur Akdeniz
Oysa,
Nedense hep ufka
 bakar bütün yolcular

✪

Taşlar uçuşur havada; bir demirci örsünden saçılan şerareler misali. Hedefi ıskalayan, aslını tanımayan, ne bir sona ne de başlangıca inanan, dili dağdar, zihni tarûmar edilmiş taşlar; hiçbir yerde barınamayan, yerleşiklere meramlarını anlatmaya çabalayan nadide, göçebe taşlar...

Gidip gelen taşlar, çemberler çizer Akdeniz'de. Zaten, haritaların sandığının aksine, devasa bir çemberdir Akdeniz; döner durur kocamış taravetiyle, meymenetsiz güzelliğiyle. Delinmiştir bir yerinden. Taşlar kapatır deliğini, güle öykünen ağzına sular dolmasın diye.

...Heccavın başsız cesedi Boğaz'ın sularına atılır. Sol avucunda bir inci... Cezayirli korsanlar yağmalar geçmişini. Güvertede bir inci... Kuzey Afrikalı bir köle kadın azat edilir. Saçlarının arasında bir inci... Amet Zambarel sırra kadem basar. Muskasında bir inci... Kilerden çıkar küçük kız. Camgöbeği gözlerinde bir inci... Kabarır Duero Nehri'nin suları. Kadının umursamazlığında bir inci... Tek bir sevişme iz bırakır geride. Erkeğin boynunda bir inci... Gemiler geçer Akdeniz'i. Yarı tırtıl, yarı kelebek bir mahlûkun hayallerinde bir inci...

Oburdu şehir ve pek de meraklı. Bazen o kadar çok yerdi ki, mide fesadına uğrardı. İşte o zaman kusardı şehir. Hapur hupur, tıka basa yediklerini öğüre öğüre kusardı.

Onlarsa, dört yüz neferdiler takriben. İnciyi bulan sadece biri oldu içlerinden. Deniz kenarına gidip suda yıkadı taşı. Baktı, sevindi.

Yalnız insanlar ve yapayalnız taşlar ve yalnızlık hikâyeleri yüzer Akdeniz'in sularında; bata-çıka-bata-çıka.

Çemberdir Akdeniz.

Döner, döner, döner.

Tesadüf

Ey, ötesi?
Ötesi hiç.

Beşir Fuad

Kıpırdamaya çalıştığında, göğsündeki yaradan kopan canhıraş feryat kulaklarını tırmaladı. Yara ne kadar derin, acı ne kadar keskin olsa da, hâlâ yaşıyor olmanın verdiği şaşkınlık her şeyi unutturdu. Hayatını borçlu olduğu insan tam karşısında duruyordu; iki renkli bir maske, hem cenneti hem de cehennemi taşıyordu yüzünde. Ona bakar bakmaz, aynada kendine baktığını anladı. Ona dokunur dokunmaz, kasıklarında küllenmiş ateş canlandı.

Dönecek bir tavanarası yoktur bazen, ne de gidecek bir şehir. Her yer aynıdır aslında, hiçbir yer aynı değil. Gidebilmek sadece bir özlemdir kimilerinin dilinde, olmayacak duaya amin diyenler de çıkabilir. Firar ederken kök salar kimileri; kök salarken firar edenler de olabilir. Her merhalenin bir arpa boyu yol olması, telaşı olup da huzuru olmayanlara pek ağır gelebilir. Öfkeli ruhlar nedense hep aynı tohumla rahme düşüp, hep aynı rüzgârla dehre gelir. Bir bedçehre, başka bir bedçehrenin daha ilk bakışta okur seceresini. O kadar azdırlar ki, kaybetmek istemezler birbirlerini. Sevişirler; sevişmek iyi gelir bazen. Taammüden öldürmek için hafızalarını, dar-ı dünyadaki en münasip cinayet mekânını bulabilmek ümidiyle yollara düşerler. Hep Doğu'yu gösterir pusulaları; gerçi dünya yuvarlaktır. Sılasızdır kaçaklar, dolayısıyla gurbetsiz. Hangi demde olursa olsun, onlar sadece birbirlerine aittir. Aşk sonradan gelmez hiçbir zaman. Varsa vardır, o kadar.

El ele tutuştular. Gökyüzünün karanlığında, birbirlerinin yalnızlığında, aynaların sırlarında çoğalarak birbirlerine kavuştular. Tesadüfen yan yana düşerdi rakamlar.

Rakamlar...

İsak, Zülfe'yi kucakladığında, bambaşka hikâyelerden damıtılmış iki ayrı yarım birbirine kavuştuğunda, çember tamamlandı. Zülfe, kuzgunî siyah, kıvır kıvır saçlardan yükselen kokuyu içine çekip gülümsedi. Biliyordu zaten. Hiç şüphe etmemişti birken iki olanın, ikiyken sıfır olabileceğinden.

Çınar

> Bu ağacı ellerimle sallamak istesem, sallayamam. Oysa bizim görmediğimiz yel, onu dilediği gibi üzer ve eğer. Bizi en çok, görünmeyen eller eğer ve üzer.
>
> Nietzsche, *Böyle Buyurdu Zerdüşt*

Yaşlıydı çınar; yaşlı ve yorgun.
Kanlıydı çınar; kanlı ve kırgın.

Sular durulduğunda, bir esre bile bırakmadan geçip giden günlerin serbaz gölgeleri, kimselere görünmeden yaklaşmışlardı asırlık çınar ağacına. Yere yamalı bir bez serip, dallarını silkelediklerinde çınarın, sapır sapır dökülmüştü cesetlerden artakalanlar. Ağacın meyveleriydi onlar; kurumuş, kokuşmuş koçanlar. Gölgeler burunlarını tıkamak zorunda kalmışlardı çünkü iğrenç kokuyordu çınar. Rüzgâr ve zulüm, yağmur ve ölüm kokuyordu.

Çırılçıplaktı çınar. Derisi yüzülen her kurbanla birlikte biraz daha dökülmüştü yaprakları, kalkmıştı kabukları, kırılmıştı dalları ve şimdi, sabahın alacasında, utancını örtebilmek için bir incir yaprağından medet umacak kadar çıplak, çırılçıplaktı.

Zülfe ve İsak, çemberler içinde bir çember olup, İstanbul şehrinin dolambaçlı, daracık, çıkmaz sokaklarında el ele, göz göze, yuvarlana yuvarlana sırra kadem bastıklarında, geride kalanlar için görecek günler vardı daha.

Sekiz ağustos bin altı yüz kırk sekizde yeniçeriler ayaklandı. İbrahim'in yerine, altı yaşındaki Mehmed'i tahtta görmeyi istiyorlardı. İbrahim, isminden ve ayak seslerinden köşe bucak kaçtığı ölümle karşılaştığında, fazla zorluk çıkartmadı. Kuş gibi çırpınırken, pençelerini geçirecek bir et bulamadı.

Üç eylül bin altı yüz elli birde Kösem ölümle kucaklaştı. Sevmedi onu. Kaçmaya çalıştı. Ah etti boynu, ahını aldıklarını hatırladı.

Dört mart bin altı yüz elli altıda huzursuzluk had safhadaydı. İstanbul'un avuçlarına ismini kazıdı Çınar Vak'ası.

Girit seferinden yeni dönen yeniçeriler, halis akçe yerine meyhane akçesi alınca, Rum Hasan Ağa'nın ve Galata Voyvodası Karakaş Mehmed'in önderliğinde isyan ettiler. Tek başlarına kaldıklarında ne denli naçar iseler, bir araya geldiklerinde o kadar tehditkârdılar. Mevkufatçı Kara Abdullah, padişah ile asiler arasında elçilik yapacaktı. Elçiye zeval olmaz sandığından, bir anlık gafleti canıyla ödedi. Asiler onu parçalarken, padişah pencereden seyrediyordu olan biteni. Rivayete göre, sol gözü seyiriyordu. Bunca öfkeye tek bir kurban az gelince, asiler bakır akçeleri peştemallara doldurup ayaklar altına attılar. Kızıl akçeye karşılık, kızıl ölüm istediler. Otuz bir isim vardı listelerinde.

Kızlarağası ile kapıağasının cansız vücutları Sur-ı Sultani'den aşağı atıldı. İsyankârlar, cesetlerin ayaklarına ip bağlayıp, avlarını Atmeydanı'na kadar sürüklediler. Meydana vardıklarında onları bekliyordu çınar. Beklerken, gitmek isteyip de gidemeyen, kaçmayı düşleyip de kaçamayan herkes ve her şey gibi lanet okuyordu köklerine. Ertesi gün, padişah iki zenci ağayı ve hasodabaşını da boğdurtup asilerin önüne attı. Bunların da cesetleri yerlerde sürüklenip çınara asıldı. Doydukça acıkan, mahrumiyetin acısını mahremiyete saldırarak çıkaran asiler şimdi de valide kethüdasının, Melekî Kadın'ın, Musahip Yusuf Ağa'nın ve diğerlerinin başlarını istediler. Listedeki isimler birer birer azalırken, kapandı dükkânlar, boşaldı sokaklar, karardı aynalar. Ölüm kol geziyordu şehri şehirin sokaklarında. Martın sekizinde çavuşbaşının cesedi asıldı çınarın dallarına. Tellallar dolaşmaya başladı İstanbul'da; firarilerin yerlerini bildirenlere zeametler verileceğini duyurdular. Ertesi gün, Melekî Kadın ile dört has adamı da aynı melûn âkıbete duçar oldular. Çınara asılanların derileri yüzüldü, karınları deşildi. Etleri ve yağları kapış kapış kapışıldı, türlü hastalıklara şifa niyetine.

İşte o zaman hançer dedi ki, bir canlıyı öldürmek başka bir şeydir, bir ölüyü öldürmekse bambaşka. Gün gelir, yani öyle bir an çıkagelir ki, istisnasız herkes bir canlıyı öldürebilir. Velhasıl, karıncayı bile incitmeyen, bir cana kastedebilir. Fakat bir ölüyü öldürmek, bir cesedi pâre pâre etmek...

Martın onunda, sipahilere ve yeniçerilere ulufeleri gümüş akçe olarak dağıtıldı. Şehirdeki bütün kızıl akçeler toplatılıp, torbalarla denize atıldı.

Dokuz mayıs bin altı yüz elli altıda asilerin elebaşları birer bahaneyle saraya alınıp öldürüldü. Şehrin altı üstüne getirildi; yakalanan yirmi kişi daha asıldı. Sultan Murad'ın bir enfiye kutusunda esir tutulan iki parça gölgesini zerre şaşırtmadı bu serencam, bunca buhran. Merhumsa kıpır kıpırdı mezarında; "Benden sonra tufan". Bir yanı sefahat'tı memleketin, bir yanı cerahat. Ölüm kokuyordu ortalık, ölüm soluyordu payitaht.

❂

Çırılçıplaktı çınar. Derisi yüzülen her kurbanla birlikte biraz daha dökülmüştü yaprakları, kalkmıştı kabukları, kırılmıştı dalları ve şimdi, sabahın alacasında, utancını örtebilmek için bir incir yaprağından medet umacak kadar çıplak, çırılçıplaktı.

Çınarın akıttığı gözyaşları Doğu'dan, Fortuna Sokağı'nın akıttığı gözyaşları Batı'dan döküldü Akdeniz'e. Kabardıkça kabardı dalgalar, coştukça coştu sular. Batık gemiler, yitik hazineler vardı altlarında ama nedense hep ufka bakmaktaydı bütün yolcular.

Modern insanın geri dönülmez biçimde tarih ve ilerlemeyle özdeşleştiği ... ölçüde, arketipler ve tekerrür cennetinin nihai olarak terk edilmesi anlamına gelmektedir bu.

Mircea Eliade, *Ebedi Dönüş Mitosu*

Artık bu şehre niçin geldiğimin hiçbir önemi kalmadı. Aynalar şehrinde görmek istediğim tek bir sûret, izini sürmek istediğim tek bir hikâye bile yok. Zişan Kadın öldü. Onunla birlikte bütün şehir öldü benim için.

Zişan Kadın'ın, yüzünde parçalanmış bir tebessümle öldüğü gece garip bir şey oldu. Un çuvalına batmış gibi tepeden tırnağa beyaza kesmiş bir... bir yaratık ortaya çıkıverdi. Karşıma geçip boynunu sola yatırdı ve sol elinin iki parmağını önce yanağına, sonra şakağına değdirdi. Korktum, yüreğim ağzıma geldi. Öylece karşılıklı durup birbirimize baktık. Oldukça mahzun görünüyordu. Sanki... sanki bir derdi vardı. Sabaha kadar karşımda oturdu. Gün ağarırken, isminin Maggid olduğunu ve bana bir hikâye anlatmak istediğini söyledi. İlgilenmediğimi söyledim ben de. "Fakat Andresillo!" diye itiraz etti. İrkildim. Meğer birileri bana böyle hitap etmeyeli ne kadar uzun zaman olmuş. Meğer nasıl da kopmuşum ismimden.

"Andres!" diye üsteledi. "Senden evvel yazılmış bir hikâyenin içindesin. Bilmek istemez misin?"

Dinlemedim. Beni rahat bırakmasını söyledim. Israr etmedi. Alıcısı olmayan hikâyesini koltuğunun altına sıkıştırıp, nakledilenin çift mânâsı hakkında bir şeyler geveleyerek, bir duman gibi tüte tüte, beyazı delip geçen zeytin karası bakışlarını peşi sıra sürükleye sürükleye kayboldu gitti.

Getirdiğim altınlar bitmedi hâlâ. Fakat onları nereye harcayacağımı bilemiyorum. Zişan Kadın gidince bütün harcamalar durdu, dünya durdu. Mutfaktaki erzakla idare ediyorum şimdilik. O da bitince ne yaparım bilemiyorum. Ne olursa olsun, dışarı çıkmamakta kararlıyım. Bu şehir ürkütüyor beni. İnsanları pürtelaş, daracık sokakları pürvelvele. Bense, ne olduğunu bilen her korkak gibi sırrımı saklıyorum kendime.

Burada, bu evde, bu odada kalıp, kök salacağım inançsızlığıma. Haham Yakup'la açık açık konuştum nihayet. O da, tıpkı Maggid gibi kırgın ayrıldı yanımdan. Peşinden koşacak kimsem yok. Peşimden koşacak kimsem yok. Bu ev benim sığınağım. Burada kalacağım.

Damarlarımda taşıdığım kana ihanet edebilmek için ben, gidenlerden değil kalanlardan olacağım. Ve ömrüm vefa ettikçe evliyanın türbesine yağmurun nasıl yağdığını seyredeceğim. Yağmur yağdığı vakit, ayaklanıp dolaşan evliyayı değil, oraya buraya saçılan ve her yağmur damlasıyla birlikte biraz daha toprağa gömülen darı tanelerini düşüneceğim; ismimi benden alan, ismini benden alan darı tanelerini.

Darı taneleri gibi saçılan hikâyeleri...

Pinhan

"Pinhan!" dedi Dürri Baba. Sesi yaprak kımıldatmayan sabâ rüzgârı gibi doldu odanın içine. "Pinhan!" dedi çocuk üst üste üç kere. İlk kez bu ismi söylerken, farkında olmadan el çırptı; omuzları sevinçle oynadı; yüzünde gonca güller açtı. İkinci kez söylerken duruldu, az evvelki taşkınlığından utandı. Üçüncü kez söylerken, ateş bastı dilini, damağını; dudaklarında buruk bir tat kaldı. Beti benzi kül kesildi. O zaman Dürri Baba, kollarını iki yana açıp, olan biteni izleyen dervişlere doğru dönerek, "Nicedir adını bekler dururdu. Velhasıl adı da onu. İşte bugün kavuştular birbirlerine. Adı Pinhan olsun bundan böyle" dedi.

Elif Şafak, modern ile mistik olanı birleştirebilen bir yazar.

Boyd Tonkin, *Independent*

Birbirlerini çekemeyen uygarlıkların yüzyılında, bir ayağı Boğaz'ın doğusunda, diğeri batısındayken nasıl denge korunur? Elif Şafak bu tarz ikilemlere, tek bir mücadelenin kadını olmayı reddederek göğüs geriyor. Ülkesinin genel durumunu göz önünde bulundurarak, sürekli olarak bellek, gelenek, din, ulus, yenilik, dil ve kimlik hakkında kendini sorguluyor.

Amin Maalouf

Yazarın ilk romanı olan *Pinhan* 1998'de "Mevlâna Büyük Ödülü"nü aldı.

Bit Palas

Bazı romanlar bittiklerinde başa dönüp ilk sayfaları tekrar okumak istersiniz. Romanı birkaç günde okusanız bile, sanki ilk sayfaları okuyalı aylar, hatta yıllar geçmiş gibi, nasıl ve nerede başladığını anımsamakta zorlanırsınız. İşte Elif Şafak'ın *Bit Palas* romanını bitirdikten sonra bunları hissettim ve tekrar başladım okumaya...

Asuman Kafaoğlu Büke / *Cumhuriyet Kitap*

Edebi ve yazınsal başarısı, Türk kimliğini ve ülkenin tarihine yaklaşımını edebiyat yoluyla yeniden tanımlayan genç kuşak yazarlar arasında Şafak'ı temsilci olarak öne çıkarıyor... Bu roman enerji dolu ve gizemli bir yolculuğa davet ediyor insanı; tutkuyla, gülmeceyle ve Türkiye'ye dair bir dolu fotoğraf karesiyle...

The Independent

Siyah Süt

Bu kitap okunur okunmaz unutulmak için yazıldı. Suya yazı yazar gibi...

Siyah Süt kadınlığın, kadınların hayatının kasvetli ve karanlık ama son tahlilde geçici bir dönemiyle ilgili. Birdenbire gelen ve geldiği gibi hızla dalgalar halinde çekile çekile giden bir haletiruhiye burada incelenen. Bu haliyle elinizde tuttuğunuz kitap bir nevi tanıklık. Otobiyografik bir roman.

(...) Annelik dünyanın en yaşanılası, en muhteşem lütuflarından biri; güzel ki hem de nasıl. Aldığı tüm övgüleri fazlasıyla hak ediyor.

Öylesine benzersiz, öylesine kıymetli... aynı zamanda çetrefil, karmaşık ve kimi zaman hayli ağır.

"*Siyah Süt*, cesur, şaşırtıcı, tılsımlı bir roman? Bunca kötülüğün ortasında, bize umut veriyor Elif Şafak, dayanabilmek, direnebilmek ve sonra hayata, bir mucize gibi, yeniden başlayabilmek için."

Selim İleri

Aşk

(Kitabın içinden sayfa 35)

Bundan uzun zaman önceydi. Bir roman düştü gönlüme. *Aşk Şeriatı.* Yazmaya cesaret edemedim. Dilim lal oldu, kalemimin ucu kör. Kırk fırın ekmek yemeye yolladım kendimi. Dünyayı dolaştım. İnsanlar tanıdım, hikâyeler topladım. Üzerinden çok bahar geçti. Fırınlarda ekmek kalmadı; ben hâlâ ham, hâlâ aşkta bir çocuk gibi toy...

"Hamuş" derdi Mevlâna kendine. Yani Suskun. Düşündün mü hiçbir şairin, hem de nâmı dünyayı sarmış bir şairin, yani işi gücü, varlığı, kimliği ve hatta soluduğu hava bile kelimelerden müteşekkil olan ve elli binden fazla muhteşem dizeye imza atmış bir insanın, nasıl olup da kendine SUSKUN adını verdiğini...?

Kâinatın da tıpkı bizimki gibi nazenin bir kalbi ve düzenli bir kalp atışı var. Seneler var ki nereye gidersem gideyim o sesi dinledim. Her bir insanı Yaradan'ın emaneti saklı bir cevher addedip, anlattıklarına kulak verdim. Dinlemeyi sevdim. Cümleleri, kelimeleri ve harfleri... Oysa bana bu kitabı yazdıran şey som sessizlik oldu.

Mesnevi'yi şerhedenlerin çoğu bu ölümsüz eserin "b" harfiyle başladığına dikkat çeker. İlk kelimesi "Bişnev!"dir. Yani "Dinle!" Tesadüf mü dersin ismi "Suskun" olan bir şairin en kıymetli yapıtına "Dinle!" diye başlaması. Sahi sessizlik dinlenebilir mi?

Bu romanda her bölüm aynı sessiz harfle başlar. "Neden?" diye sorma, ne olur. Cevabını sen bul. Ve kendine sakla. Çünkü öyle hakikatler var ki bu yollarda, anlatırken bile sır kalmalı.

A. Z. Zahara
Amsterdam, 2007